Böse Obhut
Der zweite Fall für Laura Peters

Das Buch

Auf den Stufen einer Kirche wird ein totes Mädchen gefunden. Die Spritze steckt noch in ihrem Arm, alles sieht nach einer Überdosis aus. Für die Polizei ein klarer Fall, doch der Leiter der Drogenberatungsstelle hat Zweifel und schaltet die Detektei Peters ein.

Ihr zweiter Fall führt Laura und ihr Team in ein Internat im tiefsten Sauerland. Dort finden sie nicht nur Hinweise auf Verstrickungen mit der internationalen Mafia, sondern geraten auch ins Visier eines erbarmungslosen Mörders. Laura muss feststellen, dass das Böse sich in den Reihen vermeintlicher Beschützer verbergen kann, und dass jede Rechnung irgendwann beglichen werden muss ...

Die Autorin

Die Schriftstellerin Patricia Weiss lebt mit ihrer Familie und ihrem Hund im schönen Bonn am Rhein. *Böse Obhut – Der zweite Fall für Laura Peters* ist ihr zweiter Roman, in dem Laura Peters mit ihrem Team ermittelt. *Das Lager – Ein Fall für die Detektei Peters* und *Zweiundsiebzig – Der dritte Fall für Laura Peters* sind als Taschenbuch im Internet und als eBook auf allen Plattformen erhältlich.

Patricia Weiss freut sich auf den Austausch mit ihren Lesern auf ihrer Facebook-Seite 'Patricia Weiss – Autorin', auf Twitter 'Tri_Weiss', auf Instagram 'tri_weiss' und auf ihrem YouTube Krimi Kanal 'Patricia Weiss Autorin'.

Böse Obhut

Der zweite Fall für Laura Peters

PATRICIA WEISS

Dieses Buch ist auch als eBook erhältlich.

Texte: Copyright © 2016 Patricia Weiss

c/o Papyrus Autoren-Club
R.O.M. Logicware GmbH
Pettenkoferstr. 16-18
10247 Berlin
patricaweiss@gmx.net
Covergestaltung und Foto: Patricia Weiss
Lektorat: Katharina Abel
Druck: CreateSpace, ein Unternehmen von Amazon.com

All rights reserved.

ISBN-10: 1539324087

ISBN-13: 978-1539324089

Für Doro.

SAUERLAND 1976

„Und auch für mich scheint irgendwann die Sonne..."
Sie saßen an den Tischen vor den Resten ihres Abendessens und sangen seit über einer Stunde ohne Unterbrechung. Die Liedtexte, die Onkel Heini gedichtet hatte, konnten sie im Schlaf herunterbeten. Michael merkte, dass sein Kopf immer leichter wurde. Hoffentlich wurde ihm nicht wieder so schwindelig, dass er vom Stuhl fiel. Unauffällig versuchte er, sich an der Tischplatte festzuhalten. Sein Mund war trocken und sein Hals schmerzte, aber wer mit dem Singen aufhörte, bekam bei einer Privataudienz Onkel Heinis Gürtel zu spüren. Gleich am allerersten Tag war ihm das passiert. Danach hatte er zwei Tage lang kaum sitzen können, und die Kameraden hatten sich über ihn lustig gemacht.

„Mein Leben war ein Scherbenhaufen, jetzt bin ich glücklich, in Waldheim zu sein ..."
Leicht schwankend dirigierte Onkel Heini die Lobeshymne auf sein Internat mit dem leeren Bierkrug. Das war an diesem Abend zum dritten Mal das Signal für Fräulein Jakob, in der Küche zu verschwinden und mit einer vollen Flasche zurückzukehren. Vorsichtig schaute Michael sich um. Die meisten Jungen hielten den Blick gesenkt, nur nicht die drei Ältesten, Onkel Heinis Kapos, um später melden zu können, wer nicht

richtig mitgesungen hatte. Das Lied ging in die letzte Strophe über:

„Aus der Gosse kamen wir hierher. Onkel Heini, wir danken dir so sehr!"

Michael hasste alle Lieder, aber diese Zeile widerstrebte ihm dermaßen, dass er sie kaum über die Lippen brachte. Hinter sich hörte er ein Poltern. Bloß nicht umdrehen, bloß nicht hinsehen. Immer nur weitersingen. Gleich würde es vorbei sein. Onkel Heini ließ sie immer nur so lange singen, bis einer von ihnen umfiel. Der war dann der Taugenichts, der zur Strafe und Abschreckung für die anderen noch zwei Stunden im dunklen Flur stehen musste.

Onkel Heini hob die Hand zum Zeichen, dass sie ruhig sein sollten. Alle saßen mucksmäuschenstill, keiner durfte sich rühren, mit den Füßen scharren oder auch nur husten. Leicht schwankend erhob er sich und schlurfte zum Ausgang. Als er den Raum verlassen hatte, stand Fräulein Jakob auf und sah nach dem Jungen, der umgefallen war. Aus den Augenwinkeln konnte Michael erkennen, dass es wieder der kleine Milan war, der dort lag. Er war der Jüngste in der Kameradenschar und wurde am häufigsten bestraft. Michael tat er leid, er hätte ihm gerne geholfen, aber das war nicht möglich. Warum machte er auch ständig Fehler und stellte sich so dumm an?

Fräulein Jakob versetzte Milan drei klatschende Ohrfeigen, um ihn aufzuwecken. Als dies nichts half, nahm sie ein Glas Wasser vom Tisch und schüttete es dem Jungen ins Gesicht. Milan stöhnte, dann öffnete er die Augen und blinzelte benommen.

„Steh auf!" Mit kalten Augen sah die Erzieherin auf den Kleinen herab und stieß ihn mit der Fußspitze in die Seite, als er nicht sofort reagierte. Unsicher rappelte sich Milan auf. Er war kreidebleich, seine Augen wirkten unnatürlich groß in dem schmalen Gesicht.

„In den Flur!" Milan nickte ergeben, ging mit wackeligen Knien aus dem Raum und stellte sich mit gesenktem Kopf neben der Treppe auf.

„Gassenlauf!"

Ruckartig sah Michael auf. Gassenlauf? Das war schlimm! Unter den Jungen entstand beunruhigtes Gemurmel.

„Ruhe! Oder möchte einer von euch Milan beim Gassenlauf Gesellschaft leisten?" Schlagartig wurde es still.

„Aufstellung!"

Die Schüler verließen ihre Plätze und stellten sich in zwei Reihen auf. Fräulein Jakob gab den drei Kapos einen Wink. Die flitzten zum Schirmständer neben dem Eingang und holten jeder einen Armvoll Holzstöcke, die sie an die Kameraden verteilten. Dann klopfte sie an die Tür von Onkel Heinis Arbeitszimmer. Es dauerte eine Weile, bis er öffnete und sich schwankend und mit gerötetem Gesicht an den Türrahmen lehnte.

Die Strafe begann.

Die Jungen standen mit erhobenen Stöcken in Reih und Glied, Milan wurde von Fräulein Jakob unsanft nach vorne geschubst. Ein Schluchzen erschütterte den kleinen Körper. Mit eingezogenem Kopf und gekrümmtem Rücken taumelte er vorwärts. Seine Kameraden prügelten mit den Knüppeln heftig auf ihn ein, wer nicht hart genug zuschlug, durfte gleich als nächster durch die Gasse laufen. Der Kleine stolperte mehrmals und versuchte, sein Gesicht mit den Händen zu schützen. Doch es gab kein Entkommen. Auch Michael schlug zu.

So fest er konnte.

TAG 1

1

Fröstelnd klappte Laura Peters den Mantelkragen hoch und eilte durch den tristen, winterlichen Vorgarten des Jugendstil-Altbaus, in dem ihre Detektei ihren Sitz hatte. Die blattlosen, grauen Büsche schienen ihre Äste nach ihr auszustrecken, und wie jeden Morgen hakte sich die Ranke einer Heckenrose, die weit über den Weg ragte, an ihrem Ärmel fest. Mit klammen Fingern löste sie die Stacheln aus dem dicken Wollstoff und nahm sich zum wiederholten Male vor, etwas gegen den Wildwuchs zu unternehmen. Klienten kamen nicht oft in die Agentur, die meisten Aufträge konnten online abgewickelt werden. Aber wenn sich jemand hierher verirrte, sollte er sich nicht erst durch eine Dornenhecke kämpfen müssen.

Laura strich die braunen Haarsträhnen aus dem Gesicht, die der eisige Wind vor ihre Augen blies. In der Tasche suchte sie nach dem Schlüssel und öffnete die Haustür. Ein Windstoß riss ihr die Klinke aus der Hand, die Tür donnerte gegen die Wand im Treppenhaus. Laura musste einige Kraft aufwenden, um sie wieder zu schließen. Sorgfältig putzte sie die schwarzen

Lammfell-Stiefel an der Matte ab und betrat die Büroräume. Es war so kalt, dass der Atem kondensierte und in Dampfwolken aus dem Mund stieg. Hoffentlich war die Heizung nicht ausgefallen. Der Hausmeister ließ sich immer reichlich Zeit, bis er geruhte, etwaige Problemchen, wie er es nannte, zu beheben. Noch im Mantel drehte sie die Thermostate höher und ging in die Küche, um eine Kanne Kaffee aufzusetzen. Sie füllte ein Glas mit Wasser und warf ein Aspirin hinein. Während es sich zischend auflöste, lehnte sie den Kopf an den Küchenschrank und versuchte, sich an die letzte Nacht zu erinnern. Eine ekstatisch tanzende Menge, laute Clubsounds, zuckendes Schwarzlicht, ein paar Drinks zu viel. Und ganz verschwommen ein Gesicht, dunkle Augen, sinnlicher Mund, hautenges T-Shirt. Trainierte Muskeln unter ihren suchenden Händen. Laura kramte in der Jeanstasche nach dem Stück Bierdeckel, das er ihr in die Hand gedrückt hatte. Carlos, die Telefonnummer, ein Herzchen. Sie seufzte und leerte das Glas in einem Zug. Immerhin war sie im eigenen Bett aufgewacht.

Allein.

Sie hörte, wie sich die Eingangstür öffnete. Eine unförmige Gestalt schob sich in den Vorraum. Gilda, ihre Assistentin, war vermummt wie ein Eskimo, eingepackt in eine Daunenjacke, die sie, der Größe nach zu urteilen, von ihrem Vater geliehen hatte, und umwickelt mit mehreren Schals. Von ihr war fast nichts zu sehen, nur die großen, dunkelbraunen Augen blitzten unter einer bunten Peruaner-Mütze hervor.

„Guten Morgen, Laura. Bist du aus dem Bett gefallen?" Gilda wickelte sich ein grün-rot gestreiftes Ungetüm vom Hals, das strahlende Lächeln wurde sichtbar.

„Morgen, Gilda. Ja, ich bin heute etwas früher. Ich möchte meinen Schreibtisch leer kriegen. Der Papierkram türmt sich bis zur Decke." Laura wandte sich der Kaffeemaschine zu und füllte Wasser in den Behälter.

„Es passt gut, dass du schon da bist. Gleich kommt ein neuer Kunde. Anwalt Herckenrath hat ihn geschickt."

„Worum geht es?", fragte Laura mäßig interessiert.

„Man benötigt unsere Hilfe, um ein Klassentreffen zu organisieren."

Laura verzog einen Mundwinkel und schüttelte den Kopf. „Ich fürchte, ich bin beschäftigt. Das kriegst du allein hin. Informationen im Internet suchen ist dein Fach."

Gilda war die Computer-Expertin im Team, und Laura ließ die meisten Recherchen von ihr durchführen.

„Klar, ich kann das übernehmen." Gilda stopfte die abgewetzte Daunenjacke hinter den Schreibtisch. Mit zwei geübten Umdrehungen eines Haargummis fixierte sie die dunkelbraunen Haarsträhnen zu einem leicht zerzausten, dicken Chignon. Laura schmunzelte beim Anblick der langen, dünnen Beine in den zerschlissenen Jeans. In der Detektei gab es keine Kleiderordnung, aber die Klienten würden sich auch dann nicht über ihre Mitarbeiterin beschweren, wenn sie einen Kartoffelsack trüge.

„Die Fälle, die Herckenrath in der letzten Zeit an uns weiterleitet, werden immer banaler. Scheidungsgeschichten, Zeitungsdiebe, eifersüchtige Ehefrauen und jetzt das Klassentreffen. Wenigstens leben wir gut davon." Laura hatte Anwalt Herckenrath im Zusammenhang mit dem ersten großen Fall der Detektei Peters kennengelernt. Er vertrat eine wohlhabende Familie aus Bad Honnef und hatte ihr eine großzügige Kooperation zugesichert, die der Detektei ein mehr als gutes Auskommen garantierte. Für Laura war die finanzielle Absicherung eine Erleichterung, gleichzeitig musste sie sich eingestehen, dass sie sich zunehmend langweilte. Die Aufträge waren meist vom Computer aus lösbar und für Gilda ein Kinderspiel. Nur selten mussten sie sich in die freie Wildbahn begeben und vor Ort recherchieren. Vielleicht sollten sie wieder Werbung machen, um interessantere Jobs an Land zu ziehen.

Da war der erste Fall ein anderes Kaliber gewesen. Eine Serie von Mädchenmorden in Bonn hatte bundesweit für Schlagzeilen gesorgt und die Polizei vor ein Rätsel gestellt. Die Detektei Peters hatte den Falls aufklären können und war so zu einiger Berühmtheit gelangt. Sie waren ein gutes Team gewesen und während dieser Zeit eng zusammengewachsen: Marek, Gilda, Barbara, Justin und sie selbst. Laura musste unwillkürlich lächeln, als sie an Marek dachte. Er war bei den Streitkräften in Polen gewesen - und vermutlich auch beim Geheimdienst – und hatte ihr eine Menge beigebracht. Die Zusammenarbeit war freundschaftlich, locker und vertraut gewesen. Sie hatte sich wohlgefühlt mit ihm. Und ihn gemocht. Sehr. Doch er war ihr ein Rätsel geblieben. Und nach der Lösung des ersten Falles war er auf nimmer Wiedersehen verschwunden. Angeblich hatte er eine Auszeit gebraucht, eine Pause, um wichtige Dinge zu erledigen. Das war vor zwölf Wochen gewesen, seitdem hatten sie nichts mehr von ihm gehört. Laura seufzte. Sie vermisste ihn. Es waren aufregende Zeiten gewesen.

Das Büro war noch, wie er es verlassen hatte. Nur der zwölfjährige Justin, den Marek für die Observierung eines Verdächtigen angeheuert hatte, hielt sich regelmäßig darin auf. Er hatte zum Dank für seine Unterstützung von Marek eine Spielekonsole bekommen, die er in Mareks Büro aufgestellt hatte. Justin wollte sie nicht mit nach Hause nehmen, weil sein Stiefvater sie sofort verkaufen und in Bier umsetzen würde, wenn er sie in die Finger bekäme. Laura kannte den Jungen und seine Familie gut genug, um zu wissen, dass die Vorsicht begründet war. Marek fehlte dem Jungen, er war sein großes Vorbild. Die Bewunderung für ihn konnte man fast als Verehrung bezeichnen. Allerdings genoss er es auch, Gilda und ihr in der Detektei Gesellschaft zu leisten.

„Hast du etwas von Marek gehört? Ich vermisse ihn!" Gilda konnte anscheinend Gedanken lesen und hatte wie üblich keine Scheu, ihre Gefühle offen zu formulieren.

„Nein, habe ich nicht. Ich glaube auch nicht, dass er sich meldet. Wir müssen langsam daran denken, jemand Neues einzustellen. Zusätzliche Unterstützung können wir bei den vielen Aufträgen gut gebrauchen." Laura ärgerte es, dass sie einen bitteren Unterton nicht vermeiden konnte. Sie wollte nicht zugeben, dass sie Mareks Verschwinden verletzt hatte.

„Du kannst doch nicht Mareks Büro an jemand anderes vergeben!"

„Wieso nicht? Er ist seit drei Monaten fort und hält es nicht für nötig, uns mitzuteilen, ob er wiederkommt. Keine Firma würde so etwas tolerieren."

Gilda schaute unglücklich auf ihre Tastatur. „Und was ist mit Justin?"

Laura zuckte die Achseln. „Was soll mit ihm sein?"

„Er hält sich so gerne in Mareks Büro auf. Es ist wie sein zweites Zuhause. Vermutlich der einzige Ort, wo er sich sicher fühlt. Bei seiner Familie hat er es nicht leicht. Das weißt du doch."

„Natürlich weiß ich das. Lass uns ein anderes Mal darüber reden, wir finden eine Lösung. Ich muss jetzt loslegen, sonst schaffe ich den Papierberg nicht." Laura ging mit dem dampfenden Kaffee-Becher an den Schreibtisch und schaltete den Computer ein. Sie wollte nicht darüber nachdenken, welche personellen Änderungen sie über kurz oder lang würde vornehmen müssen. Von dem Team war nicht mehr viel übrig geblieben. Justin mit seinen fast dreizehn Jahren zählte nicht wirklich, und ihre Freundin Barbara war nur zufällig in den Fall hineingeraten. Ihre Kontakte zur Bonner Society, über die sie als bekannte Pianistin und Frau eines Universitätsprofessors verfügte, hatten bei der Auflösung sehr geholfen. Aber ihre Unterstützung war eine Ausnahme gewesen. Zurzeit gab es nur noch Gilda und sie. Das war zu wenig Personal, wenn die Detektei auf dem Markt, der ein Haifischbecken war, nicht in der Bedeutungslosigkeit verschwinden wollte. Sie musste bald annoncieren und jemanden finden, der Marek ersetzen konnte.

Aber nicht heute.

Draußen klingelte es.

Laura hörte, wie Gilda die Tür öffnete und mit ihrer dunklen, rauen Stimme einen Besucher begrüßte. Sie erhob sich, zog die hellbeige Strickjacke über der Jeans glatt und ging in den Vorraum. Neben Gilda stand ein großer, schlanker Mann im langen Mantel. Sie trat einen Schritt auf ihn zu. „Laura Peters, freut mich sehr!"

„Freut mich auch. Mein Name ist Bernd Schlüter." Mit dem geübten, strahlenden Lächeln eines Hollywood-Schauspielers schüttelte er ihr fest die Hand und sah ihr tief in die Augen. Der würzige Geruch eines teuren Rasierwassers stach ihr in die Nase.

Laura senkte den Blick. „Sie sind ein Bekannter von Anwalt Herckenrath?"

„Ja, wir haben uns auf politischer Ebene kennen- und schätzen gelernt. Er sagte mir, dass Sie auf Bagatellfälle spezialisiert seien, deshalb möchte ich Sie engagieren."

„So. Hat er das gesagt?" Laura lächelte schmal. Seine Worte klangen wie ein Kompliment, aber sie fühlten sich nicht so an.

Eigentlich waren sie eine Unverschämtheit. Nun, sie würde sich über die Rechnung revanchieren können.

„Sie möchten ein Klassentreffen mit ehemaligen Mitschülern organisieren?"

„Ja, das ist im Prinzip die Idee. Ein früherer Schulfreund hat den Vorschlag gemacht und bat mich um Hilfe. Ich bin ja nicht gerade unbekannt, da dachte er wohl, ich hätte Mittel und Wege, die alten Kameraden zu finden."

Laura überlegte, ob sie schon von ihm gehört hatte, aber sein Name sagte ihr nichts. Sie nickte und setzte ein unverbindliches Lächeln auf.

Gilda nahm ihm den dunklen Kaschmir-Mantel und einen weinrot gemusterten Seidenschal ab und hängte die Kleidungsstücke an den Garderobenständer.

„Möchten Sie etwas trinken? Ich mache einen ganz anständigen, italienischen Caffè." Als er dankend ablehnte, fuhr sie fort: „Wenn es ihnen recht ist, führe ich mit Ihnen das Gespräch, da ich später die Recherchen übernehmen werde."

Doch überraschenderweise schüttelte er den Kopf und wandte sich an Laura: „Nein, es ist mir nicht recht. Ihre junge Kollegin ist bestimmt kompetent, aber ich möchte mit Ihnen sprechen, Frau Peters. Vermutlich werden sie den Fall danach anders einschätzen. Es geht mir nicht um das simple Auffinden von Adressen. Die Angelegenheit ist etwas delikat und erfordert äußerste Diskretion."

„Also gut", stimmte Laura zurückhaltend zu. „Dann gehen wir am besten in mein Büro. Gilda, kommst du?" Mit einladender Handbewegung wies sie auf die kleinen Sessel, die um den runden Besuchertisch gruppiert waren.

Schlüter setzte sich, zog die Manschetten seines Hemdes unter dem maßgeschneiderten Jackett hervor und schlug die Beine übereinander. Laura registrierte, dass er trotz des kalten

Wetters leichte, schwarze Lederschuhe trug, die frischgeputzt glänzten und sicher ein Vermögen gekostet hatten. Mit zusammengekniffenen Augen sah er sich um. Sein Blick wanderte über die nackten Magnetleisten, kein Auftrag war so komplex, dass diese Art der Aufarbeitung notwendig gewesen wäre, streifte das einzige Bild im Raum, eine farbenfrohe Lithographie der wehrhaften Brunhild aus der Nibelungensage, dann blieb er an Laura hängen. Ohne mit der Wimper zu zucken, hielt sie seiner Musterung stand und bekämpfte den Impuls, die Arme vor der Brust zu verschränken. Kühl sah sie ihn an und wartete.

„Sie wundern sich vielleicht, dass ich mit Ihnen beiden sprechen möchte, aber der Fall ist etwas heikel. Vermutlich ist Ihnen bekannt, dass ich Abgeordneter im Landtag von Nordrhein-Westfalen bin. Ich stehe in jeder Hinsicht im Licht der Öffentlichkeit. Es ist wichtig, dass alle Nachforschungen absolut diskret erfolgen, und Sie mir Zwischenergebnisse immer sofort präsentieren."

Laura und Gilda nickten, doch es war ihnen anzumerken, dass sie nicht verstanden hatten, wo die Brisanz lag.

„Unsere Schule ist ein Internat für Problemkinder. In den 60er Jahren nannte man sie Schwererziehbare. Ich bin da gelandet, weil ich in der Pubertät entwicklungsbedingt etwas unkonzentriert war, und meine Eltern wegen unserer Firma wenig Zeit für mich hatten. Eigentlich gehörte ich dort nicht hin. Die meisten meiner Mitschüler stammten aus schwierigen Verhältnissen, sie waren arm, aggressiv und manche sogar kriminell. Ich möchte es nicht an die große Glocke hängen, dass ich dort die Schulbank gedrückt habe. Das könnte die Wähler irritieren."

„Ich verstehe", sagte Laura. „Trotzdem möchten Sie das Schultreffen organisieren und Ihre Freunde wiedersehen?"

Bernd Schlüter lehnte sich vertraulich vor und stützte, nachdem er sich versichert hatte, dass die Oberfläche sauber war, seine Arme auf das Tischchen: „Ich bin mir nicht sicher, ob ich das möchte. Zu meinen Kameraden habe ich, seit ich die Schule verlassen habe, keinen Kontakt mehr. Ich habe eine gute Ausbildung absolviert und eine steile Karriere in der Politik gemacht. Die anderen haben nicht so viel Glück gehabt. Ich bin überzeugt davon, dass es kaum einer von ihnen zu etwas gebracht hat. Natürlich hatten sie es alle nicht leicht, und es kann sein, dass sie es nicht ins Leben geschafft haben. Vielleicht sind sie kriminell oder drogenabhängig oder was auch immer. Sie verstehen, dass ich auf ein Wiedersehen mit solchen Gestalten nicht sonderlich erpicht bin. Das kann ich mir nicht leisten. Deshalb habe ich die Organisation übernommen."

Gilda räusperte sich. „Sie wollen also kein Treffen organisieren, wenn Ihnen Ihre früheren Freunde nicht mehr gefallen?" Unschuldig blickte sie ihn an.

Bernd Schlüter zögerte, dann nickte er. „Genau. In dem Fall wird es kein Treffen geben."

„Warum überlassen Sie die Organisation nicht Ihrem Freund und gehen einfach nicht hin?"

„Ich möchte nicht, dass sie sich ohne mich treffen. Hinterher nutzen sie meine Bekanntheit für ihre Zwecke aus, und ich habe keinen Einfluss darauf."

„Welche Zwecke meinen Sie?", schaltete sich Laura ein.

„Es war eine schwierige Zeit. Die 60er Jahre sind berüchtigt für ihre schwarze Pädagogik. In unserem Internat ging es nicht zimperlich zu, das war damals so. Und die Schüler waren keine Engel. Ein früherer Schulkamerad, ausgerechnet einer der ganz üblen Burschen, hat jetzt plötzlich die Idee, Ansprüche an den Heimkinder-Entschädigungs-Fonds zu stellen. Ich halte das für absoluten Blödsinn, schließlich war es eine Schule, kein Waisenhaus. Und wirklich schlimme Sachen sind nicht passiert. Jedenfalls nichts, was über das für die damalige Zeit normale Maß hinausgegangen wäre. Ich möchte nicht, dass die sich zusammenrotten und mich als Aushängeschild vor sich hertragen und für ihren Feldzug missbrauchen."

Laura spielte nachdenklich mit dem Kuli. „Es geht Ihnen also vor allem darum, die Situation unter Kontrolle zu haben. An dem Wiedersehen sind Sie nicht interessiert?"

Er schüttelte den Kopf. „Ganz so ist es nicht. Wir haben dieses Jahr fünfunddreißigjähriges Jubiläum. Das kann man schon mal feiern. Aber ich möchte sichergehen, dass es nicht ausartet und ungeahnte Folgen nach sich zieht."

„Gut." Laura nickte Gilda zu, die bereits Stift und Papier gezückt hatte. „Wo können wir ansetzen?"

„Das Internat heißt Waldheim und liegt in der gleichnamigen Stadt im Sauerland. Sie werden es vermutlich nicht kennen?" Er schaute fragend in die Runde. Laura und Gilda schüttelten die Köpfe. „Macht nichts. Ein Ort mitten im Nichts. Ich war froh, als ich von dort wegkam. Die Schule ist noch in Betrieb. Sie haben einen ausführlichen Internetauftritt und sind auf die besonderen Bedürfnisse von Kindern spezialisiert. Sie bieten Förderunterricht und verschiedene sportliche Aktivitäten an, aber geändert hat sich nichts: Sie verwahren immer noch die Schwer-Erziehbaren."

„Können Sie uns die Namen Ihrer ehemaligen Schulkameraden nennen?" Gilda sah von ihren Notizen auf.

„Ich fürchte, die meisten habe ich vergessen. Oder ich habe sie auch nie gewusst. Wir haben uns eigentlich nur mit Vornamen oder Spitznamen angeredet. Da ist natürlich Michael Ehrling, der mich kontaktiert hat und die Idee mit dem Treffen hatte. Ihn können Sie befragen, vielleicht fallen ihm noch Namen ein. Seine Kontaktdaten habe ich Ihnen aufgeschrieben." Er reichte Gilda ein Stück Papier, das sie stirnrunzelnd musterte. „Eine Drogenberatungsstelle in Köln?"

Bernd Schlüter nickte. „Richtig. Und das ist genau das, was mir Sorgen bereitet. Drogenberater ist ein ehrenhafter Beruf. Ich bewundere Menschen, die sich für andere, denen es schlecht geht, einsetzten und ihnen helfen, aber es gibt viele Vorurteile. Spontan assoziieren manche Leute damit, dass die Berater selbst Drogen nehmen oder wenigstens früher genommen haben, und dass sie vielleicht dealen. Auf jeden Fall bewegt sich Michael in einem Milieu, das meinem Ruf schaden könnte."

„Können Sie uns noch weitere Namen geben?"

„Ja, ich erinnere mich an meinen Kumpel Helmuth. Keine Ahnung, was aus ihm geworden ist. Und dann war da noch der fette Peter. Die Nachnamen weiß ich nicht mehr." Er starrte angestrengt vor sich hin.

„Am besten ist es, Sie überlegen in Ruhe, machen eine Liste und mailen sie uns zu. Es bringt nicht viel und würde zu lange dauern, wenn Sie jetzt versuchen, sich an alles zu erinnern." Laura sah verstohlen auf ihre Armbanduhr.

Bernd Schlüter nickte zustimmend. „Das mache ich. Können Sie die Schule kontaktieren und fragen, ob es Unterlagen über uns gibt? Die frühere Internatsleitung wurde natürlich abgelöst. Das ist ja fast ein halbes Jahrhundert her. Wie ich gehört habe, hat eine der damaligen Erzieherinnen die Schulleitung übernommen. Vielleicht hat sie die Akten aufbewahrt."

„Natürlich." Laura stand auf. „Sie schicken uns die Liste mit den Namen, an die Sie sich erinnern, und wir beginnen mit den Recherchen bei Ihrem Freund und Ihrer Schule. Am Ende der Woche stellen wir Ihnen unsere Ergebnisse vor. Bitte unterschreiben Sie, bevor Sie gehen, bei meiner Kollegin den Auftrag. Sobald wir die Anzahlung erhalten haben, legen wir los."

2

Wenig später klopfte Gilda an Lauras Tür und streckte den Kopf in ihr Büro. „Alles erledigt, der Auftrag ist unterschrieben, die Anzahlung haben wir in bar erhalten, Herr Schlüter ist weg."

Laura, die Papiere auf verschiedene Stapel sortierte, lächelte. „Gut. Fang am besten gleich mit den Recherchen an. Schau mal, was du alles am Computer über diesen Michael Ehrling und über die Schule herausfinden kannst. Ich arbeite mich durch die Rechnungen, dann klinke ich mich auch ein."

Gilda nickte und schloss leise die Tür. Sie kletterte hinter den Schreibtisch. Das war nicht einfach, da sie mehrere Kisten, die mit allerlei Computerzubehör und Kabeln gefüllt waren und nicht in die überfüllten Schränke passten, vorsichtig übersteigen musste, ohne auf die dicke Daunenjacke zu treten. Zum Glück hatte der Tisch auf der Vorderseite eine Verblendung, so dass die Besucher das Chaos nicht sehen konnten. Laura bestand verständlicherweise darauf, dass der Vorraum ordentlich und aufgeräumt aussah, und hatte anfangs von ihr gefordert, den Kram, wie sie es nannte, wieder mit nach Hause zu nehmen. Doch sie hatte sie davon überzeugen können, dass dieses Equipment notwendig war, um ihre besondere Art von Recherchen durchzuführen.

Sie setzte sich an den Schreibtisch und gab zuerst den Namen des Klienten in den Computer ein. Er hatte so ein

Aufhebens um seine Bekanntheit und seinen guten Ruf gemacht, dass sie wissen wollte, mit wem sie es zu tun hatten. Tatsächlich gab es viele Einträge. Er war Abgeordneter für die CDU im Landtag und schien jede Möglichkeit zu nutzen, um im Licht der Öffentlichkeit zu stehen. Gelangweilt klickte sie durch eine Reihe von Bildern, auf denen Bernd Schlüter mit den Vorsitzenden von Ortsvereinen jeder Art Bier trank, eine Hundeschau eröffnete, mit Unternehmern für einen guten Zweck Golf spielte und bei christlichen Frauen Rede und Antwort stand. Andere Fotos zeigten ihn beim Wahlkampf, wo er in wenig kleidsamem Orange und mit breitem Lächeln Broschüren an die Wähler verteilte. Als Politiker musste man wirklich jeden Mist mitmachen. Sie öffnete Bernd Schlüters Webseite und rief seine Vita auf. Ein großes Foto von ihm im dunklen Anzug dominierte die Bildschirmseite, darunter waren die politischen Stationen und Erfolge aufgelistet. Informationen zu seiner Familie oder über die Kindheit im Internat fehlten.

Gilda wechselte zur Suchmaschine und gab Michael Ehrlings Namen ein. Der pflegte einen deutlich zurückgezogeneren Lebensstil, sie fand lediglich einen Eintrag. Sein Name war als Ansprechpartner der Drogenberatungsstelle DROBERA samt Öffnungszeiten gelistet. DROBERA war an eine Pfarrei in der Nähe des Kölner Hauptbahnhofs angeschlossen, die sich um hilfsbedürftige Kinder und Jugendliche kümmerte und vom Pfarrer geleitet wurde. Gilda musste schmunzeln: Der Priester hatte sich vor der Kirche neben einem großen, steinernen Kreuz im Gegenlicht fotografieren lassen. Sowohl das Kruzifix als auch er warfen lange, pechschwarze Schatten, und außer seiner Silhouette in der Soutane war nichts von ihm zu erkennen. Das Foto wirkte wie die Werbung für einen Horrorfilm.

Schließlich rief sie die Webseite des Internats Waldheim auf. Anders als bei der DROBERA machte der Internetauftritt der Schule einen professionellen Eindruck. Die Bilder zeigten ein heimeliges Haus inmitten einer grünen Sommerlandschaft, davor strahlende Kinder und gütig aussehende Pädagogen. Gilda dachte an ihre heruntergekommene Realschule mit den zerkratzten, kaugummiverklebten Bänken und den gefrusteten Lehrern und musste seufzen. Wäre sie auf so eine Schule gegangen, hätte sie bestimmt andere Ergebnisse erzielt. Gute Noten hatte sie wegen ihrer unbehandelten Legasthenie nie gehabt, so sehr sie sich auch bemüht hatte.

Seit sie in der Detektei arbeitete, hatte sich vieles zum Besseren gewendet. Laura war zuerst schockiert gewesen über die Schreibfehler, die sie gemacht hatte. Doch dann hatte sie sie gefördert, hatte ihr Berichte zum Abschreiben gegeben und sie geduldig korrigiert. Vermutlich hatte sie geglaubt, dass Gilda das nicht merken würde, aber es war ihr natürlich sofort aufgefallen. Und sie genoss es. Ihre Eltern hatten sich nie für ihre schulischen Leistungen interessiert. Sie führten ein italienisches Restaurant, und ihrer Meinung nach reichte es aus, wenn sie gut kochen konnte, um das Familienunternehmen später zu übernehmen. Nachhilfe und Förderstunden hätten nur Zeit und Geld gekostet und sie daran gehindert, im Lokal zu helfen.

Damals hatte sie resigniert und sich gefügt. Aber ihr Leben am Herd zu fristen, hatte sie sich nicht vorstellen können. Deshalb hatte sie sich nach der mittleren Reife, sehr zum Missfallen ihrer Eltern, mit Jobben durchgeschlagen. Es war ein unstetes Leben gewesen, von der Hand in den Mund, und oft war am Ende des Geldes noch viel Monat übrig gewesen. Das war jetzt anders. Sie konnte ihre Fähigkeiten und

Computer-Kenntnisse erfolgreich einsetzen, die Kollegen respektierten sie. Das gab ihr Selbstbewusstsein und die Motivation, ihr Leben endlich in die Hand zu nehmen und etwas Richtiges daraus zu machen. Mit der Prämie, die sie für die Lösung des Dornheckensee-Falles bekommen hatte, hatte sie den Führerschein gemacht. Jetzt sparte sie auf ein Auto, es musste ja nichts Teures sein, und plante, das Abitur am Abendgymnasium nachzumachen. Und später wollte sie sogar studieren. Leider konnte sie erst im nächsten Sommer mit der Schule starten, dabei hätte sie am liebsten sofort losgelegt. Sie hatte Bücher in der Bücherei ausgeliehen, um sich einzuarbeiten, außerdem leistete sie Justin so oft wie möglich Gesellschaft bei seinen Hausaufgaben. Das frischte ihr Gedächtnis auf, und ihm gefiel es, ihr Lehrer zu sein bei den Themen, die sie nicht beherrsche.

Sie griff zum Telefon und rief bei der Kontaktnummer des Internats an. Es klingelte lange, sie wollte schon auflegen, als sich eine Frauenstimme meldete.

„Internat Waldheim."

„Guten Tag, hier spricht Gilda Lambi von der Detektei Peters in Bonn. Ich rufe im Namen eines Klienten an, der ein früherer Schüler von Ihnen ist. Er möchte ein Jubiläumstreffen organisieren, und dafür suchen wir die Namen und Adressen seiner Mitschüler. Können Sie uns weiterhelfen?"

„Nein, das geht selbstverständlich nicht. Wir haben anderes zu tun." Gilda spürte, dass ihr Gegenüber auflegen wollte.

„Augenblick, wäre das nicht eine schöne Publicity? Wiedersehensfreude, alte Verbundenheit, glückliche Erinnerungen. Sind Sie nicht neugierig, was aus den Schülern geworden ist?" Am anderen Ende der Leitung herrschte Stille.

„Hallo, sind Sie noch da? Hallo!"

„Ja", ließ sich die Frau vernehmen. „Natürlich wäre es schön zu sehen, dass die Schüler einen guten Weg genommen haben und erfolgreich sind. Aber ich wüsste nicht, wie wir dabei helfen können."

„Ganz einfach: Sie können mir eine Liste der Schüler mailen, die gleichzeitig mit unserem Klienten, Bernd Schlüter, die Schulbank gedrückt haben."

„Bernd Schlüter?", kam es scharf von der anderen Seite. „Das ist doch ewig her."

„Immerhin erinnern Sie sich an ihn", sagte Gilda leicht erstaunt.

„Erinnern wäre zu viel gesagt. Bernd Schlüter ist ein bekannter Politiker und der Berühmteste unserer Ehemaligen."

„Wie dem auch sei, können Sie mir bitte die Namen der Schüler geben, die im Zeitraum von 1970 bis 1976 bei ihnen...", sie wollte schon 'einkaserniert' sagen, konnte sich aber bremsen. „...waren?"

„Nein, ich sagte es bereits. Die Unterlagen haben wir nicht mehr. Jedenfalls nicht so ohne weiteres. Vielleicht gibt es noch Ordner im Keller, aber ich habe keine Zeit, das alles durchzusehen."

„Ok." Gilda überlegte in rasendem Tempo. „Und wenn wir vorbeikommen und selbst nachsehen?"

„Auf keinen Fall!"

„Hilft es, wenn Bernd Schlüter Sie kontaktiert und darum bittet? Denken Sie daran, dass er Ihnen nützlich sein könnte."

„Nein, die Mühe kann er sich sparen."

„Dann drücke ich mich anders aus: Bernd Schlüter ist es wichtig, seine Freunde wiederzusehen. Er wäre sehr enttäuscht, wenn sein Vorhaben Ihretwegen scheitert. Als Politiker verfügt er über weitreichende Kontakte. Ich könnte mir vorstellen, dass er die auch zum Nachteil Ihrer Schule nutzen kann. Das wollen Sie sicher nicht. Und alles nur, weil Sie ihm diesen kleinen Gefallen nicht tun möchten."

Die Frau am anderen Ende lachte ärgerlich auf. „Also gut. Ich habe keine Zeit, mich weiter mit so einem Unsinn herumzuschlagen. Sie können jemanden vorbeischicken und sich die Unterlagen ansehen. Aber wenn da irgendetwas nicht mit rechten Dingen zugeht, ist sofort Schluss! Haben Sie mich verstanden?"

3

Michael Ehrling schob den vergilbten Vorhang gerade so weit zur Seite, dass man ihn von draußen nicht sehen konnte, und spähte auf den Kirchenvorplatz. Das grelle Blaulicht zweier Polizeiautos und eines Krankenwagens blitzte rhythmisch und kalt durch den düsteren Vormittag und wurde von den Pfützen des vom Streusalz geschmolzenen Eises auf dem Asphalt reflektiert. Er wusste, warum sie dort standen, er selbst hatte Zora heute Morgen auf den Kirchenstufen gefunden. Ein Blick hatte genügt, um zu sehen, dass es eine Überdosis gewesen war. Die lange, silberne Nadel der Plastikspritze hatte noch in ihrem mageren Arm gesteckt. Aber verstanden hatte er es nicht. Sie war seit Wochen clean gewesen. Dessen war er sich sicher. Wenn einer so etwas erkennen konnte, dann war er das. Außerdem hatte sie ihre Schlupfwinkel, sie hätte sich niemals mitten auf dem Kirchplatz und direkt vor der DROBERA einen Schuss gesetzt. Das hätte sie ihm nicht angetan. Drogenabhängige hatten wenig moralische Skrupel, doch untereinander hatten sie den Rest eines

Ehrenkodex.

Nach einem langen Blick auf ihr blasses Gesicht, das ausgesehen hatte, als würde sie schlafen, war Michael in die DROBERA gelaufen und hatte die Tür zugeschlagen. Mit zitternden Fingern hatte er Kaffee eingeschenkt und nach kurzem Zögern einen ordentlichen Schuss Wodka hinzugegeben. Die Polizei hatte er nicht gerufen. Das brachte er nicht über sich. In seinem Leben war die Polizei nie ein Freund und Helfer gewesen.

„Eh, Alter, hast du gesehen, was da draußen abgeht?" Er drehte sich um und sah Cora in der Tür stehen. Sie gehörte genauso lange zur Gruppe wie Zora.

„Ja, ich weiß, warum die Bullen hier sind. Es hat Zora erwischt."

„Fuck!" Cora wurde blass, ihre dunkel geschminkten Augen dominierten das Gesicht. Blind tastete sie nach einem der Stühle, die um den großen Tisch in der Mitte des Raumes arrangiert waren, und ließ sich darauf fallen. Michael setzte sich zu ihr. Mit fahrigen Fingern nestelte er eine Zigarette aus einer verknitterten Packung, die neben dem überquellenden Aschenbecher auf dem Tisch lag, und zündete sie an. Tief inhalierte er den ersten Zug und ließ den Rauch mit zurückgelegtem Kopf zur Decke aufsteigen. Cora spielte mit ihren schwarzen, langen Haarsträhne und schaute ihn unsicher an. „Voll krass. Was ist passiert?" Ihre Stimme zitterte.

„Überdosis."

„Wie beschissen ist das denn! Bist du jetzt völlig meschugge? Sie war doch so gut drauf! Hatte es geschafft! Unmöglich!" Cora schüttelte den Kopf, dass die Haare flogen.

„Ist aber so. Ich habe sie draußen liegen sehen. Die Spritze war noch in ihrem Arm. Irgendwann erwischt es eben jeden von uns."

„Fuck, nein, nicht Zora!" Cora sprang so heftig auf, dass der Stuhl umkippte. „Sie war clean! Echt! Und wenn sie sich einen Schuss gesetzt hätte, dann never ever eine Überdosis. Sie war ein Pro!" Michael zuckte müde mit den Schultern und nahm einen weiteren tiefen Zug.

„Irgendetwas ist da oberfaul." Cora wanderte aggressiv durch den Raum. „Vielleicht hat ihr so ein Spacko schlechten Stoff untergejubelt. Aber das kann nicht sein. Sie hat nur bei Amdi gekauft. Der hat ihr sogar manchmal was auf Pump gegeben. Der hätte sie nie beschissen."

Michael stellte mit schwerfälligen Bewegungen den Stuhl auf, streckte die Hand aus und zog sie an ihrem dünnen Arm zum Tisch zurück. „Setz dich, du machst mich ganz kirre. Die Polizei wird gleich vorbeikommen und mit uns reden wollen. Wir sollten aufpassen, dass wir keine wilden Anschuldigungen machen. Wir wissen ja auch nichts. Warst du nicht gestern Abend mit Zora unterwegs?"

Cora nickte. „Wir haben in der City abgehangen. Unten am Rhein, am Bahnhof und auf der Domplatte. Haben ein paar Biere gezischt, geguckt, was so abgeht, ob wir was drehen können, du weißt schon", sie warf ihm einen schnellen Seitenblick zu. „Aber Zora war ok. Nicht auf Droge. Echt."

„Ich weiß. Aber vor einem Rückfall ist man nie sicher. Du nicht und ich nicht. Und Zora auch nicht. Keiner von uns. Deshalb müssen wir der Polizei gegenüber vorsichtig sein und dürfen keine wilden Vermutungen anstellen."

Es klopfte an der Tür. Die beiden zuckten zusammen und sahen sich angespannt an. Ohne auf eine Antwort zu warten, traten zuerst zwei uniformierte Polizisten, dann ein kräftiger Mann mittleren Alters im ausgebeulten Anzug und abgestoßener Lederjacke ein.

„Guten Tag, die Herrschaften. Kripo Köln. Wir möchten Ihnen ein paar Fragen stellen. Auf dem Vorplatz wurde eine Frau tot aufgefunden. Könnten Sie bitte mitkommen? Sie ist wahrscheinlich keine Unbekannte für Sie."

Michael winkte ab. „Ich habe sie gesehen. Es ist Zora, sie gehört zu unserer Gruppe."

„Ach ja?" Die Augen des untersetzten Mannes starrten ihn argwöhnisch an. „Sie haben uns aber nicht benachrichtigt. Das war jemand anders. Das können wir nämlich sehen." Michael senkte den Blick und drückte seine Zigarette aus.

„Ist Rauchen hier nicht verboten?" Der Dicke zeigte auf die Din-A-4-großen Verbotsschilder, die an den Wänden klebten. „Wenn Sie es mit den Zigaretten nicht so eng sehen, nehmen Sie es mit der Drogenabstinenz wohl auch nicht so ernst?"

„Doch." Michael wand sich. „Natürlich nehmen wir das Thema Drogen ernst. Deshalb gibt es uns ja. Aber es ist nicht leicht für die Leute, davon loszukommen. Vielen fällt es schwer, auf alles zu verzichten. Deshalb erlaube ich bei den Gruppensitzungen, dass geraucht wird." Der Kommissar schaute Michael missbilligend an, verfolgte das Thema aber nicht weiter. „Was können Sie mir über die Tote sagen?"

„Als ich heute zur DROBERA kam, lag sie auf den Kirchenstufen. Die Spritze steckte in ihrem Arm. Ich wollte die Polizei rufen, aber dann sind Sie ja schon gekommen. Und keine Sorge, ich habe nichts angefasst." Der Kommissar starrte ihn an, dann nickte er und zückte ein Notizbuch. „Wie ist der volle Name der Toten?"

„Sie heißt Soraya. Wir haben sie wegen ihrer roten Haare Zora genannt. Den Nachnamen weiß ich nicht auswendig, wir reden uns nur mit Spitznamen oder Vornamen an. Manche möchten anonym bleiben, wir respektieren das. Zora hat aber an einem Spezialprogramm teilgenommen, dafür musste sie ein Formular mit vollem Namen ausfüllen. Ich sehe in den Unterlagen nach." Michael stand schwerfällig auf, ging zu einem Regal an der Stirnseite des Raums, zog einen Ordner heraus und blätterte darin. Dann schüttelte er den Kopf, sah hoch und suchte weiter. „Merkwürdig, ihr Antragsformular ist nicht mehr da. Ich weiß genau, dass ich es abgeheftet habe. Aber ich kann auf der Liste nachsehen, die wir zusätzlich führen. Einen Augenblick." Er schlug einen anderen Ordner auf und fuhr mit dem Finger über eine Tabelle. „Ihr Name ist Soraya Kandikili. Sie ist neunzehn Jahre alt und seit sechs Wochen in dem Projekt."

„Genau", schaltete sich Cora ein, „sie hat nicht mehr gespritzt. Die kriegen so ein Zeug, damit sie von der Droge runterkommen."

„Methadon?", fragte der Kommissar. Michael Ehrling schüttelte den Kopf. „Nein, eine ganz neue Therapie. Es sind spezielle Medikamente zur Linderung der Entzugserscheinungen und zur körperlichen Kräftigung. Das Projekt beinhaltet auch psychische Unterstützung, Fitness und die Vorbereitung auf eine berufliche Ausbildung. Die Kandidaten werden rund um die Uhr betreut. Es ist nicht leicht, einen Platz zu erhalten. Wir haben Glück, dass die DROBERA den Zuschlag für die Kooperation bekommen hat." Michael stellte den Ordner zurück und schlurfte mit hängenden Schultern zum Tisch.

„Eben." Cora gestikulierte wild mit den Händen. „Sie war total heiß auf den Platz. Es kann nicht sein, dass sie sich einfach ins Jenseits geschossen hat."

„Sind sie auch in dem Projekt?" Der Kommissar musterte Cora zum ersten Mal eingehend, sein Blick blieb an den Piercingringen in ihrer Nase hängen.

„Nein, noch nicht. Aber ich krieg das hin." Sie zupfte an dem viel zu großen, schwarzen Pulli herum.

„Jedenfalls hatte Zora gestern Nacht einen Rückfall. So erfolgreich war das Projekt nicht." Aus dem letzten Satz des Kommissars war die Häme nicht zu überhören.

Michael presste die Lippen zusammen. „Wir haben beachtliche Erfolge mit dem Projekt. Professor Martin ist sehr zufrieden mit den Ergebnissen. Wir haben ihm viel zu verdanken."

„Professor Martin? Von der Suchtklinik für Schöne und Reiche draußen in Marienburg?"

„Genau der!" Michael straffte den Rücken und nickte. „Er hat viel für uns getan. Er hat mit Pfarrer Zieten die DROBERA ins Leben gerufen. Uns gibt es seit dreißig Jahren."

Der Kommissar schaute sich geringschätzig um. „Das sieht man. Der betuchte Herr Professor hätte ruhig mal ein paar Euro für Farbe und neue Möbel lockermachen können. Wie auch immer, es sieht nach einer Überdosis aus, allerdings müssen wir die Ergebnisse der Gerichtsmedizin abwarten, bevor wir den Fall abschließen können. Sollte es Ungereimtheiten geben, kommen wir auf Sie zu, um die Punkte zu klären. Halten Sie sich zu unserer Verfügung." Michael nickte und atmete auf, als sich die Tür hinter den Ordnungshütern geschlossen hatte.

„Wir müssen Prof Martin Bescheid sagen!" Cora war ans Fenster gelaufen und sah den Polizisten hinterher.

„Das mache ich. Er wird nicht begeistert sein. Zora war eine seiner Vorzeige-Exemplare. So hat er sie immer genannt. Jetzt bleiben nur noch Eddie, Nico und Nastja. Hoffentlich schaffen die es und bleiben standhaft, sonst sind wir die Kooperation los und können den Laden über kurz oder lang dichtmachen."

Cora kam zum Tisch, schenkte sich einen Kaffee ein und griff beherzt zur Wodka-Flasche.

„Halt, das ist meiner!"

Ohne auf seinen Protest zu achten, goss sie einen ordentlichen Schluck in die Tasse, gab drei Löffel Zucker hinzu und rührte um. „Das brauche ich jetzt, ich bin total durch. Die arme Zora. Ich kann es nicht fassen. Weißt du, sie war so gut drauf. Hatte alles gecheckt, wusste genau, was sie wollte. Sie hatte irgendetwas in der Hinterhand und meinte, das wäre ihr Sechser im Lotto. Und jetzt das."

„Was für ein Sechser im Lotto?" Michael schaute alarmiert auf.

Cora zuckte die Achseln. „Keine Ahnung. Sie wollte nichts rauslassen. Hat sich wichtig gemacht damit. Meinte, dass sie sich jetzt keine Sorgen mehr um ihre Zukunft machen müsste."

Er lachte bitter. „Das hat ja gut geklappt. Sorgen muss sie sich jetzt keine mehr machen."

4

Es war Mittagszeit, als Laura die Tür ihres Büros öffnete und zu Gilda in den Vorraum trat. „Zeit für eine kleine Pause!" Genervt strich sie sich eine dunkle Haarsträhne zur Seite, die sofort wieder ins Gesicht fiel. Vor einigen Monaten hatte sie sich in einem Anfall von Depression die Haare kurz schneiden lassen und es nach dem ersten Blick in den Spiegel sofort bereut. Mittlerweile hatten die Haare zwar wieder eine halbwegs akzeptable Länge erreicht, waren aber immer noch nicht lang genug, um sie zusammenbinden zu können. „Hast du Lust, mit mir nach Godesberg zu gehen? Wir könnten Döner oder Hamburger essen."

Zwanzig Minuten später wanderten die beiden Frauen mit ihren Snacks durch die Godesberger Innenstadt und sahen sich die Schaufenster an.

„Lecker!" Gilda leckte genüsslich einen Klecks Ketchup von ihrem Zeigefinger.

„Ja, nicht schlecht", stimmt Laura mit vollem Mund zu. „Hast du schon Informationen gefunden zu unserem Fall?"

Gilda nickte und signalisierte mit dem halb gegessenen Cheeseburger, dass sie erst fertig kauen musste, bevor sie antworten konnte. „Ich habe mich über unseren Auftraggeber schlaugemacht. Er ist tatsächlich ein bekannter Politiker und tritt auf vielen Veranstaltungen auf. Ansonsten unverheiratet, keine Familie, keine Kinder. Vielleicht hat er eine Freundin, aber darüber habe ich nichts gefunden. Über seine Vergangenheit gibt es auf den ersten Blick keine Informationen. Aber ich werde bei Gelegenheit tiefer graben." Laura nickte zustimmend. „Dann habe ich das Internat angerufen, um die Namen der früheren Mitschüler zu erfragen. Die waren zuerst nicht sehr kooperativ. Eher das Gegenteil. Aber ich habe den Namen von Bernd Schlüter erwähnt und ziemlich übertrieben, wie viel er für den guten Ruf der Schule tun könnte. Oder dass er ihnen auch schaden könnte. Schließlich haben sie zugestimmt, dass wir die Information bekommen können."

„Gut!" Laura lächelte. „Darauf gönnen wir uns einen Glühwein!" Sie zog Gilda an der Jacke zu einem Bistro, und kurz darauf standen sie unter einem Heizpilz und wärmten ihre Hände an den heißen Tassen.

„Es gibt noch einen Aspekt." Gilda blies unschuldig in ihr Getränk.

„Der da wäre?"

„Die Unterlagen vermodern bei denen im Keller und müssen erst gesichtet werden. Natürlich haben sie keine Lust, das für uns zu machen. Das bedeutet, einer von uns muss ins Sauerland fahren und vor Ort recherchieren."

„Oh nein! Das sagst du mir, nachdem ich den Glühwein spendiert habe? Aber im Ernst", Laura verzog das Gesicht, „wir haben so viel zu tun. Das Internat liegt nicht gerade um die Ecke. So viel Aufwand, nur um ein paar Adressen zu finden?"

„Hallo, die Damen! Machen die Detektivinnen eine Pause, oder seid ihr in einem verdeckten Einsatz?" Barbara Hellmann, Pianistin und Lauras beste Freundin, stand strahlend und mit ausgebreiteten Armen vor ihnen, um sie zu umarmen.

„Selbst bei dieser Kälte, wo jeder nur vermummt herumläuft, siehst du glamourös aus! Wie machst du das nur?" Laura zog in gespieltem Unverständnis die Augenbrauen hoch. Barbara lachte, strich sich durch die schulterlangen, blonden Locken und sah an ihrer goldenen Daunenjacke, den schwarzen, engen Jeans und den Fellboots hinunter. „Glamourös ist wohl etwas übertrieben. Wie ich sehe, seid ihr beim Glühwein. Da schließe ich mich an."

Kurz darauf kam sie mit einer Tasse zurück und stellte sich zu den Freundinnen. „Was gibt es Neues? Verfolgt ihr eine geheimnisvolle Spur?" Die beiden Detektivinnen schüttelten den Kopf. „Nicht wirklich", sagte Gilda. „Wir suchen die Adressen ehemaliger Mitschüler eines Politikers aus Düsseldorf. Er möchte ein Schultreffen organisieren."

„Ihr hattet schon spektakulärere Fälle", stimmte Barbara zu. „Aber Düsseldorf ist relativ weit weg. Wie seid ihr an den Auftrag gekommen?"

Laura trat gegen die Kälte von einem Bein auf das andere. „Unser Klient möchte nicht, dass in seinen Kreisen bekannt wird, auf welche Schule er gegangen ist. Deshalb wollte er den Auftrag in eine andere Stadt geben. Er kennt Anwalt Herckenrath, der uns empfohlen hat." Dass Schlüter sie unbedingt hatte engagieren wollen, weil sie auf 'Bagatellfälle' spezialisiert waren, ließ sie weg.

„Was ist das für eine Schule?"

„Sie heißt Waldheim und liegt in Waldheim im Sauerland. Ein Internat für Schwererziehbare." Gilda stellte die Tasse ab und malte mit den Fingern Gänsefüßchen in die Luft.

„Verstehe. Für einen Politiker natürlich keine gute Empfehlung. Waldheim..." Barbara tippte mit dem Zeigefinger nachdenklich auf die Unterlippe. „Das habe ich schon mal gehört. Allerdings in keinem schönen Zusammenhang. Kann es sein, dass die früher nicht gut mit den Schülern umgegangen sind?"

„Ja, das kann sein. Unser Klient hat erzählt, dass einige Ehemalige Ansprüche an den Fonds für Heimkinder stellen möchten. Irgendetwas könnte also vorgefallen sein." Laura nippte an ihrem Glühwein.

„Genau, jetzt weiß ich es: Bei dem Empfang nach meinem Konzert in Köln hat einer der Gäste über Waldheim gesprochen." Eine zarte Röte stahl sich in ihr Gesicht, sie schaute zu Boden.

„Weißt du, wer?" Laura sah Barbara neugierig an.

„Ich kenne ihn nicht. Ein hagerer Mann, ein bisschen älter als wir. Er sah irgendwie schlecht aus, als wäre er krank, und war mit einem Pfarrer da." Barbara schaute immer noch zu Boden, die Röte auf ihren Wangen hatte sich verstärkt.

„Schade. Was für eine Veranstaltung war das?"

„Eine Wohltätigkeitsgeschichte, aber vom Feinsten. Professor Martin von der Suchtklinik in Marienburg hat sie organisiert. Nach meinem Konzert gab es einen schicken Empfang mit einer Wahnsinns-Tombola. Du glaubst gar nicht, was für Preise da gestiftet worden sind. Eine Reise in die USA, ein Kleinwagen und ein Einkaufsgutschein von Dior. Die müssen unheimlich viel Geld eingenommen haben. Ich hätte gern ein Los gekauft, aber dann wäre meine Gage gleich wieder weg gewesen. Und die ganze Nacht wurde getanzt." Barbara sah weiter hartnäckig zu Boden.

„Wofür wurde gesammelt?", fragte Gilda mit glänzenden Augen.

„Es ging um ein Projekt, das Jugendliche beim Drogenausstieg unterstützt."

„Das könnte der Schulfreund von unserem Klienten gewesen sein, den du da getroffen hast." Laura schaute Gilda nachdenklich an. „Der arbeitet bei einer Drogenberatungsstelle. Wir müssen ihn noch befragen. Am Telefon wird das kaum möglich sein, also steht uns noch eine Reise bevor."

Gilda lachte. „Laura, Köln ist um die Ecke. Ich fahre da abends hin, wenn ich ausgehen möchte. Das ist keine Weltreise."

„Welche Reise habt ihr denn noch vor?", schaltete sich Barbara ein.

Laura seufzte. „Wir müssen ins Sauerland fahren, um Einblick in die Akten der ehemaligen Schüler zu nehmen. Das ist ein ganzes Stück zu fahren, man muss wenigstens einmal übernachten. Ich kann mir im Moment wirklich Besseres vorstellen."

„Das ist doch toll! Solche Örtchen können sehr malerisch sein. Vielleicht liegt dort sogar Schnee? Das ist total romantisch."

Barbaras Begeisterung steckte Laura nicht an. „Dann solltest du fahren."

„Weißt du was? Das mache ich. Ich begleite dich. Zusammen ist es viel lustiger, und helfen kann ich dir auch, dann geht es schneller."

Lauras Gesicht hellte sich auf. „Würdest du tatsächlich mitkommen? Das wäre super. Aber ich möchte morgen starten. Kannst du dir so kurzfristig Zeit nehmen?"

Barbara nickte. „Klar, zwei, drei Tage sind kein Problem, das kriege ich hin. Es wird mir gut tun, mal rauszukommen und den Kopf freizukriegen."

„Wunderbar!" Laura freute sich. „Dann starten wir morgen in aller Frühe. Gilda, meldest du uns bei der Internatsleitung an? Und kannst du uns zwei Hotelzimmer buchen? Hoffentlich gibt es in dem Kaff überhaupt eine Übernachtungsmöglichkeit."

Gilda sammelte die mit Weihnachtssternen verzierten Steingut-Becher ein. „Ja, das erledige ich gleich als Erstes, wenn wir im Büro sind. Und dann fahre ich nach Köln und spreche mit dem Mann von der Drogenberatung, sonst ist die Agentur morgen verwaist. Wir können ja schlecht Justin an den Empfang setzten."

5

Gilda trat aus dem Kölner Hauptbahnhof auf den zugigen Vorplatz und zog fröstelnd ihren Schal enger um den Hals. Über ihr ragte der mächtige Dom in den bedeckten Himmel, auf dem Taxiplatz herrschte ein Chaos aus Menschen, Autos und Lärm. Sie tippte die Ziel-Adresse in ihr Handy ein, ließ sich die Route anzeigen und erklomm die Stufen zur Domplatte. Die Handtasche eng an den Körper gepresst musste sie sich fast gewaltsam durch den Strom von japanischen Touristen und einkaufsfreudigen Passanten schieben. Auf dem Alter Markt wurde das Gedränge sogar noch größer, und obwohl es erst Nachmittag war, grölten Betrunkene vor den Kneipen. Gilda zog den Kopf ein, drückte sich rücksichtslos durch die Menge und war erleichtert, als sie die Gasse gefunden hatte, die zur Kirche und zur DROBERA führte.

Erst auf den zweiten Blick entdeckte sie das baufällige Häuschen, das mehr einer Bretterbude glich, in dem die Beratungsstelle untergebracht war. Zu ihrer Überraschung waren Teile des Kirchenvorplatzes mit rot-weißem Plastikband abgesperrt. Auf den Kirchenstufen sah sie mit Kreide gezogene Umrisse eines schmalen, menschlichen Körpers. Ein Schauer lief ihr über den Rücken. War hier ein Mord passiert? Sie schüttelte sich und ging entschlossen zum Eingang. Noch bevor sie klopfen konnte, öffnete sich die Tür. Vor ihr stand eine Frau, etwa im gleichen Alter, mit langen, schwarzen Haaren und einem viel zu großen Wollpulli.

„Bist du einer von den Pressefutzies?"

Gilda schüttelte den Kopf. „Nein. Was ist denn vor der Kirche passiert?"

Die Schwarzhaarige ignorierte die Frage. „Was willst du? Schieb lieber ganz schnell wieder ab."

Gilda räusperte sich. „Ich möchte zu Michael Ehrling. Darf ich hereinkommen?" Das Mädchen warf einen Blick hinter sich in den Raum und gab widerstrebend den Weg frei. Gilda trat ein und sah sich einem hageren, großen Mann mit hängenden Schultern gegenüber, der sie gleichmütig ansah.

„Sind Sie Herr Ehrling?"

„Ja. Worum geht es?" Seine Stimme klang müde, aber angenehm. Gilda ging einen Schritt auf ihn zu, blieb aber ruckartig stehen, als sie den stechenden Geruch von Alkohol wahrnahm. Er hatte getrunken.

„Komme ich ungelegen?"

Michael Ehrling zuckte die Achseln, dann wies er fahrig auf einen Stuhl. Gilda interpretierte das als Einladung, legte die Umhängetasche auf den Tisch und setzte sich. „Mein Name ist Gilda Lambi von der Detektei Peters in Bonn. Ihr Freund Bernd Schlüter hat uns beauftragt, mit Ihnen zu sprechen. Er sagte, dass Sie ein Schultreffen organisieren möchten, dafür hat er uns um Unterstützung gebeten."

„Soso. Bernd schickt dich und hat gesagt, ich wolle ein Schultreffen organisieren. Na ja, er hatte schon immer seine eigene Sicht auf die Dinge. Wir können uns übrigens duzen." Michael setzte sich schwerfällig, zog eine alte Kaffeekanne zu sich und sah sie fragend an.

„Ja, gerne. Bei der Kälte ist das genau das Richtige." Gilda lächelte breit, um ihr Unbehagen zu verbergen. Der Raum war eiskalt, von den Wänden blätterte die Farbe ab, die Möbel waren abgestoßen und schäbig. Michael hatte einen Drink zu viel gehabt, und das Mädchen sah aus wie eine Fixerin, die ihr gleich die Tasche entreißen würde, um den nächsten Schuss zu kaufen. „Was ist passiert? Ist jemand ermordet worden?" Vorsichtig trank sie von dem lauwarmen, bitteren Gebräu. Michael schenkte sich ebenfalls eine Tasse ein und nickte. „Eine unserer Schutzbefohlenen ist an einer Überdosis gestorben. Sie wurde heute Morgen gefunden. Wir sind total erschüttert. Deshalb haben wir jetzt eigentlich geschlossen."

„Tut mir leid", murmelte Gilda.

Das schwarzhaarige Mädchen schnaubte verächtlich. „Tu nicht so scheißfreundlich. Mir machst du nichts vor! Dir ist das total wurscht! Ihr Luxus-Barbies verachtet uns."

„Cora..." Kraftlos versuchte Michael, die Attacke des Mädchens zu stoppen.

„Ist doch wahr! Die beachten uns gar nicht. Schauen weg und interessieren sich nicht die Bohne dafür, wie dreckig es uns geht. Als wären sie etwas Besseres. Aber das seid ihr nicht. Hast du mich verstanden? Wir haben nicht immer auf der Straße gelebt. Wir sind nur in die Scheiße geraten. Das kann jedem passieren. Dir auch!"

Gilda hob beschwichtigend die Hände, es fiel ihr nichts ein, was sie hätte entgegnen können, ohne das Mädchen weiter zu reizen. Michael schlug auf den Tisch. „Schluss jetzt, Cora. Hier geht es um ein anderes Thema. Entweder, du beruhigst dich und setzt dich zu uns, oder du verschwindest." Gilda erwartete, dass das Mädchen wütend zur Tür hinausrauschen würde, aber überraschenderweise nickte sie und zog sich einen Stuhl heran.

„Tut mir leid, dass ich zu einem ungünstigen Zeitpunkt komme, das konnte ich nicht wissen", begann Gilda erneut.

„Wir konnten das alle nicht ahnen. Zoras Tod ist der totale Schock. Sie war auf einem guten Weg, seit Wochen clean. Keine Ahnung, wie es zu einem Rückfall kommen konnte. Sie war viel zu erfahren für eine Überdosis." Michael schüttelte den Kopf, angelte nach der Wodka-Flasche, die mitten auf dem Tisch stand, und goss einen großzügigen Schluck in den Becher. Gilda scharrte unbehaglich mit den Füßen. Betrunkene machten ihr Angst. Sie hatte es am eigenen Leib erlebt, wie aufdringlich und gefährlich sie werden konnten. Als sie auf Ibiza in einem Strandclub gejobbt hatte, war sie nur knapp einer Vergewaltigung entgangen. Ein Betrunkener hatte sie nachts auf dem Heimweg in ein Gebüsch gezerrt. Nur dank eines beherzt eingreifenden Touristen war es nicht zum

Äußersten gekommen. Sie versuchte, sich auf das Gespräch zu konzentrieren: „Könnte es Selbstmord gewesen sein?"

„Bullshit!" Cora fuhr hoch. „Sie hatte es doch geschafft: Keine Drogen, auf der Warteliste für 'ne eigene Bude und in ein paar Wochen wollte sie eine Ausbildung als Kosmetikerin anfangen. Sie war so happy! Das schmeißt man doch nicht einfach weg."

Gilda zuckte die Schultern. „Vielleicht hat sie Angst vor der Herausforderung bekommen? Der Schritt zurück in ein strukturiertes Leben, in dem man alle Erwartungen erfüllen muss, kann einschüchternd wirken."

„Sag mal, bist du 'ne Psycho-Tussi? Was redest du da für einen Scheiß?" Cora stützte die Arme auf den Tisch und guckte Gilda an, als wollte sie sich gleich auf sie stürzen.

„Cora, ich sage es nicht noch einmal: Halt dich zurück oder geh!" Michael warf einen strengen Blick auf das wütende Mädchen, dann wandte er sich an Gilda: „Nein, ich glaube nicht, dass sie Panik bekommen hat. Sie war in einem Spezialprojekt zum Drogenausstieg, da wurde sie psychologisch und medikamentös gegen Angstzustände und Depressionen behandelt. Die merken sofort, wenn irgendetwas mit den Teilnehmern nicht stimmt, und steuern dagegen. Zora hatte keine Angst vor der Zukunft. Sie hat sich darauf gefreut."

„Genau." Cora hatte sich wieder beruhigt. „Prof Martin hätte ihr sofort etwas gegeben, wenn sie einen Depri-Trip gehabt hätte. Hatte sie aber nicht. Im Gegenteil, sie war total gut drauf, weil alles so geil lief. Sie war höchstens ein bisschen mitgenommen von der Therapie. Aber so ein Entzug ist auch kein Kinderspiel."

„Prof Martin?", hakte Gilda ein. Hatte Barbara nicht heute Mittag noch von einem Professor Martin erzählt, der sie für eine Wohltätigkeitsveranstaltung gebucht hatte? Michael lächelte schwach. „Genau der. Man bringt ihn eigentlich mit solchen Sozialprojekten nicht in Verbindung."

Gilda trank einen Schluck von ihrem Kaffee und schälte sich aus der Daunenjacke. Langsam wurde es ihr doch warm. Cora beugte sich vor, schnappte sich Michaels Feuerzeug und entzündete eine halb abgebrannte Kerze, die in einem Nest aus skelettierten Tannenzweigen steckte. Ihre anfänglichen Vorbehalte gegen Gilda schien sie abgelegt zu haben, jetzt wollte sie eine gemütliche Atmosphäre schaffen. Allerdings wirkte das Gesteck so trostlos und vernachlässigt wie die ganze Einrichtung.

„Also schließt ihr Selbstmord aus?" Das Thema ging Gilda nichts an, aber sie war neugierig.

„Ja, auf jeden Fall." Michael nickte entschieden mit dem Kopf. „Sie hätte sich nicht auf den Kirchenstufen direkt vor unserer Haustür umgebracht. Das hätte sie uns nicht angetan." Cora nickte zustimmend, stellte ihre Füße auf den benachbarten Stuhl und schlang die mageren Arme um ihre dünnen Beine. Draußen war es stockdunkel geworden, das spärliche Licht der Deckenlampe drang kaum bis in die Ecken. Gilda sah beunruhigt auf ihre Uhr. Zu lange wollte sie sich nicht aufhalten.

„Könnt ihr für uns herausfinden, was mit Zora passiert ist?" Cora sah Gilda durch den Schleier ihrer langen Haare erwartungsvoll an.

„Nein, tut mir leid. Wir übernehmen keine Mordfälle. Und auch nichts mit Gewalttaten. Firmenpolicy."

„Firmenpolicy", äffte sie das Mädchen nach.

„Wieso glaubst du, dass es Mord war? Vielleicht ist nur irgendetwas schief gelaufen." Michael schien noch blasser geworden zu sein, sofern das in dem düsteren Raum überhaupt zu erkennen war.

Gilda beugte sich vor: „Na, entschuldigt bitte, eure Zora hatte keinen Grund, sich umzubringen, war zu erfahren, um eine Überdosis zu nehmen und hätte nicht vor eurer Tür gespritzt. Was bleibt da noch übrig?"

Michael malte mit den Fingern nervös ein paar Buchstaben nach, die jemand in die gemaserte Holzplatte des Tisches geritzt hatte. „Weißt du, es gibt noch etwas anderes. Unsere Akten sind durchwühlt worden, es fehlen Formulare. Könntet ihr darüber mehr herausfinden?"

„Was meinst du damit?" Cora blickte Michael genauso erstaunt an wie Gilda.

„Jemand hat unsere Ordner durchgeblättert. Es ist bereits vier- oder fünfmal vorgekommen. Genau weiß ich es nicht, weil ich es nicht unbedingt immer bemerkt habe. Und manchmal fehlte ein Blatt."

„Was für Unterlagen?", fragte Gilda.

„Anträge für das Projekt von Prof Martin. Ab und zu fehlte ein Stammblatt mit den persönlichen Angaben einer Teilnehmerin."

„Teilnehmerin? Gibt es keine Männer?"

„Doch, aber von denen fehlt nichts."

„Komm, das war garantiert einer der DROBIES. Manche wollen nicht clean werden und durchsuchen alles, um an Kohle zu kommen." Cora winkte verächtlich ab.

„Wer sind die DROBIES?" Gilda schaute von einem zum anderen.

„Unsere Kunden, wenn du so willst. Die Menschen, die von den Drogen loskommen möchten, und bei uns Unterstützung suchen. Das hier ist die DROBERA, und die Leute, die wir betreuen, nennen wir DROBIES. Hat sich so eingebürgert."

„Ok", nickte Gilda. „Könnte es einer der DROBIES gewesen sein?"

„Klar", rief Cora, doch Michael schüttelte gleichzeitig den Kopf.

„Nein. Was sollen die mit den Unterlagen? Wenn die etwas mitgehen lassen, dann Bares, Ziggies oder Alk. Manchmal einen Schokoriegel. Alles andere interessiert die nicht. Hier gibt es nichts Wertvolles."

Gilda schaute sich um und musste ihm unwillkürlich recht geben. Die Möbel und das vermackte Steingut-Geschirr, das auf dem Tisch stand, waren höchstens etwas für den Sperrmüll. Den wertvollsten Gegenstand, eine uralte Kaffeemaschine, die auf der Spüle stand, hätte auch keiner freiwillig mitgenommen. „Warum ist dir das Thema so wichtig, dass du uns damit beauftragen willst? Es sind nur Papiere. So wertvoll können die nicht sein."

„Ja, es sind nur Papiere. Aber sie gehören zu einem Projekt, über das keine Einzelheiten nach außen dringen sollen. Die Therapie ist neu entwickelt worden und befindet sich in der Erprobungsphase. Es wäre fatal, wenn die Konkurrenz jetzt davon Wind bekäme. Es könnte sein, dass jemand die Teilnehmer ausfragen möchte und deshalb die Unterlagen stiehlt. Wenn Prof Martin das erfährt, verlieren wir womöglich die Kooperation. Für uns wäre das eine Katastrophe. Dann können wir den Laden über kurz oder lang dichtmachen."

Gilda nickte. „Verstanden. Tut mir leid, wenn ich das frage, aber könnt ihr uns bezahlen? Ehrenamtlich arbeiten wir nämlich nicht."

Michael lachte hart auf. „Soll Bernd den Auftrag gleich mitübernehmen. Der hat schließlich genug Schotter." Als er Gildas unbewegte Miene sah, lenkte er ein. „Mach dir keine Sorgen. Es gibt ein Budget, das der Pfarrer unter seiner Fuchtel hat. Er wird Geld lockermachen. Hauptsache, wir geben nichts aus für die Renovierung der DROBERA oder für

Neuanschaffungen. Seiner Ansicht nach wissen die DROBIES das nicht zu schätzen und machen alles nur kaputt."

Gilda wühlte in ihrer Handtasche und legte ein Formular und einen Kuli vor ihn auf den Tisch. „Das ist das Vertragsformular. Du kannst es gerne direkt unterschreiben, allerdings starten wir mit der Arbeit erst, wenn du den Vorschuss bezahlt hast. Ok?"

Michael nickte, überflog halbherzig den Text und unterschrieb. „Ich spreche noch heute mit dem Pfarrer, er kann morgen das Geld überweisen."

„Gut. Da ich dir glaube, dass du uns bezahlen wirst, kannst du mir gleich eine Liste der verschwundenen Unterlagen machen. Die nehme ich direkt mit."

Aber Michael schüttelte den Kopf. „Sorry, da muss ich mir erst ein paar Gedanken machen. Auswendig kenne ich die Namen nicht."

„Ok, schick sie mir per E-Mail. Hier ist meine Karte. Nun zu dem Thema, dessentwegen ich hier bin. Bernd Schlüter sagte, dass es deine Idee war, ein Schultreffen zu organisieren?"

„Tja, also ich finde auch, dass wir das machen sollten. Es ist alles so lange her. Es interessiert mich, was aus den anderen geworden ist."

„Hast du noch Kontakt zu jemandem? Kannst du mir Namen nennen?" Gilda hatte jetzt einen Block vor sich liegen und wartete mit gezücktem Bleistift.

Michael wand sich. „Bernd natürlich", begann er langsam aufzuzählen, „und Tommy. Mit den beiden habe ich das Zimmer geteilt. Tommy hat ständig gefurzt, er vertrug das Essen nicht." Cora kicherte schrill, doch Michael nickte ernst. „Wir haben fast täglich eine widerliche Pampe bekommen, Graupeneintopf mit Mehl. Da konnte es einem schlecht von werden. Onkel Heini hielt uns immer vor, dass er von dem bisschen Geld, das er für uns bekam, uns eigentlich nur verhungern lassen könnte. Wir sollten froh sein, dass es wenigstens das gab."

„Wer ist Onkel Heini?", fragte Cora dazwischen.

„Dem gehörte die Schule. Heinrich Krabost, wir mussten ihn Onkel Heini nennen. Dann würden wir uns wie zu Hause fühlen, hat er gesagt, schließlich wären wir eine große Familie. Aber zu Hause hat man sich da nicht gefühlt. Eher wie in der Hölle. Obwohl, für die meisten von uns machte das keinen Unterschied. War vielleicht doch wie zu Hause." Michael starrte in die Dunkelheit.

„Gibt es weitere Namen, an die du dich erinnerst?", fragte Gilda sanft. Sie wollte nicht gefühllos erscheinen, aber sie musste langsam aufbrechen.

„Es gab noch zwei auf unserer Bude. Wie hießen die? Ede irgendwas. Und Klößchen. Der war ziemlich dick. Dann waren da noch die drei Kapos. Scharfe Hunde, Friedrich, Axel und Werner. Onkel Heini nannte sie seine Augen und Ohren. Damit meinte er, dass sie alles sahen und hörten, was wir machten. Das haben sie ihm brühwarm erzählt. Manchmal bekamen sie den Auftrag, demjenigen, der etwas falsch gemacht hatte, eine gehörige Abreibung zu verpassen. Immer dann, wenn Onkel Heini zu besoffen war, um es selbst zu machen." Gilda schluckte. Das hörte sich nach einem Horror-Internat an. Im Internet hatte die Schule einen anderen Eindruck erweckt. Aber die Zeiten waren auch besser geworden.

„Warum willst du das Schultreffen auf die Beine stellen? Angenehme Erinnerungen können es nicht sein."

Michael nickte bedächtig. „Stimmt. Es war nicht schön. Überhaupt nicht. Aber es gab ein paar nette Jungs unter den Kameraden, die ich gerne wiedersehen möchte. Und bei einem hätte ich noch etwas gut zu machen. Aber der wird wohl nicht kommen."

TAG 2

1

Laura stand noch keine zwei Minuten vor der Haustür, als ein schicker Jaguar hupend an der Bordsteinkante hielt. Strahlend sprang Barbara aus dem Auto und machte eine einladende Geste. Laura musterte lächelnd ihr Outfit: Zur schwarzen Daunenjacke trug sie schwarze Hosen mit knallroten Lackstiefeln, eine rote Zipfelmütze saß keck auf ihren blonden Locken. Im Sauerland würde sie auffallen.

„Guten Morgen! Kann es losgehen?"

„Guten Morgen, Barbara. Ich dachte, du wärst ein Morgenmuffel? Davon ist nichts zu merken. Wie kann man am frühen Morgen schon so gut gelaunt sein?" Laura packte ihre Reisetasche in den Kofferraum und setzte sich auf den Beifahrersitz. „Hat dir Heinolf seinen Luxusschlitten freiwillig gegeben oder bist du damit getürmt?"

„Er ist auf Forschungsreise in den USA. Ich dachte, wir fahren hiermit viel bequemer als mit dem Z3."

Barbaras Mann war Universitätsprofessor und häufig unterwegs. Laura mochte ihn nicht besonders. Es fiel ihr schwer, mit ihm ein Thema zu finden, über das sie sich nicht sofort in die Haare kriegten. Barbara hatte ihr erklärt, dass er sich durch sie verunsichert fühlte, aber sie glaubte das nicht. Er konnte sie wahrscheinlich einfach nicht leiden. Aber das beruhte auf Gegenseitigkeit. „Das stimmt. Der Jaguar ist komfortabler als deine Blechbüchse." Laura kuschelte sich wohlig in den beheizten Ledersitz und genoss die Wärme. Sie hatte nur kurz gewartet, doch die Kälte war ihr bereits in die Knochen gekrochen.

„Hast du schon gefrühstückt?", fragte Barbara munter.

„Klar, für mich ist neun Uhr nicht besonders früh. Ich bin keine Künstlerin, die den ganzen Morgen verschlafen kann."

„Also wirklich!" Barbara knuffte Laura spielerisch. „Ich schlafe nicht jeden Tag aus, nur nach Konzerten, wenn es spät geworden ist. Möchtest du Kaffee? Das da ist deiner." Sie zeigte auf einen Thermobecher, der in einer Halterung vor Lauras Sitz klemmte.

„Toll." Laura probierte vorsichtig. „Lecker. Perfekt temperiert."

„Ich habe Croissants gekauft, falls du Lust auf ein zweites Frühstück hast."

„Vielen Dank, im Moment nicht. Ich habe üppig gefrühstückt."

„Ok, aber ich nehme eins. Kommst du an die Tüte auf dem Rücksitz dran?"

Laura angelte mit langem Arm nach den Leckereien und hielt sie Barbara vor die Nase. Die nahm ein Marzipan-Croissant und schaltete das Radio ein. Die Klänge eines romantischen Liedes erfüllten den Innenraum, draußen sausten mit Raureif bedeckte Felder an ihnen vorbei. „....My love will never end...", sang Laura leise mit, was ihr einen prüfenden Blick ihrer Freundin eintrug.

„Denkst du manchmal noch an Hendrik?"

Hendrik war das große Liebes-Desaster in Lauras Leben gewesen. Sie hatten eine heiße Affäre gehabt. Doch als sie von ihm schwanger geworden war, hatte er sich auf seine Familie und seine Verpflichtungen besonnen und sie zu einer Abtreibung gedrängt. Vor allem Letzteres würde sie ihm nie verzeihen, auch wenn es letztlich ihre eigene Schuld war, schließlich hatte sie sich von ihm überreden lassen. Aber damals war sie nicht klar im Kopf gewesen. Um über ihn hinwegzukommen, hatte sie nach einer langen Phase der Verzweiflung ihr Leben komplett umgekrempelt und sich als Detektivin selbstständig gemacht. Ein Schritt, den sie bis heute nicht bereut hatte. „Ich denke selten an ihn. Ehrlich gesagt weiß ich gar nicht mehr, was ich an ihm gefunden habe. Es müssen die Umstände gewesen sein."

„Die Umstände?"

„Ja. Er war so erfolgreich, so selbstsicher, so strahlend, alle bewunderten ihn. Das gab ihm so eine Art Aura. Ich war geschmeichelt, dass sich so ein toller und gut aussehender Mann für mich interessierte. Und ich habe mich allein gefühlt. Aber jetzt sehe ich ihn, wie er ist: ein mieser, kleiner Angeber, ein egozentrischer Langweiler und ein Arschloch."

Barbara lachte beifällig: „Genau, gut so!"

„Ich erinnere mich nicht gerne daran, wie dumm ich mich verhalten habe. Am liebsten würde ich die Geschichte aus meinem Gedächtnis löschen. Und aus dem aller anderen Leute. Letztens habe ich eine gemeinsame Bekannte getroffen, die hat mich so merkwürdig angesehen und hämisch gelächelt. Aber vielleicht bilde ich mir das ein, weil mir die Erinnerung unangenehm ist." Laura schaute auf ihren Thermobecher.

„Mach dir nichts draus! Jeder macht Fehler. Vor allem aus Liebe. Man sollte die Fehler nur nicht wiederholen. Warte ab, irgendwann kommt der Richtige."

„Ja, klar!" Laura versuchte, munter zu klingen, doch es wollte ihr nicht recht gelingen.

„Apropos: Hast du was von Marek gehört?"

„Wieso apropos? Möchtest du irgendetwas andeuten?"

Barbara lachte. „Nein, keine Sorge. Ok, ich habe mal gedacht, dass aus euch etwas werden könnte. Ihr seid beide attraktiv, vor allem seit deine Haare wieder etwas länger geworden sind, und ihr habt nicht schlecht zusammengepasst. Aber ich habe verstanden, dass ihr nur Freunde sein wollt."

„Wenn überhaupt", sagte Laura düster. „Ich habe nichts mehr von ihm gehört, seit er fort ist. Als Freund hätte er sich ruhig mal melden können. Und als Mitarbeiter der Agentur erst recht."

Barbara nickte. „Finde ich auch. Schade, dass er verschwunden ist. Er hatte so etwas Abenteuerliches und Verwegenes. Eine Mischung aus James Bond und Iron Man ohne Rüstung."

Laura musste lachen. „Du bist eine hoffnungslose Romantikerin. Aber ich weiß, was du meinst. Er fehlt mir in der Detektei. Mit ihm hatte ich das Gefühl, dass wir alles hinkriegen können. Zum Glück haben wir seit unserem großen Fall mit den Mädchenmorden nur noch Trivial-Aufträge, sonst wären wir ganz schön in Schwierigkeiten. Aber für ihn ist es besser, dass er nicht mehr da ist. Er würde sich zu Tode langweilen, wenn er hinter untreuen Ehemännern herjagen müsste."

„Oder stell ihn dir vor, wie er die Ehemaligen-Liste für das Schultreffen zusammenstellt." Die beiden Freundinnen lachten.

Lauras Telefon klingelte. Barbara stellte das Radio ab und Laura drückte auf das Lautsprechersymbol.

„Guten Morgen, ihr zwei! Seid ihr schon unterwegs?" Gildas heisere, fröhliche Stimme erfüllte das Wageninnere.

„Guten Morgen, Gilda. Ja, wir sind bereits eine Weile unterwegs. Alles ok in der Agentur?"

„Alles bestens. Ich wollte dir von meinem Besuch bei Michael Ehrling erzählen. Passt es euch?"

„Ja, schieß los!"

„Ich habe ihn in der Drogenberatungsstelle getroffen. Es war eine Frau dabei, Cora, die sich dort betreuen lässt. Oder was auch immer die da machen. Ein giftiges Mädchen, sie hat aber irgendwann ihre Stacheln eingezogen. Dafür ist Michael ein netter Typ: freundlich, ruhig und ohne Sendungsbewusstsein oder Helfersyndrom, wie man das ansonsten häufig in solchen Einrichtungen antrifft. Doch von den Drogen weg ist er nicht. Er hatte schon Alkohol getrunken, als ich gestern Nachmittag dort ankam." Sie machte eine kurze Pause, aber weder Laura noch Barbara sagten etwas. „Vor der DROBERA wurde gestern eine Leiche gefunden. Ein Mädchen, das zu den Klienten der Beratungsstelle gehörte, oder wie man die bezeichnet. Sie starb an einer Überdosis und hatte die Spritze noch im Arm. Michael und Cora sind davon überzeugt, dass es weder Selbstmord noch ein Unfall gewesen sein kann."

„Also Mord?", riefen Barbara und Laura wie aus einem Munde.

„Ja, was sonst? Jedenfalls möchte Michael, dass wir einen Auftrag für ihn übernehmen."

„Wir übernehmen keine Mordfälle", unterbrach Laura automatisch.

„Genau", rief Barbara. „Auf jeden Fall nicht ohne Marek!"

„Weiß ich doch", wehrte Gilda ab. „Das habe ich ihm auch gesagt. Er möchte, dass wir etwas anderes untersuchen. Seit einiger Zeit verschwinden Unterlagen in der DROBERA. Es handelte sich um Informationen über Leute, die an einem Reha-Projekt teilnehmen, das übrigens von Professor Martin geleitet wird. Den kennst du doch, Barbara. Michael hält es für unwahrscheinlich, dass es eines seiner Schäfchen war. Die klauen angeblich nur Geld, Alkohol und Ziggies. Na ja, wenn es weiter nichts ist. Jedenfalls hat er das Auftragsformular unterschrieben und die Anzahlung überwiesen."

„Gut. Guck mal, wie weit du kommst. Wir sind morgen Nachmittag oder spätestens übermorgen wieder da, dann sehe ich mir das an. Hast du etwas zu unserem aktuellen Fall erfahren? Konnte Michael Ehrling sich an Schüler erinnern, die zu dem Treffen eingeladen werden sollen?"

„Ja, ein paar Namen hat er mir gestern genannt, heute will er mir eine Liste schicken. Bisher ist aber nichts angekommen. Wenn ich sie habe, schicke ich sie dir auf dein Handy." Gilda wünschte ihnen eine gute Fahrt, und Barbara legte eine CD ein. Zu den wildromantischen Klängen einer Metal-Rock-Ballade rasten sie über die Autobahn, vorbei an schneebedeckten Feldern und bei strahlendem Sonnenschein.

„Merkwürdige Sache mit dem Todesfall", murmelte Laura nach einer Weile.

„Das habe ich auch gerade gedacht."

„Kein Selbstmord und kein Unfall, also kann es sich nur um Mord handeln. Aber wer bringt eine junge Frau um, die nichts hat und keinem etwas tut?"

Barbara zuckte die Schultern: „Wir wissen doch nichts über die Tote. Es könnte ein Raubmord gewesen sein, und man hat ihr den unfassbar wertvollen Diamantring ihrer Mutter gestohlen, den sie versetzen wollte. Oder sie hat jemanden erpresst? Einen verheirateten Liebhaber? Nur weil sie tot ist, muss sie nicht brav gewesen sein. Als Drogenabhängige schon gar nicht."

Laura lachte. „Schon klar. Wir wissen nichts und können nur raten. Selbst das sollten wir lassen, hinterher befinden wir uns mitten in der Mordermittlung. Was mir auffällt, ist, dass der Name von Professor Martin seit gestern schon zum zweiten Mal auftaucht. Erzähl, wie ist er so?"

„Ich kenne ihn nicht gut. Wir laufen uns manchmal bei gesellschaftlichen Anlässen über den Weg. Auf dem Ball von der Uni oder bei einem Vortrag. Und natürlich auf der Wohltätigkeitsveranstaltung, von der ich dir erzählt habe. Er ist furchtbar nett und sehr attraktiv. Ich habe eine Rede von ihm gehört, die hat mich wirklich beeindruckt. Er ist nicht nur klug und reich, sondern auch wohltätig. Tja, was noch? Er ist überhaupt nicht eingebildet, das ist ungewöhnlich. In seinen Kreisen tragen viele Leute die Nase ziemlich hoch, aber er nicht. Und hatte ich schon erwähnt, dass er wahnsinnig attraktiv ist?"

Laura lachte: „Ich glaube, nein. Erzähl es mir doch noch mal: Ist Professor Martin attraktiv?"

„Ja, hatte ich das nicht gesagt? Er ist unglaublich gut aussehend. Groß, schlank, schwarze Haare mit ein paar grauen Strähnen. Faszinierende, dunkle Augen."

„Barbara, wenn Heinolf wüsste, wie du von Professor Martin schwärmst, wäre er garantiert eifersüchtig. Man könnte glauben, du bist in ihn verliebt?"

Barbara lächelte, ihre Wangen röteten sich verdächtig. „Nein, ich glaube nicht", murmelte sie.

Laura schnalzte mit der Zunge und schüttelte den Kopf. „Was soll das heißen? Irgendetwas ist doch mit dir. Gestern warst du schon so merkwürdig. Jetzt hören wir zum fünften Mal hintereinander dieses schmalzige Lied, rück raus mit der Sprache. Habt ihr eine Affäre?"

„Nein. Professor Martin ist verheiratet. Und wenn ich verheiratet sage, meine ich verheiratet. In Großbuchstaben."

„Das bist du auch. Willst du sagen, er ist glücklich liiert und nicht an Seitensprüngen interessiert?"

„Das weiß ich nicht. Falls doch, muss er jedenfalls sehr diskret sein. Seine Frau ist ein Drache, sie lässt ihn keine Sekunde aus den Augen und geht sofort dazwischen, wenn er sich mit einer anderen Frau unterhält."

Laura schmunzelte. „Wenn Professor Martin so ein Sahneschnittchen ist, ist es kein Wunder, dass seine Frau gestresst ist. Wahrscheinlich hat er viele Verehrerinnen, und sie hat alle Hände voll zu tun, sie von ihm fernzuhalten. Denk nur an die Krankenschwestern. Die Frau kann einem leidtun."

„Das muss sie nicht", sagte Barbara knapp. „Sie ist ziemlich arrogant. Eine Französin, exquisite Figur, übernervös, krapriziös. Was sie gut kann, ist, einen von oben herab zu behandeln und spitze Bemerkungen zu machen."

„Ich merke, sie ist dir richtig sympathisch. Warum bleibt er bei ihr? Vor allem, wo er so viel Auswahl hat?"

Barbara zuckte die Schultern. „Ist mir ein Rätsel. Aber es kommt ja oft vor, dass Männer ein Faible für strapaziöse Frauen haben."

„Aber du bist in ihn verliebt. Das merke ich doch."

Barbara schüttelte heftig den Kopf. „Nein. Nicht in ihn."

„Wer ist es dann?" Laura ließ nicht locker.

„Ich weiß es nicht."

„Raus mit der Sprache. Wir sind Freunde, mir kannst du es erzählen."

Barbara setzte den Blinker und überholte überaus konzentriert einen langsam fahrenden Ford, dessen Fahrer mit dem Versenden von Textnachrichten beschäftigt zu sein schien. Unverwandt sah sie auf die Straße und ignorierte Lauras inquisitorischen Blick. Doch als Laura sich räusperte, musste sie lachen. „Ok. Mir ist etwas Merkwürdiges auf der Veranstaltung in Köln passiert. Es war ein schöner Abend, ich hatte nach meinem Auftritt einen Sekt getrunken, habe getanzt, mich mit

Freunden unterhalten und viele Komplimente erhalten. Kurz gesagt, ich war richtig gut drauf. Irgendwann merkte ich, dass da jemand war, der mich beobachtete, der meinen Arm im Gedränge streifte, leicht seine Hand auf meinen Rücken legte. Doch immer, wenn ich mich umsah, konnte ich niemanden ausmachen, der es gewesen sein könnte. Da war keiner, der mich ansah und meinen Blick suchte. Es war nicht unangenehm. Im Gegenteil. Es war prickelnd. Jemand flirtete mit mir auf eine ungewöhnliche Art. Es war aufregend. Ich stand wie unter Strom. Um einen klaren Kopf zu bekommen, bin ich auf die Terrasse gegangen."

Barbara schien mit sich zu kämpfen, ob sie weitererzählen sollte. „Als ich da draußen im Dunkeln stand, öffnete sich die Tür, und ich hörte Schritte. Ich hatte keine Lust auf Smalltalk und Höflichkeiten. Ich wollte die Nacht im Schlosspark mit dem wunderbaren Sternenhimmel genießen. Die Terrasse war groß, Platz genug für uns beide. Doch er steuerte auf mich zu und blieb direkt hinter mir stehen. Er berührte mich nicht, aber ich fühlte... seine Präsenz. ...wie ein elektrisches Feld. Ich wusste plötzlich, dass er es war. Der Mann, den ich schon den ganzen Abend gespürt hatte." Barbara machte eine Pause. Ihre Gesichtsfarbe war in ein dunkles Rot übergegangen. „Ich habe mich nicht umgedreht und nichts gesagt. Und er auch nicht. Wir standen nur da. Etwas strich über meinen Nacken, vielleicht eine meiner Haarsträhnen, vielleicht sein Atem? Kennst du das, wenn du mit jeder Faser deines Körpers nur auf einen Punkt fokussiert bist?"

Barbara erwartete keine Antwort, ihre Aufmerksamkeit galt ausschließlich dem Abenteuer an jenem Abend. Laura schüttelte trotzdem den Kopf. „Mein gesamtes Fühlen war nur auf ihn gerichtet. Er war groß. Sehr groß. Und muskulös. Dann spürte ich seine Lippen auf meinem Hals." Barbaras

Stimme wurde heiser, sie räusperte sich. „Ich konnte mich nicht rühren. Er bewegte sich auch nicht." Sie krampfte die Hände um das Steuer und warf einen Blick auf Laura, die ihr mit großen Augen zuhörte. „Plötzlich legte er einen Arm um mich und zog mich an sich. Ich konnte ihn spüren. Du weißt schon..." Die beiden Frauen schwiegen, Barbara gefangen in der Erinnerung, Laura in verblüffter Fassungslosigkeit.

Mittlerweile hatten sie die Autobahn hinter sich gelassen, und die Landschaft hatte sich in ein ländliches Wintermärchen verwandelt. Die Felder lagen, so weit das Auge reichte, unter einer strahlend weißen Schneedecke. Laura nahm einen Schluck aus dem Thermobecher und räusperte sich. „Weißt du, wer der Mann ist? Ist es Professor Martin?"

Barbara schüttelte den Kopf. „Nein. Der ist kleiner, schätzungsweise eins fünfundachtzig, und schlanker. Dieser Mann war bestimmt zwei Meter groß. Wobei das geraten ist, denn ich habe ihn nur gespürt, nicht gesehen."

„Und jetzt?"

Barbara zuckte die Achseln und sah mit zusammengepressten Lippen auf die Straße.

„Ich finde die Geschichte sehr...", Laura suchte nach dem passenden Wort, „...romantisch. Leidenschaftlich. Aber auch ungewöhnlich. Hast du dich mal gefragt, warum er sich so geheimnisvoll gibt?" Keine Antwort.

Laura schaute sie prüfend an. „Es hat dich erwischt. Du bist verliebt."

Barbara lächelte leicht. „Ich habe so etwas noch nie erlebt. Wenn ich das Gefühl mit etwas vergleichen soll, fällt mir ein Film ein, den ich mal gesehen habe. Ein paar Jugendliche gehen nachts auf einen verlassenen Rummelplatz. Sie brechen in eine Halle voller Spielautomaten ein. Es ist dunkel und schmutzig, überall Spinnweben, Strom gibt es nicht, die

Stecker der Kabel liegen auf dem Boden neben den Maschinen im Staub. Plötzlich gehen alle Lichter an. Es wird taghell, die Automaten fangen an zu blinken, zu dudeln und zu rattern. Die ganze Halle erwacht zum Leben. So war das auch mit mir."

„Du bist doch keine verlassene Spielhalle voller Staub und Spinnweben."

„Nein, aber ich hatte das Gefühl vergessen. Dieses Prickeln, das Frisch-Verliebt-Sein. Es war irgendwo tief in mir vergraben. Aber seit ich wieder weiß, wie es sich anfühlt, kann ich an nichts anderes mehr denken."

Laura sah aus dem Fenster und trommelte mit den Fingerspitzen auf dem Kaffeebecher. „Warum hat er sich nicht gezeigt? Findet er das romantisch? Oder ist er ein Perverser und belästigt ständig irgendwelche Frauen? Vielleicht ist er auch hässlich? Es besteht die reelle Chance, dass du ihn siehst und total unattraktiv findest. Sonst hätte er es nicht nötig, sich von hinten anzuschleichen."

Barbara schüttelte entschieden den Kopf. „Er ist nicht hässlich."

Laura sah von ihrem Becher auf, den sie abwesend in ihrer Hand drehte, und unterdrückte ein Lachen. „Ich wusste es, du kennst ihn."

„Ich bin nicht sicher, ich glaube, ich kenne ihn. Seit ungefähr sechs Wochen gibt es einen Mann, der zu allen meinen Konzerten kommt. Er schickt mir Rosen in die Garderobe, belgische Pralinen oder eine Flasche Champagner. Anfangs habe ich mir nichts dabei gedacht, war geschmeichelt, doch dann ertappte ich mich, dass ich nach den Auftritten nach meinen Blumen suchte. Und fast immer standen sie da. Er ist bei meinen Konzerten, sitzt im Publikum und hört mir zu."

„Du hast ihn gesehen?"

„Nein. Ich weiß nicht, wer er ist. Natürlich habe ich versucht, ihn im Publikum zu entdecken. Bei jedem Mann, der mich ansieht, frage ich mich, ob er das ist. Ich versuche mich zu erinnern, wen ich schon öfter gesehen habe. Manchmal habe ich nur eine kleine Zuhörerschar, aber auch in den Fällen konnte ich ihn nicht ausmachen. Vor drei Wochen begann er, mir E-Mails zu schreiben. Meine Mail-Adresse ist auf meiner Homepage, falls mich Konzertveranstalter kontaktieren möchten. Die kann jeder sehen. Erst war es nur eine Nachricht am Tag, dann wurden es mehr. Wir wünschten uns *Guten Morgen* und *Gute Nacht*, schrieben kurze Nachrichten zwischendurch, und seit kurzem haben wir angefangen, uns über Whatsapp zu texten. Er schreibt Dinge, die mich...", Barbara suchte nach dem richtigen Wort, „verzaubern. Ich weiß, das klingt blöd."

„Unsinn. Es ist schön, dass das Leben nicht nur aus Routine und Gewohnheit besteht, sondern auch Überraschungen bereithält." Laura versuchte, ihre Stimme fest und überzeugend klingen zu lassen. „Wenn du seine Mail-Adresse und seine Telefonnummer hast, weißt du doch, wer er ist."

„Nein, der Account-Name ist Vukodlak. Ich habe das natürlich gegoogelt, es ist die kroatische Bezeichnung für Werwolf, dadurch bin ich auch nicht schlauer. Und in unseren Nachrichten haben wir andere Namen füreinander."

„Vukodlak? Warum hast du ihn nicht nach seinem richtigen Namen gefragt?"

„Es hat nie gepasst. Es gab so viel anderes zu sagen. Vielleicht wollte ich auch nicht wissen, wer er ist. Es ist so herrlich geheimnisvoll."

Laura schüttelte den Kopf. „Barbara, kennst du das Gefühl, wenn man sich verliebt und es im Bauch kribbelt? Das ist das Zeichen, dass der gesunde Menschenverstand den Körper verlässt. Den Spruch habe ich mal gelesen, und jetzt merke ich, dass er stimmt. Wenn sich einer schon selbst Werwolf nennt, dann hat das nichts Gutes zu bedeuten. Zum Glück bist du mit einer Detektivin befreundet. Ich werde herauskriegen, wer er ist. Und wenn es ein Perverser ist..."

Barbara lachte auf. „Laura, ich bin erwachsen. Du musst nicht auf mich aufpassen."

„Ich möchte sichergehen, dass er nicht gefährlich ist."

„Gut, wenn du es nicht lassen kannst. Aber sag Gilda nichts davon. Und wenn du etwas herausfindest, lass mich bitte vorher entscheiden, ob ich es wissen möchte."

Die Landstraße nahm eine Kurve, sie passierten das Ortsschild von Waldheim. Zuerst säumten schmucklose Häuser und wuchtige Scheunen die Straße. Doch je näher sie dem Zentrum kamen, umso häufiger mischten sich urige Fachwerkhäuschen unter das Bild. Auf dem Dorfplatz funkelten festlich geschmückte Buden und Marktstände in der Vormittagssonne. Rund um den Platz standen sorgfältig renovierte Häuser, und einen Block weiter ragte ein mächtiger Kirchturm in den Himmel.

„Ist das schnuckelig", rief Barbara begeistert.

„Ja, ganz nett, Da ist unser Hotel." Laura zeigte auf ein großes, graues Haus mit Fachwerkanbau. Barbara fuhr langsam die schmale Straße entlang und parkte den Jaguar mit viel Kurbelei in einer engen Parklücke. Die beiden Frauen stiegen aus, holten ihre Reisetaschen aus dem Kofferraum und betraten das Hotel.

So schön es von außen aussah, im Inneren empfing sie funktionale Nüchternheit und abgenutzter 80er-Jahre-Stil. In der Luft lag der Geruch nach erkalteter Tütensuppe und scharfen Putzmitteln. Barbara trat an den Empfang und betätigte mehrmals die Glocke, die auf dem Tresen stand. Aus dem oberen Stockwerk hallten klappernde Schritte ,und eine Frau mit praktischem Herrenhaarschnitt und schwarzem Kostüm kam herunter. Sie wischte die rotgearbeiteten Hände an einem Tuch ab und schenkte den Freundinnen ein sparsames Lächeln.

„Guten Tag. Wir hatten reserviert auf den Namen Peters. Zwei Einzelzimmer." Laura kramte in ihrer Handtasche nach der Buchungsbestätigung.

„Herzlich willkommen. Ich bin Elisabeth Kaiser. Wir haben Sie erwartet. Frau Peters und Frau Hellmann. Sie bleiben nur eine Nacht?"

„Höchstwahrscheinlich. Genau wissen wir das noch nicht. Können wir gegebenenfalls verlängern?" Frau Kaiser presste die schmalen Lippen aufeinander, dann nickte sie. „Aber Sie müssen rechtzeitig Bescheid geben. Am besten noch heute. Im Moment gibt es viele Touristen, die zum Skifahren kommen. Und unser Handwerker-Markt ist eine bekannte Touristenattraktion."

„Tatsächlich? Das hätte ich nicht gedacht."

Frau Kaiser, die den beiden die Zimmerschlüssel reichen wollte, hielt inne und sah Barbara misstrauisch an, um zu prüfen, ob ihr Erstaunen echt war. Dann sagte sie mit Nachdruck: „Wir sind eine gut besuchte Ferienregion. Die Touristen kommen aus aller Welt zu uns, um die Landschaft zu genießen oder Wintersport zu treiben."

„Touristen aus aller Welt?" Barbara konnte es nicht lassen.

Frau Kaiser nickte würdevoll. „Viele kommen aus Deutschland, aus den naheliegenden Großstädten und aus Holland. Von dort haben wir sehr viele Gäste." Laura und Barbara nickten und vermieden es, sich gegenseitig anzusehen, um nicht in lautes Gelächter auszubrechen. Mit ernsten Mienen nahmen sie ihre Schlüssel und stiegen mit den Reisetaschen die Treppe hinauf. Erst als sie sicher waren, dass Frau Kaiser sie nicht mehr hören konnte, prusteten sie los.

„Touristen aus aller Welt aus Deutschland und Holland." Barbara japste nach Luft. „Herrlich. Ich hätte nie gedacht, dass wir in einer Touri-Gegend gelandet sind. Und auch noch in der Hochsaison. Da hatten wir Glück, dass Gilda ein Zimmer für uns ergattern konnte."

Laura schmunzelte. „Was hältst du davon, wenn wir uns kurz frisch machen, und dann gleich dem Internat einen Besuch abstatten? Wenn wir schnell durchkommen mit unserer Suche, können wir heute Nachmittag eine Runde Skifahren oder die örtlichen Touristen-Attraktionen besichtigen."

2

Eine Viertelstunde später klopfte Barbara an Lauras Tür. Laura trat auf den Flur hinaus, eingepackt in eine Daunenjacke, einen riesigen Wollschal und warme Lammfellhandschuhe. Auch Barbara hatte weiter gegen die Kälte aufgerüstet und passend zu ihrer Zipfelmütze ein rotes Kaschmir-Tuch um die Schultern gelegt. In der Hand trug sie einen Papierblock, der zu groß war, um in die rote Handtasche zu passen. Laura lächelte erfreut. Sie war erleichtert, dass Barbara die Fahrt nicht nur als Ablenkung von ihrem exotischen Liebesabenteuer sah, sondern Laura ernsthaft bei der Arbeit unterstützen wollte. Die beiden stapften in dicken Fellboots die Stufen hinunter, durchquerten die Eingangshalle, in der es jetzt nach Bratfett roch, und traten auf die Straße.

„Das Internat liegt nicht weit weg. Wenn wir diesen Weg nehmen, laufen wir direkt auf das Gebäude zu."

„Wollen wir nicht erst Mittagspause machen?" Barbara sah sehnsüchtig zu einer mit Lichterketten dekorierten Würstchenbude, von der ein appetitlicher Duft ausging.

Doch Laura zog sie weiter: „Auf keinen Fall! Ich möchte hier nicht noch eine zweite Nacht verbringen müssen, nur weil wir mit der Pause angefangen haben. Wir gönnen uns das Würstchen, wenn wir die Arbeit erledigt haben. Falls du es bis dahin nicht aushältst, kauf dir einen Schokoriegel."

Barbara schüttelte tapfer den Kopf. „Nein, lieber nicht. Ich sollte auf die Kalorienbremse treten."

„Aber Würstchen sind erlaubt?" Laura lachte amüsiert.

Ein hoher Zaun, der einem Gefängnis alle Ehre gemacht hätte, fasste das Schulgelände ein. Sie mussten mehrmals klingeln, dann schwang das eiserne Portal wie von Zauberhand auf. Barbara und Laura betraten das verschneite Grundstück und schraken zusammen, als direkt hinter ihnen das Tor scheppernd ins Schloss krachte.

„Die sind aber vorsichtig, um nur ja keinen ungebetenen Besuch zu bekommen", murmelte Laura.

„Oder sie wollen sichergehen, dass ihre Schäfchen nicht ausbüxen." Barbara wies bedeutungsvoll mit dem Kopf auf einen dicken Jungen, der auf einer Schaukel hockte und sie durch die fettigen Fransen seines Ponys beobachtete. Neben ihm im Schnee lagen zwei Tüten Chips, in der Hand hielt er eine Tafel Schokolade, von der er wie von einem Butterbrot abbiss.

„Hallo!" Barbara winkte ihm zu, Laura versuchte es mit einem Lächeln.

„Mädchen sind zum Ficken da." Er grinste sie mit schokoladigen Zähnen an.

„Charmant, charmant", flüsterte Barbara. Als sie auf gleicher Höhe mit ihm waren, spuckte der Junge aus und verpasste die beiden nur um Haaresbreite. Dicker, brauner Speichel landete direkt vor Barbaras elegantem Stiefel im Schnee. Laura spürte, wie in der Freundin der Ärger hochkochte. Sie fasste sie am Arm und zog sie weiter.

„Leg dich nicht mit dem an. Der tickt nicht richtig, da kannst du nur den Kürzeren ziehen."

„Mädchen sind zum Ficken da!" Der Junge lachte dreckig, dann spuckte er wieder.

Jetzt hatte Barbara genug. „Was erlaubst du dir? Kannst du dich nicht benehmen?" Sie riss sich aus Lauras Griff los. Der Junge stand von der Schaukel auf und starrte sie unbewegt an.

Laura schätzte ihn auf vierzehn Jahre. Er war mindestens zwanzig Kilo schwerer und einen halben Kopf größer als sie selbst. Und sie war nicht gerade klein mit einem Meter fünfundsiebzig. Verglichen mit Barbara war der Rüpel ein Hüne. Sie hätte nicht die mindeste Chance, wenn er sich provoziert fühlte und sie angriff. Doch Barbara war das egal. Resolut stapfte sie auf den debil grinsenden Jungen zu, baute sich vor ihm auf und stemmte die Arme in die Seiten. „Du benimmst dich jetzt, Bürschchen. Hast du mich verstanden? Sonst kannst du was erleben. Und die hier kommt jetzt weg!" Sie riss dem Jungen den Rest der Schokoladentafel aus der Hand und warf sie in hohem Bogen in den Schnee. „Wenn du Hunger hast, iss einen Apfel, nicht dieses süße Zeug. Du bist viel zu dick! Und wasch dir die Haare!" Laura beobachtete die Szene angespannt. Sie fürchtete, der Junge könnte Barbara attackieren, doch zu ihrer Überraschung senkte er plötzlich den Kopf, schlang die Arme um den Körper und wiegte sich vor und zurück.

„Nils, komm sofort herein. Du sollst Hausaufgaben machen. Und bring die Süßigkeiten in die Küche." Die Zurechtweisung kam aus einem Fenster im ersten Stock des Schulgebäudes. Eine grauhaarige Frau im weißen Kittel lehnte im Fensterrahmen und sah zu ihnen hinunter. Der Junge senkte seinen Kopf noch tiefer, sammelte die Chipstüten und die Schokolade ein und trottete mit hängenden Schultern davon.

„Was ist mit Ihnen?" Der Ton hatte nichts an Schärfe eingebüßt. Laura sah mit einem Seitenblick auf Barbara, dass auch sie sich wie eine zurechtgewiesene Schülerin fühlte.

„Wir haben einen Termin mit der Schulleitung. Können Sie uns sagen, wo wir hinmüssen?"

„Ich bin die Direktorin. Kommen Sie durch den Haupteingang, und nehmen Sie den Gang, der nach rechts führt. Dort erwarte ich Sie in meinem Büro!" Das Fenster wurde geräuschvoll geschlossen, die Freundinnen sahen sich belustigt an.

„Zu Befehl!", murmelte Laura.

Barbara nickte: „Hier ist einer sympathischer als der andere. Ich liebe dieses Dorf!"

„Wahrscheinlich muss man so ein Dragoner sein, sonst tanzen einem die Schüler auf der Nase herum. Ich habe ja schon befürchtet, dass der Kerl dich verprügelt, als du ihm seine Schokolade weggenommen hast. Was du ihm alles an den Kopf geworfen hast. Das hätte auch schief gehen können."

Barbara winkte ab. „Quatsch, das ist ein kleiner Junge. Er sieht zwar aus wie ein Riesenbaby, ist aber total harmlos. Ich kenne mich mit diesem Alter aus, schließlich habe ich Heinolfs Sohn oft genug bei uns zu Besuch gehabt. Äußerlich sehen sie aus wie Männer, doch innen drin sind sie Babys."

„Der hatte einen Dachschaden, hast du das nicht gemerkt?"

„Nein, der war ganz normal. Er hat ausprobiert, wie weit er gehen kann. Das ist in der Pubertät nichts Ungewöhnliches. Man darf sich das nur nicht bieten lassen."

Sie hatten das Eingangsportal der Schule erreicht und betraten die Halle, eine breite Treppe mit grau gestrichenem Metallgeländer führte in die oberen Stockwerke. Ein diffuser Geräuschpegel aus Gemurmel, Geschepper und vereinzelten Schritten hallte zu ihnen herab. Aus dem Augenwinkel bemerkte Laura eine schmächtige Putzfrau mit einem bunten Tuch um den Kopf, die den Boden mit einem Wischmopp wienerte. Sie warf ihnen einen kurzen Blick zu und vertiefte sich wieder in ihre Arbeit. Laura und Barbara bogen rechts in den Gang ein und steuerten auf die einzige geöffnete Tür zu.

„Da sind sie ja." Die Frau, die sie am Fenster gesehen hatten, stand in tadellos gerader Haltung vor ihnen. Ihre grauen Haare waren fest nach hinten gezurrt, den weißen Kittel hatte sie abgelegt, jetzt trug sie ein geblümtes Kleid. Die Oberlippe zierte ein kapitaler Damenbart, von dem Laura nur schwer den Blick abwenden konnte.

„Meine Mitarbeiterin hat mit Ihrem Büro gesprochen." Laura ärgerte sich, dass sie Gilda nicht nach dem Namen der Gesprächspartnerin gefragt hatte, unter dem strengen Blick der hageren Frau wurde sie unruhig. „Wir sind Laura Peters und Barbara Hellmann von der Detektei Peters. Es geht um die Organisation eines Schultreffens. Der Politiker Bernd Schlüter möchte seine Schulkameraden wiedersehen und benötigt dafür die Adressen. Es wurde vereinbart, dass wir heute vorbeikommen und uns Ihre Unterlagen ansehen können."

„Ich weiß Bescheid. Ihre Kollegin hat mit mir gesprochen. Ich bin Fräulein Jakob."

Laura merkte, dass Barbaras Mundwinkel zuckten. Offensichtlich mussten sie sich beide bemühen, bei dem Wort 'Fräulein' ernst zu bleiben. Sie räusperte sich. „Fräulein Jakob, können Sie uns zeigen, wo wir die Informationen finden? Wir möchten gerne so schnell wie möglich beginnen, damit wir nicht zu viel von Ihrer Zeit verschwenden."

Fräulein Jakob nickte wohlwollend. „Folgen Sie mir. Die Ordner sind im Souterrain." Kerzengerade und in bequemen, hellgrauen Gesundheitsschuhen ging sie mit elastischen Schritten voran, Laura und Barbara liefen wie zwei eifrige Schülerinnen hinterher. Als sie die Halle durchquerten, hörten sie im oberen Stockwerk eine Tür schlagen, das zornige Gebrüll eines Mannes hallte durch die Flure. Fräulein Jakob schritt unbeirrt die Stufen hinunter. Anscheinend gehörten diese Art Geräusche zum normalen Schulalltag. Im Untergeschoss gab es weitere Unterrichtsräume. Allerdings war es so leise, dass Laura vermutete, dass sie im Augenblick nicht benutzt wurden. Vor einer hölzernen Tür, auf der ein Schild 'Material' klebte, blieb Fräulein Jakob stehen, griff nach dem Schlüsselbund und schloss klimpernd auf. Der Muff von Staub, alten Gegenständen und zu wenig Lüftung schlug ihnen entgegen. Fräulein Jakob ging zielstrebig auf ein großes Regal und zeigte auf mehrere Ordner. „Hier stehen die Unterlagen aus der ersten Hälfte der 70er Jahre. Was Sie da nicht finden, haben wir nicht mehr. Eigentlich wollten wir das längst alles wegwerfen."

Laura bedankte sich höflich und seufzte erleichtert, als ihre Schritte sich entfernten. „Was für ein Drachen. Wenn ich Schüler wäre, hätte ich Angst vor ihr."

„Ja, mit der ist nicht gut Kirschen essen. Sie lässt keinen Fehler durchgehen. Die Kinder können einem leidtun." Barbara zog die Mütze vom Kopf und schüttelte ihre blonden Haare mit den Händen auf. Laura entledigte sich ihrer Jacke und schaute sich in dem staubigen Raum nach einer Möglichkeit um, sie loszuwerden. Schließlich hängte sie sie an den Haken einer alten Schulkarte, die in der Ecke neben dem vergitterten Fenster stand. Sie schob die Ärmel ihres hellen Wollpullis hoch und zog den ersten Ordner aus dem Regal.

„Oh Mann, hier hat seit den 70er Jahren keiner mehr saubergemacht." Barbara zog eine Packung Papiertaschentücher aus der Tasche und wischte mit spitzen Fingern über die Tischplatte.

„Das stimmt nicht", sagte Laura langsam. „Alles ist staubig, aber dieser Ordner nicht." Sie ging zum Regal und begutachtete die Unterlagen aus den nachfolgenden Jahren. „Die anderen Register aus den späteren Jahren sind schmutzig. Jemand hat sich erst vor kurzem die Unterlagen aus den 70er Jahren angesehen."

Barbara zuckte mit den Schultern. „Na und? Das war bestimmt Fräulein Jakob. Sie wusste, dass wir kommen, da hat sie vorher geputzt."

„Kann sein. Aber sie hätte ruhig den ganzen Raum putzen können. Guck mal, wie meine Hose aussieht. Egal, das gehört zum Job. Komm, lass uns loslegen, damit wir bald wieder an die frische Luft kommen." Sie schlug den Ordner auf, der mit 1976 beschriftet war, und blätterte die Seiten durch. Barbara griff sich auch einen, die beiden vertieften sich in die Unterlagen.

„Sie haben alle Themen bunt durcheinander chronologisch abgelegt. So ein Chaos. Lieferantenrechnungen neben Schreiben vom Jugendamt und Ankündigungen zu Schulkonzerten. Ich bin bisher auf keinen einzigen Namen gestoßen. Wie sieht es bei dir aus?" Barbara blickte genervt zu Laura hinüber.

„Genauso. Worum geht es in dem Schreiben vom Jugendamt?"

Barbara nahm das Blatt aus dem Hefter und hielt es in das Licht der Deckenlampe. „Sie fragen an, ob die Schule Kapazitäten frei hat, um Kinder aufzunehmen, da das Kinderheim voll belegt ist."

„Dann war das hier nicht nur eine Schule, sondern auch eine Außenstelle des Waisenhauses? Oh je, Schwererziehbare und Waisenkinder in den 70er Jahren. Das wird keine Insel der Glückseligen gewesen sein."

Barbara heftete den Brief ein und blätterte weiter. „Ich habe was", rief sie erfreut. „Eine Liste, allerdings nur die letzte Seite. Namen von T bis Z. Die anderen Seiten fehlen." Eifrig notierte sie die Informationen auf ihrem Block.

„Stehen Adressen dabei?"

„Nein. Nur Abkürzungen und Zahlen. Keine Ahnung, was das bedeutet."

„Zeig mal", Laura streckte die Hand aus und Barbara reichte ihr das Blatt über den Tisch. „Sagt mir auch nichts. Solche Kürzel habe ich noch nie gesehen. Bei den Zahlen handelt es sich jedenfalls nicht um Geldbeträge." Laura gab Barbara das Papier zurück und nahm sich den nächsten Ordner vor. „Endlich! Ein Elternbrief. Mit Absender."

Lauras Handy meldete mit einem Ping, dass eine Nachricht eingegangen war. „Gilda hat die Aufstellung mit den Namen geschickt. Die können wir später mit unseren Ergebnissen abgleichen. Bei dem Tempo, das wir vorlegen, fürchte ich, dass wir heute nicht mehr fertig werden und morgen wiederkommen müssen."

3

Gilda hatte den Vormittag darauf verwendet, Routinefälle abzuarbeiten und elektronische Anfragen zu beantworten. Um die Mittagszeit hatte überraschend eine alte Schulfreundin angerufen. Sie verbrachte mit ihrem Sohn ein paar Tage bei den Eltern. So wollte sie den Weihnachtsbesuch vermeiden, der traditionell im Streit zwischen ihrem Mann und den Schwiegereltern endete. Jetzt verspürte sie das dringende Bedürfnis, für ein Stündchen der erdrückenden Familienidylle zu entfliehen.

Die beiden Freundinnen genossen eine vergnügliche Mittagspause in einem Café in Bad Godesberg. Sie tranken *Heiße Omas* aus warmer Milch und Eierlikör und tauschten Informationen über die Schulkameraden aus. Als Gilda endlich ins Büro zurückgekehrt war, hatte Justin frierend vor der Tür gewartet. Er hatte sich die Zeit damit vertrieben, kleine Steine nach dem Windspiel zu werfen, das in der kahlen Krone der Birke im Vorgarten hing. Schon aus einiger Entfernung hatte Gilda das dissonante Scheppern und Klonkern der Metallstäbe gehört, und gewusst, dass nur Justin der Verursacher sein konnte.

Er strahlte, als er sie bemerkte, dann wurde er puterrot. Gilda lächelte und tat, als ob sie es nicht bemerkt hätte. In letzter Zeit war sein Verhalten ihr gegenüber linkischer geworden, ungeschickter, aber auch aufmerksamer und rücksichtsvoller. Er schwärmte für sie, das war nicht zu übersehen. Doch es mussten sicher noch zwanzig Jahre vergehen, bis die neun Jahre Altersunterschied, die sie im Moment unüberbrückbar trennten, keine Rolle mehr spielen würden. Sie glaubte allerdings nicht, dass ihre Gefühle ihm gegenüber jemals über die einer großen, fürsorglichen Schwester hinausgehen würden. Ihr fiel die Vorstellung schwer, dass aus dem schlaksigen Jungen mit dem blassen Gesicht und dem ausgeleierten T-Shirt mal ein Mann werden würde. Gilda hatte die Haustür aufgeschlossen und den Jungen ins Warme gezogen. Er war wie immer viel zu dünn angezogen und hatte auf Schal, Mütze und Handschuhe verzichtet. Wenn er überhaupt welche besaß. Sie wusste, dass seine Mutter wenig Aufmerksamkeit auf sein Wohlergehen verschwendete. Bestimmt hatte es am Eierlikör gelegen, dass sie seinem treuherzigen Blick erlag, und sie sich erst mal ein heißes Battlefield-Duell lieferten. Justin war noch nicht alt genug für das Ballerspiel, streng genommen sogar viel zu jung, aber Gilda hatte sich weichklopfen lassen und es für ihn bestellt. Da er keine Freunde mit in die Agentur brachte, schließlich war das hier kein Kinderspielplatz, war er darauf angewiesen, dass sie sich ab und zu seiner erbarmte und mit ihm spielte. Was sie mit zunehmender Begeisterung tat.

Als die Mail von Michael Ehrling eintraf, hatte sie bereits ein ziemlich schlechtes Gewissen, deshalb stürzte sie sich umso eifriger in die Arbeit. Gilda kopierte die Namen der Schulkameraden, an die er sich bereits am Tag zuvor erinnert hatte, zu den Informationen von Bernd Schlüter und leitete die Datei an Laura weiter. Dann studierte sie die Liste, in der Michael die Personen notiert hatte, deren Unterlagen in der DROBERA verschwunden waren. Fünf Namen. Alles Frauen. Die Letzte war Zora, das tote Mädchen auf den Kirchenstufen. Sie gab *Oana Lecu* in den Computer ein und stellte, als ihr die Ergebnisse in einer ihr gänzlich fremden Sprachen aufgelistet wurden, die Suchsprache auf Deutsch um. Ihre Augen wurden groß, als sie auf mehrere Artikel stieß, die über den Drogentod der jungen Oana L. in Bonn berichteten. Gilda rief andere Seiten auf, um sicherzugehen, dass es sich um dieselbe Person handelte, doch es gab keinen Zweifel: In einem Diskussionsforum wurde auch der Nachname genannt. Wusste Michael nicht, dass sie tot war? Möglich war es. Sie war nicht in Köln gestorben, deshalb hatte er es vielleicht nicht mitbekommen. Gilda tippte den nächsten Namen ein: *Rosaria Langer*. Wieder wurden ihr zuerst Beiträge ausländischer Provider vorgeschlagen, dann stieß sie auf eine Vermisstenmeldung der Polizei Duisburg, in der ein siebzehnjähriges Mädchen gesucht wurde. Gesehen worden war sie zuletzt in Berlin, wo sie mit einer Freundin ein Wochenende verbracht hatte. Als sie sich nicht mehr gemeldet hatte, hatten sich die Eltern an die Polizei gewandt. Gilda spürte ein aufgeregtes Kribbeln in ihrem Bauch. Mit zitternden Fingern gab sie die anderen drei Namen ein, konnte allerdings nichts weiter finden.

Ihr schwirrte der Kopf. Sie lehnte sich im Schreibtischsessel zurück und versuchte, die Informationen zu sortieren. Drei Mädchen, deren Unterlagen aus der DROBERA verschwunden waren, waren tot oder galten als vermisst. Die Dokumente waren für Personen angelegt worden, die an einem speziellen Drogenausstiegsprogramm teilgenommen hatten. Das konnte kein Zufall sein. Was sollte sie tun? Laura kontaktieren? Aber die durchforstete gerade das Internat nach Adressen, und eigentlich konnte die Information bis heute Abend warten. Das Beste wäre es, Michael anzurufen.

Aus Mareks Büro ertönte lautes Geballer und das knatternde Geräusch von Hubschrauber-Rotoren.

„Justin, mach bitte das Spiel leiser oder setz die Kopfhörer auf. Ich muss telefonieren. Der Kunde denkt noch, ich sitze mitten im Kriegsgebiet." Gilda musste schreien, um den Kampflärm zu übertönen.

„Chill mal", erklang es betont lässig aus dem Nebenraum, dann wurde es leiser. Gilda tippte die Kölner Nummer der DROBERA ein und spielte nervös mit dem Kuli herum, während sie auf das Freizeichen wartete.

„DROBERA Köln", meldete sich nach langem Läuten endlich eine träge, kindliche Frauenstimme.

„Cora, bist du es?" Gilda merkte, wie atemlos ihre Stimme klang. „Hi, hier ist Gilda. Ist Michael da? Ich muss ihn sprechen."

„Nein, der ist drüben beim Pfarrer, um die Kohle lockerzumachen."

„Mist! Wann ist er erreichbar?"

„Keine Ahnung, das kann dauern. Der Pfarrer labert viel und hält gerne Moralpredigten. Wo brennt's denn?"

Gilda zögerte. Sie hatte das Gefühl, dass sie das, was sie herausgefunden hatte, besser für sich behalten sollte. Aber sie war so aufgeregt, dass sie mit jemandem reden musste. „Bei euch sind doch Unterlagen verschwunden. Kanntest du die Frauen, deren Formulare gestohlen wurden?"

„Von wem fehlt denn was? Ich weiß nur von Zora. Sie war meine Bae, aber das habe ich dir gestern schon erzählt." Cora klang desinteressiert, vielleicht war sie aber auch nur müde, hatte womöglich die Nacht durchgemacht. Gilda wusste nichts über sie, womöglich schlief sie auf der Straße.

„Bae, Before anyone else. Zora war deine beste Freundin? Und Oana Lecu? Wart ihr auch befreundet?" Gilda hätte sich am liebsten auf die Zunge gebissen, weil sie unbedacht die Vergangenheitsform gewählt hatte, doch Cora schien es nicht zu merken. „Oana? Klar kenne ich sie. Das ist eine Bitch. So 'ne Barbie. Man merkte gar nicht, dass die auf Pumpe war."

„Auf Pumpe...?"

„Na, gespritzt hat."

„Und sie war auch in dem Projekt von Professor Martin?" Gilda schlug sich erschrocken die Hand vor den Mund. Schon wieder die Vergangenheitsform. Aber Cora blieb arglos oder ließ sich nichts anmerken.

„Ja, sie auch. Aber schon seit einem Jahr. Oder sogar noch länger. Sie ist eine ziemlich arrogante Tussi. Und total toxic. Bildet sich ein, dass wir sie abfeiern. Tun wir aber nicht. Bei unseren Treffen in der DROBERA hat sie sich immer abseits gehalten, als wären wir ihr nicht gut genug. Aber das ist schon eine Weile her. Ich habe sie seit Ewigkeiten nicht mehr gesehen."

„Und kannst du mir etwas über Rosaria Langer erzählen?"

„Rosy?", Cora lachte leise. „Die ist total crazy. Hat nur Blödsinn im Kopf. Man muss tierisch aufpassen, sonst verarscht sie einen. Sie hat Michael mal heimlich unter dem Tisch die Schuhe zusammengebunden. Er hat es nicht gemerkt, und als er aufstehen wollte, ist er gestolpert und hingefallen. So einen Scheiß macht sie andauernd und mit jedem. Total kindisch."

„Rosaria ist auch in dem Projekt?"

„Ja, eigentlich komisch. Ich hätte nicht gedacht, dass sie sie nehmen würden. Die haben doch angeblich so hohe Anforderungen, und Rosy nimmt nie irgendetwas ernst." Aus den letzten Worten konnte Gilda den Neid heraushören. „Jedenfalls habe ich sie ewig nicht mehr gesehen. Ist ja auch kein Wunder: Die Leute, die ins Projekt gehen, haben es geschafft und brauchen uns nicht mehr. Freiwillig lassen die sich in diesem Dreckloch nicht mehr blicken."

Gilda fragte nach den anderen Mädchen und bekam die gleichen Antworten: Keine war in letzter Zeit in der DROBERA gewesen, und Cora wusste nicht, was aus ihnen geworden war.

„Das waren alles Bitches", sagte sie abfällig. „Hielten sich für Supermodels, dabei waren sie nur aufgetakelte Trullas. Haben hier kaum mit jemandem geredet, nur mit Michael. Ich weiß nicht, warum er die Tussis in das Projekt gelassen hat. Wir haben hier ein paar richtig nette Leute, alles People, die es ernst meinen, aber die hat er nicht genommen. Mich auch nicht."

Gilda gab einen mitfühlenden Ton von sich. „Ihr habt also nichts mehr von den Mädchen gehört? Irgendjemand muss doch noch Kontakt zu ihnen haben?"

„Keine Ahnung. Michael vielleicht. Prof Martin hält ihn auf dem Laufenden, wie sich seine Schäfchen entwickeln. Aber von uns hat die keiner mehr gesehen. Das wüsste ich. Und wir sind froh, dass die nicht mehr da sind."

4

Ungeduldig blätterte Laura durch die Akten und machte Notizen, wenn sie auf den Namen eines Schülers stieß. Mehr und mehr fiel ihr auf, wie wenig Wert die Schule auf eine ordentliche Ablage und Buchhaltung gelegt hatte. Vorgänge und Belege waren unvollständig und in keinerlei Zusammenhang abgeheftet worden. Zehn Namen von Schülern aus den 70er Jahren hatte sie bisher in verschiedenen Unterlagen finden können, eine komplette Namensliste fehlte. Laura streckte sich und überlegte, wo Barbara blieb. Sie hatte sich vor mehr als einer Viertelstunde aufgemacht, um die Nase zu pudern, wie sie es ausdrückte. Hatte sie sich verlaufen? So groß war das Gebäude nun auch nicht, dass man sich verirren konnte.

Vermutlich schrieb sie Liebes-Nachrichten an ihren Phantom-Verehrer. Was für eine verrückte Geschichte. Aber Barbara war Künstlerin. Gefühlsstürme und romantische Anwandlungen waren vermutlich wesentlicher Bestandteil der Persönlichkeit und Voraussetzung für eine erfolgreiche Karriere.

Laura vertiefte sich in einen Vorgang, in dem das Jugendamt Fragen zu einem Schüler stellte, der zum zweiten Mal ausgerissen war. Er hatte sich bis Münster per Anhalter durchschlagen können, bevor er von der Polizei aufgegriffen und wieder in der Schule abgeliefert worden war. Der Junge hatte den Direktor, Heinrich Krabost, beschuldigt, die Kinder nicht gut zu behandeln. Laura stellten sich die Nackenhaare hoch, als sie las, dass die körperlichen Züchtigungen für das Amt keinen Grund zur Besorgnis waren, sondern als normale Härte abgetan wurden. Die Beschwerde des Jungen, es gäbe nicht genug zu essen, wurde hingegen ernst genommen. Das Amt wies nachdrücklich darauf hin, dass das Internat finanzielle Unterstützung für die Verpflegung der Kinder in Anspruch nahm, und es einen ernsthaften Verstoß darstellte, wenn das Geld für andere Zwecke genutzt wurde. Laura blätterte gespannt weiter, aber die Antwort der Schule auf diesen Vorwurf konnte sie nicht finden. Natürlich nicht.

Sie war so vertieft in die Recherche, dass sie das Rascheln hinter sich kaum registrierte. Erst als sie ein Kichern hörte und Schritte, die sich eilig entfernten, drehte sie sich um. Es war niemand da, aber auf dem Tisch standen ein Becher dampfender, duftender Tee und ein Teller Plätzchen. Wie nett! Fräulein Jakob hatte sich anscheinend dazu durchgerungen, die freundliche Gastgeberin zu spielen, und einen Schüler mit dem Snack zu ihr hinuntergeschickt. Doch warum hatte sie für Barbara keinen Tee dazu gestellt? Laura verspürte plötzlich einen

Bärenhunger. Seit dem Frühstück hatte sie nichts mehr gegessen. Der Anblick des Tees und der zwei Schokoladenkekse wirkte unwiderstehlich. Barbara war bereits eine Ewigkeit verschwunden, sie war selbst schuld, wenn sie lieber mit ihrem Phantom-Lover chattete und den Snack verpasste. Laura konnte nachher das Geschirr unauffällig zur Seite räumen, dann würde sie nichts merken. Gierig griff sie nach einem Lebkuchen-Herz, biss genussvoll hinein und ließ sich ein paar Schlucke von dem gesüßten Roibosch-Vanille-Tee schmecken. Sie war zwar kein Teefan, sondern eher Kaffee-Mensch, aber der hier schmeckte köstlich. Sie holte einen Ordner aus dem Regal und blätterte zunehmend entspannt und heiter durch die chaotische Dokumentation der traurigen Kinderschicksale.

5

Eine Tür schlug zu, Schritte hallten durch den langen Korridor. Marek presste sich in einer dunklen Ecke an die Wand. Eine Frau im weißen Kittel schob einen mit Schmutzwäsche beladenen Metallwagen vor eine Tür, schloss geräuschvoll auf und verschwand. Marek machte sich wenig Gedanken darum, ob er entdeckt werden könnte, der Gang war zu verwinkelt und düster. Selbst wenn die Lampen eingeschaltet waren, reichte das Licht nicht bis in die Ecken hinein. Trotzdem hatte er sich sicherheitshalber in der Ärzte-Umkleide einen weißen Kittel gegriffen und übergezogen.

Das Krankenhaus war für einen so kleinen Ort erstaunlich groß und beschäftigte mehrere Hundert Mitarbeiter. Allein von der Behandlung der Landbevölkerung und ein paar holländischen Touristen, die sich einen Knöchel verknacksten, konnte ein Krankenhaus solchen Ausmaßes nicht existieren. Da steckte etwas anderes dahinter. Etwas sehr viel Größeres. Marek hatte mittlerweile eine ziemlich genaue Vorstellung davon, wie sie sich finanzierten.

Seit zwei Monaten verfolgte er jetzt diese Spur, und er war zuversichtlich, interessante Beweise in den Akten des Krankenhauses zu finden. Dann würden sie sie festnageln können, und der Rest war nur noch Formsache. Die Behörden der betroffenen Länder würden übernehmen und hoffentlich der Hydra die Köpfe abschlagen. Wenn alles gutging, konnte er morgen den Fall abschließen und gehen.

Aber wohin?

Während er mit der Dunkelheit verschmolz, um eine weitere Frau mit einem Sack Wäsche vorbeigehen zu lassen, dachte er an Laura. Er wusste, dass sie hier war, in Waldheim. Ihretwegen ermittelte er an diesem abgeschiedenen Ort, wo nur ein geringer Anteil der kriminellen Geschäfte lief, und nicht in einer der großen Städte, wo die Mega-Deals abgewickelt wurden. Seit zwei Monaten hatte er sich nicht bei ihr gemeldet. Er war zu sehr mit dem Fall beschäftigt gewesen. Er hätte auch nicht gewusst, was er hätte sagen sollen. Von seinem Einsatz konnte er ihr nichts erzählen, und anlügen wollte er sie nicht. Sie war bestimmt wütend. Richtig wütend. Ein Anruf oder ein Besuch nach der langen Zeit der Stille wäre für ihn zu einem Gang nach Canossa geworden. Deshalb hatte er nicht lange gezögert, als er erfahren hatte, dass sie in Waldheim war, einem Ort, an dem auch er wertvolle Information sammeln konnte. Ein vermeintlich zufälliges Zusammentreffen würde wesentlich angenehmer und entspannter verlaufen.

Die Arbeit in der Detektei Peters hatte ihm gefallen. Er hatte die Stelle ursprünglich zur Tarnung angenommen, um einen eigenen Job unauffällig erledigen zu können. Doch mit seiner Einschätzung, die kleine, unbekannte Agentur würde keine anderen Aufträge als Scheidungen, Zeitungsdiebstähle und Seitensprünge bearbeiten, hatte er gründlich falsch gelegen. Gleich der erste Fall war eine solche Herausforderung geworden, dass er sein ganzes Können hatte einsetzen müssen. Laura, die als Detektivin ein Neuling war, hatte sich beachtlich geschlagen. In der kurzen Zeit der Zusammenarbeit war eine tiefe Vertrautheit zwischen ihnen entstanden. Mehr als er es jemals zuvor bei einem Menschen zugelassen hatte. In seinem Metier stellten persönliche Bindungen Ballast, Defokussierung und die Gefahr der Erpressbarkeit dar. Er wusste, dass Laura ihn von Beginn an im Verdacht gehabt hatte, eine Hidden Agenda zu haben. Den polnischen James Bond hatte sie ihn spöttisch genannt. Damit hatte sie gar nicht so falsch gelegen. Aber er hatte ihr nicht viel erzählen können. Verschwiegenheit war sein Überleben. Und auch das ihre.

Wenn alles gut lief, und er den Fall abschließen konnte, würde er frei sein. Dann konnte er zwar immer noch nichts über die Vergangenheit erzählen, aber er konnte ehrlich und offen sein in Bezug auf die Zukunft. Vielleicht würde er zurück nach Bonn gehen. Er könnte mit Laura zusammen die Detektei ausbauen. Es würde Spaß machen, wieder mit dem Team zusammenzuarbeiten. Er dachte an Gilda, die durch ihren Feuereifer und ihre Unerschrockenheit schnell zu einem wertvollen Teammitglied geworden war. Wobei ihr Leichtsinn sie in eine gefährliche Lage gebracht hatte, aus der er sie erst in letzter Sekunde hatte befreien können. Sie war eben doch noch ein Küken, auf das man aufpassen musste. Kurz streiften seine Gedanken zu Maria. Wo sie jetzt wohl war? Sie war damals untergetaucht, ohne eine Nachricht zu hinterlassen. Gilda hatte oft nach ihr gefragt, hatte wissen wollen, wo sie sich aufhielt, aber er hatte ihr nichts sagen können. Er ahnte, dass Maria sich auf die Suche nach ihrem Peiniger gemacht hatte, aber er hatte nichts mehr von ihr gehört. Innerlich schüttelte er genervt den Kopf. Ihre Alleingänge hatten ihn schon immer wahnsinnig gemacht. Sie würde ihm zwar nie in den Rücken fallen oder ihn verraten, aber verlassen konnte er sich nicht auf sie.

Vorsichtig lugte er um die Ecke, um sicherzugehen, dass die Frau im Waschkeller verschwunden war, dann schlich er den Gang hinunter. Nach einer Biegung erreichte er eine Stahltür, das Archiv. Er war sicher, hier würde er die letzten Puzzle-Teile finden, die ihm noch fehlten, um den Fall abzuschließen und die Bande dingfest zu machen.

6

Laura griff nach dem letzten Ordner, den sie noch nicht durchgesehen hatte, und warf abwesend einen Blick auf die Armbanduhr. Was machte Barbara so lange auf der Toilette? Sie war jetzt schon seit einer halben Stunde verschwunden. Oder sogar noch länger. Zeit genug, um sich nicht nur die Nase zu pudern, sondern eine ganze Wellnesssitzung mit Dampfbad, Peeling und Feuchtigkeitsmaske durchzuführen. Oder hatte sie ihr Make-up erneuert und die Locken frisch aufgedreht? Laura grinste bei der Vorstellung, dass Barbara die Schönheitsutensilien auf der Schülertoilette ausgebreitet hatte. Sie griff nach der Teetasse, musste aber enttäuscht feststellen, dass sie leer war. Der Tee schmeckte wirklich ausgezeichnet! Es machte doch einen Unterschied, ob man nach Anleitung vorging, oder, so wie sie, den Teebeutel vergaß und dreißig Minuten ziehen ließ.

Der Snack hatte gutgetan. Sie fühlte sich erstaunlich erfrischt und voller Energie, sie hatte sogar das Gefühl, besser sehen und hören zu können. Ihr Gehirn lief auf Hochtouren. Konzentriert blätterte sie durch den Ordner. Ihr fiel auf, dass an einigen Stellen Blätter herausgerissen worden waren. Kleine Papierfetzen hingen an den Metallbügeln, die Dokumente waren nicht mehr vorhanden. Auf einem Fragment war ein Teil einer Adresse zu erkennen. Sie nahm ihr Handy aus der Tasche und fotografierte den Schnipsel.

Draußen auf dem Gang näherten sich Schritte, es wurde geflüstert. Wahrscheinlich die Schüler, die ihr eben den Tee gebracht hatten. Sie spürte ihre Blicke, aber als sie sich umdrehte, war niemand dort.

„Ich habe euch gehört! Ihr braucht keine Angst zu haben. Vielen Dank für den Tee. Der war sehr lecker!" Lautes Gelächter hallte durch den Gang, dann entfernten sich die Kinder wieder.

„Schade", rief Laura. „Ich hätte gerne noch ein Tässchen Tee genommen." Sie blätterte den Ordner bis zu Ende durch. Dann sah sie ungeduldig auf die Uhr. „Wo bleibt Barbara nur? Langsam reicht die Zeit für eine komplette Gesichtsoperation."

Wieder näherten sich Schritte. Diesmal nur von einer Person. Ihre Sinne waren geschärft wie bei einer Raubkatze. Sie konnte den Ankömmling sogar riechen. Wie auf Samtpfoten schlich sie zur Tür und lauerte.

7

Barbara hatte sich auf die Suche nach den Waschräumen begeben. Schilder gab es keine, deshalb schlug sie aufs Geratewohl eine Richtung ein und lief den Gang hinunter. Das Bedürfnis wurde dringender. Hätte sie im Hotelzimmer bloß nicht noch eine Flasche Wasser geleert. Hastig riss sie eine Tür nach der anderen auf, fand aber nur leere Aufenthaltsräume und eine Putzkammer vor. Sie lief in die Halle zurück und bog in den Flur zu den Büros ein. Aus ihrer Schulzeit hatte sie in Erinnerung, dass die Lehrer immer ein separates Örtchen hatten, schön in der Nähe des Lehrerzimmers. Leise öffnete sie die Türen, es wäre ihr peinlich gewesen, einfach bei Fräulein Jakob hereinzuplatzen. „Ich benehme mich wie ein Schüler", murmelte sie ärgerlich, konnte das Gefühl aber nicht abschütteln. In Gegenwart der strengen Direktorin hatte sie sich wie ein unartiges Kind gefühlt, das bei einem Fehlverhalten ertappt wurde. Als sie die nächste Tür öffnete, vernahm sie erregte Stimmen. Vor ihr lag ein großes Büro, dessen Verbindungstür zum Nachbarzimmer offen stand.

„....unverantwortlich und fahrlässig!" Der tiefen Männerstimme hörte Barbara die Wut an.

„Ich habe vorher alles persönlich durchgesehen! Es ist in Ordnung." Das war Fräulein Jakob. Allerdings klang ihre Stimme nicht mehr selbstsicher, sondern beinahe weinerlich. „Bernd Schlüter ist ein berühmter Mann. Er sitzt in Gremien, die über unsere Zuschüsse entscheiden. Wenn ich mich seinem Anliegen verschlossen hätte, hätte er das an die große Glocke gehängt. Oder er dreht uns den Hahn zu. Ich hatte keine Wahl."

„Was für ein Unsinn. Da habe ich wohl auch noch ein Wörtchen mitzureden. Es wäre Ihre Pflicht gewesen, mich zu informieren. Sie wissen genau, dass wir uns keine Fehler erlauben dürfen. Sie gefährden die Studie und den Erfolg der Arbeit von mindestens fünf Jahren. Dafür werden Sie sich verantworten müssen."

Barbara wurde neugierig und vergaß den Grund, warum sie überhaupt hier war. Sie schlich in den Raum, um einen Blick auf den Mann zu erhaschen.

„Es sollen doch nur Namen ehemaliger Schüler für ein Schultreffen zusammengetragen werden."

„Dass ich nicht lache", dröhnte der Mann, den Barbara jetzt von hinten sehen konnte. Er war hochgewachsen, schlank und hatte eine volle, weiße Mähne, die ihm etwas Distinguiertes, Aristokratisches gab.

„Stellen Sie sich nicht dümmer als Sie sind! Das ist ein Vorwand! Was sonst? Als ob ein Mann vom Format eines Bernd Schlüter Sehnsucht hat, seine asozialen Mitschüler wiederzusehen. Die sind doch alle nur Abschaum. Wie dämlich sind Sie eigentlich?"

Fräulein Jakob schien bei den harten Worten in sich zusammenzusinken. „Was hätte ich tun sollen?", wimmerte sie und hob die Hände wie zur Abwehr von Schlägen.

„Sie hätten mich informieren müssen. Schon im Vorfeld. Diese Herumspioniererei hätten wir verhindern können. Haben Sie schon mal was von Datenschutz gehört? Mit dem Argument hätten wir sie abwimmeln können. Und das wäre noch nicht einmal ein Vorwand gewesen! Sie gehen jetzt sofort da runter und schmeißen die Detektivin raus. Welche

Konsequenzen das für Sie haben wird, werden wir noch sehen!"

Der Mann drehte sich um. Barbara wich zurück und floh aus dem Zimmer. Wo konnte sie sich verstecken? Ohne groß nachzudenken, schlüpfte sie in den gegenüberliegenden Raum und lehnte die Tür an. Sie zu schließen hätte womöglich zu viel Lärm gemacht.

Barbara war in einem Abstellraum gelandet. Mit Büromaterial angefüllte Regale, durch ein schmales Fenster fiel das dämmerige Licht des Nachmittags. Sie presste sich an die Wand hinter ein zusammengeklapptes Flipchart und hielt den Atem an. Energische Schritte hallten, ohne anzuhalten, den Flur entlang. Kurz darauf näherten sich leise Sohlen und verharrten vor dem Eingang. Barbaras Herz klopfte so laut, dass sie dachte, es müsste weithin hörbar sein.

„Wer hat die Tür aufgelassen? Das wird ein Nachspiel haben." Fräulein Jakob war wieder ganz sie selbst, streng und giftig. Die Tür schwang auf, Barbara sah die Silhouette der Direktorin im Gegenlicht. Sie hielt den Atem an und beobachtete, wie der prüfende Blick des alten Fräuleins über die Schränke wanderte, sich unaufhaltsam näherte. Was sollte sie tun? Um einfach hervorzutreten und zu sagen, sie hätte sich verlaufen, war es jetzt zu spät. Sie kniff die Augen zu und versuchte, sich so schmal wie möglich zu machen. Bruchteile von Sekunden zogen sich wie eine Ewigkeit. Das Blut dröhnte in ihren Ohren. Fast schon wollte sie schreien: *Na gut, ich bin hier. Sie haben mich erwischt.* Dann hörte sie, wie die Tür geschlossen wurde.

8

Laura lauerte gespannt neben der Tür auf die Person, die sich näherte. Die Kinder waren es nicht, die Schritte gehörten einem Erwachsenen. Alle ihre Sinne waren geschärft, sie hörte sogar das Rascheln der Kleidung. Wahrscheinlich war es Barbara, die endlich nach ihrer langen Sitzung und dem Austausch etlicher Liebes-Nachrichten zurückkam. In Laura stieg der Drang auf, zu kichern. Sie presste die Lippen zusammen, auf keinen Fall wollte sie sich verraten. Sie duckte sich und sprang mit einem Urschrei in den Flur.

„Allmächtiger!" Vor ihr stand Fräulein Jakob, deren Gesicht für einen Augenblick die Farbe gewechselt hatte. „Sind Sie verrückt geworden? Was ist das für ein Benehmen?" Erstaunlich schnell hatte die alte Erzieherin ihre Fassung zurückgewonnen und die Arme empört in die Seiten gestemmt. Offensichtlich war sie an solche Auftritte durch die Schüler gewöhnt. Laura hing dem Gedanken nach, ob sie zerknirscht sein oder so tun sollte, als wäre nichts geschehen. Ihr Blick fiel auf Fräulein Jakobs Schnurrbart. Das Kichern, das sie eben schon nur mit Mühe hatte unterdrücken können, brach sich mit aller Macht Bahn. Sie lachte, bis ihr die Tränen kamen, und konnte nicht mehr aufhören.

„Ich muss doch sehr bitten! Sie sind wohl total verrückt geworden. Packen Sie Ihre Sachen und verlassen Sie unser Haus. Ich habe nicht das geringste Verständnis für Ihr ungebührliches Verhalten!" Aus Laura lachte es heraus, Fräulein Jakobs strenge Miene machte es nur noch schlimmer. Mittlerweile liefen ihr die Tränen in gefühlten Sturzbächen über das Gesicht, sie konnte sich nicht mehr unter Kontrolle bekommen. Es war Barbara, die sie schließlich rettete. Wie aus dem Boden gewachsen stand sie hinter Fräulein Jakob: „Was ist los? Habe ich einen guten Witz verpasst?"

„Ihre Kollegin hat den Verstand verloren", antwortete Fräulein Jakob würdevoll. „Ich verlange, dass Sie sofort das Gebäude verlassen. Das Benehmen von Frau Peters ist absolut inakzeptabel. Sie haben unsere Gastfreundschaft schamlos ausgenutzt, ich werde Sie keine Minute länger hier dulden."

„Schon gut, wir gehen", sagte Barbara besänftigend und schaute besorgt in das Gesicht ihrer Freundin, das vom Lachen gerötet war. „Komm, Laura, lass uns zusammenpacken." Ohne Fräulein Jakob eines Blickes zu würdigen, zog sie Laura in den Kellerraum, half ihr wie einem Kind in die Jacke, sammelte die Taschen ein und zog sich selbst an. „Lass uns verschwinden", flüsterte sie. „Ich glaube, wir haben für heute genug erfahren."

Fräulein Jakob, die wie ein Zerberus in der Tür stand, schien gute Ohren zu haben: „Nicht nur für heute! Ein zweites Mal werden wir Sie nicht mehr hereinlassen. Sie haben beide ab sofort Hausverbot. Auf Wiedersehen!" Barbara nickte, hakte Laura unter und zog sie mit sich. Sie zwang sich, langsam zu gehen, damit der Abgang nicht zu sehr nach einer Flucht aussah. Ihre Schritte hallten unangenehm laut durch das Gebäude, als sie die Halle durchquerten. Die Putzfrau lehnte an einem der großen Fenster und sah misstrauisch zu ihnen herüber. Barbara nickte ihr zu, doch die Frau reagierte nicht. Ihr Gesicht, in dem das Leben tiefe Furchen hinterlassen hatte, blieb unbewegt. Nur die Augen schienen lebendig und funkelten auf eine Weise, die Barbara zunehmend bedrohlich erschien. Sie drückte Lauras Arm an sich und atmete erleichtert auf, als sie aus dem Schulgebäude traten. „Bin ich froh, dass wir hier raus sind. Wir scheinen wirklich alle gegen uns aufgebracht zu haben. Selbst die Putzfrau wirft uns giftige Blicke zu. Hast du sie bemerkt? Sie sah aus wie eine Hexe mit dem Tuch um den Kopf und den zotteligen Haarsträhnen." Laura kicherte.

Es hatte angefangen zu schneien, dicke Flocken fielen lautlos auf die makellose Schneedecke. Laura blieb stehen, breitete die Arme aus und streckte ihr Gesicht dem dunklen Himmel entgegen.

„Jetzt komm, sie öffnen das Eisentor. Ich möchte nicht zerquetscht werden, wenn es wieder zuknallt." Barbara zog an Lauras Arm. Die lachte, kuschelte sich an Barbara und ging, eng an sie geschmiegt, mit ihr die Auffahrt entlang.

„Schau mal", sagte sie plötzlich und zeigte auf eine erleuchtete, von innen beschlagene Halbkugel aus Glas, die im hinteren Teil des Gartens stand. „Ein Schwimmbad. Wie romantisch!" Barbara spähte hinüber, verlangsamte aber ihre Schritte nicht, und zog Laura aufatmend durch das Tor auf die verschneite Straße.

„Ja, toll, was sie den Kindern bieten. Aber viel zu nützen scheint es nicht. Denk an den unverschämten Jungen, den wir beim Herkommen getroffen haben."

„Ach na ja", sagte Laura unbestimmt. „Immerhin haben mir die Kinder Tee gebracht. Das war so süß von denen."

Barbara sah sie misstrauisch an. „Du hast Tee getrunken? Schmeckte der vielleicht irgendwie merkwürdig?"

„Nein, superlecker. Vanille-Geschmack würde ich sagen. Muss ich mir auch mal kaufen."

„Ich kann mir nicht vorstellen, dass Fräulein Jakob so gastfreundlich war. Da haben dir die Kinder wohl etwas Gutes getan. Oder eher einen Streich gespielt."

„Wieso Streich?" Laura sah mit zurückgelegtem Kopf aufmerksam den tanzenden Schneeflocken entgegen.

„Krieg keinen Schreck, aber ich bin sicher, dass sie dir etwas in den Tee getan haben. Du bist so anders als sonst."

„Was meinst du?" Laura hüpfte lächelnd auf Barbara zu und schlang die Arme um sie.

„Na ja, das hier zum Beispiel." Barbara Stimme klang dumpf aus der Umarmung hervor. Mit sanfter Gewalt befreite sie sich und hakte ihre Freundin unter. „Aber das kriegen wir wieder hin. Am besten gehen wir auf den Markt und essen eine Bratwurst. Das hilft bestimmt. Kaffee wäre wohl eher das Falsche, so aufgedreht, wie du bist."

Laura lachte und tänzelte neben Barbara her. Es war fünf Uhr am Nachmittag und bereits dunkel, auf dem Markt war nicht viel los. Barbara steuerte den Wurststand an und bestellte zwei Rostbratwürstchen mit Senf. Während sie bezahlte, merkte sie, dass Laura zu einem Stehtisch gegangen war, an dem sich vier junge Handwerker nach getaner Arbeit ihre Currywurst und Pommes Frites schmecken ließen. Sie hatte ihre Hand auf den Arm eines der Männer gelegt und sprach mit strahlendem Lächeln auf alle ein. Die jungen Kerle schienen so viel Kontaktfreude nicht gewöhnt zu sein. Sie rückten ein Stück zur Seite, schirmten ihr Essen mit den Händen ab und schauten sich ängstlich nach Hilfe um. Barbara eilte zu ihrer Rettung. „Hallo, die Herren! Leider muss ich ihnen jetzt meine Freundin entführen, sonst wird unser Essen kalt. Komm, Laura!" Gutmütig ließ Laura sich zu den Würstchen ziehen, begutachtete sie eingehend und biss herzhaft hinein.

„Dieses Städtchen ist großartig."

9

Nachdem sie vergeblich versucht hatte, Laura auf dem Handy zu erreichen, und Justin endlich das Counterstrike-Match beendet hatte – er hatte ihr erklärt, dass vorzeitig auszusteigen mit einer Vierundzwanzig-Stunden-Sperre geahndet wurde - war Gilda nach Hause gegangen. Ihre Eltern hatten sich gefreut, vor allem, weil sie gleich die Schürze umgebunden und im Restaurant geholfen hatte. Später, als es ruhiger geworden war, hatte sie sich nach oben in ihr Zimmer verzogen. Die Einrichtung sah immer noch so aus wie damals, als sie mit sechzehn ausgezogen war: eine rosa-geblümte Tagesdecke über dem Bett, ein weißer, alter Kleiderschrank, den sie selbst gestrichen hatte, ein kleiner, verzierter Spiegel aus Marokko als einziger Wandschmuck. Doch die Atmosphäre hatte sich komplett verändert. Jede Fläche war bedeckt mit Computer-Zubehör, Kabeln und Elektronik-Bauteilen, aus dem unschuldigen Mädchenzimmer war die Höhle einer Hackerin geworden. Gilda machte es nichts aus, für eine Übergangszeit wieder zu Hause zu wohnen. Sie war ihren Eltern zuliebe zurückgekehrt, als ihr Vater krank geworden war, und ihre Mutter um Unterstützung gebeten hatte. Da sie keine Geschwister hatte, was auch heutzutage noch für eine süditalienische Familie eher ungewöhnlich war, hatte sie nicht lange gezögert. Es war ihr gleichgültig, wo sie wohnte, welche Möbel sie hatte, wie eine Wohnung geschnitten war. Sie konnte sich überall gemütlich einrichten. Hauptsache, es gab ein Bett und eine Dusche. Wichtig war ihr nur ihre Arbeit und neuerdings auch die Vorbereitung auf das Abendgymnasium.

Wie ein Flamingo stieg Gilda über die auf dem Boden verstreuten Gegenstände, ließ sich rückwärts auf das Bett fallen, breitete die Arme aus und starrte an die Decke. Sie würde Laura noch anrufen. Sie musste die Ungereimtheiten mit den verschwundenen Unterlagen aus der DROBERA und dem toten Mädchen erfahren. Laura würde wütend werden, wenn Gilda auf eigene Faust ermittelte, obwohl es sich um Mord handeln könnte. Sie fischte in der Tasche ihres Hoodies nach dem Handy und wählte Lauras Nummer. Es klingelte ins Leere. Als sie Barbaras Nummer eintippen wollte, kam ein Anruf mit Kölner Nummer.

„Gilda Lambi?"

„Hallo Gilda, hier ist Michael. Cora hat mir gesagt, dass du heute angerufen hast. Gibt es Neuigkeiten? Warte mal, es hat geklingelt, bin gleich wieder da."

Sie hörte, wie sich Schritte entfernten, dann kam er zurück. „Kann ich dich gleich noch mal anrufen? Ich habe Besuch bekommen."

„Klar."

Ein Piepsen ertönte. Gilda wollte auf Gespräch-Beenden drücken, da merkte sie, dass das Telefonat nicht unterbrochen worden war. Anscheinend hatte Michael in der Eile eine falsche Taste gedrückt. Seine Stimme war glasklar zu verstehen. Gilda hörte zu.

„Frau Martin, was kann ich so spät für Sie tun?"

„Wenn wir allein sind, kannst du mich Claire nennen. Das habe ich dir schon oft gesagt." Gilda glaubte, ganz schwach einen französischen Akzent herauszuhören. Die Frau lachte perlend. Michael ging nicht auf das Angebot ein und schwieg.

„Wir kennen uns schon so lange, ich konnte mich immer auf dich verlassen. Ich hoffe, das ist noch so?" Jetzt hatte die Frauenstimme nichts Verspieltes mehr, sondern klang kalt wie

Eis. Michaels Antwort war nicht zu hören, anscheinend hatte er sich vom Handy etnfernt.

„Gut. Du weißt, dass unser kleines Arrangement nicht zu deinem Schaden ist. Du tust, was ich von dir verlange, und ich zeige mich erkenntlich."

„Ich treffe die Entscheidung nicht." Michael war wieder besser zu verstehen. Die Frau lachte. „Wir wissen beide, dass du die Vorschläge machst. Wie ich gehört habe, sind im Projekt wieder Plätze zu besetzen. Sorge dafür, dass die Richtigen genommen werden. Haben wir uns verstanden? Du weißt, wozu ich fähig bin, wenn ich mich aufrege. Also reize mich nicht."

Michael versicherte, dass er alles in seiner Macht stehende tun würde. Es ging noch einige Male hin und her, dann verabschiedeten sie sich.

Gilda unterbrach die Verbindung. Mit fliegenden Fingern gab sie den Namen *Claire Martin* in die Internet-Suchmaschine ein, obwohl sie das Ergebnis eigentlich schon kannte: Die Frau war Professor Martins Ehefrau.

10

Barbara sah sich im Hotelrestaurant um, das auch von externen Gästen besucht wurde. Sie hatte mit kühler Nüchternheit oder holziger Bodenständigkeit gerechnet, wurde aber positiv überrascht. Die Einrichtung wirkte einladend und gemütlich: Im Kamin prasselte ein Feuer, auf den Stühlen lagen rot-weiß gemusterte Kissen, auf den Tischen standen Kerzen, es duftete nach Braten und Gewürzen. Obwohl es noch nicht einmal sieben Uhr war, waren die meisten Tische besetzt. Dezente, klassische Musik verschmolz mit den Stimmen der Gäste in den Hintergrund. Zwei dralle Kellnerinnen eilten mit voll beladenen Tabletts aus der Küche. Barbara stellte erfreut fest, dass das Essen appetitlich aussah. Sie steuerte einen kleinen Tisch in einer Ecke an und gab der Kellnerin zu verstehen, dass sie direkt bestellen wollte.

Es war nicht leicht gewesen, Laura nach dem Besuch am Würstchenstand in ihr Hotelzimmer zu bugsieren. Sie war so aufgekratzt und unternehmungslustig gewesen, dass sie sich nur schwer hatte überreden lassen. Aber schließlich hatte sie sie doch überzeugen können, unter die Dusche zu gehen, um wieder einen klaren Kopf zu bekommen. Barbara kannte sich mit Drogenrauschzuständen nicht aus, aber sie war mehr denn je davon überzeugt, dass einer der Schüler etwas in den Tee getan hatte. Sie hatte ihre sonst eher zurückhaltende Freundin noch nie so kontaktfreudig und anhänglich erlebt.

Verabredet waren sie für sieben Uhr im Hotelrestaurant, aber Barbara war nicht sicher, ob Laura überhaupt noch einmal herunterkommen würde. Falls nicht, würde sie auf jeden Fall später nachsehen, ob es ihr gutging.

Eine Kellnerin mit roten Backen und breiten Hüften stellte ein bis zum Rand gefülltes Glas Weißwein vor sie. Barbara hob es vorsichtig an die Lippen und trank einen tiefen Schluck. Dann lehnte sich zurück und ließ den Blick durch den Raum schweifen. Die meisten Gäste befanden sich deutlich im Herbst ihres Lebens und waren förmlich gekleidet: die Herren in dunklen Anzügen, die Damen in steifen Kostümen. Lediglich an einem großen Tisch am anderen Ende des Saales waren auch Fließpullover und Jeans vertreten. Aus den von frischer Luft und Bier geröteten Gesichtern schloss Barbara, dass es sich um die Touristen aus aller Welt handelte, die die Hotelchefin erwähnt hatte.

Sie fischte in der Handtasche nach dem Handy und lächelte, als sie *seine* Nachricht entdeckte. Es waren nur zwei Sätze, leicht altmodisch und ein bisschen holperig formuliert, aber sie ließen ihr Herz höher schlagen. Aufreizenderweise siezte er sie manchmal, obwohl sie ihm schon mehrmals geschrieben hatte, dass er sie duzen sollte. Erst recht nach dem ekstatischen Erlebnis bei der Wohltätigkeitsveranstaltung. Sofern er es gewesen war, der sie dort für einen köstlichen Moment in den Himmel gehoben hatte. Der Gedanke verursachte ein warmes Kribbeln in der Bauchgegend, das sich schnell im ganzen Körper ausbreitete. Sie drückte den Antwortbutton, doch als sie die ersten Worte getippt hatte, wurde das Display dunkel. Der Akku war leer. Barbara unterdrückte einen Fluch. Gerade hatte sie schreiben wollen, wo sie sich aufhielt, in der wilden Hoffnung, dass er sich sofort auf den Weg machen würde, um sie zu treffen. Eine prickelnde Vorstellung. Doch jetzt hatte ihr das Schicksal in Form einer alternden Handybatterie einen Strich durch die Rechnung gemacht.

Während sie an ihrem Wein nippte und versuchte, die Enttäuschung niederzukämpfen, drang eine Stimme in ihr Bewusstsein, die ihr zunehmend bekannt vorkam. Das war doch der Mann, der mit Fräulein Jakob so hart umgesprungen war. Er musste am Tisch schräg hinter ihr sitzen. Sie drehte sich um und warf einen verstohlenen Blick auf den Nachbartisch. Tatsächlich. Auch wenn sie ihn heute Nachmittag nur von hinten gesehen hatte, die weiße Löwenmähne war unverkennbar. Auch von vorne sah er gut aus: modischer, dunkler Anzug mit lässig geöffnetem Hemdkragen, gebräunte, aristokratisch geschnittene Gesichtszüge, leuchtend blaue Augen. Er war bestimmt um die siebzig, trotzdem hätte sie ihn attraktiv gefunden, wenn er nicht den arroganten Zug um den

Mund gehabt hätte. Er war in Begleitung zweier Herren, die mit dem Rücken zu ihr saßen und ihm gespannt zuhörten. Plötzlich merkte sie, dass er sie direkt ansah, und zuckte ertappt zusammen. Sie setzte ein Lächeln auf und tat, als würde sie nach der Kellnerin Ausschau halten.

Die Tür an der Stirnseite des Lokals, die zum Hoteltrakt führte, öffnete sich. Laura betrat das Restaurant. Die dunklen Haare kringelten sich feucht von der Dusche, auf Make-up hatte sie verzichtet. Ohne den üblichen, dezent roten Lippenstift wirkte sie blass, dafür kamen ihre dunklen Augen zur Geltung. Zu Barbaras Erleichterung wirkte sie wieder klar. Sie hatte sich umgezogen, im weißen Zopfpulli, schwarzen Jeans und Sneakers sah sie so leger aus wie die Touristen, die den Tag auf der Ski-Piste verbracht hatten. Suchend sah sie sich im Restaurant um und kam mit erfreutem Lächeln an Barbaras Tisch.

„Alles wieder gut?" Barbara machte eine einladende Geste, Laura setzte sich. „Ich habe mir schon einen Wein bestellt, weil ich nicht sicher war, ob du kommst. Geht es dir gut?"

„Ja, alles bestens. Ging es mir vorher aber auch. Ich weiß gar nicht, warum du so ein Aufhebens um mich gemacht hast. Ich war doch nur ein bisschen lustig. Andere Leute sind immer so."

„Natürlich. Ich habe mir nur Sorgen gemacht, weil ich nicht wusste, ob es schlimmer werden würde. Wenn man an Drogen nicht gewöhnt ist, kann es zu erstaunlichen Reaktionen kommen. Habe ich mal gelesen."

„Übertreib bitte nicht. Drogen. Das war irgendetwas Harmloses, das mir die Jungs in den Tee gegeben haben. Die würden mich doch nicht vergiften! Aber ein Nachspiel wird es haben. Ungeschoren werde ich die Bengel nicht davonkommen lassen. Das wäre sowieso alles nicht passiert, wenn du nicht so ewig verschwunden wärest!"

„Das weiß man nicht. Womöglich wären wir jetzt beide zugedröhnt."

„Wo warst du denn so lange? Nachrichten an Phantomas geschrieben?" Laura blieb hartnäckig.

„Ich war auf der Suche nach den Waschräumen und musste mich vor Fräulein Jakob im Büromateriallager verstecken. Wie durch ein Wunder hat sie mich nicht entdeckt, aber ich traute mich nicht mehr auf den Gang hinaus. Ich hatte totale Angst, ihr in die Arme zu laufen."

Laura entfuhr ein Kichern. „Wie bist du entkommen?"

„Ich habe mich durch ein kleines Fenster gequetscht und bin in den Garten geklettert. Dabei habe ich mir meine schöne Jacke zerrissen. Immerhin bin ich rechtzeitig gekommen, um dich vor dem Drachen zu retten."

„Ach, die hat keinen Humor. Nur weil ich gelacht habe, dreht sie durch."

„Ja, sie ist ziemlich sauertöpfisch. Aber du warst auch ganz schön in Fahrt und hast sie ausgelacht! Und auf dem Markt warst du kaum noch zu bremsen!"

„Nun, komm, so schlimm war es nicht. Ich war einfach etwas freundlicher als sonst. Oder?" Die letzten Worte kamen zaghaft über Lauras Lippen.

Barbara lachte. „Ja, so kann man es auch ausdrücken. Die Handwerksburschen am Würstchenstand konnte ich gerade noch vor dir retten. Aber der alte Knacker, der übrigens da drüben am Tisch sitzt und so lüstern herübersieht, wollte sich kaum davon abbringen lassen, deinen Heiratsantrag anzunehmen. Erst als ich ihm gesagt habe, dass du einen reichen Mann suchst, weil du so gerne in Düsseldorf auf der Königsallee shoppen gehst, hat er sich abwimmeln lassen."

„Was?" Reflexartig schaute Laura sich um und zuckte zusammen, als ein älterer Herr im Sweatshirt ihr anzüglich zuwinkte. „Der da drüben etwa?"

„Ja", sagte Barbara leichthin. „Er ist doch eine gute Wahl. Kein Wunder, dass du protestiert hast, als ich dich von ihm weggezerrt habe."

„Oh Gott, wie peinlich!" Laura vergrub das Gesicht in den Händen. „Vielleicht sollte ich mich in meinem Zimmer verstecken und morgen ganz früh die Stadt verlassen. Gibt es noch mehr Männer, denen ich Hoffnungen gemacht habe?"

„Ach Quatsch", Barbara lachte. „Ich habe dich nur ein bisschen hochgenommen. Es war sehr lustig. Mach dir keine Gedanken, du warst total liebenswert. Du solltest nur ein bisschen aufpassen, die Wirkung des Rauschmittels ist bestimmt noch nicht komplett verflogen. Jetzt bestell dir erst mal etwas zu trinken. Und das Essen sieht auch sehr gut aus."

Laura vertiefte sich in die Karte und war froh, die Blicke der Gäste für eine Weile vermeiden zu können. Als die rundliche Bedienung an den Tisch trat, bestellte sie eine Weinschorle und ein Steak mit Pommes Frites und Salat. Barbara wählte die Gnocchi Gorgonzola und eine große Flasche Wasser für sie beide. Dass Laura Alkohol trinken wollte, war ihr unheimlich. Die Kellnerin notierte alles gewissenhaft auf einem Block, bevor sie nach einem langen Blick auf Barbaras schwarz-silbernes Outfit in der Küche verschwand.

„Die hast du beeindruckt", murmelte Laura. „Du verbreitest ungewohnt künstlerisch-städtisches Flair in dieser Kleinstadt. So etwas kennen die nicht."

Barbara zuckte amüsiert mit den Schultern. „Kaum zu glauben, wo doch Touristen aus aller Welt hier verkehren." Die beiden lachten immer noch, als die Bedienung die Weinschorle vor Laura absetzte, und prosteten sich zu. Barbara beugte sich vertraulich vor: „Am Tisch hinter uns sitzt ein Mann, den ich heute Nachmittag, als ich auf der Suche nach den Waschräumen war, bei Fräulein Jakob gesehen habe. Er war außer sich, weil sie uns in den Keller zu den Akten gelassen hatte, und forderte, dass sie uns sofort rauswirft. Es klang für mich, als wollte er nicht, dass wir bestimmte Unterlagen entdecken. Sie hat ihm versichert, dass sie die Ordner durchgesehen hat, und nichts mehr zu finden sei."

„Wirklich?" Laura spähte an Barbara vorbei zum Nebentisch.

„Vorsicht, starr doch nicht so. Das fällt auf!"

„Tu ich doch nicht! Welcher ist es? Der mit der Löwenmähne?"

Barbara nickte. „Genau der. Was meinst du, wer ist das?"

„Ich weiß es nicht. Er müsste so um die siebzig sein. Als Vater eines Schülers kommt er nicht in Frage. Obwohl - man weiß es nie. Manche Männer zeugen mit über neunzig noch Nachwuchs."

„Was glaubst du, welche Unterlagen wir nicht zu Gesicht bekommen sollen? Irgendwelche falschen Abrechnungen?"

„Vielleicht. Ich habe beim Durchblättern der Ordner gemerkt, dass Papiere entfernt worden sind. Jemand hatte sie in aller Eile herausgerissen. An einigen Stellen steckten abgerissene Schnipsel zwischen den Seiten. Von einem Stück habe ich ein Foto gemacht, ich werde es mir später genauer ansehen. Aber so alte Tricksereien dürften keine Rolle mehr spielen. Betrug verjährt nach fünf Jahren, die Belege waren aus den 70er Jahren. Das ist Schnee von gestern."

Die rotbackige Kellnerin näherte sich mit einem Tablett, auf dem feierlich ein Schnaps stand. „Der ist von einem Verehrer." Sie stellte das Gläschen vor Laura auf den Tisch und nickte mit dem Kopf zu dem edlen Spender hinüber. Erschrocken sah

Laura, dass es sich um den hartnäckigen, älteren Herrn handelte, dem sie angeblich Avancen gemacht hatte. Er prostete ihr auffordernd mit einem Schnapsglas zu, sein Grinsen ließ Laura erschauern. Entschlossen setzte sie das Getränk unberührt auf das Tablett zurück. „Nein, vielen Dank, ich trinke keinen Schnaps. Und einladen lasse ich mich auch nicht. Bitte verschonen Sie uns mit solchen Aktionen." Sie wedelte die Kellnerin mit der Hand weg, als wäre sie eine lästige Fliege. Vom Nebentisch dröhnte hämisches Gelächter.

Jetzt konnte Barbara sich das Lachen nicht mehr verkneifen. „Ist das komisch", japste sie und versuchte vergeblich, die Contenance zu bewahren. „Er will dich wohl immer noch heiraten. Oder er möchte einfach nur die Hochzeitsnacht genießen ohne weitere Verpflichtungen."

Laura verzog das Gesicht. „Was für eine schreckliche Vorstellung. Der soll mich in Ruhe lassen. Er kann nicht ernsthaft glauben, dass er Chancen bei mir hat."

„Auf dem Markt hast du dich sehr gut mit ihm verstanden. So schnell gibt er die Hoffnung nicht auf. Eine so tolle Frau wie dich hat er sicher noch nie kennengelernt. Oh, da kommt er", murmelte sie und senkte den Kopf. Der grauhaarige Mann im knallgrünen Fleecepulli baute sich neben ihnen auf, den abgelehnten Schnaps in der Hand. Mit gelben, großen Zähnen lächelte er sie an, doch in den Augen blitzte die Wut. „Du willst mich wohl verarschen, Mädchen?" Er redete so laut, dass seine Freunde am hinteren Tisch es gut hören konnten. „Nicht mit mir. Nicht mit Heinrich." Er knallte den Schnaps so hart auf den Tisch, dass er die Hälfte des Inhalts verschüttete. „Du trinkst das jetzt, ich habe es für dich gekauft."

Empört sah Laura auf. „Sind Sie noch ganz bei Trost? Was erlauben Sie sich?" Mit einem Wisch fegte sie das Glas vom Tisch. Es zerbarst klirrend auf dem Boden in tausend

Scherben. Für einen Augenblick wurde es mucksmäuschenstill im Saal, nur die leise Klaviermusik war noch zu hören. Dann ertönte noch lauteres Gelächter vom Touristentisch als zuvor. Heinrichs Nase wurde kalkweiß, wohingegen der Rest seines Gesichtes die Farbe einer reifen Tomate annahm. Er streckte die Hände aus, um sich auf Laura zu stürzen. Plötzlich tauchte ein großer Mann neben ihm auf, drehte ihm den Arm brutal auf den Rücken und drückte ihn im Nacken nach unten. „Langsam Freundchen. Ich glaube, du brauchst erst mal eine Abkühlung!" Lauras Retter zerrte den stöhnenden, schimpfenden Heinrich zwischen den voll besetzten Tischen hindurch zum Ausgang, riss die Tür auf und gab ihm einen kräftigen Stoß. Mit offenem Mund konnten Laura und Barbara beobachten, wie der alte Kerl in den Schnee stürzte. Sein Angreifer folgte ihm. Dann fiel die Tür zu.

„Hast du das gesehen", flüsterte Laura. Barbara nickte stumm. „Das war doch..." Laura sprang auf und stürzte in Richtung Ausgang.

„...Marek!" Barbara stellte das Weinglas ab und schlängelte sich durch die Gäste. Als sie aus der Tür trat, erfasste sie ein eisiger Windstoß und wehte ihr die Haare ins Gesicht. Fröstelnd zog sie die Kaschmir-Jacke um ihren Körper und sah sich um. Gegenüber lag der hell erleuchtete Handwerker-Markt malerisch im dichten Schneetreiben, an einigen Buden herrschte reger Betrieb. Ein großer Mann stand abseits des Trubels. Er hatte die Hände in den Jackentaschen vergraben und sah unverwandt zu ihr hinüber. Ihre Blicke trafen sich, unbewusst machte sie einen Schritt auf ihn zu. Dann bemerkte sie aus dem Augenwinkel eine Bewegung. Lauras aufdringlicher Verehrer lag dort im Schnee und rappelte sich fluchend hoch. Für einen Augenblick, der ihr wie eine Ewigkeit vorkam, sah er sie finster an. Erschrocken wich sie einige Schritte zurück. Doch wenn er vorgehabt hatte, sich auf sie zu stürzen, so änderte er seine Meinung wieder. Unbeholfen taumelte er zum Hoteleingang und verschwand darin. Barbara, die vor Anspannung den Atem angehalten hatte, sog erleichtert die kalte Luft ein. Dann sah sie sich nach ihren Freunden um. Die beiden standen unter einer Straßenlaterne inmitten wirbelnder Schneeflocken. Und in enger Umarmung. Laura klammerte sich wie eine Ertrinkende an Mareks Hals. Offensichtlich wirkten die Drogen noch. Unter normalen Umständen hätte sie sich niemals zu solchen Anhänglichkeiten hinreißen lassen. Erst recht nicht, wo sie eigentlich sauer auf Marek war, weil er in den letzten Wochen nichts von sich hatte hören lassen.

„Marek! Wie kommst du denn hierher? Und genau im richtigen Augenblick!" Mit breitem Lächeln, die dünne Jacke eng um den Körper geschlungen, stapfte Barbara auf die beiden zu.

Vorsichtig löste Marek Lauras Arme und grinste zurück. „Ja, das war gutes Timing. Hallo Barbara. Schön, dich wiederzusehen."

„Du Schuft!" Sie knuffte ihn spielerisch in die Seite und gab ihm einen Kuss auf die Wange. „Warum hast du dich nicht gemeldet! Wir haben dich vermisst!"

„Das merke ich! So herzlich wurde ich noch nie von Laura begrüßt. Ich hätte eher damit gerechnet, dass sie mir einen Kinnhaken gibt, wenn sie mich wiedersieht. Aber sie scheint sich zu freuen."

Laura gab ihm einen Schubs. „Das täuscht. Ich bin sauer. Und wie! Wie konntest du einfach abhauen und uns im Stich lassen?"

Barbara nahm ihren Arm. „Leute, lasst uns reingehen und dort weiterreden. Es ist eiskalt hier draußen. Ihr seht schon aus wie die Schneemänner, und ich erfriere gleich." Sie schob Laura durch die Tür ins Restaurant zurück. Dann drehte sie sich zu Marek um: „Wir haben Recherchen an einer Schule im Ort gemacht, und ein paar Schüler haben ihr einen Tee gebracht. Ich vermute, dass die Früchtchen ihr einen Streich gespielt und sie mit dem Gebräu unter Drogen gesetzt haben. Deshalb ist sie so zutraulich. Aber es geht ihr schon besser, du hättest sie heute Nachmittag sehen sollen. Sie war nicht wiederzuerkennen. Deshalb war auch dieser unangenehme Kerl hinter ihr her. Sie war viel zu freundlich zu ihm, und er hat sich Hoffnungen gemacht. Die Abfuhr heute Abend hat er dann in den falschen Hals bekommen."

Marek schüttelte halb amüsiert, halb besorgt den Kopf. „Euch kann man nicht allein lassen." Barbara nickte heftig. „Das stimmt. Du musst unbedingt wieder nach Bonn zurückkommen!"

Im Restaurant wurden sie von angenehmer Wärme und beruhigender Klaviermusik empfangen, aber auch von kaum verhohlener Neugier. Die Gäste sahen mehr oder weniger diskret zu ihnen hinüber, die Touristen am großen Tisch starrten sie regelrecht an. Laura schien dies nicht zu bemerken. Unbekümmert steuerte sie den Tisch an, griff nach der Weinschorle und nahm noch im Stehen einen tiefen Schluck. Auch Marek ignorierte die Blicke, organisierte sich mit treuherzigem Lächeln einen Stuhl vom Nebentisch und quetschte sich in die Ecke. Barbara hingegen fühlte sich unbehaglich und vermied auf dem Weg zu ihrem Platz jeden Augenkontakt. Sie ließ sich auf ihren Stuhl fallen und drehte den Gästen den Rücken zu.

Die rundliche Kellnerin eilte herbei und fragte Marek nach seinen Wünschen. Auffällig musterte sie seine durchtrainierte Figur in der abgenutzten Bikerjacke und den ausgebleichten

Jeans. Als sie merkte, dass er sie dabei beobachtete, schoss ihr die Röte ins Gesicht. Hastig nahm sie die Bestellung auf, entfernte sich aber nur zögernd in Richtung Küche.

„Marek, was tust du hier? Bist du unseretwegen gekommen?" Laura legte strahlend die Hand auf seinen Arm.

Er schüttelte den Kopf. „Ich bin wegen eines Jobs hier. Aber ich wusste, dass ich euch treffen würde. Ein äußerst angenehmes Zusammentreffen." Er hatte die Stimme leicht gesenkt, denn es war ausgesprochen ruhig im Raum. Ihnen gehörte immer noch die ungeteilte Aufmerksamkeit der meisten Gäste. „Lasst uns etwas essen, dann können wir uns unterhalten", sagte er leichthin und warf einen Blick in die Karte. Kurz darauf saßen sie vor ihren dampfenden Tellern.

„Ich könnte einen Ochsen verschlingen", verkündete Laura gut gelaunt, während sie möglichst viele Pommes Frites auf ihre Gabel spießte.

„Das kommt von dem leckeren Tee, den du heute getrunken hast: Erst kommt die Euphorie, dann der Hunger", sagte Barbara zuckersüß und zwinkerte Marek zu. Dann erkundigte sie sich, wie er die letzten Wochen verbracht hatte, und was ihn in diese Gegend verschlagen hatte. Er berichtete knapp von seinem Auftrag, der ihn ganz schön in Atem gehalten hatte und jetzt kurz vor dem Abschluss stand.

„Kommst du wieder nach Bonn zurück?" Laura strahlte ihn an und schob sich die nächste, gut gefüllte Gabel in den Mund. Bevor er antworten konnte, trat ein Mann an ihren Tisch.

„Einen schönen, guten Abend, liebe Frau Hellmann. Welch schöne Überraschung, Sie hier zu sehen. Entschuldigen Sie, dass ich störe, aber ich wollte mich noch mal für ihren wunderbaren Auftritt bei unserer Wohltätigkeitsveranstaltung bedanken. Es war ein Hochgenuss, Ihnen zuzuhören." Neben Barbara stand ein hochgewachsener, schlanker Mann im eleganten Anzug, mit akkurat geschnittenem, dunkelblonden Haar, strahlend blauen Augen und sympathischem Lächeln.

Barbara tupfte sich hastig den Mund ab, lächelte und erhob sich, um ihm die Hand zu schütteln. „Professor Martin, das ist aber ein Zufall. Was führt Sie in diese Gegend?"

„Die Familie. Ich bin hier aufgewachsen. Im Moment besuche ich meinen Vater und treffe mich bei der Gelegenheit mit ein paar alten Freunden. Was ist mit Ihnen? Geben Sie ein Konzert? Dann würde ich natürlich alles versuchen, um dabei zu sein."

„Nein, ich begleite meine Freundin. Sie ist geschäftlich hier. Darf ich vorstellen: Laura Peters, und das ist Marek Liebermann. Laura und Marek: Das ist Professor Martin. Er leitet in Köln eine Spezialklinik, die ziemlich bekannt ist." Professor Martin gab Laura die Hand und blickte ihr tief in die Augen. In Lauras Wangen schoss die Röte, für einen viel zu langen Moment schien es, als wollte sie seine Hand nicht mehr loslassen. Dann wandte sich Professor Martin Marek zu, der ihn mit amüsiertem Gesichtsausdruck taxierte. „Sind Sie Künstler-Kollegen von Frau Hellmann?" Marek schüttelte den Kopf, klärte die Situation aber nicht auf.

„Ich bin Detektivin", schaltete sich Laura ein. „Wir sind wegen eines Falls hier. Nur ein paar Recherchen. Da hat es sich angeboten, dass Barbara mitkommt, und wir uns bei der Gelegenheit eine nette Zeit machen."

„Detektivin? Wie interessant!" Professor Martin lächelte Laura an. „Worum geht es bei Ihren Nachforschungen?"

„Das ist vertraulich", warf Barbara hastig ein, bevor Laura etwas ausplaudern konnte. Sie wusste zwar nicht, was an der Organisation des Klassentreffens geheim sein sollte, aber das Verhalten von Fräulein Jakob und dem Mann mit der Löwenmähne hatte sie vorsichtig werden lassen.

„Natürlich!" Professor Martin lächelte verständnisvoll und wies mit einladender Geste auf den Nachbartisch: „Mein Vater, übrigens ebenfalls Professor Martin, meint, Sie heute im Internat Waldheim gesehen zu haben. Da er aufgrund seiner beruflichen Tätigkeit eng mit dem Institut verbunden ist, interessiert es ihn, den Hintergrund Ihrer Recherchen zu erfahren." Zu Barbaras Überraschung erhob sich der Herr mit der Löwenmähne und trat ebenfalls an den Tisch. Das war Professor Martins Vater? Der Mann, der Fräulein Jakob so angefahren hatte? Wie klein die Welt war.

Martin Senior knöpfte routiniert sein Jackett zu und deutete eine steife Verbeugung an. „Es freut mich, Sie kennenzulernen! Würden Sie uns die Ehre geben, ein Glas Wein oder einen Absacker mit uns zu trinken? Meine Kollegen wollten sich sowieso gerade verabschieden." Höflich lächelte er in die Runde und streckte den beiden Begleitern die Hand zum Abschied hin. Die standen hastig auf, nickten beflissen und verließen schleunigst den Tisch.

„Herzlich gerne. Wir sind gerade mit dem Essen fertig." Laura sprang mit so viel Überschwang auf, dass der Tisch ins Wanken geriet und Wasser aus den Gläsern schwappte.

Barbara rettete eine Weinflasche vor dem Umfallen. „Langsam, langsam. Bist du sicher, dass du dich nicht zurückziehen möchtest? Du hattest einen anstrengenden Tag." Sie warf Laura einen vielsagenden Blick zu, doch die wischte die Bemerkung mit einer Handbewegung beiseite. „Der Abend hat gerade erst begonnen. Lass uns mit Professor Martin und seinem Vater einen Drink nehmen. Du bist doch sonst nicht so langweilig, Barbara." Barbara lachte, als hätte Laura einen Witz gemacht. Sie sah hilfesuchend zu Marek hinüber, aber der zuckte nur mit den Achseln.

Laura setzte sich an den Nachbartisch, Barbara und Marek folgten ihr.

„Darf ich Sie bitten, meine Gäste zu sein? Herr Liebermann, wie ich Sie einschätze, können Sie etwas Hartes vertragen. Ich kann Ihnen einen anständigen Whiskey empfehlen. Der steht nicht auf der Karte, sie schenken ihn nur an Stammgäste aus. Oder ziehen Sie einen Grappa vor? Und die Damen hätten vielleicht gerne einen Calvados? Oder einen hausgemachten Likör? Und für uns alle einen Espresso?" Professor Martin Senior blickte fragend in die Runde und gab dann mit knappen Worten die Bestellung auf. Kurz darauf standen die Getränke sowie eine silberne Etagere mit Plätzchen und Pralinen auf dem Tisch.

„Zum Wohl!" Sie prosteten sich mit den geistvollen Getränken zu.

„Runter mit dem Zeug", murmelte Laura und nippte an dem selbst gemachten Eierlikör. Die Musik hatte mittlerweile gewechselt, anstelle der beruhigend perlenden Klaviermusik erklang jetzt 'Jealous Guy' von Brian Ferry aus den Lautsprechern. Das Feuer im Kamin loderte einladend, und Barbara spürte, wie sich angenehme Wärme und Müdigkeit in ihr ausbreiteten. Während die anderen Höflichkeiten austauschten und über belanglose Dinge sprachen, stützte sie den Kopf auf die Hände und sah zu Laura hinüber. Die wirkte leicht erhitzt, ihre Wangen waren gerötet, die Augen glänzten. Sie sah Professor Martin an. Intensiv und ausdauernd. Er bemerkte Lauras Blick und lächelte sie an. Da sie nicht reagierte, bekam sein Blick etwas Fragendes. Jetzt antwortete sie ihm mit einem Lächeln und einem leichten Achselzucken. Barbara fragte sich, ob sie einschreiten sollte. Laura schien fasziniert von ihm zu sein, aber das lag bestimmt an dem Rausch. Oder würde ihre Begeisterung morgen noch anhalten? Wenn ja, würde

Laura mit offenen Augen in das nächste Verderben rennen. Er war verheiratet. Er würde sich nicht ihretwegen trennen. Und Laura würde in die gleiche Misere geraten, wie schon einmal. Doch inwieweit war sie verpflichtet, auf ihre Freundin aufzupassen? Laura war erwachsen. Es war ihre Entscheidung. Sie durfte sich nicht einmischen. Vielleicht war Laura ja auch nur so begeistert von Professor Martin, weil sie wusste, dass er verheiratet war. Möglicherweise war sie gar nicht bereit für eine Beziehung mit allem Drum und Dran und suchte sich unbewusst einen Mann aus, der ihr nicht zu nahe kommen konnte. Barbaras Gedanken schweiften zu ihrem Verehrer, Vukodlak, dessen wahren Namen sie immer noch nicht kannte. Wie gerne hätte sie jetzt eine Nachricht an ihn geschrieben. Was er wohl gerade machte? Wie konnte sie nur solche Sehnsucht nach jemandem haben, den sie noch nie gesehen hatte? Das konnte doch nur Einbildung sein, nicht real. Aber es fühlte sich echt an. Und wunderbar.

Die Musik war zu George Michael gewechselt. Barbara lehnte sich zurück und lauschte dem Text von Careless Whisper. Eine Kellnerin legte ein Holzscheit auf das Kaminfeuer, die meisten Gäste waren bereits nach Hause gegangen.

Martin Senior beugte sich zu Laura hinüber: „Jetzt möchte ich auf den Grund Ihres Besuchs bei uns zu sprechen kommen."

Seine herrische Stimme drang nur langsam durch Lauras Versunkenheit. Mit leichtem Bedauern löste sie sich aus Professor Martins Blick. Sie hatte wenig Lust, Rede und Antwort zu stehen, aber da sie seinen Sohn so ungeheuer sympathisch fand, wollte sie dem Vater gegenüber nicht unhöflich sein.

„Wir haben eine Recherche für einen Kunden durchgeführt. Er

möchte frühere Schulkameraden finden, deshalb haben wir in der Schule die alten Unterlagen eingesehen." Sie lächelte nicht.

„Welcher Kunde?" Martin Seniors Gebaren war anzumerken, dass er es gewohnt war, Befehle zu erteilen, die unverzüglich ausgeführt wurden. Laura atmete kurz durch.

„Unser Auftraggeber ist Bernd Schlüter. Der Politiker. Er ist früher im Internat Waldheim gewesen und möchte ein Ehemaligentreffen organisieren."

Sein Lachen war hart und verächtlich. „Das soll ich Ihnen glauben? Für wie dumm halten Sie mich?" Laura runzelte die Stirn und sah zu Barbara und Marek hinüber. Marek saß entspannt zurückgelehnt, die eine Hand auf den Tisch gelegt, in der anderen das Whiskey-Glas, doch sein Gesichtsausdruck zeigte zunehmende Wachsamkeit.

„Sie sind ganz schön aufgeblasen." Laura ärgerte sich, dass ihre Worte leicht schleppend klangen. „Sie sollten sich mal entspannen, nicht alles so ernst nehmen." Sie lachte, und das Lachen floss kontinuierlich aus ihr heraus wie ein Bach, den sie nicht mehr aufhalten konnte. Barbara und Marek stimmten in ihr Gelächter ein, selbst Professor Martin Junior lachte mit. Martin Senior war die Zornesröte ins Gesicht gestiegen, doch als sein Sohn ihm die Hand auf den Arm legte, fasste er sich an die Stirn und setzte ein gequältes Lächeln auf.

„Sie müssen entschuldigen." Es klang, als müsste er die Worte hervorwürgen. „Ich hatte einen langen Tag. Aber sie verstehen sicher, dass mir ein so trivialer Grund für das kostspielige Einschalten einer Detektei unglaubwürdig vorkommt. Da ich das Internat Waldheim seit langem betreue, mache ich mir natürlich Gedanken, wenn jemand daher spaziert kommt und Einblick in die Unterlagen verlangt." Die letzten Worte hatten einen bedrohlichen Unterton.

„Warum machen Sie sich Sorgen? Haben Sie etwas zu verbergen?" Barbara setzte ihr Lächeln betont sparsam ein. Er wollte erneut hochfahren, wurde aber wieder von seinem Sohn gebremst.

„Was wollen Sie uns unterstellen? Das Internat hat einen tadellosen Ruf, die Erfolge in der Erziehung und Ausbildung finden internationale Beachtung."

Barbara machte eine abwehrende Geste und wollte sich verteidigen, doch Laura kam ihr zuvor: „Sehen Sie, nichts anderes hatten wir erwartet. Deshalb wundern wir uns, warum es Sie nervös macht, wenn wir die Adressen ehemaliger Schüler suchen. Das ist doch harmlos."

Kurz ballte Martin Senior seine Hände zu Fäusten, dann zeigte er ein wölfisches Lächeln. „Man kann heutzutage nicht vorsichtig genug sein. Wir hatten schon völlig haltlose Anschuldigungen mit dem Ziel, Entschädigungen zu erschleichen. Einige Ehemalige haben es in ihrem Leben nicht weit gebracht, und kamen auf die Idee, sich ein nettes Sümmchen zu ergaunern, indem sie Lügen verbreiten. Wir müssen auf unseren guten Ruf achten. Wenn man mit Dreck beworfen wird, kann auch die weißeste Weste Flecken kriegen."

„Sie denken nicht wirklich, dass Bernd Schlüter vorhat, die Schule in Misskredit zu bringen? Das hat er nicht nötig. Es würde seinem Ruf auch schaden. Er ist Politiker und möchte, wie er sagt, seine Wähler nicht verwirren. Sie sitzen im selben Boot."

„Sicher. Da haben Sie recht. Am besten ist es, wenn ich mich mit ihm in Verbindung setze. Alles andere hat wenig Sinn."

Marek, der bisher schweigend das Gespräch verfolgt hatte, schaltete sich ein: „Eine Frage: Sie sagen immer wir. Was genau haben Sie denn mit der Schule zu tun? Sie sind doch Professor im Krankenhaus?" Er schwenkte beiläufig den goldenen Whiskey in seinem Glas und nahm einen Schluck.

"Ja, ich leite das Krankenhaus. Und wir haben seit Jahrzehnten eine enge Kooperation mit dem Internat und betreuen die Zöglinge. Viele der Kinder haben psychische Besonderheiten und sind verhaltensauffällig. Eine psychologisch und pädagogisch geschulte Betreuung ist da Grundvoraussetzung, aber manche von ihnen benötigen zusätzlich medizinische Unterstützung, um sich bestmöglich entwickeln zu können. Unser Institut hat sich schon um die Schule gekümmert, als noch die Auffassung herrschte, dass solchen Kindern nur Disziplin durch eine strenge Hand fehlt. Wir waren Vorreiter für Therapien, die heutzutage State of the Art sind."

Laura räusperte sich. „Das ist interessant. Konnten sich die Eltern der Schüler das leisten? Oder wurde das von Steuergeldern bezahlt? Ich habe gelesen, dass in den 60er- und 70er Jahren viele Internatsschüler von Waldheim aus sozial schwachen Familien stammten." Sie sprach langsam und artikulierte jedes Wort mit besonderer Sorgfalt.

„Das ist so lange her, an finanzielle Details kann ich mich nicht mehr erinnern. Wenn Sie allerdings unterstellen, dass es damals nicht korrekt zugegangen ist, muss ich mir das aufs Schärfste verbitten."

„So weit erinnern Sie sich also doch noch", murmelte Barbara. Martin Senior presste die Lippen zusammen und antwortete nicht. Stattdessen winkte er der Kellnerin und machte ein Zeichen, dass er die Rechnung wünschte. Die dralle Frau stand kurz darauf neben ihm und errötete vor Freude, als er ihr ein überaus großzügiges Trinkgeld gab. Er erhob sich, knöpfte sein Jackett zu, nickte kurz in die Runde und verabschiedete sich. „Morgen setze ich mich mit Bernd Schlüter in Verbindung, dann sehen wir weiter. Ich wünsche Ihnen einen schönen Abend. Steffen, kommst du?"

Doch sein Sohn schüttelte den Kopf. „Nein, Vater, geh schon vor. Ich komme später nach." Kurz schien es, als wollte Martin Senior protestieren, dann straffte er die Schultern, wandte sich ohne ein weiteres Wort ab und verließ das Lokal. Steffen Martin sah in die Runde, sein Blick blieb an Laura hängen. Er lächelte. Sie lächelte zurück. Die beiden sahen sich an und konnten ihre Blicke nicht mehr voneinander lösen. Marek leerte sein Glas in einem Zug und stand auf. „Ich verabschiede mich. Wir sehen uns morgen beim Frühstück." Laura und Professor Martin nickten und sahen dann zu Barbara.

„Gut. Dann werde ich euch auch allein lassen und auf mein Zimmer gehen." Zögernd stand sie auf. „Laura, du solltest auch nicht mehr allzu lange machen, der Tag war schon ereignisreich genug."

11

Er stand im Schatten eines großen Rhododendronbusches hinter einem geparkten Auto und starrte auf die Rückseite des Hotels. Aus seinen Kopfhörern tönten harte Metal-Beats, ein Lied, das er fast ununterbrochen hörte, seit er sie kannte. Es war zu seiner Hymne geworden.

Sei die Einzige, die bei mir bleibt. Nur du.

Er hatte es nicht glauben können, als er sie heute auf dem Markt gesehen hatte. War sie seinetwegen hier? Wie hatte sie ihn gefunden? Aber das konnte nicht sein. Das musste Zufall gewesen sein. Schicksal.

Unsere Seelen haben sich gefunden, Flut, Sturm, Hölle und Verdammnis können uns nichts anhaben - unsere Wege sind zu einem verschmolzen.

Er hatte ihr sofort eine Nachricht geschickt. Eine Passage aus dem Text: „*Ewige Liebe erwartet uns...*"

Schon vorher hatte er ihr Nachrichten mit Zeilen aus dem Stück geschickt, aber immer nur Andeutungen. Für den gesamten Text war es noch zu früh. Es würde ihr vielleicht Angst machen, das wollte er nicht.

Sie war ins Hotel gegangen, und er hatte nicht nach Hause gehen können, sondern war geblieben. In ihrer Nähe. Es war, als würde eine geheimnisvolle Kraft ihn daran hindern, diesen Ort zu verlassen, solange sie hier war. Vom Markt aus hatte er durch das Fenster des Restaurants beobachten können, wie sie am Tisch seine Nachricht gelesen hatte. Warum hatte sie ihm nicht geantwortet? War er ihr keine Antwort mehr wert? Wut brandete wie glühende Lava durch seinen Körper, doch es gelang ihm, seine Emotionen unter Kontrolle zu kriegen, und er beobachtete sie geduldig weiter.

Später war sie vor die Tür getreten. Sie hatte zu ihm rübergesehen. Er war so überrascht gewesen, dass er nur dagestanden und sie angestarrt hatte, anstatt sich hinter einem der Marktstände zu verstecken. Hatte sie ihn gesehen? Doch ihre Aufmerksamkeit war abgelenkt worden von einem Betrunkenen, der im Schnee lag. Kurz hatte es so ausgesehen, als hätte der sie angreifen wollen, und innerlich hatte er sich bereitgemacht, ihr zu Hilfe zu eilen. Aber es war nichts passiert. Er hätte es auch niemals zugelassen, dass ihr jemand etwas tat. Er wachte über sie. Er war ihr Schutzengel.

Mit zwei Freunden war sie in das Restaurant zurückgekehrt, und nach einer Stunde hatte sie sich in ihr Zimmer zurückgezogen. Er war auf den Hotelparkplatz gelaufen und hatte gespannt beobachtet, hinter welchem Fenster das Licht anging. Dabei hatte er immer wieder sein Handy überprüft. Würde sie ihm jetzt antworten? Mit jeder Minute wuchs die Enttäuschung, und als das Licht in ihrem Zimmer ausging, erfasste ihn tiefe Verzweiflung. Trotzdem harrte er aus. In Kälte und Dunkelheit. Und hörte das Lied. Wieder und wieder.

Plötzlich war in ihrem Zimmer das Licht angegangen, für einen kurzen Augenblick hatte er die Silhouette einer Frau im Nachthemd gesehen. Sein Herz hatte für einen oder zwei Schläge ausgesetzt, um dann umso heftiger das Blut durch seinen Körper zu pumpen. Er fühlte ihre Anwesenheit so deutlich, als stünde sie direkt vor ihm. Er spürte ihre Wärme, ihren Geruch, ihr ganzes Wesen.

Wir sind Sünder und brennen in der Hölle. Und wir genießen es...

Sie waren füreinander bestimmt. Das hatte er sofort gewusst, als er sie zum ersten Mal gesehen hatte. Er konnte sich noch genau daran erinnern. Als sie den Raum betreten hatte, war die Zeit stehengeblieben. Er hatte sie gesehen, und die Welt um ihn herum war in weite Ferne gerückt. Von da an hatte er jede Gelegenheit genutzt, in ihrer Nähe zu sein. Jedes Konzert hatte er besucht. Zuerst hatte sie es nicht bemerkt, aber nach einiger Zeit war sie aufmerksam geworden. Irgendwann hatte sie sogar damit begonnen, nach ihm Ausschau zu halten. Da hatte er gewusst, dass nichts sie beide mehr trennen konnte. Sie wollte ihn genauso, wie er sie. Seitdem hatte sein Leben nur noch diesen einen Sinn.

Der Himmel tut sich über uns auf und verheißt uns eine gemeinsame Zukunft. Deine Seele gehört endlich mir.

Es war ein Kinderspiel gewesen, ihre Adresse herauszufinden, und wenn es seine Zeit erlaubte, war er tagsüber in ihrer Nähe und wachte nachts über ihren Schlaf. Er wünschte sich, nicht mehr nur hier draußen stehen zu müssen, sondern neben ihr zu liegen, ihren Duft einzuatmen, ihre Haut zu berühren, ihren Namen zu flüstern. Kurz schloss er die Augen und kostete die Gefühle aus, die bei diesen Gedanken durch seinen Körper jagten wie ein Schwarm prickelnder Elektronen. Doch er wusste, dass das nur Träume waren. Man würde sie nicht zusammenleben lassen. Man würde alles daransetzen, sie zu trennen. Es gab kein gemeinsames Leben für sie. Dafür würden sie sorgen. Doch es gab einen Ausweg.

Diese Liebe schmerzt so sehr, dass ich dir das Leben nehmen werde. Dann wird uns nichts mehr trennen können. Glaube mir, ich werde es tun, wenn es notwendig ist.

Niemand würde sie mehr trennen können.

Ich schneide mir das Herz heraus und lege es in deine Hand, damit du es sehen kannst.

Ihre Seelen zogen sich gegenseitig an, um für immer vereint zu sein. Im Sterben und im Tod.

Es wird nicht wehtun. Du wirst es nicht bereuen.

12

Das Gefühl des Dahingleitens, der absoluten Schwerelosigkeit, der totalen Freiheit. Laura wusste, dass sie träumte. Es konnte nicht anders sein. Sie war leicht wie eine Feder, der Luftzug, der durch das auf kipp gestellte Fenster hereinkam, trug sie nach oben, sie schwebte durch den Raum. Sie konnte die Gegenstände, die Gerüche, die leisesten Geräusche wahrnehmen, gleichzeitig war alles meilenweit entfernt. Sie konnte sich sogar selbst sehen, wie sie da unten auf dem Bett lag. Auf die Seite gedreht, nur mit einer weißen Bluse bekleidet, die nackten, langen Beine angewinkelt. Während sie sich aus der Entfernung betrachtete, spürte sie eine vage Zuneigung zu diesem Körper, zu dieser Person. Sie wirkte so schutzlos aus der Distanz. Das Leben hatte es ihr nicht leichtgemacht, aber sie war immer wieder aufgestanden, hatte gekämpft und versucht, ihren Platz im Leben zu finden. Versucht, den Anforderungen ihres Umfeldes zu genügen. Aber vor allem auch ihren eigenen Ansprüchen.

Sei nicht so streng mit dir.

Der Gedanke schwebte durch den Raum, entfernte sich, verlor an Bedeutung.

Es ist nur ein Traum.

Plötzlich öffnete sich die Tür. Ein Lichtstrahl fiel vom Flur in den Vorraum, dann erlosch das automatisch gesteuerte Licht auf dem Gang. Das Zimmer wurde nur noch durch das Licht der Parkplatzlaternen erhellt, das durch den Spalt der zugezogenen Vorhänge drang. Eine dunkle Gestalt glitt durch die Finsternis, schlich zum Bett. Laura fühlte einen Hauch von Beunruhigung, weit entfernt, aber genauso deutlich wie den Eindringling.

Es ist nur ein Traum.

Der Gedanke geisterte durch ihr Bewusstsein, legte sich beruhigend um sie, lullte sie ein. Mit mäßiger Neugier beobachtete sie, wie die Gestalt sich über ihren Körper beugte. Für Sekundenbruchteile fiel der Lichtstrahl auf ein bleiches Gesicht mit harten Zügen. Dann schlossen sich sehnige Hände um den Hals ihres schlafenden Körpers. Sie rührte sich nicht.

Es ist nur ein Traum.

Plötzlich erfüllte maßloses Entsetzen ihr Bewusstsein, entriss ihr das Leichte, Schwebende. Sie wurde schwer wie ein Stein. Mit Lichtgeschwindigkeit raste sie in die Tiefe und zerschellte in der Dunkelheit.

13

Barbara erwachte mit einem Schlag. Es war mitten in der Nacht. Sie konnte nicht sagen, was sie geweckt hatte. Irgendein Geräusch. Vielleicht ihr Handy? Wegen einer SMS von ihm? Verschlafen tastete sie nach dem Schalter der Nachttischlampe. Dann prüfte sie ihre Nachrichten. Keine von *ihm*. Aber Heinolf hatte sich aus den Staaten gemeldet. Es ging ihm gut, die Reise war bisher erfolgreich verlaufen, und oft könne er sich nicht melden, da die meisten Hotels sehr schlechtes WLAN hatten. Barbara tippte eine kurze Antwort und sank in die Kissen zurück. Ein Blick auf die Armbanduhr sagte ihr, dass es halb vier Uhr morgens war. Dass er immer nur mitten in der Nacht schrieb. Natürlich lagen sieben Stunden Zeitverschiebung zwischen ihnen. Und natürlich konnte sie ihr Handy nachts auf Leise stellen. Es lag nicht an Heinolf. Wenn sie ehrlich war, hatte sie schlechte Laune, weil es keine Nachricht von *ihm* gab.

Plötzlich hörte sie wieder das Geräusch. Es klang wie ein unterdrücktes Stöhnen und kam aus dem Nebenraum. Aus Lauras Zimmer. Barbara richtete sich alarmiert auf und drückte ein Ohr an die Wand mit der Blümchentapete. Da. Wieder. Laura schien es nicht gutzugehen. Klirrend zersprang ein Gegenstand auf dem Boden, dann ein dumpfer Aufprall. Wieder Stöhnen. Barbara sprang aus dem Bett und lief, nur mit kurzem Spitzennachthemd bekleidet, auf den Hotelflur. Es erschien ihr wie eine Ewigkeit, bis sie den Flurlichtschalter ertastet hatte. Endlich erstrahlte der Gang mit dem graugemusterten Hotelteppich im kalten Licht. Nur am Rande registrierte

Barbara, dass die Notausgangstür ins Schloss fiel, und das Klacken durch das Treppenhaus nachhallte.

Aufgeregt pochte sie an Lauras Tür. „Laura!" Sie versuchte, möglichst leise zu rufen, um die anderen Gäste nicht zu wecken. „Laura, mach die Tür auf." Nichts rührte sich. Barbara drückte die Klinke herunter, die Tür öffnete sich in das dunkle Zimmer. Sie knipste das Licht an und erblickte Chaos. Das Bett war zerwühlt, die Nachttischlampe mit dem großen Keramik-Fuß lag zerbrochen auf dem Boden, Kleidungsstücke waren überall im Raum verteilt. „Laura!" Ein dumpfes Stöhnen kam von der anderen Seite des Doppelbettes. Barbara lief in das Zimmer und spürte, wie etwas tief in ihren nackten Fuß schnitt. Sie schluchzte auf und ließ sich aufs Bett fallen. Mit beiden Händen zog sie den verletzten Fuß an sich. Eine braun lasierte Scherbe ragte aus dem Fußballen, Blut lief in dünnen Rinnsalen aus der Wunde. Vorsichtig zog sie an der Scherbe, und das Blut tropfte in dicken, dunkelroten Klecksen auf das Bett.

Hinter ihr stöhnte es wieder. Barbara rollte sich über die Decke und sah Laura auf dem Boden liegen. Die Haare hingen ihr wirr ins Gesicht, ihre Hände umklammerten ihren Hals, und außer einer zerknitterten Bluse trug sie nichts am Leib. „Laura!" Barbara robbte näher, den verletzten Fuß ungelenk in die Luft gestreckt. „Laura, kannst du mich hören?" Sie krabbelte vom Bett herunter und strich Laura die Haare aus dem Gesicht. Sie sah grau aus, die Augenlider flatterten. Barbara schlug ihr leicht auf die Wangen. „Laura! Wach auf! Verdammte Scheiße!" Die Augenlider öffneten sich, Lauras Blick flackerte durch das Zimmer. „Laura. Was ist passiert? Geht es dir nicht gut?" Barbara wusste, wie absurd die Frage klang. In einem so desolaten Zustand hatte sie ihre Freundin noch nie gesehen.

„Barbara?" Lauras Stimme klang heiser, dann erschütterte ein Hustenanfall ihren ganzen Körper. Barbara sprang auf. Als sie ihren verletzten Fuß belastete, zuckte sie vor Schmerz zusammen und stöhnte auf. Sie humpelte ins Bad und füllte einen Plastikbecher mit Wasser. „Trink das. Dann hört der Husten auf." Laura griff nach dem Becher, doch ihre Hand zitterte so sehr, dass sie ihn nicht an die Lippen führen konnte. „Warte, ich helfe dir." Barbara ignorierte ihre schmerzende, immer noch stark blutende Wunde, kniete sich neben ihre Freundin und nahm ihr das Getränk aus der Hand. „Was machst du für Sachen? Bist du aus dem Bett gefallen? Hast du geträumt?" Laura schüttelte den Kopf, stöhnte und fasste sich an den Hinterkopf. Barbara sah, dass sie blutete. „Du bist verletzt. Warte, lass mich mal sehen." Sanft strich sie die Haare beiseite. „Du hast eine Wunde, zum Glück nicht besonders groß. Bist du auf den Kopf gefallen? Verdammt! Rede! Was ist passiert?"

„Ich weiß es nicht. Ich kann mich nicht erinnern. Habe ich geträumt? Mein Kopf tut so weh. Und mein Hals auch. Eigentlich alles."

„Wir müssen einen Arzt rufen. Jemand muss die Wunde versorgen." Barbara sah sich nach dem Zimmertelefon um.

„Quatsch. Das geht schon. Ich muss nur ins Bett. Morgen ist alles wieder ok." Laura versuchte, sich aufzurappeln, sank aber gleich wieder zu Boden.

„Bist du sicher?" Barbara sah sich zweifelnd im Zimmer um. „Es sieht aus, als hätten hier die Vandalen gewütet. Warum hast du alles auf den Boden geworfen?"

„Habe ich das? Ich kann mich nicht erinnern." Barbara seufzte und stand auf, um das Bett zu richten. Die Decke war an einigen Stellen mit Blut getränkt, das von ihrer Wunde im Fuß stammte. Das konnte sie Laura nicht zumuten. Sie humpelte zum Schrank und zog eine Ersatzdecke aus der Schublade. Dann nahm sie Laura genauer in Augenschein. „Du hast auf dem Körper überall blaue Flecke. Und dein Hals sieht schlimm aus. Ist das von dem Sturz?" Vorsichtig half sie ihrer Freundin ins Bett und deckte sie zu.

„Ich weiß es nicht, Barbara. Ich kann mich nicht erinnern. Alles tut mir weh, mein Kopf fühlt sich an wie ein schmerzender Luftballon." Barbara hob die auf dem Boden liegenden Kleidungsstücke auf und legte sie auf den Sessel. Dann sammelte sie die Scherben der zerbrochenen Lampe auf und warf sie in den Papierkorb. „Zum Glück ist die Birne nicht gebrochen, sonst hätten wir hier überall Quecksilber herumliegen. Ich darf gar nicht daran denken, was passiert wäre, wenn das in meine Wunde gelangt wäre. Womöglich wäre ich jetzt tot."

„Na ja", sagte Laura matt. „Kann man davon so schnell sterben? Wieso bist du überhaupt verletzt?"

Barbara zuckte die Achseln. „Nicht so schlimm. Bin in eine Scherbe getreten. Ich hole jetzt ein Handtuch für deinen Kopf, sonst blutest du die Kissen voll. Und ich muss mich um meinen Fuß kümmern. Ich habe den ganzen Boden versaut. Außerdem rufe ich jetzt den Notarzt. Du gefällst mir gar nicht, und dann kann er auch gleich einen Blick auf meine Wunde werfen."

Kurz darauf setzte sich Barbara auf den Stuhl neben dem Bett und lagerte ihren in ein nasses Handtuch gewickelten Fuß hoch. „Der Arzt ist unterwegs. Kannst du dich immer noch an nichts erinnern? Wann bist du ins Bett gegangen?" Laura runzelte die Stirn. Ihr Gesicht war jetzt nicht mehr grau, sondern leichenblass und hob sich kaum gegen das weiße Handtuch ab, das sie als Turban um den Kopf geschlungen hatte. Sie zuckte die Schultern.

„Du bist mit Professor Martin im Restaurant geblieben, nachdem Marek und ich gegangen sind. Habt ihr noch etwas getrunken?"

„Steffen." Ein leichtes Lächeln stahl sich auf Lauras Gesicht. „Ja, wir sind noch eine Weile geblieben. Haben uns unterhalten."

„Ich frage jetzt einfach ganz direkt: Ist er mit dir aufs Zimmer gekommen?"

Laura starrte angestrengt auf ihre Finger und zupfte an den abgesplitterten Rändern eines abgebrochenen Nagels. „Ich weiß es nicht mehr. Er hat mich bis zur Tür gebracht. Habe ich ihn noch reingebeten? Ich kann es dir nicht sagen."

TAG 3

1

Gilda lief mit hochgezogenen Schultern von der Bushaltestelle zur Detektei. Ein eisiger Wind trieb ihr die Tränen in die Augen, und sie beschleunigte ihre Schritte. Der Weg war mit grau-seifigem Schneematsch bedeckt, mehrmals rutschte sie aus, konnte sich aber gerade noch abfangen. Seufzend stellte sie fest, dass der Weg vor der Detektei ebenfalls glatt war. Die Schlitterspuren im Schnee zeigten deutlich, dass einige Passanten schon eine Rutschpartie erlebt hatten. Sie würde den Weg räumen müssen. Es war Vorschrift, dass ab sieben Uhr der Gehsteig passierbar war, jetzt war es schon acht. Sie würde morgen früher kommen müssen, wenn es weiter schneite.

Gilda ging über den schmalen Weg im Vorgarten zu dem kleinen Schuppen, den die Mieter als Abstellraum nutzten. Um an die bisher noch jungfräuliche Schneeschaufel zu kommen, musste sie allerlei Gartengeräte beiseite räumen. Als sie die Schaufel hervorziehen wollte, fielen scheppernd zwei Blecheimer um. Gilda fluchte. Hier musste dringend ausgemistet werden. Beim nächsten Sperrmüll würde sie den ganzen Mist auf die Straße stellen. Den benutzte sowieso niemand. Laura hatte sich nie für den Garten interessiert, die Anwältin im ersten Stock war sich zu fein dafür, und die Immobilienfirma unterm Dach war eine Briefkastenfirma. Jedenfalls hatte sie noch nie mitbekommen, dass dort jemand gearbeitet hätte. Wenn man es positiv sehen wollte, konnte man den Garten der Villa als Naturschutzgebiet bezeichnen. Alles wuchs und wucherte, wie es wollte und ohne dass jemand eingriff.

Gilda ging mit der Schaufel zum Bürgersteig zurück und begann mit der Arbeit. Der grau gewordene Schneematsch ließ sich nur mit Mühe auf die Seite schieben. Immer wieder blieb sie an Unebenheiten auf den Bodenplatten stecken und rammte sich den Stil der Schaufel in den Bauch. Von der Kälte spürte sie mittlerweile nichts mehr. Schwer atmend lockerte sie den Schal um den Hals und öffnete den Reißverschluss ihrer Jacke ein paar Zentimeter.

„Hallo, Frau Nachbarin. Möchten Sie bei mir gleich weitermachen?" Gilda sah auf. Vor ihr stand ein Mann in Daunenjacke, weißen Hosen und weißen Clogs. Die braunen Haare waren kurz geschnitten, das Auffälligste an ihm war ein signalroter Wollschal.

„Hallo", sagte Gilda reserviert und strich sich eine Haarsträhne aus der erhitzten Stirn.

„Wir haben uns noch nicht kennengelernt. Dabei bin ich schon vor zwei Wochen mit meiner Praxis im Haus nebenan eingezogen. Klaus Brunner. Sportarzt und Orthopäde." Er streckte ihr lächelnd die Hand entgegen.

„Ich bin Gilda Lambi und gehöre zur Detektei Peters." Sie behielt den dicken Fellfäustling an, als sie ihm die Hand schüttelte.

„Sie sind Detektivin? Wie spannend. Das sieht man Ihnen gar nicht an."

Gilda lächelte schief. „Für den Trenchcoat ist es im Moment zu kalt."

Klaus Brunner lachte laut auf. „Witzig ist meine hübsche Nachbarin also auch noch. Was halten Sie davon, wenn wir heute Mittag zusammen einen Kaffee trinken und uns besser kennenlernen?" Gilda zog eine Augenbraue hoch, und er hob abwehrend die Hände: „Ganz unverbindlich. Nur unter Nachbarn."

Sie schüttelte den Kopf. „Tut mir leid, ich werde heute keine Zeit für eine Pause haben. Ein andermal gern." Aus ihrer Stimme war nicht das winzigste Bisschen von Bedauern zu hören.

„Sehr schade. Dann vielleicht morgen." Klaus Brunner ignorierte ihre Zurückhaltung mit aufreizender Fröhlichkeit. „Ist denn Ihre hübsche Kollegin da? Die Große mit den kurzen Haaren? Vielleicht hat sie Lust, einen Kaffee mit mir zu trinken?"

„Nein, da haben Sie auch kein Glück. Frau Peters ist dienstlich unterwegs."

„Schade, aber macht nichts. Wir sind ja noch länger Nachbarn. Irgendwann wird es schon klappen. Und falls Sie sich mal verletzen sollten, denn Ihr Beruf ist ja nicht ungefährlich: Der Arzt ist gleich nebenan." Er lachte, als hätte er einen Witz gemacht, und entfernte sich. Gilda sah ihm nach, bis er im Nachbarhaus verschwunden war, und machte sich wieder an die Arbeit. Vielleicht war er nett, und sie würde natürlich freundlich zu ihm sein, schließlich waren sie Nachbarn. Aber seine Flirtversuche konnte er sich sparen. Denn natürlich hatte er mit ihr geflirtet. Doch er war überhaupt nicht ihr Typ. Sie hatte nichts gegen ältere Männer, Klaus Brunner war bestimmt acht bis zehn Jahre älter als sie, aber da musste schon ein anderer kommen. Der hier war es nicht.

Gilda hatte noch nie einen festen Freund gehabt. Natürlich ging sie auf Partys, ab und zu traf sie sich auch mit jemandem, aber etwas Ernstes war es nie geworden. Dabei waren ihre Eltern trotz ihrer süditalienischen Wurzeln immer großzügig gewesen. Sie hatte ausgehen können, soviel sie wollte. Wir vertrauen dir, hatte ihre Mutter immer gesagt. Aber in diesem Satz steckte natürlich eine Erwartungshaltung. Wir vertrauen dir, dass du das Richtige tust. Wir vertrauen darauf, dass du weißt, wie man sich benimmt. Es hatte Phasen gegeben, da war ihr dieser Satz so auf die Nerven gegangen, dass sie sich am liebsten dem Nächsten an den Hals geworfen hätte, um endlich diese Bürde loszuwerden. Aber sie hatte sich nicht dazu durchringen können. Sich einfach nur aus Trotz mit irgendeinem Mann einzulassen, war ihr falsch vorgekommen.

Ihre Freundinnen auf der Realschule waren da weniger schüchtern gewesen. Sie hatten die Abende in den Discos durchgefeiert und Wettbewerbe veranstaltet, wer mehr Typen aufreißen konnte. Das war irgendwann übel ausgegangen, als ausgerechnet die zurückhaltende Angelina mit KO-Tropfen betäubt und missbraucht worden war. Am nächsten Morgen war sie nackt und ohne jede Erinnerung am Rhein neben einem Busch aufgewacht. Hinterlassen hatte ihr der Täter das Wort Hure, das er mit Kajalstift auf ihre Stirn geschrieben hatte, und ihre Klamotten, sorgfältig über die Äste drapiert. Für Letzteres war sie ihm sogar noch dankbar gewesen. So hatte sie wenigstens nicht nackt nach Hause laufen müssen. Gefunden hatte man das Schwein natürlich nicht. Angelina hatte aus Scham keine Angaben gemacht und nicht darüber sprechen wollen. Wahrscheinlich trieb das Arschloch heute noch sein Unwesen. Die Freundinnen hatten sich durch den Schreck nicht lange von ihren Aufreißertouren abhalten lassen und waren schon bald wieder auf die Rolle gegangen. Sie hatten nur seitdem ihre Getränke nicht mehr aus den Augen gelassen. Mittlerweile waren die meisten von ihnen verheiratet, frustriert und hatten Kinder. Mit Anfang zwanzig. Nicht das Leben, das Gilda sich vorstellte.

Sie stemmte schwer atmend die Hände in die Seiten und betrachtete ihr Werk. Der Matsch lag jetzt zwar am Rand des Weges, aber glatt war es immer noch. Doch vor den anderen Häusern sah es auch nicht besser aus. Sie beschloss, es dabei zu belassen, immerhin hatte sie guten Willen gezeigt. Sie stellte die Schaufel zurück in den Schuppen und war froh, als sie endlich mit einer Tasse Kaffee und ein paar Keksen im Warmen vor dem Computer saß. Da sie Laura erst später anrufen wollte, wer weiß, wann sie aufstand, hatte sie Zeit, sich ihrem Spezialprojekt zu widmen. Nach dem großen Fall im Sommer hatten sie begonnen, eine Offene-Punkte-Liste zu führen. Dort notierten sie alle Themen, die bei Abschluss eines Falles noch offen und ungeklärt waren. Die Liste wurde angeführt von dem Maskierten, einem jungen Mann, der vermutlich ein Mädchen zu Tode gequält hatte. Gilda war sicher, dass er der Täter war, aber die Polizei hatte die Tat einem anderen zugeschrieben, der Selbstmord begangen und deshalb nicht mehr hatte befragt werden können. Aber sie selbst hatte miterleben müssen, wie der Maskierte Maria, eine Freundin von Marek, vor Publikum ausgepeitscht hatte. Fast wäre sie damals selbst zum Opfer dieser Bestie geworden, nur mit knapper Not hatte sie entkommen können.

Gedankenversunken knibbelte sie an dem dunkelroten Nagellack auf den kurz geschnittenen Nägeln. Die Erinnerung an diesen Alptraum würde wohl auf ewig in ihr Gedächtnis gebrannt sein. Das Knallen der Peitsche, die qualvollen Schreie und das Johlen der Zuschauer verfolgte sie in den Schlaf. Erst als sie sich geschworen hatte, dass sie den

Maskierten finden und seiner gerechten Strafe zuführen würde, hatte sie sich besser gefühlt. Seitdem nutzte sie jede freie Minute, um ihm auf die Spur zu kommen. Sie hatte alle Details notiert, an die sie sich erinnern konnte: ungefähr ein Meter fünfundachtzig groß, schlank und durchtrainiert, blonde Haare, blaue Augen, attraktiv, sicher aus reichem Hause. Sie hatte sein Gesicht gesehen, und es tauchte jede Nacht in ihren Träumen auf. Sie würde ihn sofort erkennen, wenn er vor ihr stand. Sie musste ihn nur finden.

2

Laura erwachte mit dickem Kopf. Mühsam suchte sie nach den Erinnerungen. Der widerliche Kerl im Fleecepulli. Sie hatte Marek geküsst. Steffen mit seinem sympathischen Lächeln. Drogentee und zu viel Wein. Barbara im Spitzennachthemd. Der Notarzt. Unbeholfen verließ sie das Bett und ging ins Bad. Aus dem Spiegel sah ihr ein bleiches Gesicht entgegen. Was hatte sie gestern alles gemacht? Und was hatte sie getan? Das schlechte Gewissen war bitterer als der Geschmack im Mund. Sie hatte die Kontrolle verloren. Hatte sich lächerlich gemacht. Warum tat sie sich das an? Was dachten Barbara und Marek jetzt von ihr? Und Steffen? Sie schloss die Augen. Am liebsten hätte sie sich verkrochen und wäre nie mehr hervorgekommen. Aber es half ja nichts. Man musste zu seinen Fehlern stehen. Vor allem, wenn man keine Alternative hatte.. Je eher sie sich den anderen stellte, umso besser. Entschlossen drehte sie die Dusche auf, ließ das warme Wasser auf ihre Schultern prasseln und gewann langsam ihre Haltung zurück.

Als sie den Frühstücksraum betrat, schien die Sonne so grell durch die Fenster, dass es in den Augen schmerzte. Die meisten Gäste waren schon gegangen, auf einigen Plätzen stand noch benutztes Geschirr, andere Tische waren komplett abgeräumt. Marek und Barbara saßen bei Kaffee, knusprigen Brötchen und Rühreiern und unterhielten sich.

„Guten Morgen, ihr Lieben. Ich brauche jetzt dringend einen Kaffee, die letzte Nacht war furchtbar." Sie setzte sich neben Marek und schenkte sich aus einer silbernen Kanne die Tasse voll.

„Wie geht es dir?" Barbara schaute sie besorgt an.

„So lala. Der Doc hat mir letzte Nacht ein Schlafmittel gegeben, und heute Morgen habe ich zwei Aspirin genommen. Seitdem lässt es sich aushalten. Die Halsschmerzen habe ich aber immer noch." Marek hielt Laura wortlos einen Brötchenkorb hin, und sie entschied sich für ein Croissant.

„Ich frage mich immer noch, was gestern Nacht passiert ist." Barbara krümelte an einem Brötchen herum. „Hast du das Chaos allein produziert? Oder war jemand bei dir? Es sah ja aus wie nach einem Einbruch."

Laura stellte klirrend die Tasse auf die Untertasse. „Ich habe nur eine verschwommene Erinnerung. Ich weiß noch, dass Steffen mich bis zu meiner Tür gebracht und mir *Gute Nacht* gewünscht hat. Danach wird alles unklar. Ich habe mich wohl fürs Bett fertiggemacht. Vielleicht habe ich meinen Pyjama nicht gefunden und deshalb alles herumgeworfen? Diese Kinder, die mir den Drogentee gegeben haben, soll der Teufel holen."

Marek sah Laura von der Seite an, sein Blick blieb an ihrem Hals hängen. Vorsichtig zog er den Rollkragen ihres schwarzen Wollpullis nach unten. „Ich glaube, du warst nicht allein auf deinem Zimmer."

Auch Barbara starrte auf Lauras Hals. „Du meine Güte. Das war gestern Nacht noch nicht so deutlich."

„Was ist los?" Laura schob Mareks Hand zur Seite.

„Die Male auf deinem Hals. Man kann eindeutig Finger erkennen. Du bist gewürgt worden."

„Was?" Laura tastete unwillkürlich nach den schmerzenden Stellen, die sich purpurrot von ihrer blassen Haut abhoben. „Wollt ihr sagen, jemand hat mich angegriffen? Aber wer könnte es gewesen sein? Und warum?"

„Du bist direkt vom Restaurant nach oben gegangen. Und Professor Martin war bei dir. Der Kerl hat mir von Anfang an nicht gefallen. Viel zu glatt." Mareks Stimme klang gleichmütig, fast beiläufig.

„Das war er nicht. Steffen würde mir das nicht antun." Laura machte eine heftige Geste und warf dabei ein Glas Orangensaft um. Hektisch tupfte sie die Flüssigkeit mit ihrer Serviette auf. „Marek, bist du eifersüchtig? Er ist ein toller Mann, der es weit gebracht hat, und er sieht gut aus. Das ist dir wohl ein Dorn im Auge?"

Marek lachte und half ihr mit seiner Serviette aus. „Nein, Laura. Ich bin nicht eifersüchtig. Ich bin misstrauisch. Der Typ ist mir suspekt. Er ist genauso ein Ganove wie sein Vater. Er hat nur mehr Charme."

„Glaubst du, Professor Martin Senior hat Dreck am Stecken? Das Gefühl habe ich nämlich auch. Er ist ein unangenehmer Mensch. Eiskalt. Der geht bestimmt über Leichen." Barbara half Laura, den Saft wegzutupfen.

„Der Alte ist unangenehm. Da habt ihr recht. Aber Steffen ist anders. Wir haben uns gestern noch länger unterhalten. Er ist nicht nur charmant, er ist auch gebildet, humorvoll, warmherzig und aufmerksam." Barbara kicherte und Laura runzelte die Stirn. „Da gibt es nichts zu lachen. Er war es nicht. Wirklich. Aber ich erinnere mich jetzt, dass ich einen merkwürdigen Traum hatte. Es fühlte sich an, als würde ich durch das Zimmer schweben. Ich habe von oben beobachtet, wie jemand hereingekommen ist. Eine dunkle Gestalt. Sie ist an mein Bett getreten und hat sich über mich gebeugt. Vielleicht ist das wirklich passiert, und ich habe hinterher diesen Traum daraus gebastelt. Doch wer könnte es gewesen sein?"

Am anderen Ende des Raumes schepperte es. Die Touristen hatten ihr Frühstück beendet und packten in Servietten gewickelte Brötchen und Äpfel in die Taschen. Der dürre Heinrich stand in seinem grellgrünen Fließpullover neben dem Tisch und starrte finster zu Laura hinüber.

„Könnte er es gewesen sein?" Barbara hatte ihre Stimme auf ein kaum hörbares Flüstern gesenkt. „Er war gestern Abend wirklich sauer. Als ich ihn vor dem Hotel im Schnee liegen gesehen habe, wollte er sich fast auf mich stürzen."

„Das wäre möglich. Ich glaube, ich unterhalte mich mal mit ihm." Marek erhob sich und begab sich lässigen Schrittes zum Nebentisch. Als Heinrich ihn bemerkte, zuckte er zusammen und eilte zur Tür, die auf den Flur hinausführte. Marek folgte ihm.

„Marek wird dem Alten den Kopf zurechtrücken." Barbara wirkte erleichtert.

„Ja, das wird er wohl. Danach wird er mich sicher in Ruhe lassen. Ich verstehe nicht, was in mich gefahren ist, dass ich den hässlichen Kerl angegraben haben soll. So blind kann ich doch nicht gewesen sein. Egal wie zugedröhnt. Die Geschichte ist so absurd."

„Mach dir keinen Kopf, Laura. Du konntest nichts dafür. Das ist die Schuld dieser Kinder. Wir sollten sie bei der Polizei melden. Und den Überfall auf dich letzte Nacht auch."

„Ok, mache ich. Aber was sollen die tun? Ich erinnere mich an nichts. Steffen hat mich bis zu meinem Zimmer gebracht, danach hast du mich wachgerüttelt. Dazwischen ist nichts. Nur der Traum, aber den wird die Polizei nicht ernst nehmen."

„Ich glaube, jemand hat etwas bei dir gesucht. Alles war durcheinander und zerwühlt, die Lampe lag zerschmettert auf dem Boden. Was mir Sorgen bereitet, ist, dass du fast nichts anhattest. Nur eine Bluse. Offen. Nicht zugeknöpft. Könnte es sein, dass du...?" Barbara sah Laura besorgt an.

Lauras Augen wurden groß, dann kehrte sich ihr Blick nach innen. Nach einer Weile schüttelte sie den Kopf. „Nein, ich bin nicht vergewaltigt worden. Das war es doch, was du meintest? Mein Körper fühlt sich an dieser Stelle... unversehrt an. Oder wie soll ich es ausdrücken?" Barbara kicherte erleichtert. „Aber der Rest scheint in einen Mähdrescher geraten zu sein. Mein Hals schmerzt, überall sind blaue Flecken und ich habe einen Monster-Kater. Am besten esse ich noch etwas. Das ist die beste Medizin." Laura schaufelte sich eine gewaltige Portion Rührei auf den Teller und strich dick Butter und Nutella auf das Brötchen.

„Du scheinst Mordsappetit zu haben. Nutella und salziges Rührei? Hauptsache, es hilft." Barbara schauderte und goss sich Kaffee nach. Dann checkte sie ihr Handy. Keine neue Nachricht.

„Hat Phantomas sich gemeldet?"

„Gestern. Aber ich habe ihm noch nicht geantwortet, weil mein Akku leer war. Vielleicht sollte ich das mal tun. Was meinst du, fahren wir heute zurück? Oder bleiben wir noch?"

Laura stocherte kauend in ihrem Essen herum. „Am liebsten würde ich sofort nach Hause fahren. Aber die Infos, die wir gestern in den Unterlagen gefunden haben, sind nicht gerade üppig. Andererseits wird uns Fräulein Jakob nicht noch einmal in die Katakomben lassen. Macht es Sinn, dass wir mit einigen Leuten aus dem Dorf reden? Vielleicht können sich die Alteingesessenen noch an die Schüler erinnern."

Barbara zuckte die Schultern. „Von mir aus gern. Ich kann durchaus noch einen Tag dranhängen. Zu Hause wartet nichts auf mich. Allerdings sollten wir Bescheid geben, dass wir die Zimmer verlängern möchten. Und deines sollte unbedingt aufgeräumt werden."

Marek kam zurück an den Tisch und setzte sich. „Alles geklärt."

„Sehr gut." Barbara lächelte zufrieden. „Heinrich war es nicht, der Laura letzte Nacht heimgesucht hat?"

„Nein, er teilt sich ein Zimmer mit einem Freund. Der konnte bestätigen, dass Heinrich gleich nach unserer Auseinandersetzung auf sein Zimmer gegangen und dort die ganze Nacht geblieben ist."

„Ein Glück. Die Vorstellung, dass er mich nackt gesehen und gewürgt haben könnte, ist abstoßend." Laura häufte Rührei auf die Gabel und schob sich die Fuhre in den Mund.

„Könnte es Professor Martins Vater gewesen sein", warf Barbara ein. Sein Auftritt bei Fräulein Jakob hatte sie nachhaltig beeindruckt. „Vielleicht wollte er nachsehen, ob wir Unterlagen aus der Schule mitgenommen haben."

Laura zuckte kauend die Schultern. „Falls er unsere Liste mitgenommen hat, macht das nichts. Ich habe alles fotografiert." Sie biss herzhaft von dem Nutella-Brötchen ab, wühlte in der Handtasche und zog das Handy hervor. Stirnrunzelnd blätterte sie durch die Fotoalben. „Alles noch da. Zur Sicherheit schicke ich die Bilder direkt an Gilda ins Büro. Es wäre ärgerlich, wenn die Stunden im Schulkeller für die Katz gewesen wären. Oh, sie hat gestern versucht, mich zu erreichen. Ich muss sie gleich anrufen."

„Was haben wir heute vor?" Barbara nahm den letzten Schluck Kaffee aus ihrer Tasse und sah auf die Uhr. „Es ist schon relativ spät, und ich bin nicht besonders gut zu Fuß. Der Doc hat mich zwar wunderbar versorgt, aber das Auftreten schmerzt noch. Wir sollten in die Gänge kommen, sonst ist der Tag vorbei."

Laura nickte zustimmend und kaute schneller. „Marek, was hast du heute vor? Möchtest du uns Gesellschaft leisten? Oder bist du beschäftigt?"

„Ich muss noch ein, zwei Sachen klären. Aber das sollte nicht allzu lange dauern. Wenn ich fertig bin, melde ich mich bei euch. Dann treffen wir uns."

„Gut." Laura sprang auf, in der rechten Hand der Rest des Nutella-Brötchens, mit der linken Hand angelte sie nach ihrer Tasche. „Komm, Barbara, verlieren wir keine Zeit mehr. Als Erstes rede ich mit der Hotelchefin. Vielleicht kann sie mir sagen, mit wem wir noch reden können. Und dann machen wir uns auf den Weg."

3

Barbara hatte sich auf ihr Zimmer verabschiedet, und Laura ging zur Rezeption. Frau Kaiser sortierte Unterlagen und sah erst nach einer Weile stirnrunzelnd auf.

„Guten Morgen, Frau Kaiser." Lauras Stimme klang heiser von den Strapazen der letzten Nacht, doch sie rang sich ein, wie sie hoffte, gewinnendes Lächeln ab. „Wir möchten gerne eine Nacht länger bleiben. Ist das möglich?"

Frau Kaiser seufzte. „Da muss ich nachsehen." Sie klapperte auf der Tastatur eines vorsintflutlichen Computers. „Gestern

Abend hatten Sie eine Auseinandersetzung mit einem unserer Gäste", sagte sie beiläufig. „Ich hoffe, das wiederholt sich nicht, wenn Sie länger bleiben."

„Das war nicht meine Schuld. Sie sollten lieber diesem Kerl sagen, dass er Ihre weiblichen Gäste nicht belästigen soll."

„Der Herr ist Stammgast bei uns. Er hat sich bisher immer tadellos benommen." Frau Kaiser schaute Laura unbewegt an. In Laura kochte der Zorn hoch. Es fiel ihr schwer, ruhig zu bleiben, doch schließlich wollte sie Informationen von der Hotel-Chefin. Sie atmete tief durch. „Machen Sie sich keine Sorgen. Es wird keine Wiederholung geben. Darauf können Sie sich verlassen."

„Gut. In dem Fall kann ich Ihnen und Ihrer Begleiterin die Zimmer für eine weitere Nacht anbieten."

„Danke. Könnten Sie auch mein Zimmer in Ordnung bringen lassen? Letzte Nacht ist jemand eingedrungen, hat mich überfallen und eine Lampe zerschmettert."

Frau Kaiser riss überrascht die Augen auf. „Eingebrochen? Warum haben Sie uns nicht gleich verständigt? Fehlt etwas?"

Laura zuckte die Schultern. „Ich kann mich kaum erinnern. Aber ich glaube nicht, dass etwas gestohlen wurde."

„Wir müssen die Polizei verständigen. Schon allein wegen der Versicherung." Die Hotelchefin griff zum Telefon und gab mit knappen Worten den Sachverhalt durch. „So, die Polizei kommt gleich. Sie möchten, dass Sie warten, damit Sie eine Aussage machen können." Laura presste ergeben die Lippen aufeinander. „Es wird nicht lange dauern." Frau Kaiser musterte Laura, ihr Gesichtsausdruck wurde zum ersten Mal freundlicher. „Sie sehen blass aus. Geht es Ihnen gut? Wurden Sie bei dem Überfall verletzt?"

„Es geht, danke. Ein paar blaue Flecken und Halsschmerzen. Wird schon wieder", wehrte sie ab. „Aber ich hätte eine Frage an Sie. Wir sind auf der Suche nach Namen und Adressen von Schülern des Internats, die in den 70er-Jahren hier zur Schule gegangen sind. Können Sie sich vielleicht an jemanden erinnern?" Sie schätzte die Hotelchefin auf ungefähr sechzig Jahre. Wenn sie aus Waldheim war, dann gab es gute Chancen, dass sie einige der damaligen Schüler kannte. So groß war der Ort nicht.

„Ist das der Grund, warum Sie hier sind?"

„Ja, ein ehemaliger Schüler möchte seine Klassenkameraden finden. Er hat uns beauftragt, ihm dabei zu helfen. Wir haben gestern einen Blick in die Unterlagen der Schule werfen dürfen, allerdings gibt es nicht mehr viele Informationen." Dass Fräulein Jakob sie rausgeworfen hatte, verschwieg sie wohlweislich.

„Das ist so lange her. Die meisten Jungen kamen von außerhalb, nicht aus dem Dorf. Wir hatten hier immer eine gute Gemeinschaft. Es gab eigentlich keine Kinder, die in so eine Schule mussten. Die meisten Schüler damals kamen alle aus der Gosse. Sie benutzten unanständige Wörter, prügelten sich und klauten. Der Krabost, der Direktor, hatte seine Mühe, sie einigermaßen im Zaum zu halten. Er hat sie viel Musik machen lassen, um ihnen eine sinnvolle Beschäftigung zu geben, das war eigentlich ganz schön. Er ließ sie auf dem Schützenfest auftreten oder bei Geburtstagen. Da haben sie ganz manierlich ausgesehen, weiße Hemden, Seitenscheitel, ordentlich aufgestellt. Als könnten sie kein Wässerchen trüben. Aber wenn keiner auf sie geachtet hatte, haben sie die letzten Schlucke aus den leeren Biergläsern getrunken, die Mädchen belästigt und geklaut." Frau Kaiser hielt inne, als ein Hotelgast die Treppe herunterkam, grüßte ihn kopfnickend und fuhr erst fort, als er die Lobby verlassen hatte. „Eigentlich wollte keiner die Jungen hier haben. So mitten im Dorf, gleich nebenan.

Aber dem Krabost zuliebe haben wir nichts gesagt. Er hat die Schüler auf den Bauernhöfen helfen lassen, bei der Ernte und bei allen möglichen anderen Arbeiten. Den Jungen tat das gut. Frische Luft und körperliche Anstrengung förderte ihre Entwicklung und hielt sie von kriminellen Aktivitäten ab. Und für die Bauern war es ein Segen. Arbeitskräfte sind teuer und waren damals nicht so leicht zu finden wie heute."

„Sie haben die Jungs nicht bezahlt für ihre Arbeit?"

Frau Kaiser lachte. „Nein, natürlich nicht. Sie bekamen freies Essen für den Tag. Aber Krabost hat wahrscheinlich irgendetwas dafür bekommen. Das nehme ich schon an."

„Was er natürlich nur für die Schule und die Schüler verwendet hat." Laura lächelte vielsagend, doch die Miene der Hotelchefin blieb unbewegt. „Kennen Sie Bernd Schlüter? Er ist unser Auftraggeber und war Schüler im Internat Waldheim."

„Natürlich kenne ich ihn. Er ist ein bekannter Politiker. Seine Familie wohnt im Nachbarort, sie haben die Firma Schlüter-Holz. Die kennen Sie sicher?" Laura nickte unbestimmt. „Der Arme. Er hätte nicht auf die Schule gehört, aber seine Eltern hatten als Unternehmer wenig Zeit für ihn, und er tat sich schwer mit dem Lernen. Krabost hat sie überredet, ihn in sein Internat zu stecken. Sie haben es bestimmt gut gemeint. Na ja, es ist ja trotzdem etwas aus ihm geworden." Die Hotelchefin runzelte die Stirn, zog ein Tuch aus der Schublade und wischte unsichtbaren Staub vom spiegelblanken Hoteltresen. „Unsere Dorfgemeinschaft hat sich wirklich um die Jungen in der Schule bemüht. Sogar das Krankenhaus hat sich kostenlos um die Schüler gekümmert. Sie bekamen eine bessere medizinische Betreuung, als die meisten von uns. Das hat nicht jedem geschmeckt. Und was hat es geholfen? Nichts. Alles verlorene Liebesmüh. Wenn ein Apfel innen verrottet ist, braucht man ihn nicht mehr von außen zu polieren."

„Wir haben gestern Abend Professor Martin Senior kennengelernt. Er sagte uns, dass die medizinische Betreuung durch das Krankenhaus den Kindern wesentlich geholfen hat. Angeblich haben die Methoden, die sie entwickelt haben, Standards für die ganze Welt gesetzt." Laura übertrieb absichtlich.

„Tatsächlich? Mag sein. Ich kenne mich damit nicht aus. Aber dann soll mir Professor Martin den Jungen zeigen, aus dem etwas geworden ist. Außer Bernd Schlüter sind alle wieder in der Gosse gelandet. Da hätte man sich die Mühe auch sparen können."

Laura zuckte andeutungsweise mit den Schultern. Natürlich war sie der Meinung, dass vernachlässigte Kinder so viel Unterstützung und Hilfe wie möglich brauchten. Aber im Fall von Professor Martin Senior konnte sie Frau Kaiser nur zustimmen. Sie konnte sich kaum vorstellen, dass er etwas Positives für die Schüler bewirken konnte. Und der Junge auf der Schaukel gestern hatte auf sie auch wie ein hoffnungsloser Fall gewirkt und nicht dazu eingeladen, ihr Helfersyndrom zu wecken. „Namen ehemaliger Schüler können Sie mir keine nennen?"

„Doch, einen. Wenn ich mich recht erinnere, ist Anastasias erster Sohn dorthin gekommen. Wie hieß er noch? Milan. Genau. Eigentlich ein lieber Junge. Aber natürlich aus schlechten Verhältnissen. Er war bei den Nonnen in Obhut und ist dann, als er alt genug war, ins Internat gewechselt. Anastasia hat sein Schulgeld abgearbeitet. Sie arbeitet heute noch in der Schule als Putzfrau."

Laura erinnerte sich dunkel daran, sie gestern in der Schule gesehen zu haben. Die hagere Frau mit dem bunten Kopftuch, die ihnen so finster hinterher gesehen hatte.

„Kennen Sie seinen Nachnamen? Wohnt er noch hier im Ort?"

„Milan Horvat. Seine Mutter ist Anastasia Horvat. Er wohnt nicht mehr hier. Er war vielleicht zehn oder zwölf, als er zum Krabost kam. Lange ist er nicht im Internat gewesen, vielleicht ein Jahr? Dann war er weg. Wahrscheinlich in eine andere Einrichtung gekommen. Ich habe den Jungen nicht oft gesehen, deshalb weiß ich nichts Genaues. Er hat sich aber auch später nicht mehr hier blicken lassen. Ist irgendwo anders hingezogen. Sie sollten seine Mutter fragen, wenn Sie seine Adresse erfahren möchten."

Ein Wagen hielt mit quietschenden Reifen vor dem Hotel, durch das Fenster der Lobby fiel blinkendes Blaulicht. Die Polizei war gekommen.

Die Tür öffnete sich, zwei hochgewachsene Männer in Uniform betraten das Foyer und brachten einen Schwung eiskalte Luft mit herein. Mit großen Schritten in schweren Schuhen näherten sie sich den beiden Frauen und bauten sich breitbeinig vor ihnen auf. „Guten Morgen. Sie haben die Polizei gerufen."

„Hallo Dieter. Danke, dass ihr gekommen seid." Die Hotelchefin wirkte klein und hutzelig neben dem massigen, rotgesichtigen Hünen. „Das ist Frau Peters. Sie ist seit gestern Gast im Hotel. Letzte Nacht wurde bei ihr eingebrochen. Sie hat das Doppelzimmer in der ersten Etage, Nummer 14."

Der Polizist stellte sich mit dem Rücken zum Fenster, durch das das strahlende Sonnenlicht des Wintermorgens hereinfiel. Sein Gesicht lag im Dunkeln, Laura konnte nur seine Silhouette sehen. „Was ist passiert?"

Laura räusperte sich und kniff die Augen gegen das blendende Licht zusammen. „Letzte Nacht ist jemand in mein Zimmer gekommen und hat es durchwühlt. Eine Lampe ist zu Bruch gegangen. Außerdem wurde ich von dem Eindringling attackiert." Sie zog den Rollkragen ein Stück nach unten, um ihm die Abdrücke auf ihrem Hals zu zeigen.

„Wissen Sie, wer Sie angegriffen hat?" Er trug immer noch seine Sonnenbrille.

Laura konnte sein Gesicht nicht sehen, aber sie fühlte, dass er sie anstarrte. Zu lange. Sie trat einen Schritt zurück. „Nein, ich kann mich nicht an viel erinnern. Ich habe geschlafen."

„Geschlafen? Wenn man gewürgt wird, wird man normalerweise wach."

„Ich war nicht ganz bei mir. Gestern haben mir Schüler aus dem Internat einen Streich gespielt und irgendetwas in den Tee getan. Dadurch habe ich wahrscheinlich so tief geschlafen." Der Kollege, der sich bisher im Hintergrund gehalten hatte, lachte, biss sich aber auf die Lippen, als er in das unbewegte Gesicht seines Kollegen sah.

„Drogen, die Kinder in den Tee getan haben", wiederholte der Polizist, den die Hotelchefin mit Dieter angesprochen hatte. „Das sind ja interessante Geschichten, die Sie da erzählen. Sie sind nur einen Tag da und erleben mehr, als wir alle, die wir hier aufgewachsen sind, in unserem ganzen Leben."

Laura verschränkte die Arme vor der Brust. „Es war so. Aber es ist nicht weiter schlimm. Frau Kaiser hat Sie gerufen, weil sie den Schaden sonst nicht der Versicherung melden kann."

„Wollen Sie keine Anzeige erstatten? Das würde natürlich einiges an Papierkram erfordern. Sie müssen dann mit auf die Wache kommen. Ich kann Ihnen schon jetzt sagen, dass das nicht viel bringen wird. Drogen konsumiert, keine Erinnerung mehr, und vielleicht stellt sich dann noch heraus, dass Sie ein kleines Abenteuer mit einem Touristen hatten. Ihr Städter steht doch auf ausgefallene Sex-Praktiken." Er rückte einen Schritt näher und sah vielsagend zu seinem Kollegen, der wie auf Kommando breit grinste.

Laura schoss das Blut in die Wangen. „Was erlauben Sie sich?"

„Das kennen wir doch. Zuerst heizt ihr Frauen die Männer an, macht alles mit, und am nächsten Morgen, wenn der Mann weg ist, wollt ihr euch rächen und behauptet, man hätte euch gezwungen. Aber so läuft das bei uns nicht."

„Sprechen Sie aus Erfahrung?" Laura konnte ihre Wut nicht mehr beherrschen, dazu war die letzte Nacht einfach zu strapaziös gewesen. „Dann sage ich Ihnen eines: Die Frauen wollten sicher auch schon vorher nichts von Ihnen." Sie wusste, dass sie sich um Kopf und Kragen redete. Mit dem Kerl war nicht zu spaßen. Und richtig.

„Passen Sie auf, was Sie sagen. Sie können sich nicht alles erlauben. Hier herrschen noch Recht und Ordnung. Dafür sorge ich. Noch ein Wort, und Sie können die nächste Nacht auf Staatskosten verbringen. Am besten schnüffeln Sie nicht weiter rum und beschuldigen unbescholtene Leute. Reisen Sie ab." Er machte eine kurze Pause und fuhr dann leise aber deutlich hörbar fort: „Solange Sie noch können."

4

Laura trat auf die Straße vor das Hotel. Der strahlend blaue Winterhimmel ließ den kleinen Ort wie ein Idyll in einem Reiseprospekt für Romantik-Touristen aussehen. Sie legte den Kopf nach hinten, ließ sich die Sonne aufs Gesicht scheinen und dachte über das Gespräch nach. Beide Polizisten waren unangenehm gewesen, zudringlich. Und sie hatten ihr nicht geglaubt. Oder wenigstens so getan. Der Jüngere war vermutlich harmlos, hatte immer nur gelacht, aber den Älteren hatte sie sich zum Feind gemacht. Gut, dass sie bald abreisen würde. Er hatte bestimmt Mittel und Wege, um ihr das Leben schwerzumachen, wenn er wollte. Wie er sie verhört hatte. Als wenn sie den Einbruch selbst begangen hätte. Und seine Taktik, sie immer ins Gegenlicht sehen zu lassen, so dass sie geblendet wurde und sein Gesicht für sie im Dunkeln lag. Er schien von Anfang an Vorbehalte gegen sie gehabt zu haben, ohne sie zu kennen. Aber vielleicht waren hier alle Einheimischen misstrauisch gegenüber Fremden.

Barbara trat aus dem Eingang, sah sich um und humpelte auf sie zu. „Da bist du ja. Ich dachte, du wolltest drinnen auf mich warten."

„Ich hatte ein unangenehmes Gespräch mit der Polizei und war froh, als ich an die frische Luft konnte." Der Polizeiwagen stand immer noch am Straßenrand. Laura hakte ihre Freundin unter und zog sie vom Hotel fort. „Sie haben mir nicht geglaubt, dass ich überfallen worden bin. Und ich kann mich ja auch leider an nichts erinnern. Aber mir zu unterstellen, ich hätte mich bei einvernehmlichem Sadomaso-Sex mit einem Touristen würgen lassen, und wollte mich jetzt rächen, weil mein Lover nichts mehr von mir wissen will, ist starker Tobak."

„Wie bitte?" Barbara blieb wie angewurzelt stehen und schaute Laura ungläubig an. „Was waren das für Typen? Denen werde ich was erzählen." Sie wollte zum Hotel zurückhumpeln, doch Laura hielt sie am Arm fest.

„Das bringt nichts. Die schießen sich nur noch mehr auf uns ein. Der eine von ihnen ist wirklich unangenehm. Er hat mir mit einer Nacht Gefängnis gedroht, als ich wütend wurde. Am besten vergessen wir ihn und werden so schnell wie möglich mit unserem Auftrag fertig. Und dann machen wir, dass wir wegkommen. Ich habe in diesem Dorf genug erlebt."

Barbara zögerte, dann nickte sie zustimmend. „Wahrscheinlich hast du recht. Manchmal ist Rückzug die klügere Entscheidung. Wo gehen wir jetzt hin? Wenn es weit ist, sollten wir das Auto nehmen. Ich möchte meinen Fuß nicht zu sehr strapazieren."

„Wir besuchen die Putzfrau, die seit Jahrzehnten für das Internat arbeitet. Frau Kaiser meinte, ihr Sohn sei mit Bernd Schlüter zur Schule gegangen. Angeblich ist es nicht weit, wir können laufen."

Die beiden überquerten den Marktplatz. Die meisten Buden waren noch geschlossen, aber hinter den verschlossenen Fensterklappen rumorte es, die Vorbereitungen für den Tag liefen auf Hochtouren. Der Schnee hatte sich in grauen Matsch verwandelt, es roch nach Frittenfett und ranziger Mayonnaise. Sie bogen in ein Gässchen ein, das durch alte, eng beieinanderstehende Häuser bis zur Kirche führte. Die beiden blieben einen Augenblick stehen und sahen zu dem mächtigen Kirchturm hoch. Laura konsultierte den Zettel, auf dem sie die Adresse notiert hatte, und bog in eine triste Straße ein, die stadtauswärts führte. Je weiter sie sich von der Innenstadt entfernten, umso unansehnlicher wurden die Häuser. Schließlich blieb sie vor einem tristen 70er-Jahre-Kasten stehen, der seit seiner Fertigstellung keine Instandsetzung mehr erlebt hatte. Risse in der Fassade, mit Brettern notdürftig geflickte Fensterscheiben, das Geländer zum Eingang aus der Verankerung gerissen. Sie stiegen so vorsichtig die drei Stufen hoch, als könnten sie unter ihnen zusammenbrechen. Laura studierte das Klingelbrett und drückte dann auf einen schmutzigen Plastikknopf, neben dem der Nama 'Anastasia Horvat' auf einem Klebeband stand. Im Inneren hörten sie ein schrilles Läuten, dann Schritte, die sich schlurfend näherten. Die Haustür machte beim Öffnen ein schleifendes Geräusch. Vor ihnen stand die kleine, ausgemergelte Putzfrau, die sie im Internat bereits gesehen hatten. Ihre harten Gesichtszüge wurden wieder von dem gemusterten Kopftuch umrahmt. Unter dem verblichenen Kittel schauten schwarze Hosenbeine hervor, die Füße steckten in löcherigen Socken von undefinierbarer Farbe und ausgetretenen Gesundheitssandalen. Laura setzte ein Lächeln auf, das kein Echo in den misstrauischen, schwarzen Augen fand. „Guten Tag Frau Horvat, wir sind Laura Peters und Barbara Hellmann von der Detektei Peters. Dürfen wir Ihnen ein paar Fragen stellen?" Wenn überhaupt möglich, so wurde das Gesicht noch verschlossener, die Putzfrau machte einen Schritt zurück. „Ein früherer Schüler aus dem Internat Waldheim möchte seine Schulkameraden finden. Frau Kaiser aus dem Hotel sagte, dass wir am besten mit Ihnen reden, weil sie das Internat schon lange kennen. Dürfen wir vielleicht reinkommen?"

„Nein." Die Stimme der Frau klang dunkel und hart.

Laura versuchte es wieder mit Lächeln. „Aber Sie haben in den 70er Jahren schon dort gearbeitet. Und Ihr Sohn war zu der Zeit auch Schüler dort. Können wir vielleicht mit ihm reden?"

„Milan." Es war nur ein Murmeln. Aber die Frau blieb immerhin stehen und zog sich nicht weiter zurück.

„Ja, Milan. Können wir mit ihm sprechen?" Anastasia schüttelte den Kopf. „Wir wissen, dass er nicht mehr hier wohnt, aber wenn Sie uns seine Adresse geben..."

„Milan ist weg. Er ist schon als Kind ins Ausland gegangen." Laura wusste nicht, was sie sagen sollte. Barbara sprang ein: „Sie werden sicher seine Adresse haben?" Anastasia sah Barbara jetzt zum ersten Mal an und für einen kurzen

Augenblick weiteten sich ihre Augen. Dann schüttelte sie den Kopf. „Er ist mit elf Jahren weggezogen. Eine gute Schule im Ausland hat ihn aufgenommen, ich habe ihn seitdem nicht mehr gesehen."

„Was?", riefen Barbara und Laura wie aus einem Mund. Anastasia Horvat nickte. „Aber er hat sich doch sicher gemeldet?" Die magere Frau warf wieder einen Seitenblick auf Barbara, dann schlang sie die Arme um den Körper, als wollte sie sich in sich zurückziehen.

„Wohin ist Ihr Sohn damals gegangen?" Barbara versuchte betont ruhig zu sprechen.

„Nach Kroatien. Die Heimat meiner Eltern. Der Direktor hat den Kontakt mit einer guten Schule hergestellt und alles arrangiert. Das Schulgeld habe ich abgearbeitet. Milan ging es gut dort. Hier hätte ich mich nicht so gut um ihn kümmern können."

Laura räusperte sich. „Natürlich. Das haben Sie bestimmt richtig entschieden. Was hat er denn nach der Schule gemacht? Ist er in Kroatien geblieben?"

Anastasia nickte. „Der Direktor sagte, er hätte eine Ausbildung gemacht und gearbeitet. Als Schreiner."

„Sie haben doch sicher auch selbst mit ihm gesprochen?"

„Nein. Ich hatte kein Telefon. Und Milan auch nicht. Er hat sich manchmal im Internat bei dem Direktor gemeldet und mir Grüße ausgerichtet. Es ging ihm gut."

„Und jetzt?"

Anastasias Gesichtszüge schienen sich zu verhärten. „Der Krieg. Er hat gekämpft. Alle Männer haben das damals getan. Er ist getötet worden."

„Oh mein Gott. Das tut mir leid." Barbara streckte die Hand nach Anastasia aus, zog sie aber schnell wieder zurück, als diese ihr auswich. „Wissen Sie, was passiert ist?"

„Was soll passiert sein. Er ist umgekommen. Wie so viele von ihnen. Er ist gestorben, als die Serben 1995 Zagreb mit Raketen beschossen haben. Der Direktor hat es mir gesagt. Allerdings haben wir es erst viel später erfahren. Sie haben ihn angerufen."

„Sie?"

„Ja. Die aus Kroatien. Keine Ahnung, wer. Ich habe nicht gefragt."

„Aber man hätte Sie offiziell informieren müssen. Sie haben doch sicher ein Schreiben bekommen. Die können doch nicht irgendjemanden anrufen, der noch nicht einmal verwandt ist, und gut ist." Laura schüttelte den Kopf.

„Sie wissen nicht, wie das ist. Im Krieg sind so viele gestorben. Jeden Tag. Es gibt Menschen, die bis heute nicht erfahren haben, was mit ihren Angehörigen passiert ist. Ich habe Glück, dass ich immerhin Bescheid weiß. Sie haben Direktor Krabost informiert, weil er Milans Vormund war. Es war praktischer so, denn er hat alles geregelt." Barbara nickte betreten. „Er war ein guter Junge." Anastasia Horvart Stimme klang monoton, ihr Gesichtsausdruck war leer.

Laura knibbelte unschlüssig an der abgeplatzten Farbe des Geländers. Es erschien ihr hartherzig, das Thema zu wechseln, aber sie wollte weiterkommen. „Können Sie sich noch an Milans Mitschüler in Waldheim erinnern?"

„Ja, ein paar Namen kenne ich noch. Bernd. Ein netter Junge, er war etwas älter als Milan. Dann die Kapos, Friedrich, Axel und Werner. Sie haben für Ordnung unter den Schülern gesorgt. Schließlich konnte der Direktor seine Augen nicht überall haben. Und Michael. Der war ein ordentlicher Kerl. Ein bisschen zu weich vielleicht. Er hat sich lange schwer damit getan, sich einzufügen. Dann gab es Peter. Immer hungrig. Hat sich nachts in die Speisekammer geschlichen und

Essen gestohlen. Das hat jedes Mal Ärger gegeben. Auch für die anderen Jungs, die sich dafür natürlich an ihm gerächt haben. Aber das hat ihn nicht abgehalten."

„Sie haben ein gutes Gedächtnis!" Laura nahm das Notizbuch aus der Umhängetasche und kritzelte mit. „Wissen Sie den Nachnamen von Peter?" Anastasia schüttelte den Kopf.

„Wie war es damals im Internat? Mit den Jungen war es sicher nicht einfach. Schließlich waren sie keine Engel." Barbara ließ ihrer Neugier freien Lauf.

„Ach, die Jungs waren in Ordnung. Die meisten jedenfalls. Es gab natürlich ein paar, die den anderen das Leben schwergemacht haben. Aber Direktor Krabost und Fräulein Jakob haben ein strenges Regiment geführt. Die ließen nichts durchgehen. Den Jungen blieb nicht viel Spielraum für ihre Flausen."

„Aber sie haben den Jungen nichts getan, oder?" Barbaras Stimme klang unschuldig wie Morgentau an einem Frühlingsmorgen.

„Was heißt 'getan'? Natürlich gab es Strafen. Anders lernen die Jungs es nicht. Aber es ging den meisten besser als Zuhause, sie hatten einen Platz zum Schlafen, regelmäßige Mahlzeiten, wurden unterrichtet und medizinisch versorgt." Laura sah von ihren Notizen auf: „Professor Martin und das Krankenhaus haben sich um die Kinder gekümmert, nicht wahr? Er hat uns davon erzählt." Anastasia Horvat nickte. „Damals war er häufig da, hat sich selbst davon überzeugt, dass alle Jungen ihre Medikamente kriegen. Da war er sehr genau. Alles musste notiert, die Uhrzeiten genau eingehalten werden. Und er hat die Jungen höchstpersönlich untersucht und ihnen die Proben mit der großen Spritze entnommen. Die Kinder hatten schreckliche Angst davor." Anastasia lachte. „Später hat er nur noch seine Assistenten geschickt. Aber damals war ihm das wichtig."

„Was hatten die Jungen denn? Fieber? Erkältung? Oder wogegen wurden sie behandelt?" Anastasia zuckte mit den Schultern. „Fieber und Grippe nicht. Sie bekamen die Medikamente täglich. Vielleicht waren es Vitamine. Oder das Benehmen sollte sich bessern. Einige von ihnen waren nach der Einnahme der Tabletten erstaunlich zahm."

„Medikamente zur Verbesserung des Verhaltens", murmelte Laura.

„Warum nicht?" Barbara zuckte die Achseln. „Die Kinder hatten wahrscheinlich ADHS. Damals wurde die Krankheit noch nicht häufig diagnostiziert, aber Ritalin gibt es schon seit den 50er Jahren auf dem Markt. Heutzutage werden viele Kinder dagegen sehr erfolgreich medikamentiert. Ich kenne mich ein bisschen aus, weil die Mutter meines Stiefsohns lange Zeit behauptet hat, er hätte ADHS. Erst als wir ihn untersuchen ließen, konnten wir sie davon überzeugen, dass alles in Ordnung war."

„Ich weiß. Aber ich finde es ungewöhnlich für die damalige Zeit. Das kostet doch Geld. Wer hat das bezahlt?" Sie schaute von Barbara zu Anastasia, die nur mit den Schultern zuckte. „Egal. Es hat nichts mit unserem Auftrag zu tun. Gibt es sonst noch etwas, das uns weiterhelfen könnte?" Als die Putzfrau den Kopf schüttelte, bedankten sie sich und machten sich auf den Weg.

5

Als Laura und Barbara außer Hörweite waren, spuckte Anastasia auf den Boden. Die beiden taten so vornehm, so verständnisvoll, vor allem diese falsche Schlange mit den blonden Locken- Dabei hatten sie sie schon vergessen, bevor sie sich umgedreht hatten. Solche Frauen kannte sie zur Genüge. Der Ort war voll davon. Kamen sich wunders wie vor und sahen auf sie herab. Manche von ihnen taten mildtätig, das waren die Schlimmsten. Anastasia kannte sie alle. Sie war hier zur Welt gekommen und hatte das Dorf nie verlassen. Obwohl es nicht gut zu ihr gewesen war.

Ihre Eltern waren nach dem Zweiten Weltkrieg nach Deutschland gekommen. Damals hatten sie es als Glück empfunden, es hierher geschafft zu haben. Ihr Vater hatte zu den kroatischen Truppen gehört, die sich in Österreich den Engländern ergeben mussten und zurück in die Heimat – und damit in die Hände der Partisanen – geschickt worden waren. Allen war klar gewesen, dass dies einem Todesurteil gleichkam, aber nur wenigen war die Flucht gelungen. Einer der Glücklichen war ihr Vater gewesen. Doch er hatte sich immer unsicher gefühlt, stets die Sorge gehabt, jemand könnte kommen und ihn abtransportieren. Oder direkt erschießen. Sie glaubte nicht, dass er die Angst jemals losgeworden war. Ihre Mutter hatte er auf einem Flüchtlingstreck getroffen. Beide waren allein und ohne Familie, so hatten sie sich zusammengetan, um eine gemeinsame Zukunft aufzubauen. Dass viel Liebe im Spiel gewesen war, konnte sich Anastasia nicht vorstellen. Es war wohl mehr darum gegangen, sich zu verbünden und gemeinsam stärker zu sein. Sie hatten sich bewusst diesen kleinen Ort, mitten im Nichts, ausgesucht, weil sie hofften, dass hier das Risiko geringer war, gefunden zu werden. Dieses gottverlassene Nest.

Doch es hatte ihnen kein Glück gebracht. Anfangs hatten sie sich mit Gelegenheitsarbeiten durchgeschlagen, hatten alles angenommen, was sich geboten hatte. Als sie genug Geld gespart hatten, hatten sie ein kleines Lokal eröffnet, eigentlich nur einen Imbiss, auf einer Wiese mit einer Zeltplane über ein paar Tischen. Ihre Mutter hatte mit großen Töpfen und Pfannen in der Küche hantiert, ihr Vater hatte sich um die Gäste gekümmert und mit ihnen Schnaps getrunken. Doch lange war es nicht gutgegangen. Spezialitäten vom Balkan, die nicht nur mit Salz, Pfeffer und Petersilie gewürzt waren, schmeckten den Dörflern nicht. Und mit Fremden wollten sie auch nichts zu tun haben. Keiner war mehr gekommen. In diese verzweifelte Situation war sie hineingeboren worden. Für ihren Vater war das zu viel gewesen. Er war eines Abends gegangen und hatte nie mehr etwas von sich hören lassen. So hatte es ihre Mutter erzählt.

An ihre Kindheit konnte sie sich kaum erinnern. Ihre Mutter hatte sie bei den Nonnen abgegeben, bei denen ein Tag dem anderen geglichen hatte, und die Monotonie nur von der Angst vor unvorhergesehenen Strafen durchbrochen worden war. Gesehen hatte sie ihre Mutter selten. Manchmal, an den Wochenenden. Aber das waren keine Lichtblicke gewesen. Ihre Mutter hatte immer schlecht ausgesehen, abgearbeitet, ausgelaugt, mit den Kräften am Ende. Und eines Tages hatten die Besuche aufgehört. Die Nachricht von ihrem Tod war ihr während des Mittagessens von einer Nonne überbracht worden. Da war sie sieben gewesen. Sie erinnerte sich noch, dass es Linseneintopf gegeben hatte. Ohne Würstchen für sie, die bekamen nur die beiden Jungen, die dort ihren Nachmittag verbrachten und abends wieder nach Hause gehen durften. Sie hatte nicht geweint. Das hatte sie sich zu dem Zeitpunkt schon lange abgewöhnt. Wenn sie es überhaupt jemals gekonnt hatte. Sie hatte einfach nur genickt und weitergegessen. Und gehofft, dass die anderen Kinder es nicht mitbekommen hatten. Denn Mitleid war das Letzte, was sie für sie übrig gehabt hätten, Häme und Schläge schon eher. Wenige Jahre später hatte die wirklich schwierige Zeit begonnen, als sich ihre Brüste immer deutlicher unter der Bluse abzeichneten. Zuerst waren es nur die älteren Jungen gewesen, die sie auf dem Schulhof in die Ecke gedrängt und überall angefasst hatten. Dann waren es die Männer auf den Bauernhöfen gewesen, wo sie nach der Schule aushelfen musste. Sie hatte versucht, die Nonnen um Hilfe zu bitten, aber als Reaktion nur Schläge erhalten. Sie sollte nicht schlecht über die unbescholtenen Menschen reden. Wenn einer verdorben war, dann war das ja wohl sie. Auch der liebe Gott hatte nicht geholfen. Obwohl die Nonnen immer gesagt hatten, sie solle beten, dann würde er ihr schon verzeihen. Was er ihr verzeihen sollte, wusste sie nicht. Und er hatte ihr wohl auch nicht verziehen, denn die Nachstellungen wurden schlimmer und fanden ihren traurigen Höhepunkt an dem Abend auf dem Schützenfest. Sie war damals fünfzehn. Eine Gruppe in ihrem Alter stand abseits des Festplatzes und hatte ihr zugewunken. Die Mädchen alle hübsch zurechtgemacht, in bunten Röcken und sauberen Blusen, die Jungen mit nach hinten frisierten Haaren. Mittendrin Wolfgang, Wolfi genannt. Er sah gut aus, war lustig und konnte austeilen. Ein echter Anführer. Sie hatte für ihn geschwärmt, obwohl sie wusste, dass sie keine Chance bei ihm hatte. Doch an dem Abend hatte er sie bemerkt. Und ihr zugewunken. Sie sollte näher kommen. Die Mädchen hatten gekichert, die anderen Jungen breit gegrinst. In ihr hatten alle Alarmglocken geschrillt, aber für sie waren es Sirenen-Gesänge gewesen, sie hatte nicht widerstehen können. Einmal im Leben wollte sie Glück haben, einmal den Traumprinzen abbekommen. Es war alles ganz schnell gegangen: Wolfi hatte sie gegen die Wand des Schuppens gedrückt, ihr den Rock hochgezogen und den Schlüpfer nach unten. Der Rest des Geschehens war in der Erinnerung zu einer Wolke aus Schmerz, Scham, Anfeuerungsrufen der

Jungen und schrillem Gelächter der Mädchen zusammengeschmolzen. Und aus diesem Potpourri war der Hass entstanden. Ein Hass, der in ihr gewachsen war zu einer Dimension, die größer war als alles. Sogar größer als der liebe Gott. Der liebe Gott, der gar nicht so lieb war. Immer nur zu den anderen, nie zu ihr.

Als sie von ihr abgelassen hatten, war nichts Gutes mehr in ihr gewesen. Sie hatten alles abgetötet. Sie bestand nur noch aus Hass, sie war das Böse. Und es fühlte sich gut an. Wie eine Befreiung aus einem Käfig, der viel zu eng gewesen war.

Einige Wochen später, als sie noch nicht gewusst hatte, dass sie schwanger war, hatte sie sich in der Paradies Bar vorgestellt. Sie lag mitten im Ort, wurde tagsüber von den Dorfbewohnern geächtet und nachts von den Männern besucht. Die Mädchen, die fast nackt arbeiteten, kamen aus den umliegenden Käffern. Hätten sie in Waldheim gewohnt, wären sie nicht sicher gewesen. So wie sie selbst auch nicht sicher vor den Übergriffen war. Aber sie hatte sich gedacht, wenn sie sich vor den Männern schon nicht schützen konnte, dann sollten sie wenigstens dafür bezahlen. Doch als sie Marco gefragt hatte, ob sie für ihn arbeiten könnte, hatte er Tränen gelacht und sich kaum beruhigen können. Warum sollen die Leute für etwas bezahlen, was sie auch umsonst haben können, hatte er sie gefragt, als er wieder sprechen konnte. Die Mädchen mit den nackten Brüsten, den hochtoupierten Haaren und den dick aufgetragenen Lidschatten hatten gackernd in sein Gelächter eingestimmt. Es hatte sie nicht verletzt. Niemand konnte sie mehr verletzen. Sie war gegangen und hatte ihr karges Leben weitergelebt. Und dann hatte sie Milan bekommen. Ihre Sonne, ihr Glück.

6

Marek hatte sich nach dem Frühstück in Richtung Krankenhaus aufgemacht. Sein Fall betraf den Medikamentenschmuggel, der in den letzten Jahren immer größere Ausmaße angenommen hatte und zum Milliardengeschäft geworden war. Den Behörden verschiedener Länder war vor einigen Monaten in einer konzertierten Aktion ein wirksamer Schlag gegen die etablierten, italienischen Strukturen gelungen. Doch dieses Vakuum war schnell durch andere Organisationen gefüllt worden. Unter anderem durch die Albaner, mit denen er es bereits im ersten Fall der Detektei Peters zu tun bekommen hatte. Sie schienen ihr Repertoire erweitert zu haben: Er hatte Beweise gefunden, dass sie neben dem Drogen- und Mädchenhandel auch in den Medikamentenschmuggel eingestiegen waren. Mareks Auftraggeber, ein milliardenschwerer Pharmakonzern, der durch diese Aktivitäten empfindliche Umsatzeinbußen hinnehmen musste, wollte Licht ins Dunkel bringen. Dass Marek in Waldheim gelandet war, wo auch Laura ihre Recherchen durchführte, war ein glücklicher Zufall gewesen. Er hatte gestern die Beweise gefunden, dass das Krankenhaus mit den Albanern zusammenarbeitete. Alles Weitere hätte von den Behörden übernommen werden sollen, doch letzte Nacht hatte er erfahren, dass heute eine Lieferung an das Krankenhaus erfolgen sollte. Eine günstige Gelegenheit, mehr herauszufinden.

Er schlenderte die Straße bis zum Ortsausgang entlang und bog in einen Feldweg ein. Die tiefen Furchen, die die Reifen der Traktoren in die Erde gefräst hatten, waren vereist und erschwerten das Vorankommen. Ein empfindlich kalter Wind trieb ihm die Tränen in die Augen. Er klappte den Kragen seiner Lederjacke hoch und steckte die Hände tief in die Taschen. Der Weg beschrieb einen weiten Bogen um eine verschneite Koppel und führte zur Rückseite des Krankenhauses. Marek dachte an Laura. War sie in der letzten Nacht von einem Unbekannten überfallen worden? Oder hatte der geleckte Herr Professor die Situation ausgenutzt? Zutrauen würde er ihm das sofort. Der Typ war ihm zu glatt, zu geschliffen, zu gut, um wahr zu sein. Er hatte schon zu viele von seiner Art getroffen, als dass er sich davon noch täuschen ließ. Laura war gestern nicht wirklich Herr über ihre Sinne gewesen, sonst hätte sie das sofort gemerkt. So aber war sie ihm auf den Leim gegangen, hatte sich von ihm durch Komplimente und schmachtende Blicke um den Finger wickeln lassen. Womöglich hatte er ihr etwas in den Wein getan. Als Arzt hatte er ja alle Möglichkeiten. Rohypnol oder etwas Ähnliches, was man nach kurzer Zeit nicht mehr nachweisen konnte. Sie war ein leichtes Opfer für ihn gewesen.

In einiger Entfernung sah er einen Unterstand, der aus groben Brettern zusammengenagelt worden war. Wahrscheinlich diente er während der schönen Monate als Schutz für Kühe oder Pferde, doch jetzt lag die Weide verlassen da, und der Schnee glitzerte so grell in der Sonne, dass es in den Augen schmerzte. Für einen Augenblick meinte er, eine Bewegung gesehen zu haben, aber da er so geblendet wurde, war er sich nicht sicher. Ohne den Kopf zu bewegen oder seine Schritte zu verlangsamen, behielt er die Stelle im Auge. Aber wenn sich dort jemand aufhielt, so hatte der ihn auch gesehen und sich hinter dem Unterstand versteckt. Marek veränderte seine entspannte Körperhaltung nicht, aber innerlich war er gespannt wie eine Feder. Unter halb geschlossenen Lidern scannte er den Schuppen und die Umgebung. Keine Fußspuren. Aber das bedeutete nichts, der Boden war hartgefroren. Neben einem der beiden Pfosten, die das schräge Dach an der Vorderseite trugen, fielen ihm Zigarettenkippen ins Auge. Also war jemand dort gewesen. Oder immer noch da. Marek klopfte seine Taschen ab, als würde er nach Zigaretten suchen, steckte die Hand in die Jackentasche, seine Finger umschlossen den Kugelschreiber aus Edelstahl. Ein harmloses Utensil. Aber in den richtigen Händen eine effektive Waffe. Und Marek benötigte nicht viel. Er war selbst die Waffe. Dazu hatte man ihn ausgebildet. Er war jetzt wenige Schritte vom Unterstand entfernt. Die Person war noch verborgen, aber es musste sich um einen Anfänger handeln, denn hinter dem Schuppen zeichnete sich der Teil eines menschlichen Schattens ab. Das würde einem Profi, der das Überraschungsmoment nutzen wollte, niemals passieren. Marek lies den Stift wieder los und zog die Hand aus der Tasche. Für einen Zivilisten reichten die bloßen Hände. Aus der Form des Schattens schloss er, dass es sich um einen Mann handeln musste, circa 1,80 groß, schmal. Vielleicht wollte sich die Person nur verstecken und lauerte ihm gar nicht auf. Trotzdem konnte er die Situation nicht ignorieren. Fehleinschätzungen konnten in seinem Metier Leben kosten. Marek machte die letzten Schritte und sah hinter den Schuppen.

Ein junger Mann stand dort und schaute ängstlich zu ihm herüber. Seine Schultern waren hochgezogen, als erwarte er Schläge, und er beugte sich vor, als wollte er jede Sekunde die Flucht ergreifen. Der arme Kerl war dünn. Sehr dünn. Geradezu ausgemergelt. Große, stumpfe Augen beherrschten ein hageres Gesicht, ein verschlissener, leichter Anorak und ausgefranste Jeans schlotterten um die magere Gestalt. Die Hände waren blau gefroren von der Kälte und konnten kaum die verknickte Zigarette halten. Marek hob beide Hände zum Zeichen, dass er ihm nichts tun wollte.

„Hab keine Angst. Geht es dir gut?"

Er sah schlecht und müde aus, das Alter war schwer zu schätzen. Der Mann konnte 18 sein oder 38.

„Ganz ruhig."

Marek hielt immer noch die Hände oben. Der Mann ließ seinen Blick abwechselnd über Mareks Gestalt und die Umgebung wandern. Anscheinend wollte er sichergehen, dass nicht noch weitere Personen auftauchten.

„Ich bin allein, mach dir keine Sorgen."

Marek trat einen Schritt näher. Der magere Junge wich zurück, seine Augen flackerten unruhig hin und her.

„Junge, begreif doch, ich tu dir nichts. Sonst hätte ich es schon längst getan."

Marek näherte sich ein weiteres Stück und legte die Hand auf den Oberarm des Jungen. Unter dem dünnen Stoff des Anoraks fühlte er das Zittern des schmalen, knochigen Armes. Der arme Kerl fror wie ein Schneider und war absolut ausgemergelt. Solche Magerkeit kannte Marek nur von Magersüchtigen und Drogenabhängigen. „Du siehst schlecht aus. Bist du krank?" Der Junge zog den Kopf ein wie eine Schildkröte, die in ihren Panzer kriechen wollte „Jetzt rede endlich. Oder verstehst du kein Deutsch?"

„Doch."

„Was machst du hier?"

„Nichts."

„Bist du aus dem Krankenhaus abgehauen?"

Als Antwort kam lediglich ein Schulterzucken. Marek unterdrückte einen Anflug von Ungeduld. „Du siehst nicht gesund aus. Ich möchte dir helfen. Also, kommst du aus dem Krankenhaus?"

Ganz leicht nickte der Junge mit dem Kopf. „Soll ich dir helfen, dorthin zurückzukommen?"

Heftiges Kopfschütteln. „Ich gehe nicht dahin zurück." Seine Stimme klang verzweifelt, er machte einen halbherzigen Versuch, sich zu befreien, doch die Kraft reichte nicht dafür. Marek hielt seinen Arm fest umklammert. Auch wenn der Junge in seinem schlechten Zustand keine Chance hatte, ihm zu entkommen, wollte Marek eine Verfolgungsjagd vermeiden. Man wusste nie, ob jemand in der Nähe war, und er wollte auf keinen Fall Aufmerksamkeit erregen.

„Jetzt sag endlich, was mit dir ist, damit ich dir helfen kann. Hier draußen erfrierst du in deinen dünnen Sachen."

„Ich muss weg. Aber ich weiß nicht wohin."

„Ok. Beantworte meine Fragen einfach nur mit Ja oder Nein. Solltest du jetzt eigentlich im Krankenhaus sein?"

Der Junge nickte schwach.

„Hast du einen Ort, wo du hinkannst?"

Kopfschütteln.

„Hast du Geld?"

Wieder Kopfschütteln.

„Wohin willst du? Zu jemandem im Ort?"

Kopfschütteln.

„Zu jemandem, den du kennst, irgendwo anders?"

Achselzucken.

„Du bist einfach nur getürmt, ohne Geld und weißt nicht wohin?"

Diesmal nickte der Junge.

Marek fluchte. Was sollte er mit dem Kerl machen? „Soll ich jemanden im Dorf bitten, sich um dich zu kümmern?"

„Nein!" Der Junge versuchte wieder, sich loszureißen. „Sie werden mich verraten. Sie bringen mich zu ihm zurück. Keiner darf wissen, dass ich hier bin. Er kennt sie alle. Und alle werden ihm helfen. Lassen Sie mich gehen. Bitte!"

„Wen meinst du", fragte Marek, obwohl er bereits eine Vermutung hatte, um wen es sich handelte.

„Professor Martin. Alle kennen ihn. Und alle gehorchen ihm. Die stecken alle unter einer Decke." Der Junge schluchzte auf. Marek tastete in der Jackentasche nach seinem Handy. Er verlor wertvolle Zeit, wenn er sich weiter mit dem Jungen herumschlug. Aber zurücklassen konnte er ihn auch nicht. In den dünnen Sachen würde der Kerl nicht lange durchhalten. Außerdem war er eine mögliche Quelle, um Näheres über das Krankenhaus zu erfahren. Einhändig wählte er Lauras Nummer auf dem Display.

„Peters." Ihre Stimme klang kühl und knapp. Wie immer.

„Laura. Was machst du? Bist du abkömmlich?"

„Ich komme gerade von einer Befragung. Barbara ist bei mir."

„Gut. Ich muss dich um einen Gefallen bitten. Ich habe einen Jungen gefunden. Er ist völlig durchfroren und braucht dringend etwas zu essen. Könnt ihr euch um ihn kümmern? Allerdings darf er nicht im Dorf gesehen werden. Von niemandem. Ihr solltet also irgendwo auswärts etwas mit ihm essen und ihn dann am besten in deinem Hotelzimmer verstecken."

„Kannst du mir ein paar mehr Informationen geben? Du verlangst doch nicht gerade von mir, dass ich ein Kind entführe?"

Marek lachte. „Nein. Er ist schon erwachsen. Aber er scheint auf der Flucht zu sein. Vor den Leuten vom Krankenhaus. Und vor Professor Martin."

„Was? Vor Steffen?"

„Mehr weiß ich auch noch nicht. Ich weiß nur, dass es ihm wirklich ernst ist. Tu mir den Gefallen, und hol ihn hier ab. Mir läuft die Zeit davon. Du kannst ihn ja während des Essens befragen. Aber hör ihm bitte vorbehaltlos zu, und lass dir deine Sympathie für Prof Martin nicht in die Quere kommen." Er beschrieb Laura seine Position und beendete das Gespräch. Der junge Mann hatte sich gegen die Bretterwand gelehnt und zitterte heftig. Sein Gesicht war kalkweiß, die Hände blau angelaufen. Er schien sich nur mit viel Mühe auf den Beinen halten zu können, vielleicht war es aber auch nur Mareks eiserner Griff, der ihn noch aufrecht hielt. Vergeblich versuchte er, aus seiner Jackentasche die Schachtel mit den Zigaretten hervorzuziehen. Je mehr er daran zog, umso mehr verhakte sie sich. Marek konnte es nicht mit ansehen. Er ließ den Arm los, nestelte die verknitterte Schachtel aus der Jacke und bot dem Jungen eine Zigarette an. Er gab ihm Feuer und sah zu, wie er den ersten Zug gierig inhalierte. „Warum bist du im Krankenhaus? Drogenentzug?"

„Nein. Clean bin ich schon davor gewesen. Ich nehme an einem Projekt teil, in dem wir angeblich körperlich und seelisch wiederhergestellt werden. So drückt es unsere Psycho-Tante aus. Wir sollen fit fürs Leben gemacht werden, damit wir allen Herausforderungen gewachsen sind und charakterlich so stark bleiben, dass wir nie mehr Drogen nehmen müssen. Oder wollen." Er fror so sehr, dass seine Worte immer wieder durch lautes Zähneklappern unterbrochen wurden. Trotzdem war der sarkastische Unterton nicht zu überhören.

„Sehr lange kannst du noch nicht dabei sein." Marek ließ seinen Blick über die Jammergestalt wandern.

„Doch. Schon drei Monate."

„Meine Güte. Wie hast du denn vorher ausgesehen"

Der Junge lachte hart auf. „Besser. Und ich habe mich auch besser gefühlt. Dieses Zeug, das sie einem geben, macht mich fertig. Da ging es mir mit H besser. Aber jetzt ist Schluss. Ich hau ab, sonst bringen die mich noch um."

„Du hättest ihnen sagen sollen, dass du das Zeug nicht verträgst. Allerdings müssen sie blind sein, wenn sie das nicht gemerkt haben." Marek spähte hinter dem Unterstand vor und hielt nach Laura Ausschau.

„Denkst du, ich bin blöd? Ich habe denen das gleich gesagt. Aber sie haben es ignoriert. Und als ich mich geweigert habe, haben sie mich gezwungen. Die letzte Woche war ich sogar eingesperrt. Aber heute, als sie mich zum Duschen rausgelassen haben, wurde meine Aufpasserin ans Telefon gerufen. Da habe ich meine Klamotten zusammengerafft und bin ab durch die Mitte."

„Das klingt, als wärest du dort gefangen gehalten worden." Marek zog ungläubig eine Augenbraue hoch. Der Junge nickte heftig. „Aber warum? Bist du in die Psychiatrie eingewiesen worden? Oder bist du ein Knacki?"

„Nein. Ich bin freiwillig da." Marek lachte leise. „Ehrlich. Hab mich für das Programm beworben. Die haben mir viel versprochen. Am Ende wollen sie einem sogar eine Stelle und 'ne eigene Bude vermitteln. Aber ich schaff' das nicht. Wenn ich weiter da bleibe, gehe ich drauf." Marek nickte leicht mit dem Kopf. Er wusste nicht, was er von der Geschichte glauben sollte. Junkies erzählten viel, wenn der Tag lang war. Vor allem, wenn sie auf Entzug waren und dringend ihren nächsten Schuss brauchten.

Der Junge schmiss die Kippe im hohen Bogen in den Schnee und griff direkt wieder zur Zigarettenschachtel, die Marek noch in der Hand hielt. Kurz überlegte Marek, ob er sie ihm verwehren sollte, er sah einfach zu schlecht aus, aber dann überließ er sie ihm doch. Als er wieder hinter dem Unterstand hervorlugte, entdeckte er Laura. Mit unsicheren Schritten näherte sie sich über den vereisten Weg. Als sie ihn entdeckte, winkte sie ihm zu.

„Hallo, Laura. Danke, dass du so schnell gekommen bist. Ich muss nämlich dringend weiter. Bist du mit dem Auto da?"

Laura nickte. „Ich habe mir Barbaras Jaguar geliehen, aber ich musste ihn an der Hauptstraße stehenlassen. Der Feldweg ist zu holperig und vereist, das Risiko wollte ich nicht eingehen." Sie musterte den dünnen Mann, der zitternd hinter Marek stand, und streckte ihm die Hand hin. „Hallo, ich bin Laura. Wer bist du?"

Er trat verlegen von einem Bein auf das andere und wischte sich die Hand an seinem Hosenbein ab, bevor er Lauras schüttelte. „Hallo. Ich bin Nico."

Laura vermied es bewusst, ihn zu mustern. „Dann komm mal mit. Ich hoffe, wir können du sagen?"

„Klar." Zum ersten Mal zeigte sich der Hauch eines Lächelns auf seinem blassen Gesicht.

Marek klatschte ungeduldig in die Hände. „Wunderbar, ich sehe, ihr versteht euch. Laura, kannst du ihm ein Essen spendieren? Und pass auf, dass ihn keiner zu sehen bekommt. Er hat Angst, dass er verfolgt wird. Alles andere kann er dir selbst erzählen. Ich muss los. Wir sehen uns später."

7

Barbara hatte Laura nicht begleiten wollen. Weder, um den Jungen abzuholen, noch um mit ihm zum Essen zu gehen. Das opulente Frühstück lag ihr noch im Magen, ihr Fuß schmerzte und sie war müde nach den Aufregungen der letzten Nacht. Aber eigentlich wollte sie ihm eine Nachricht schreiben. Er hatte sich jetzt schon länger nicht mehr gemeldet, und sie stellte mit Erstaunen fest, dass sie das beunruhigte. Hatte er sie vergessen? Oder war er zu beschäftigt? Sie kannte ihn ja nicht, wusste nicht, was er wirklich für sie empfand. Ob er das überhaupt auf der Wohltätigkeitsveranstaltung gewesen war, konnte sie nur vermuten. Die Geschichte war verrückt, sie war absolut verrückt. Wie konnte sie jemanden vermissen, den sie noch nie gesehen hatte? Den sie nur von seinen Nachrichten kannte? Und vielleicht von einer Umarmung, die ihr in der Erinnerung mittlerweile so vorkam, als hätte sie sie geträumt. Vielleicht würden sie sich gar nicht sympathisch finden, wenn sie sich begegneten. Vielleicht wäre er gar nicht ihr Typ. Womöglich hatte Laura recht, und er war hässlich, hatte schlechte Zähne und eine Glatze. Aber eigentlich hielt sie das für unwahrscheinlich. Seine Worte, die Aufmerksamkeiten und Komplimente hatten sie so tief berührt, dass sie sicher war, ihn attraktiv zu finden, wenn sie ihn zu Gesicht bekäme. Alles andere machte keinen Sinn. Warum sollte sie sich sonst in ihn verliebt haben. Vor Schreck über diese Einsicht stolperte sie über eine Bordsteinkante und konnte sich nur mit Mühe auf den Beinen halten. Tatsächlich. Sie war verliebt. In einen Unbekannten. Es war absurd, aber es war real. Tief in Gedanken ging sie über den Marktplatz und steuerte die erste Glühweinbude an. Sie wollte nachher einen Mittagsschlaf machen, da konnte sie vorher ruhig Alkohol trinken, um die Erkenntnis, dass es sie nicht nur erwischt hatte, sondern dass sie ernsthaft verliebt war, zu verarbeiten. Sie gab der dick eingepackten Frau hinter dem Tresen ein Zeichen und stellte sich dann mit ihrem dampfenden Becher an einen Stehtisch. Es war wieder nicht viel auf dem Markt los. Nur ein paar Schüler standen um die Würstchenbude und ließen sich Currywurst und Pommes schmecken. Die meisten Leute waren wohl noch bei der Arbeit oder zu Hause beim

Mittagessen. Oder der Markt war einfach immer schlecht besucht.

Barbara zog ihr Handy hervor und checkte die Nachrichten. In diesem Augenblick meldete das helle Pingen, das in letzter Zeit zu ihrem Lieblingston geworden war und in ihrem Körper sofort ein erwartungsvolles Kribbeln auslöste, dass sie eine Nachricht bekommen hatte.

'Ich hoffe, es geht dir gut, und ich sehne den Tag herbei, an dem wir uns endlich sehen.'

Barbara trank einen Schluck Glühwein und antwortete.

'Mir geht es genauso. Wann können wir uns treffen? Und wo?'

Einen Augenblick schwebte ihr Zeigefinger zögernd über dem Send-Button, dann tippte sie entschlossen auf das Display. Fast sofort kam seine Antwort.

'Ich bin in deiner Nähe. Heute Abend? Mein Herz kann es kaum noch erwarten.'

Barbara sah ruckartig hoch. War er hier? Auf dem Markt? Sie sah sich um, konnte aber niemanden ausmachen, der infrage kam.

'Woher weißt du, wo ich bin?'

'Ich habe dich gesehen. Gestern Abend. Es ist Schicksal.'

Barbaras Hand krampfte sich um die Tasse. Er war hier. Am selben Ort wie sie. Sie musste es genau wissen.

'Können wir uns sofort sehen?'

In ihrer Aufregung nahm sie einen viel zu großen Schluck heißen Glühwein und musste furchtbar husten. Wieder schaute sie sich um, ob er in der Nähe stand und sie beobachtete.

'Ich muss zuerst einen Job erledigen. Aber heute Abend gehöre ich dir.'

'Wann und wo?'

'Ich melde mich, wenn ich fertig bin.'

'Gut, ich freue mich', antwortete Barbara und fügte nach einem Augenblick des Nachdenkens ein rotes Herzchen hinzu. Einige Minuten lang kam keine Reaktion. Barbara dachte schon, dass er nicht mehr antworten würde, dann ertönte das ersehnte Ping.

'Mein Herz gehört dir. Für immer. Ich schneide es heraus und lege es in deine Hände, damit du es sehen kannst.'

8

Gilda hatte am Morgen mit Laura telefoniert. Dass Marek aufgetaucht war, war natürlich die beste Nachricht des Tages. Hoffentlich kam er nach Bonn, sie konnte es kaum erwarten, ihn wiederzusehen. Mit Schrecken vernahm sie, was Laura in der Nacht zuvor widerfahren war. Aber Laura hatte versichert, dass es ihr gutging. Außerdem hatte sie eine Namensliste angekündigt und Bilder, die sie von den Akten gemacht hatte. Gilda hatte von dem zweiten toten Mädchen aus dem Projekt erzählt, und dass zwei weitere anscheinend verschwunden waren. Als sie von dem mitgehörten Telefonat und Claire Martin berichtet hatte, war Laura auffallend still geworden. 'Versuch, mehr darüber zu erfahren', war der einzige Kommentar gewesen. Abschließend hatte Laura ihr eine Telefonnummer und den Account-Namen Vukodlak - das musste sie ihr buchstabieren – genannt. Sie sollte alles über die Person, die dahinter steckte, herausfinden. Kurz darauf waren die Nachricht und die Bilder im Mail-Postfach eingetroffen.

Gilda trug die Informationen in die Liste ein, die sie für Bernd Schlüter angelegt hatte, und legte die Mail im Fall-Verzeichnis ab. Mit den Angaben sollte sie etwas anfangen und einige Adressen ermitteln können. Aus dem Nebenraum ertönten Schüsse.

„Justin! Tür zu! Kopfhörer!"

„Ha! Zwei Frags. Beide Headshots, einer sogar no-scope!"

„Jaja", antwortete Gilda zerstreut.

Sie gab Lauras Informationen in den Computer ein und wurde schnell fündig. Helmuth Zcilka, den Bernd Schlüter als seinen früheren Kumpel bezeichnet hatte, und Thomas Langemann waren auf Facebook und posteten ausgiebig aus ihrem Leben. Gilda scrollte durch Bilder von Bierflaschen, Füßen in Badelatschen, angebissenen Würstchen und Pizzastücken. Auch mit Selfies waren sie nicht geizig, obwohl sie keine Schönheiten waren. Beide waren Anhänger von Schalke 04 und ergingen sich in Hass-Posts gegen gegnerische Fans und Ausländer. Gilda stellte erstaunt fest, dass sie, obwohl sie viele Gemeinsamkeiten hatten und sich von früher kannten, keine Facebook-Freunde waren. Da sie ihren Wohnort preisgegeben hatten, konnte sie die Adressen ohne große Mühe herausfinden und in die Liste eintragen. Sie überprüfte die Freundeslisten: Es gab einen gemeinsamen Freund, Peter Friedrich Hase. Das Profilbild zeigte ein rundes Gesicht. Mr Piggy. Gilda vermutete, dass sie den 'fetten Peter' gefunden hatte. Läuft, dachte sie zufrieden.

Die Recherche nach Peter Hase ergab ein Feuerwerk an Schlagzeilen, die erst wenige Tage alt waren: 'Peter H. lebendig begraben', 'Qualvoller Tod unter der Erde', 'Peter H. neues Opfer des Totengräbers?'. Mit zunehmendem Entsetzen überflog sie die Artikel. Bernd Schlüters Mitschüler hatte es nach der Schule nach Münster verschlagen. Dort schien er ein unauffälliges Leben geführt zu haben, bis ihn jemand vor sieben Tagen in einem fremden Grab beerdigt hatte. Der fette Peter war auf den Friedhof geschleppt, in eine bereits ausgeschachtete Grube geworfen und mit Erde zugeschüttet worden. Der Journalist hatte sich die Anmerkung nicht verkneifen können, dass der Täter sehr kräftig sein musste, wenn er ein so schwergewichtiges Opfer allein transportieren konnte. Die Polizei schloss aufgrund der Spurenlage die Unterstützung durch einen Komplizen aus. Ob Peter Hase betäubt gewesen war, als man ihn vergraben hatte, musste die Rechtsmedizin herausfinden. Aber er war definitiv bei Bewusstsein gewesen, bevor er gestorben war. Die Gesichtszüge und die Köperhaltung der Leiche ließen den Schluss zu, dass er versucht hatte, sich zu befreien und an die Oberfläche zu graben. Ein Angestellter der Friedhofsverwaltung schilderte in einem Video, wie er den Toten in den frühen Morgenstunden gefunden hatte. Mit den abstehenden Ohren und der hageren Statur erinnerte er Gilda an Nosferatu. Er war morgens an das Grab gekommen, um zu überprüfen, dass es für eine bevorstehende Beerdigung vorbereitet war. Stattdessen hatte er es zugeschaufelt vorgefunden. Er hatte zunächst an einen Dummejungenstreich geglaubt und verärgert das Erdloch wieder ausgehoben. Dabei war er auf den Leichnam gestoßen. Er hätte in seinem Leben schon viel gesehen, aber dieser Todesfall war ein Schock. Gilda sah zu, wie er an einer Kippe zog, die zwischen den dünnen Spinnenfingern rot aufglühte, und sie im hohen Bogen in das Grab schnippte. Sie klickte das Video weg.

Die Journalisten hatten den Mörder als Totengräber bezeichnet. Er hatte schon vorher gemordet, Peter Hase war nicht sein einziges Opfer. Gilda stieß auf einen Fall in Detmold. Dort hatte Axel Schütte, tagsüber Hausmeister in den städtischen Turnhallen und abends Vorsitzender des Skatvereins Herzliche Buben, tot in einem Grab gelegen, das für einen anderen vorgesehen war. Seine Frau, eine füllige

Matrone in den Sechzigern mit gesträhnter Kurzhaarfrisur, pinken Kunstnägeln und zerzaustem Yorkshire Terrier, erzählte den Journalisten wortreich, dass sie ihren Mann noch gar nicht vermisst hatte. Die Friedhofsverwaltung hatte ihn gefunden und die Polizei benachrichtigt.

Gilda lehnte sich im Schreibtischstuhl zurück. Der Raum war bullernd warm, aber ihr war es eiskalt. Sie kroch tiefer in den Wollpulli hinein und zog die Schultern hoch. Axel Schütte. Axel. War das nicht der Name einer der Kapos aus dem Internat gewesen? Ein Blick in die Notizen bestätigte es. Axel, der Kapo, und der fette Peter waren beide umgebracht worden. Von demselben Täter. In zwei verschiedenen Städten, die über hundert Kilometer auseinanderlagen. Kein Zufall.

Mareks Bürotür schwang auf, Justin tänzelte an ihren Schreibtisch.

„Was gönnst du dir da Leckeres?" Begehrlich sah er auf eine angebrochene Noisette-Schokolade, die zwischen den Papieren hervorguckte. Wortlos schob sie sie zu ihm hinüber.

Grinsend griff er zu und biss hinein. „Bin gerade im Matchmaking." Seine Worte waren nur undeutlich zu verstehen. Dann stutzte er und sah sie genauer an. „Ist alles ok mit Dir? Du siehst irgendwie krank aus."

Gilda winkte ab. „Alles ok. Manchmal können einem die Fälle etwas zusetzen. Aber das gehört zum Job."

„Was ist los?"

„Zwei von den Leuten, die wir für unseren Klienten finden sollten, sind ermordet worden. Von einem, den sie den Totengräber nennen, weil er seine Opfer lebendig begräbt."

„Was? Krass!" Für einen Augenblick vergaß er, zu kauen. Aus dem Nebenraum dudelte der Computer. Er schreckte auf. „Sorry. Mein Team wartet. Es geht los. Erzähl mir nachher mehr davon."

Sie nickte ihm hinterher und sah aus dem Fenster. Es schneite wie verrückt. Wann hatte es das zu dieser Jahreszeit zuletzt in Bonn gegeben? Sie würde wieder Schnee schippen müssen.

Es klingelte Sturm.

Gilda arbeitete sich hinter dem Schreibtisch hervor, warf die Tür von Mareks Büro zu, um den Ballerlärm auszusperren, und öffnete die Haustür. Vor ihr stand Bernd Schlüter, Haare und Mantel feucht vom geschmolzenen Schnee, das Gesicht gerötet von der Kälte.

„Warum geht Frau Peters nicht an ihr Telefon? Ich hatte ausdrücklich darum gebeten, mich ständig auf dem Laufenden zu halten."

Gilda trat einen Schritt zurück, um ihn hereinzulassen. „Guten Tag, Herr Schlüter, ich kann Sie über den Stand der Dinge informieren. Aber Sie hätten nicht extra herkommen müssen."

„Ich war sowieso in der Gegend." Bernd Schlüter ging ungebeten in Lauras Büro und sah den verwaisten Schreibtisch. „Wo ist sie?"

„Auf Recherche-Tour in Waldheim. Sie schaut sich dort für Sie die Unterlagen der Schule an."

„Was hat sie herausgefunden?"

„Ein paar Namen und Adressen. Möchten Sie übrigens einen Caffè? Der ist gut gegen die Kälte." Bernd Schlüter wischte das Angebot ungeduldig weg.

„Nein, danke. Geben Sie mir die Adressen?"

„Natürlich, ich wollte sie Ihnen nachher per Mail schicken, aber ich kann sie Ihnen auch jetzt gleich ausdrucken."

„Na los. Worauf warten Sie noch?" Gilda atmete durch, sie wollte sich von seiner unwirschen Art nicht provozieren lassen, und kletterte hinter den Schreibtisch. Sekunden später spuckte der Drucker laut ratternd das Blatt aus, und ohne Dank nahm Bernd Schlüter es entgegen.

„Ab jetzt informieren Sie mich immer sofort, wenn Sie etwas entdecken. Habe ich mich klar ausgedrückt? Oder geht das nicht in Ihr hübsches Köpfchen?" Gilda nickte sprachlos. Sie hatte ihm von den ermordeten Schulkameraden erzählen wollen, doch sie brachte es nicht über sich. Es hätte zu sehr wie eine eifrige Schülerin gewirkt, die ihrem Lehrer gefallen wollte. Welche Laus war ihm über die Leber gelaufen? Die paar Adressen ehemaliger Schulkameraden konnten nicht so dringend sein. Schließlich hatte er sich vierzig Jahre lang nicht darum geschert, warum sollte es da jetzt plötzlich so eilig sein?

Bernd Schlüter faltete das Blatt zusammen, steckte es in die Innentasche seines Mantels, warf einen finsteren Blick auf sie und ging grußlos.

Gilda kochte vor Wut. Am liebsten wäre sie ihm hinterhergelaufen, um ihm gehörig die Meinung zu sagen. Aber das ging natürlich nicht, er war ihr Kunde. Sie musste professionell bleiben. Durfte nichts persönlich nehmen. Sie musste sich auf die Arbeit konzentrieren. Aber die Lust, an seinem Auftrag zu arbeiten, war ihr gründlich vergangen. Stattdessen nahm sie seine Visitenkarte aus der Schreibtischschublade und studierte sie nachdenklich. Dann gab sie sich einen Ruck, zog den Laptop hervor und suchte sich ein fremdes Wlan. Mittlerweile kannte sie die Passworte der meisten Netze in der Umgebung. Wenn wenig los war, vertrieb sie sich die Zeit damit, sie herauszufinden. Sie entschied sich für das Netz einer Familie, die gegenüber wohnte. Der Vater war ständig auf Reisen, die Mutter computerte nicht viel, und der Sohn war noch zu klein, um ihr auf die Schliche zu kommen.

Sie rief Bernd Schlüters Mail-Provider auf und gab auf der Log-in Seite seine Mail-Adresse ein. Es dauerte nur kurze Zeit, bis sie sich Zugang zu seinem Postfach verschafft hatte. Heutzutage war das keine Zauberei mehr, es gab sogar Video-Anleitungen im Internet, so dass es jeder nachmachen konnte. Die Kunst war, keine Spuren zu hinterlassen. Denn natürlich war das Knacken von Accounts kein Kavaliersdelikt.

Sie las die Betreffzeilen im Posteingang und klickte die eine oder andere Mail an, um sich den Inhalt anzeigen zu lassen. Schlüter schrieb sich gerne mit Prostituierten, nicht nur, um Termine zu vereinbaren, sondern auch, um Fantasien auszutauschen. Mails von Freunden oder Bekannten gab es nur wenige, und es handelte sich um Geburtstags- und Weihnachtsgrüße. Mit leichter Genugtuung schloss sie daraus, dass er nicht viele Freunde hatte. Obwohl es natürlich auch sein konnte, dass er die Kontakte über Whatsapp pflegte. Die restlichen Nachrichten waren Rechnungen.

Gilda wechselte in das Ausgangsfach. Drei Mails sprangen ihr ins Auge, die er innerhalb der letzten Tage verschickt hatte, und die an eine Empfängeradresse *Ambrus* geschickt worden waren. Sie klickte zuerst die Älteste an:

„Wer sind Sie? Ich weiß nicht, wovon Sie reden. Sparen Sie sich ihre Andeutungen, sonst werden Sie mich kennenlernen!" Grüße hatte er sich gespart, unterschrieben hatte er auch nicht.

Die zweite Mail klang deutlich zahmer:

„Wer sind Sie? Ich versichere Ihnen, ich hatte damit nichts zu tun. Wirklich nicht. Und ich hätte nichts unternehmen können, um es zu ändern. Wir saßen alle im selben Boot. Gerne würde ich mich mit Ihnen treffen, um alles zu besprechen. Sicher können wir eine Lösung finden, die für beide Seiten befriedigend ist."

Die dritte Mail wirkte geradezu verzweifelt:

"Bitte sagen Sie mir, wer Sie sind und was Sie wollen! Ich bin nicht unvermögend und bereit, ein für Sie sehr zufriedenstellendes Arrangement zu treffen. Bitte melden Sie sich!"

Gilda nagte an der Unterlippe. Das klang nach Erpressung. Leider hatte Bernd Schlüter bei seinen Antworten den Ursprungstext entfernt. Auch im Papierkorb konnte sie nichts finden. Den hatte er vorsorglich gelöscht.

Sie druckte die drei Nachrichten aus, dabei fiel ihr auf, dass die letzte Mail einen Tag, bevor Schlüter die Detektei engagiert hatte, geschickt worden war. Zufall? Oder hatte der Auftrag, seine Schulfreunde zu finden, mit diesen Mails zu tun? Vermutete er, dass Ambrus einer der früheren Kameraden war? Und wie passte der Totengräber ins Bild? War er der Erpresser? Hatte er Axel und den fetten Peter umgebracht, weil sie nicht zahlen wollten?

Gilda trommelte mit den Fingern auf die Schreibtischplatte. Sie hätte zu gerne gewusst, was in Ambrus' Mails gestanden hatte, aber es gelang ihr nicht, sie wiederherzustellen.

Hingen die Fälle wirklich zusammen? Thomas Langemann und Helmut Zcilka waren nicht reich. Erpressung würde sie ihnen, nachdem sie ihre Posts gesehen hatte, durchaus zumuten. Allerdings nicht die Ausgebufftheit, mit einem Fake-Account Bernd Schlüter in Angst und Schrecken zu versetzen. So schnell ließ der sich nicht einschüchtern. Und womit überhaupt? Das einzig Schlüpfrige, was sie gefunden hatte, waren die Mailfreundschaften zu 'Anna-liebt-Sex' aus Russland und zu den anderen Redlight-Ladies. Als Politiker musste er auf seinen Ruf achten. Aber diese Prostituierten-Kontakte waren bestimmt nicht der Hintergrund. Er war ein Mann und ledig, was sollte ihm da zum Verhängnis werden? Vielleicht ging es um Bestechung? Immerhin entschied er im

Landtag über die Landesgesetze und das Landesbudget mit. Doch sie verwarf die Idee. Er hatte ewig keinen Kontakt zu seinen Mitschülern gehabt. Und dass einer dieser verkrachten Existenzen zufällig über einen solchen Skandal stolperte, hielt sie für unwahrscheinlich.

Es musste sich um etwas handeln, was damals passiert war, als sie noch zur Schule gegangen waren. Bernd Schlüter konnte sie schlecht danach fragen. Der würde nichts erzählen und sie womöglich anzeigen, weil sie seinen Account gehackt hatte. Sie konnte Michael fragen. Dazu würde sie nach Köln fahren müssen, am Telefon würde er kaum über so ein Thema sprechen wollen.

Justin kam mit hochroten Backen und zerzausten Haaren aus Mareks Büro. Er winkte ihr lässig zu und schlappte in die Küche. Sie hörte, wie er den Kühlschrank öffnete, dann erschien er mit einer Cola in der Hand. „Die Sache mit dem Mörder musst du mir später erzählen. Ich habe gleich wieder ein Match. Also bitte nicht stören in der nächsten Stunde."

„Geht klar." Nach Köln konnte sie im Moment nicht fahren. Justin hörte und sah nichts, wenn er spielte. Aber direkt nach Büroschluss würde sie den Zug nehmen.

9

Laura hatte Nico fürsorglich untergehakt und war mit ihm zum Auto zurückgegangen. Es schneite so stark, dass sie kaum die Hand vor Augen sehen konnten. Das hatte immerhin den Vorteil, dass niemand freiwillig draußen unterwegs war und sie bemerken würde.

Im Auto schaltete sie die Standheizung an, dann suchte sie mit dem Handy nach einem Lokal außerhalb von Waldheim. Viel Auswahl gab es nicht, aber in 25 Kilometer Entfernung lag ein Restaurant Waldesruh mitten im Wald, das sehr idyllisch aussah. Die Seite hatte noch keine Bewertungen über das Essen, aber eine warme Suppe oder ein Schnitzel würden sie ja wohl hinkriegen. Sie stellte das Navi ein, startete den Wagen und bog auf die Hauptstraße.

„Bist du wirklich aus dem Krankenhaus geflüchtet?" Laura wandte den Blick nicht von der Straße und stellte die Geschwindigkeit der Scheibenwischer höher.

„Ja. Ich habe es nicht mehr ausgehalten. Es ging mir nicht gut." Nico hatte gegen die Kälte die Arme um sich geschlungen. Laura stellte die Heizungstemperatur höher.

„Wer hat dich dort festgehalten? Ich verstehe das nicht."

„Ich bin in einem Projekt für ehemalige Drogenabhängige."

„Ich weiß, davon habe ich gehört. Aber die Teilnahme ist doch freiwillig?"

„Anfangs ja. Aber man muss unterschreiben, dass man die Therapie nicht abbricht und keinem davon erzählt. Ich habe das nicht gewusst, weil ich das Blatt, das ich unterschrieben habe, nicht gelesen habe. Aber ich hätte es trotzdem gemacht. Sie haben einem so viele Sachen versprochen, da hätte keiner Nein gesagt."

„Was haben sie mit euch angestellt?"

„Alles Mögliche. Psycho-Runden in der Gruppe, wo jeder über seine Gefühle reden sollte. Ätzend. Dann ein Sportprogramm, gesunde Ernährung. Und diese schrecklichen Spritzen. Jeden Tag."

„Was für Spritzen?"

„Das weiß ich nicht. Sie haben es mir nicht gesagt, obwohl ich gefragt habe. Seit einiger Zeit sind noch Tabletten dazu gekommen, von denen habe ich schreckliche Kopfschmerzen gekriegt. Aber sie wollten trotzdem, dass ich sie nehme. Habe ich aber nicht. Ich habe nur so getan, und sie später, wenn ich allein war, ausgespuckt."

„Gut gemacht!" Laura bog auf Befehl des Navis in einen Waldweg ein. Schlagartig wurde die Sicht besser, die Bäume waren so hoch, dass sich die Kronen über der Straße trafen und den Schnee auffingen.

„Wie bist du in das Projekt gekommen?" Laura sah zum ersten Mal zu Nico hinüber.

„Ich war schon lange in der DROBERA in Köln. Die haben eine Kooperation mit Prof Martin. Vielleicht hast du von ihm gehört?"

„Ja, ja." Laura wollte nicht näher auf ihre neue Bekanntschaft eingehen.

„Er ist ein unglaublicher Mensch. Setzt sich für uns ehemalige Drogies ein. Ich habe ihn ein paarmal gesehen. Total nett."

„Wirklich? Aber es ist sein Projekt, er hat dir das alles angetan."

„Das glaube ich nicht. Der weiß nichts von dem, was die da machen. Er war immer nur zu bestimmten Anlässen da. Die Medikamente haben mir zwei andere Ärzte gegeben."

Laura war für einen Augenblick unkonzentriert und bog in eine falsche Abzweigung ein. 'Wenn möglich, wenden', empfahl ihr das Navi zum wiederholten Male. Doch der Weg war so schmal, dass es keine Möglichkeit gab, ohne den teuren Jaguar zu zerkratzen. Nico kicherte. „Frauen. Sogar mit Navi verfahren sie sich."

„Vielen Dank. Jetzt geh mir nicht auf die Nerven, das Navi mit seinem ewigen Bitte-wenden reicht mir schon."

Der Weg schlängelte sich tiefer in den Wald hinein, es wurde zunehmend dunkler. „Gleich kommen wir bei Rotkäppchens Oma raus", murmelte Laura, lehnte sich weit nach vorne und starrte angestrengt durch die Windschutzscheibe. Mittlerweile fuhr sie nur noch im Schritttempo. Plötzlich wurde es heller, eine Lichtung tat sich vor ihnen auf. Sie bremste abrupt, setzte den Wagen vorsichtig ein Stück zurück und machte den Motor aus.

„Was machen wir jetzt?" Nico hatte den Polizeiwagen, der mitten auf der Wiese stand, auch gesehen.

„Ich weiß es nicht. Wir können schlecht an ihnen vorbeifahren, dann entdecken sie dich. Und zurück können wir auch nicht, die Strecke ist zu lang, um sie im Rückwärtsgang zu fahren. Ich steige mal aus, um zu gucken, was da los ist. Bleib im Auto und geh notfalls in Deckung, falls sie hierher kommen."

„Ok."

Laura verließ das Fahrzeug, schloss die Fahrertür leise und schlich durch das Unterholz. Als sie auf Höhe der Lichtung war, duckte sie sich hinter einen dicken Baum und spähte vorsichtig am Stamm vorbei. Zuerst verstand sie die Szene, die sich ihr bot, falsch. Sie dachte, der Polizist hätte ein Mädchen festgenommen und am Genick niedergedrückt, weil sie sich gewehrt hatte. Doch im gleichen Augenblick, in dem sie erkannte, dass es sich um Dieter, den Polizisten von heute Morgen, handelte, merkte sie, was dort passierte. Der Rock der Frau war bis zur Taille hochgeschoben, er stand hinter ihr mit geöffneter Hose und nahm sie mit schnellen, harten Stößen. Er verdrehte ihr die Arme auf dem Rücken, was schmerzhaft aussah. Dabei wäre das nicht notwendig gewesen. Das Mädchen hätte gar nicht fliehen können. Laura realisierte geschockt, dass er ihren Kopf im Autofenster eingeklemmt hatte.

10

Marek hatte sich sofort auf den Weg zum Krankenhaus gemacht, ohne Laura und Nico noch einen Blick hinterherzuwerfen. Die beiden würden gut miteinander zurechtkommen, das hatte er gleich gemerkt. Der dichte Schneefall, der plötzlich eingesetzt hatte, erschwerte das Vorwärtskommen, dafür brauchte er sich keine Gedanken zu machen, schon von weitem entdeckt zu werden. Er erreichte den asphaltierten Hof, auf dem ein Krankenwagen und mehrere Pkws standen. Ohne zu zögern öffnete er die Hintertür und trat wie selbstverständlich ein. Drinnen schaute er sich kurz um. Der Flur, der sich vor ihm auftat, war menschenleer, die Türen geschlossen. Aus den abzweigenden Gängen und dem Treppenhaus waren Stimmen und Schritte zu vernehmen. Zielstrebig, aber nicht auffällig schnell, ging er zur Ärzte-Umkleide, die er von seinem gestrigen Ausflug in das Krankenhaus kannte. Er horchte hinein und öffnete die Tür. Der Raum war leer, aber Unterwäsche, Hose und Hemd lagen auf einem Stuhl und aus der angrenzenden Dusche war Wasserrauschen zu hören. Eilig griff er nach einem weißen Kittel, streifte ihn über und trat auf den Flur hinaus.

In der Brusttasche des Ärztekittels steckten drei Kulis. Er nahm einen in die Hand, spielte abwesend damit herum und ging zum Treppenhaus. Aus einem Seitengang kamen ihm zwei Frauen mittleren Alters entgegen. Besucherinnen, wie er an den Pralinen und Blumen, die sie bei sich trugen, erkennen konnte. Beide schauten ihn interessiert an, schöpften aber keinen Verdacht, dass er fehl am Platze sein könnte.

Er stieg die Treppe zum Keller hinunter. Sein Kontakt hatte geschrieben, dass es eine Medikamentenlieferung geben sollte. Das Lager mit der Luke, durch die die Kisten direkt vom Parkplatz umgeladen werden konnten, lag im Untergeschoss. Er betrat den dunklen, verwinkelten Gang, als er Schritte entgegenkommen hörte. Hastig sah er sich um und schlüpfte durch die nächstliegende Tür. Zu seiner Überraschung fand er sich in einem Krankenzimmer wieder. Auf den mit dem Kopfteil zur Wand stehenden Betten lagen mit Krankenhaushemden bekleidete, junge Leute und sahen ihn an. Er setzte ein geschäftiges Lächeln auf, niemand lächelte zurück. Die zwei Mädchen und die drei jungen Männer wirkten auf ihn sehr ruhig. Zu ruhig. Beinahe abgestumpft. Offensichtlich standen sie unter Medikamenteneinfluss. Marek ging von Bett zu Bett, schaute in die mageren, blassen Gesichter und warf einen Blick auf die Krankenkarten, die an den Fußenden der Betten klemmten. Bei jedem Patient war sorgfältig die Fiebertemperatur, die Abkürzung für ein Medikament sowie Dosierung und Uhrzeit der Verabreichung verzeichnet. Er trat an das sechste Bett, das leer war. Ziemlich sicher hatte Nico hier gelegen. Er zog das Krankenblatt aus dem Halter, rollte es zusammen und steckte es in die Tasche des Kittels. Neben dem Bett gab es eine Tür. Er öffnete sie und fand ein komplett eingerichtetes Untersuchungszimmer mit allen Geräten vor. Anscheinend wurden die jungen Leute hier, abgeschieden von den anderen Patienten, behandelt und nicht in den normalen Untersuchungsräumen. Das musste ein Vermögen kosten. Über das Krankenhaus-Budget lief das sicher nicht. Woher kam das Geld? Und wofür?

Er schaute sich die Patienten genauer an, fühlte ihre heißen Stirnen, umfasste die knochigen Arme. Etwas war hier ganz und gar nicht in Ordnung. Den jungen Leuten ging es schlecht, und er glaubte nicht, dass daran gearbeitet wurde, dass es ihnen wieder besserging. Eher im Gegenteil.

Ein Blick auf die Uhr sagte ihm, dass er sich aufmachen musste, wenn er noch Zeit genug haben wollte, um sich ein Versteck zu suchen, von wo aus er die Übergabe beobachten konnte. Mit einem Nicken trat er auf den Gang hinaus, der jetzt verlassen und dunkel vor ihm lag. Eilig machte er sich auf die Suche nach dem Lager. Von der Himmelsrichtung her wusste er, wohin er sich wenden musste, und wurde schnell fündig.

Da es drinnen still zu sein schien, öffnete er vorsichtig die Tür. Vor ihm ragten bis zur Decke mit Kisten und Materialien aller Art gefüllte Regale auf. Er schlich durch den Raum und wählte ein Versteck in der Nähe an der Luke. Den weißen Kittel legte er ab, der wäre in der halbdunklen Ecke, die er sich ausgesucht hatte, immer noch gut zu sehen gewesen.

Das Warten begann.

11

Laura hatte sich hinter den Baum verzogen. Ihre Beine waren zitterig und hatten ihr fast den Dienst versagt. Sie hatte sich auf den feuchten Waldboden gesetzt und mit dem Rücken an den Stamm gelehnt. Dass ihr Hosenboden durchweichte, war jetzt ihr geringstes Problem. Sie wollte auf keinen Fall von Dieter erwischt werden. Das würde nicht gut für sie enden, davon war sie überzeugt.

Was genau fand da auf der Lichtung statt? Eine Vergewaltigung? Musste sie die Polizei rufen? Ein verzweifeltes Lachen drängte sich schmerzhaft durch ihre Kehle. Sie schlug die Hand vor den Mund, bloß kein Geräusch machen. Der Gedanke, dass sie den Notruf wählte und bei Dieter landen würde, hatte etwas verstörend Absurdes. Natürlich war er derjenige, der benachrichtigt würde. So viele Uniformierte gab es in diesem Kuhdorf schließlich nicht.

Sie zwang sich aufzustehen und spähte wieder auf die Wiese. Die Geschwindigkeit der Stöße hatte zugenommen, vermutlich würde er gleich zum Höhepunkt kommen. Musste sie eingreifen? Die junge Frau retten? Aber vielleicht war es einvernehmlicher Sex, der dort stattfand. Dass es hart und brutal zuging, musste nicht bedeuten, dass Zwang im Spiel war. Vielleicht gefiel es der Frau. Oder sie ließ sich dafür bezahlen.

Der Polizist bog sich zurück und stieß einen langen Schrei aus, der über die Lichtung hallte. Einen Augenblick verharrte er in seinem Opfer, rieb sich an ihr, dann zog er sich zurück, versetzte ihr einen klatschenden Schlag auf den Po und schloss seine Hose. Das Mädchen hatte ihre Arme wieder frei, doch der Kopf war immer noch im Fenster eingeklemmt. Blind tastete sie nach hinten und versuchte ungeschickt, den Rock hinunterzuziehen.

Plötzlich erklang Musik, die Titel-Melodie vom Tatort. Dieter fluchte und zog das Handy aus der Jacke. Während er zuhörte, wühlte er in der Tasche und warf einen Geldschein auf den Boden.

„Ok", hörte Laura ihn sagen, „ich bin sofort da. Keine zehn Minuten."

Er stieg in den Wagen und ließ das Fenster herunter, um die junge Frau zu befreien. Die taumelte ein paar Schritte rückwärts und rieb sich den Hals, machte aber keine Anstalten zur Flucht. Aus dem Wageninneren wurde geschrien, sie solle endlich einsteigen. Sie hob den Schein auf, steckte ihn in den Ausschnitt und setzte sich gefügig auf den Beifahrersitz.

Lauras Herz klopfte bis zum Hals. Welchen der beiden Wege würde er jetzt nehmen? An dem Jaguar würde er nicht vorbeikommen. Doch sie hatte Glück: Mit aufheulendem Motor fuhr er über die Lichtung in die andere Richtung

Dann verschluckte ihn der Wald.

12

Marek verharrte seit einer halben Stunde in seinem Versteck, ohne sich zu rühren. Seine Sinne waren geschärft bis zum Äußersten. Vor zehn Minuten hatte er an der Luke Geräusche gehört, vermutlich war der Mafiakurier angekommen, aber vom Krankenhaus hatte sich noch keiner blicken lassen. Draußen war es seitdem ruhig gewesen, ein Zeichen für Marek, dass dort ein Profi wartete. Jeder andere wäre herumgewandert, hätte sich eine Zigarette angezündet oder sich wieder in den warmen Wagen gesetzt. Dieser hier nicht. Er beherrschte das regungslose Warten genauso gut wie Marek.

Schritte näherten sich auf dem Gang, die Tür wurde geöffnet, zwei Männer kamen durch den Raum und blieben vor der Luke stehen. Marek erkannte Professor Martin Senior sofort an der weißen Löwenmähne. Den anderen, ein massiger Kerl, der zu seiner Überraschung Polizeiuniform trug, kannte er nicht. War das eine Falle? Wer hatte die Polizei eingeschaltet? Sein Kontakt hätte es wissen müssen, hatte ihm aber nichts davon gesagt.

Der Polizist betätigte einen Mechanismus, und das Rolltor der Luke öffnete sich mit leisem Rumpeln. Auf der anderen Seite wurde ein Mann sichtbar. Es irritierte ihn nicht, dass ihm ein Uniformierter gegenüberstand. Er schwang seine Beine durch die Öffnung und sprang federnd in den Raum.

„Jugo, altes Haus, lange nicht gesehen. Dachte ich mir, dass du es sein würdest, der vorbeikommt." Die Stimme des Polizisten dröhnte durch den Lagerraum.

Der Mann nickte knapp. Marek sah, dass er fast zwei Meter groß war, schlank und durchtrainiert. Die blonden Haare waren militärisch kurz rasiert. An der Art, wie er scheinbar entspannt vor den Männern stand, die Arme seitlich herunterhängend, das Gewicht gleichmäßig auf beide Beine verteilt, erkannte Marek den erfahrenen Kämpfer. Ein Blick auf die mehrfach gebrochene Nase und die zu ebenmäßigen, gerichteten Zähne bestätigte es. MMA Mixed Martial Arts. Cage-Fighter sahen so aus, wendig und schnell, eisenhart und gefährlich. Er hatte selbst oft im Käfig gestanden, in Zeiten, wo kein Auftrag in Sicht gewesen war, und die Dämonen ihn heimgesucht hatten. Die weichgespülten Sportveranstaltungen, die vor allem aus Show bestanden, verabscheute er. Er zog die dunklen Orte vor, hinter verschlossenen Türen, wo eine aufgeheizte, brüllende Menge astronomische Wetteinsätze platzierte und an den Käfigen rüttelte. Wo es keine Regeln gab, und der Gegner erst verloren hatte, wenn er aufgab oder tot war. Die wirklich guten Cage-Fighter waren ihm an Wendigkeit und Schnelligkeit überlegen, dazu war er zu kräftig gebaut. Aber weil sie ihre Augen nicht beherrschten und sich im entscheidenden Augenblick verrieten, hatte er bisher jedes Mal den Käfig als Sieger verlassen können. Das

Preisgeld war anständig gewesen, doch Marek hatte das nicht interessiert. Er brauchte den Kick, das Gefühl, lebendig zu sein.

Der Polizist, so massig und groß er auch war, hätte keine Chance, wenn es zum Kampf kam. Aber das schien er nicht zu realisieren.

„Sind Sie allein gekommen? Man hatte mir zugesagt, dass ich mit dem Chef persönlich sprechen kann. Was soll das?" Martin Senior schien die Situation ebenfalls nicht zu beunruhigen, seine Stimme war herrisch wie immer.

„Nur ich bin da." Der Cage-Fighter klang ruhig, aber bestimmt. „Geben Sie mir die Unterlagen und das Geld, dann erhalten Sie Ihre Lieferung."

„Ich bin nicht sicher, ob ich unter diesen Umständen weiter mit Ihnen arbeiten möchte. Wo ist der Chef?"

„Er wird sich bei Ihnen melden. Aber nur, wenn alles glatt über die Bühne läuft. Falls nicht, wird er ärgerlich werden. Er hat wenig Verständnis dafür, wenn Vereinbarungen nicht eingehalten werden."

„Jetzt plustere dich nicht so auf, Jugo." Der Polizist gab ihm einen Schubs gegen die Brust, doch der Mafiakurier bewegte sich keinen Millimeter. „Meinst du, du könntest uns Angst machen? Ich bin die Polizei, mein Lieber, also pass auf, was Du tust. Ich könnte dich für immer verschwinden lassen, wenn ich Lust dazu habe."

Marek dachte, dass es wohl eher umgekehrt war, aber der Polizist war zu dumm, das zu erkennen.

„Schluss mit dem Theater." Martin Senior verlor die Geduld. „Hier sind die Unterlagen und das Geld." Er reichte dem Fighter einen schwarzen Aktenkoffer. „Jetzt her mit den Medikamenten. Aber eins sage ich Ihnen, wenn Ihr Boss heute Abend, pünktlich 19 Uhr, nicht auf meiner Matte steht, hat das

Folgen." Er wandte sich an den Polizisten: „Dieter, nimm die Pakete entgegen und schau nach, dass alles dabei ist. Dann kommst du in mein Büro." Er drehte sich um und verließ mit hallenden Schritten das Lager.

Dieter sah zu Jugo, der ruhig dastand. „Los, beweg deinen Arsch, aber pronto. Denkst du, ich will morgen noch hier stehen?"

Schweigend verschwand der Cage-Fighter durch die Luke, und Marek beobachtete, wie die beiden Männer Kisten ins Lager trugen. Der Polizist öffnete jede und sah halbherzig nach, ob der Inhalt stimmte.

„Ok. Das war's. Kannst abhauen. Aber heute Abend bist du um Punkt 19 Uhr mit deinem Boss beim Professor. Ist das klar?"

Das Gesicht des Kämpfers blieb unbewegt, er zeigte keine Reaktion. „Ob das klar ist? Na, egal. Warst schon immer maulfaul. Ich gebe dir einen freundschaftlichen Rat: Denk bloß nicht dran, hier Wurzeln zu schlagen und bei deiner alten Mutter einzuziehen. Der Ort ist nicht groß genug für uns beide!"

Der Cage-Fighter verschwand kommentarlos durch die Luke, und der Polizist schloss das Rolltor hinter ihm. Er steuerte zum Ausgang und Marek hörte die Tür hinter ihm zuschlagen. Sicherheitshalber wartete er ein paar Minuten, zog sich dann den Kittel über und machte sich auch auf den Weg.

Der Gang war leer, und Marek ging zum Treppenhaus. Als er die Treppe hochsteigen wollte, kam ihm jemand entgegen. Schwere Schuhen und Uniformhosen wurden sichtbar. Der Polizist kam zurück. Hatte er ihn entdeckt?

Marek drehte um. Es blieb keine Zeit mehr, den Gang hinunterzulaufen. Er schlüpfte in das Krankenzimmer der Jugendlichen. Als er die Tür hinter sich schließen wollte, rutschte ihm die Klinke aus der Hand und die Tür fiel mit lautem Knall ins Schloss. Die jungen Patienten nahmen kaum Notiz von ihm. Teilnahmslos sahen sie ihn an, dann starrten sie wieder vor sich hin. Rasch sah er sich nach einem Versteck um. Mit drei Schritten durchquerte er das Zimmer und hechtete unter Nicos verwaistes Bett. Er legte sich flach auf den Boden, kontrollierte seine Atmung und wartete.

Die Tür öffnete sich, und Marek sah die schweren Stiefel in den Raum kommen.

„Na, ihr kleinen Scheißer. Ist jemand reingekommen, der hier nicht hingehört?" Langsam wanderte der Polizist von Bett zu Bett. „Habt ihr mich nicht gehört? Ob einer reingekommen ist!" Keiner antwortete. Der Polizist sprang an das Bett, das schräg gegenüberstand, und rüttelte an dem Eisengestell. Es machte einen Höllenlärm. Niemand reagierte. „Ihr Spastis seid zu blöd zum Scheißen!" Der Polizist trat gegen das Bett nebenan, dass es krachte. Dann ging er langsam zurück.

Ein bleiches Gesicht tauchte vor Marek auf.

Der Junge im Nachbarbett hatte sich runtergebeugt und starrte ihm emotionslos ins Gesicht. Der Polizist blieb stehen und drehte sich um. „He, Arschloch, was machst du da?"

Marek legte den Finger an seine Lippen. Der Junge richtete sich auf und verschwand aus seinem Blickfeld.

„Ihr Scheiß-Junkies! Passt bloß auf, dass ich euch nicht irgendwann holen komme. Dann kriegt ihr eine Abreibung, die ihr euer Leben lang nicht vergesst!" Noch ein Tritt gegen das Bettgestell, dann wendeten die Stiefel und verließen den Raum. Die Tür knallte so laut, dass die Scheiben der Wandlampen klirrten.

Vor Marek erschien das Gesicht wieder.

„Hast du gut gemacht, danke." Marek schob sich unter dem Bett hervor, legte dem Jungen kurz die Hand auf die Schulter, dann machte er, dass er davon kam.

13

Laura war mit wackeligen Beinen zum Wagen zurückgekehrt. Nico hatte gespannt auf sie gewartet. „Was hat die Polizei mitten im Wald gemacht? Haben sie nach mir gesucht?"

„Vielleicht. Ich weiß es nicht." Laura wollte von dem, was sie auf der Lichtung beobachtet hatte, nichts erzählen. Sie war sich selbst noch nicht im Klaren darüber, was sie beobachtet hatte. „Jetzt sind sie jedenfalls weg. Lass uns möglichst schnell das Gasthaus finden. Du hast Hunger, und ich kann einen Drink vertragen."

Sie fanden das Restaurant ohne weitere Umwege. Es war ein holzverkleidetes, ehemaliges Forsthaus mit angrenzenden Stallungen, die allerdings nicht mehr in Gebrauch zu sein schienen. In der Gaststube roch es einladend nach Essen und Kaminfeuer, und Laura stelle erleichtert fest, dass sie die einzigen Gäste waren. Eine Dame um die sechzig in Tweet-Rock und Strickjacke brachte ihnen die Karte und fragte nach den Getränkewünschen. Laura hätte sich am liebsten einen Schnaps bestellt, aber da sie noch fahren musste, entschied sie sich für eine Weinschorle mit viel Wasser. Nico studierte mit runden Augen die Karte. Er hätte am liebsten alles bestellt, so groß war sein Hunger, und entschied sich schließlich für Schnitzel und Kartoffelsalat. Laura verzichtete. Das, was sie auf der Lichtung gesehen hatte, war ihr auf den Magen geschlagen.

„Erzähl mir was von dir, Nico."

„Was möchtest du wissen?"

„Wie alt bist du?"

„Im August bin ich 21 geworden."

„Was ist mit deiner Familie?"

„Was soll mit ihnen sein?"

„Machen sie sich keine Sorgen um dich?"

Nico schüttelte den Kopf. „Ich glaube, nicht. Meine Ma hat ja noch meine drei Halbgeschwister zu versorgen, sie ist ganz froh, dass sie mich aus den Füßen hat. Und meine Geschwister sowieso. Bei uns zu Hause war nicht viel Platz, aber ich hatte immer ein eigenes Zimmer. Darauf waren sie neidisch. Die wollen garantiert nicht, dass ich nach Hause komme. Ich bin ja auch erwachsen."

Wenig später stellte die freundliche Wirtin ein riesiges, paniertes Schnitzel, das auf beiden Seiten über den Teller ragte, und eine Schüssel Kartoffelsalat vor ihn. „Danke!" Nico strahlte. „Du willst wirklich nichts?", fragte er höflich. Als sie den Kopf schüttelte, machte er sich über sein Essen her wie ein Verhungernder.

Laura nahm einen Schluck von ihrer Weinschorle und merkte, dass ihre Hände immer noch zitterten.

„Was ist mit deinem Vater, Nico?"

„Den kenne ich nicht. Habe ihn noch nie gesehen. Seit ich sieben bin, lebt meine Mutter mit meinem Stiefvater zusammen. Er kann mich nicht sonderlich leiden, deshalb bin ich ihm so gut wie möglich aus dem Weg gegangen. Aber er war immer korrekt zu mir. Als er allerdings das mit den Drogen spitz bekam, hat er mich rausgeschmissen. Na ja, das kann ich verstehen."

Laura sah ihn mitleidig an, so mager und zerlumpt, und er aß, als wäre es die letzte Mahlzeit in seinem Leben. Er war kein schlechter Kerl, aber er hatte es bereits mit seinen 21 Jahren geschafft, sein Leben zu ruinieren.

„Hast du Freunde? Oder eine Freundin?"

Nico schüttelte den Kopf. „Wenn man auf Droge ist, hat man irgendwann keine Freunde mehr. Man verändert sich. Interessiert sich nur noch dafür, den nächsten Schuss zu organisieren. Unter Umständen auch, indem man seine Familie und Freunde beklaut. Ich schäme mich, es zuzugeben, aber ich habe es getan. Und irgendwann gibt es nichts Gutes mehr in dir, keine Sympathie für irgendjemanden, kein Mitleid, keine Moral. Während man in diesem Strudel ist, merkt man es nicht, man ist entweder high oder hektisch dabei, Geld für die Drogen zu besorgen. Aber ich bin jetzt schon seit 25 Wochen und zwei Tagen clean und in der Lage, zu sehen, was die Abhängigkeit aus mir gemacht hat."

„Du klingst so vernünftig. Respekt."

Nico lachte. „Die Psycho-Tante hat mir bei dieser Erkenntnis geholfen. Sie hat zwar ansonsten viel Mist gequatscht, aber damit hatte sie recht."

Laura nickte, nippte wieder an ihrem Glas und sah ihm zu, wie er den Kartoffelsalat in sich hineinschaufelte.

„Was ist mit dir, Laura? Warum hast du niemanden?"

„Was? Wieso? Wie kommst du darauf?" Sie lehnte sich nach hinten und verschränkte die Arme vor der Brust.

Nico lächelte freundlich. „Einfach so ein Gefühl. Liege ich falsch?"

Laura bekämpfte den Impuls, das Thema zu wechseln. Er war offen zu ihr gewesen, er hatte es verdient, dass sie ihm das gleiche Vertrauen schenkte. „Es gibt viele Menschen in meinem Leben. Ich verbringe viel Zeit mit meiner besten Freundin. Und ich verstehe mich sehr gut mit meiner Mitarbeiterin und den anderen aus meinem Team."

„Hast du Familie?"

„Natürlich. Die hat doch jeder." Als er sie abwartend ansah, fuhr sie fort: „Meine Eltern sind vor ein paar Jahren ins Allgäu gezogen. Das war der Traum meines Vaters, und er hat es umgesetzt, als er in Rente ging. Meine Mutter ist natürlich mitgezogen, auch wenn sie nicht ganz so begeistert davon war wie er. Ab und zu besuche ich sie. Wenn es die Arbeit erlaubt."

„Versteht ihr euch gut?"

„Ja, sehr gut. Ich hatte eine schöne Kindheit. Wir haben, als ich klein war, auf dem Lande gewohnt. Ich erinnere mich an heiße Sommertage, die ich komplett draußen verbracht habe. Noch heute weiß ich, wie der warme Staub auf der Straße gerochen und die Toastbrote mit Stachelbeermarmelade geschmeckt haben." Laura starrte blicklos aus dem Fenster auf die dicken Schneeflocken. Es musste die Kombination aus Schock, Alkohol und behaglicher Wärme sein, die sie so redselig machte. „Es gab damals viele Kinder um mich herum. Und später, als wir nach Bonn gezogen sind, auch viele Freunde in der Schule und im Studium. Aber irgendwie habe ich mich immer fremd gefühlt. Als gehörte ich nicht dazu. Die meisten anderen Menschen scheinen ihren Platz im Leben genau zu kennen und ganz selbstverständlich auszufüllen. Es scheint ihnen so leichtzufallen, einfach dort zu sein, wo sie sind. Mir ist das nie gelungen." Laura schaute plötzlich auf, als wäre sie aus einer Trance erwacht. „Ich rede Unsinn, vergiss es."

Nico schaute sie ernst an. „Das ist kein Unsinn. Fühlst du dich heutzutage immer noch fremd?"

Laura zuckte die Achseln. „Nein. Ich weiß nicht. Ein bisschen vielleicht. Aber ich habe das Privileg, dass ich mir meine

Umgebung selbst gestalten kann. Deshalb habe ich die Detektiv-Agentur gegründet. Das ist meine Welt."

„Du bist Detektivin?", er musterte sie neugierig. „Wie kommt man dazu?"

Laura zuckte die Achseln. „Darüber habe ich noch nie nachgedacht. Ich wollte es einfach. Vielleicht, weil ich mich viel mit menschlichem Verhalten und Psychologie beschäftigt habe. Um meine Umgebung zu verstehen. Und um besser hineinzupassen. Das war in gewisser Weise auch schon Detektiv-Arbeit." Sie lachte leise. Eine Weile schwiegen sie vor sich hin. Nico kratzte die letzten Reste aus der Schüssel und lehnte sich satt und zufrieden zurück. Dann setzte er seine Befragung fort: „Hast du Geschwister?"

„Eine Schwester."

„Wie kommt ihr klar?"

Laura zuckte die Achseln. „Gut. Wirklich. Aber seit sie ihre beiden Kinder hat, hat sie nur wenig Zeit für andere Dinge. Wir haben uns lange nicht mehr getroffen, dabei wohnt sie auch in Bonn."

Nico schaute sie mit freundlichen Augen an. Eigentlich sah er nett aus. Wenn er wieder ein bisschen zulegte, wäre er vermutlich ein hübscher Kerl. Aber dass die Spuren, die die Drogensucht in seinem Gesicht hinterlassen hatte, jemals ganz verschwinden würden, bezweifelte sie.

„Du bist Single, richtig? Warum hast du keine eigene Familie?"

Laura atmete tief durch. Für einen Tag hatte sie genug offenbart. „Hat sich nicht ergeben. Ist eben so."

„Aber du warst schon verliebt?"

„Gefühle werden überbewertet", sagte sie leichthin. „Eigentlich sind sie nur ein Füllstandsanzeiger für die Hormonkonzentration in deinem Körper."

„Ach ja?" Nico lachte. „Du bist lustig. Aber im Ernst: Du siehst wunderschön aus, die Männer haben wahrscheinlich nur zu viel Respekt vor dir."

„Danke für die psychologische Schnellanalyse. Dann weiß ich ja jetzt Bescheid."

„Gern geschehen. Werd ein bisschen lockerer und sei nicht so streng mit den Männern, dann wird das schon."

14

Barbara war vom Glühweinstand direkt in ihr Hotelzimmer gegangen und hatte sich auf ihr Bett gelegt. Doch sie konnte beim besten Willen nicht einschlafen. Die Aufregung darüber, ihn nachher zu treffen, ließ sie nicht zur Ruhe kommen. Immer wieder starrte sie auf ihr Handy, ob sie vielleicht eine Nachricht übersehen hatte, aber es tat sich nichts. Sie ging ins Badezimmer, bürstete ihre Haare, frischte das Make-up auf. Kurz überlegte sie, unter die Dusche zu springen, verwarf es aber wieder. Es war das erste Treffen, sie würden sich nur kennenlernen, unterhalten, vielleicht etwas trinken gehen. Sie konnte nicht im Ernst darauf hoffen, dass das Tête-à-Tête gleich im Bett enden würde. Aber wenn sie ehrlich war, wollte sie genau das. Ärgerlich auf sich selbst ging sie zurück ins Zimmer und inspizierte den Koffer. Was sollte sie heute Abend anziehen? Bei der Kälte gab es nicht viel Spielraum, aber sie wollte so gut wie möglich aussehen.

Das lang ersehnte Ping tönte durch das Zimmer mitten in ihr Herz. Sie hechtete zum Nachtschränkchen und schnappte sich das Handy.

'Es tut mir leid, mein Schatz. Ich muss heute Abend arbeiten. Wir sehen uns an einem anderen Tag.'

Tiefe Enttäuschung, gefolgt von einem Hauch Erleichterung, flutete durch ihren Körper. Hastig tippte sie eine Antwort:

'Aber morgen fahre ich wieder nach Hause.'

Die Reaktion kam prompt:

'Dann komme ich nach Bonn.'

Barbara warf sich aufs Bett und starrte an die Decke. Sie konnte nicht sagen, ob die Enttäuschung oder die Erleichterung überwog. Einerseits konnte sie seit Wochen an nichts anderes mehr denken als an ihn. Andererseits war der Vorschlag mit dem Treffen so überraschend gekommen, dass sie sich dem Ganzen nicht richtig gewachsen fühlte. Auf eine schicksalhafte Begegnung, nach der sich vielleicht mit einem Schlag das ganze Leben änderte, musste man emotional vorbereitet sein. Da konnte man nicht einfach mal so hinspazieren.

Wieder machte es Ping. Sie richtete sich auf und starrte auf das Display.

'Unsere Liebe schmerzt so sehr, dass ich dein Leben beenden werde. Es wird nicht wehtun. Du wirst es nicht bereuen.'

15

Gilda hatte den restlichen Nachmittag mit den Recherchen verbracht, die ihr Laura aufgetragen hatte. Zuerst hatte sie nach der Bedeutung des Wortes 'Vukodlak' aus der Mail-Adresse gesucht. Werwolf auf Kroatisch. Der Unbekannte war Kroate, oder er hatte eine Affinität zu Kroatien. Außerdem wirkte es wie eine Ansage, wenn sich jemand Werwolf nannte. Vielleicht war er bloß ein romantischer Fantasy-Fan, möglicherweise aber auch ein gnadenloser Frauenjäger. Die zugehörige Telefon-Nummer gehörte zu einer Prepaid-Karte und war bei einem Billig-Provider geschaltet. Sie hatte sich Zugang zum Account verschafft, der Name, auf den der Vertrag lief, lautete Wolf Schmitz. Ihr Bauchgefühl sagte ihr, dass das nicht der richtige Name war. Beim Überfliegen der Einzelverbindungsnachweise sprang ihr eine Nummer sofort ins Auge. Sie musste grinsen. Deshalb also hatte Laura so geheimnisvoll getan, als sie ihr den Auftrag gegeben hatte. Sie druckte die Listen aus, um die anderen Telefon-Nummern später zu überprüfen. Dann wechselte sie zum E-Mail-Account. Hier hatte er Vukodlak als Name hinterlegt. Alle Postfächer waren leer. Auch der Papierkorb. Wenn Vukodlak den Account tatsächlich nutzte, so verwischte er akribisch seine Spuren. Seine Privatsphäre schien ihm unerhört wichtig zu sein. Irgendetwas stimmte mit diesem Mann nicht.

Als es Zeit war, das Büro zu schließen, hatte sie ungeduldig gewartet, bis Justin sein Match beendet und murrend die Sachen zusammengepackt hatte. Er hatte noch mit ihr Hausaufgaben machen wollen, aber das musste er jetzt zu Hause erledigen. Sie wollte nach Köln. Es war bereits Viertel nach fünf, als sie endlich die Tür hinter Ihnen beiden hatte abschließen und zur Bushaltestelle rennen können. Da der Zug pünktlich gewesen war, hatte sie insgesamt nur eine Dreiviertelstunde bis zur DROBERA gebraucht.

Michael war überrascht gewesen, als sie plötzlich vor der Tür gestanden hatte. „Komm rein, Gilda. Was machst du hier? Beim nächsten Mal ruf lieber vorher an, ich war gerade dabei, nach Hause zu gehen."

„Entschuldige bitte meinen Überfall. Aber ich bin auf ein paar Dinge gestoßen, die ich mit dir besprechen möchte."

„Ist gut. Setz dich. Kaffee?" Gilda schüttelte den Kopf. „Wodka? Wasser?"

„Wasser wäre gut. Ich bin ganz schön geflitzt, um noch rechtzeitig hier zu sein." Gilda wickelte ihren Schal vom Hals, zog ihre Jacke aus und lüftete mit den Fingern die langen, glänzenden Haare. Michael stellte das Wasser auf den Tisch und schenkte sich seinen üblichen Kaffee mit Wodka ein.

„Schieß los."

„Tja, wie soll ich anfangen? Genau. War es wirklich deine Idee, das Klassentreffen zu organisieren?"

Michael schaute überrascht auf. „Glaub schon. Hat Bernd doch gesagt."

„Ja, hat er gesagt. Aber war es so? Oder war es nicht doch zuerst Bernd Schlüters Idee?"

Michael kratzte sich am Kopf. „Weiß ich nicht mehr so genau. Kann sein, dass Bernd derjenige war, der die Idee zuerst hatte. Warum? Ist das nicht egal?"

Laura lächelte nur. „Erzähl mir etwas von Eurer Schulzeit. Du hast gesagt, dass es keine schöne Zeit war. Kannst du dich vielleicht erinnern, ob mal etwas wirklich Schlimmes vorgefallen ist?"

„Du stellst Fragen." Michael trank einen tiefen Schluck aus seinem Kaffee-Becher. „Fast jeden Tag ist irgendetwas Schlimmes vorgefallen. Die ganze Zeit war schlimm!" Er knallte seine Tasse auf die Tischplatte und rieb sich die Schläfen.

Gilda holte ihr Notizbuch aus der Umhängetasche und blätterte auf die Seite mit den Notizen vom letzten Gespräch in der DROBERA. „Du hast gesagt, dass du noch etwas gutzumachen hättest. Was hast du damit gemeint?"

„Hab ich das gesagt?"

„Ja, hast du. Also?"

Michael atmete schwer und ballte die Hände zu Fäusten. „Es gab abends oft Bestrafungsrunden. Irgendeinen traf es immer. Onkel Heini brauchte dafür keine Gründe, es gehörte einfach zu unserem Leben im Internat dazu. Er war ein echtes Schwein. Ein richtiger Sadist." Michael lehnte sich zurück und sah an die Decke.

„Was waren das für Bestrafungen?", fragte Gilda sanft.

„Ach, das Übliche. Prügel, im Flur stehen, bis man nicht mehr konnte, eingesperrt werden, Essensentzug und Gassenlauf."

„Was ist das?"

„So etwas wie Spießrutenlauf. Onkel Heini war ein großer Verehrer der preußischen Tugenden. Auch wenn er selbst damit nicht aufwarten konnte. Beim preußischen Militär gab es den Spießrutenlauf als ehrenhafte Todesstrafe. Soldaten bildeten eine Gasse, durch die der Delinquent gehen musste, um von seinen Kameraden zu Tode gespießt und geschlagen zu werden."

„Das habt ihr gemacht?" Gilda war fassungslos.

„So ähnlich. Wir mussten Stöcke nehmen und auf den armen Sünder einprügeln. So fest wir konnten. Wer sich drückte oder nur so tat, musste selbst durch die Gasse laufen. Auch eine alte, militärische Regel. Onkel Heini hat immer zugesehen, dass es richtig gemacht wurde. Dieses widerliche Schwein."

„Musstest du auch durch die Gasse laufen?" Gildas Stimme war nur ein Flüstern.

Michael lachte bitter auf. „Natürlich. Jeder musste das irgendwann mal. Nur die Kapos nicht. Die Arschlöcher wurden verschont, weil sie uns andere verpfiffen."

„Das war bestimmt schrecklich."

„Ach, ich habe es überlebt. Und so oft bin ich zum Glück nicht drangekommen. Da hatten es andere schwerer."

„Der Junge, bei dem du noch etwas gutzumachen hast?"

Michael nickte. „Ja. Milan. Er war der Kleinste von uns und der Jüngste. Ein lieber, sanfter Kerl, tat keiner Fliege was zuleide. Aber aus irgendeinem Grund hatte Onkel Heini ihn plötzlich auf dem Kieker. Und ab da traf es den Kleinen fast jeden Tag." Michael presste die Faust vor seinen Mund. Gilda sah, dass er mit den Tränen kämpfte. Er musste einen Augenblick innehalten, bis er seine Stimme wieder in den Griff kriegte. „Milan hat gedacht, dass er etwas falsch machte, er hat sich so bemüht. Er hat kaum noch etwas gesagt, und immer beobachtet, wie die anderen sich verhalten. Aber das hat natürlich nicht geholfen. Eines Tages kam er zu mir und fragte, ob ich ihm helfen könnte. Er sagte, dass er die Strafen nicht mehr durchstehen würde. Es wäre einfach zu viel. Physisch und seelisch. Aber ich hatte Angst, war zu feige, zu froh, dass es mich nicht traf. Ich habe ihn weggeschickt! Seinen Blick, als er ging, werde ich nie vergessen. Ich war seine letzte Hoffnung gewesen." Michaels Körper bebte vor unterdrücktem Schluchzen, dann brachen sich die Tränen Bahn. Er weinte hemmungslos. Auch Gilda liefen die Tränen übers Gesicht. Sie beugte sich vor, ergriff seine Hand und drückte sie stumm.

Es dauerte ein paar Minuten, bis Michael sich wieder aufrichtete, sich aus ihrem Griff befreite und mit dem Ärmel seines Pullovers das Gesicht abwischte. Dann erzählte er mit monotoner Stimme weiter. „Eines Abends ist Milan ohnmächtig geworden, als wir wieder stundenlang singen mussten. Er hatte schon seit längerem schlecht ausgesehen, die Misshandlungen und die Angst davor hatten ihn ausgezehrt. Fräulein Jakob, die alte Hexe, ordnete zur Strafe Gassenlauf an. Obwohl er sich schon gar nicht mehr auf den Beinen halten konnte. Jeder von uns wusste, dass das zu hart für ihn war. Jeder. Aber keiner hat etwas dagegen unternommen. Oder wenigstens protestiert. Stattdessen haben wir zugeschlagen. So fest wir konnten. Wir waren alle Feiglinge. Elende, widerliche Feiglinge. Ich auch. Und ich hasse mich bis heute dafür."

„Du konntest nichts tun. Ihr wart doch alle in der Gewalt dieses Sadisten. Du hattest Angst, das ist doch verständlich."

Aber Michael schüttelte heftig den Kopf. „Ich hätte etwas tun können. Ich habe irgendwann später mal den Kopf verloren und bin völlig durchgedreht, als Onkel Heini mich wieder schlagen wollte. Ich habe ihn angeschrien und gedroht, ihn totzuprügeln, wenn er mich noch einmal anfasst. Den Augenblick werde ich nie vergessen. Er hat mich ganz seltsam angesehen, fast als hätte er Angst vor mir bekommen, und von da an ließ er mich in Ruhe. Andere Mitschülern haben mir später erzählt, dass sie Ähnliches erlebt hatten. Anscheinend quälte Onkel Heini nur die Kinder, die sich nicht wehrten. Du siehst, ich hätte damals einfach den Mund aufmachen müssen, dann hätte ich Milan retten können."

„Was ist passiert?"

Michael räusperte sich mehrmals. „Er ist zusammengebrochen. Blutend. Doch wir durften nicht aufhören, zu schlagen. Erst als Onkel Heini es erlaubte. Alle dachten, Milan wäre tot. Er lag da, käsebleich und atmete nicht mehr."

„Aber er war nicht tot?"

„Nein, zum Glück nur ohnmächtig. Die meisten von uns mussten sofort auf ihre Zimmer verschwinden, nur ein paar durften bleiben, um sich um den Kleinen zu kümmern. Ich gehörte nicht dazu. Am nächsten Morgen hieß es, dass Milan abgereist sei und ab jetzt auf eine Schule im Ausland ginge. Schwächlinge wie ihn könnte man im Internat Waldheim nicht gebrauchen. Ich habe ihn nie wiedergesehen. Aber ich muss noch oft an ihn denken. Nachts, wenn ich nicht schlafen kann, sehe ich ihn manchmal noch da liegen, so klein und zerbrechlich. Und ich habe ihm nicht geholfen."

„Immerhin ist er lebend aus dieser Hölle herausgekommen. Das ist doch gut." Gilda versuchte verzweifelt, eine positive Wendung zu finden, aber sie hörte selbst, wie lahm der Einwand klang.

„Vielleicht hast du recht", stimmte Michael zu, aber Gilda wusste, dass er nicht überzeugt war.

„Weißt du eigentlich, dass zwei eurer Mitschüler ermordet worden sind? Erst vor kurzem."

„Was? Nein! Wer?"

„Peter Hase und Axel Schütte. Sie wurden getötet von jemandem, den sie den Totengräber nennen. Er hat sie lebendig begraben."

„Der dicke Peter und Axel, der Kapo? Du meine Güte! Lebendig Begraben." Michael schüttelte sich, griff zur Wodka-Flasche und schenkte sich nach.

„Hast du eine Idee, was dahinter stecken könnte? Kann es mit eurer Vergangenheit im Internat zu tun haben?"

„Ich habe nicht die geringste Ahnung. Aber glaubst du im Ernst, dass der Totengräber umherwandert und alte Kumpels unter die Erde bringt?"

„Wenn es so ist, hat er sich ganz schön Zeit gelassen. Es ist Ewigkeiten her, dass wir die Schulbank gedrückt haben. Und wofür sollte er sich rächen? Wir waren doch alle Leidensgenossen."

„Milan nicht. Für ihn war es schlimmer."

Michael presste die Lippen zusammen und starrte auf die Tischplatte. „Da hast du recht. Für ihn war es schlimmer. Aber das ist Vergangenheit." Er nahm einen tiefen Schluck aus dem Becher, dann straffte er den Rücken. Als er Gilda ansah, stahl sich ein Lächeln in sein Gesicht. „Vielleicht solltest du im

Spiegel dein Make-up überprüfen. Du siehst aus wie ein Panda-Bär."

Gilda lachte und sprang auf, froh, der schwermütigen Atmosphäre entfliehen zu können. „Meine Wimperntusche? Ich bringe das schnell in Ordnung, bin gleich wieder da." Sie schnappte sich ihre Tasche und ging ins Badezimmer, das durch einen Flur vom Hauptraum getrennt war.

Was für eine schreckliche Geschichte. Wenn sie an den kleinen Milan dachte, hätte sie sofort wieder anfangen können zu heulen. Sie musste sich zusammenreißen. Das hier war ihr Job, und traurige Schicksale gehörten dazu. In jedem ihrer Fälle wurde jemandem Unrecht getan. Aber wenn es sich bei dem Opfer um ein Kind handelte, war es kaum zu ertragen. Sie band die Haare zusammen, bückte sich über das Waschbecken und spritzte sich kaltes Wasser ins Gesicht. Dann rollte sie Toilettenpapier ab und wischte die Tränenspuren weg.

Draußen klingelte es.

Wer kam noch so spät vorbei? Cora? Oder einer der anderen DROBIES? Aber die wussten, dass die Beratungsstelle um diese Zeit geschlossen war.

Aus dem Nebenraum hörte sie Stimmen: die von Michael und eine Zweite, auch von einem Mann. Sie presste das Ohr an die Tür und versuchte zu verstehen, was geredet wurde.

„...davon weiß ich nichts..." Die Stimme gehörte Michael, die Entgegnung konnte sie nicht verstehen.

„Was soll der Unsinn? Das ist doch völlig verrückt... Nein..." Dann vernahm Gilda einen gedämpften Schrei und ein Geräusch, das sie als Umfallen eines Stuhles interpretierte. Es wurde totenstill. Hatte jemand Michael überfallen? War ihm etwas passiert? Sie bekam es mit der Angst zu tun und wollte die Badezimmertür abschließen. Aber es gab keinen Schlüssel. Verdammte Vorsichtsmaßnahme, damit sich keiner der

DROBIES einen Schuss setzen konnte. Hoffentlich hatte der Täter nicht gemerkt, dass sie hier drin war. Ihr fiel siedendheiß ein, dass ihre Jacke noch im anderen Raum war. Was sollte sie bloß tun?

Sie hörte Schritte. Von einer Person. Sicher nicht Michael. Sie wanderten durch den Nebenraum. Näherten sich. Gilda war vor Angst wie gelähmt und lauschte. Die Schritte kamen näher. Sie musste weg, er durfte sie hier nicht finden. Die Gedanken wirbelten durcheinander, das Blut rauschte in ihren Ohren, der Körper wollte nicht gehorchen. Übelkeit stieg in ihr auf.

Beweg dich! Tu was! Gleich ist es zu spät!

Gewaltsam riss sie sich aus der Erstarrung und sah sich um. Waschbecken, Toilette, Badewanne ohne Vorhang. Das Badezimmer bot kein Versteck. Sie riss die Tasche an sich, knipste das Licht aus, schlich hinter die Tür und drückte sich an die gekachelte Wand. Mit aufgerissenen Augen starrte sie in die Dunkelheit.

Die Türklinke knarzte, die Tür schwang auf.

Gilda hielt die Luft an und machte sich so flach wie möglich. Gleich würde er sie entdecken. Sie presste die Augen zu. Wasser rauschte. Er wusch sich die Hände. Sie hatte den Maskara vor dem Spiegel liegenlassen. Ihr Magen revoltierte. Vor lauter Anspannung sah sie nur noch Sternchen.

Dann ging das Licht wieder aus.

Die Schritte entfernten sich. Sie hörte Rumoren im Nebenzimmer. Stühle, die verrückt wurden. Etwas Schweres, das über den Boden geschleift wurde. Dann fiel die Haustür ins Schloss. Er hatte sie nicht entdeckt. Sie rutschte mit dem Rücken an der Wand hinunter, schlang die Arme um die Knie und legte den Kopf darauf. Einige angstvolle Minuten wartete sie ab, ob er womöglich noch einmal zurückkam, dann öffnete sie vorsichtig die Tür. Langsam schlich sie über den Flur und spähte in den großen Raum. Die Jacke und der Schal lagen noch da, wo sie sie zurückgelassen hatte. Michaels Kaffee-Becher war umgefallen, der Rest der Kaffee-Wodka-Mischung tropfte auf den Boden. Sie ging um den Tisch herum und schrie auf.

Eine dunkelrote, dickflüssige Pfütze. Feucht glänzend.
Blut.

16

Es war kurz vor sieben, Laura öffnete die Tür zum Hotelrestaurant. Nico hatte sie durch den Hintereingang auf ihr Zimmer geschmuggelt und beim Zimmerservice Sandwiches und Getränke bestellt. Er lag jetzt auf ihrem Bett und sah sich vergnügt eine Vorabend-Soap an. Marek hatte auf die Frage, wo Nico übernachten sollte, nicht geantwortet hatte, sondern sie nur informiert, dass er es zum Essen nicht schaffen würde. Deshalb wollte sie Barbara fragen, ob sie bei ihr unterschlüpfen könnte. Sie hatte keine Lust mit Nico das Zimmer zu teilen und im Sessel zu schlafen. Barbara saß bereits am gewohnten Ecktisch. Sie hatte den Kopf über ihr Handy gebeugt, die Haare fielen ihr vor das Gesicht.

„Hallo Barbara, wie war dein Nachmittag?"

Barbara sah auf und lächelte kurz. „Ganz in Ordnung. Ruhig. Ich habe mich auf dem Zimmer ausgeruht."

„Schön." Laura winkte nach dem Kellner und bestellte einen Weißwein. Mittlerweile hatte sich ihr Magen wieder beruhigt, und da sie das Mittagessen hatte ausfallen lassen, hatte sie jetzt Hunger. „Darf ich heute Nacht bei dir schlafen?"

Barbara ließ vor Überraschung fast das Handy fallen. „Was ist das für eine Frage? Hast du Angst vor einem erneuten Überfall?"

Laura lächelte. „Nein. Aber Marek hat mir einen Mann aufs Auge gedrückt. Nico. Er ist aus dem Projekt von Professor Martin, also von Steffen, geflohen. Nico fürchtet, dass man ihn zurückbringt, wenn man ihn entdeckt, deshalb versteckt er sich in meinem Zimmer."

„Einmal lässt man dich allein, schon angelst du dir wieder einen Mann. Ok, du kannst bei mir schlafen. Aber mach dich nicht zu breit."

Laura lachte und versprach es. „Marek wird übrigens nicht mit uns essen. Er hat noch zu tun. Wir können also ruhig schon bestellen."

Barbara sah Laura an, sie wirkte plötzlich nachdenklich. „Was ist los?"

Sie schwieg einen Augenblick, dann platzte es aus ihr heraus: „Heute hätten wir uns fast getroffen."

„Wer? Du und das Phantom?" Barbara nickte.

„Wollte er hierher kommen und dich treffen?"

„Er ist schon hier. Er ist ihm nur etwas dazwischen gekommen."

„Das verstehe ich nicht. Er folgt dir bis in dieses Örtchen mitten im Nichts, und dann hat er plötzlich etwas anderes vor? Komischer Typ."

„Nein, er sagte, dass es Zufall sei. Er muss hier einen Job erledigen, und überraschend hat er doch heute Abend zu tun."

Laura runzelte die Stirn und trank von ihrem Wein. „Komisch, diese Zufälle. Marek verfolgt hier zufällig eine Spur, Steffen Martin besucht zufällig seinen Vater, und jetzt hat auch noch dein Verehrer hier zufällig zu tun." Sie malte nachdenklich das Muster der Tischdecke mit der Gabel nach.

„Hast du nicht gesagt, du hast Phantomas auf einer Veranstaltung von Steffen kennengelernt?"

„Kennengelernt ist zuviel gesagt. Ich bin ja nicht einmal sicher, ob er es wirklich war."

„Sagen wir, er war es. Denn dass plötzlich noch ein zweiter, geheimnisvoller Verehrer auftaucht, wäre auch ungewöhnlich. Die Chance ist groß, dass Steffen und das Phantom sich kennen. Und da sie jetzt beide hier sind, haben sie vielleicht mit derselben Sache zu tun."

„Professor Martin besucht seinen Vater."

Laura machte eine wegwerfende Handbewegung. „Vielleicht ist das nicht der einzige Grund." Laura zog einen Block aus ihrer Tasche, die sie über den Stuhl gehängt hatte, schrieb Wörter auf das Papier und verband sie mit Kreisen und Pfeilen. Barbara sah neugierig über den Tisch, konnte aber nicht erkennen, was Laura notierte.

„Guck mal", Laura drehte den Block auf den Kopf und legte ihn vor Barbara, „hier ist Professor Martin Senior. Er hat schon früher das Internat betreut, und Anastasia Horvat sagte, dass die Kinder Medikamente einnehmen mussten. Dann ist da Steffen, der ein Projekt leitet, in dem ehemalige Drogenabhängige regelmäßig medikamentiert werden. Das hat mir Nico nämlich heute erzählt." Laura beugte sich vertraulich vor und senkte die Stimme: „Vielleicht hat Martin Senior damals Versuche an den Schülern durchgeführt. Und seitdem die Schulen mehr unter öffentlicher Aufsicht stehen, führen sie die Versuche mit ehemaligen Junkies durch, die kaum soziale Kontakte haben, und die keiner vermisst."

Barbara nickte nachdenklich. „Kannst du dich an die komische Liste erinnern, die wir im Internat gefunden haben? Wir wussten doch nicht, was die Zahlen bedeuteten. Vielleicht waren das Dosierungen und Verabreichungszeiten?"

Laura zog ihr Handy hervor, rief das Bild mit der Tabelle auf und studierte es stirnrunzelnd. „Ich glaube, du hast recht. Bei der zweiten Zahlenkolonne handelt es sich definitiv um Uhrzeiten."

„Aber wie passt er in diese schreckliche Geschichte?"

Laura sah hoch. „Er? Dein Phantom? Vielleicht ist er Arzt. Nico sagte, dass Steffen gar nicht weiß, was in dem Projekt vorgeht, weil die tägliche Betreuung durch zwei andere Ärzte erfolgt. Möglicherweise ist dein Verehrer einer von ihnen. Es ist bestimmt ein Vorurteil, aber ich habe oft festgestellt, dass Ärzte eine Vorliebe für klassische Musik haben."

Barbara schaute unglücklich auf ihr Handy, das sie zwischen den Händen drehte. „Da gibt es noch etwas", begann sie zögernd.

„Ja?"

Sie rief die letzte Nachricht auf und zeigte sie Laura.

„Was soll das bedeuten? Er will dich umbringen? Ich verstehe es nicht. Soll das ein Witz sein? Erklär's mir."

Barbara wand sich. „Ich weiß es auch nicht. Er hat mir oft Zeilen geschickt, die irgendwie aus dem Zusammenhang gerissen waren. Meistens sehr romantische, dass unsere Seelen vereint sein werden, und uns niemand mehr trennen kann. So etwas in der Art. Ich habe schon gedacht, es könnten Auszüge aus einem Gedicht sein. Allerdings reimt es sich nicht."

„Hat er früher schon geschrieben, dass er dich töten will?"

Barbara räusperte sich. „Nein, nur dass er sein Herz herausschneiden möchte, um es mir zu zeigen." Die letzten Worte kamen leise und zaghaft.

„Wenn es weiter nichts ist." Laura versuchte, amüsiert zu klingen.

„Was hältst du davon?"

„Vielleicht ist es harmlos und stammt wirklich aus einem Gedicht. Und er ist so verliebt in dich, dass ihm nicht klar ist, dass dich die Nachrichten verstören könnten. Aber es gibt natürlich auch die zweite Möglichkeit: Er schreibt genau das, was er vorhat. Obwohl das so verrückt wäre, dass ich es fast nicht glauben kann. Mach bitte Screenshots von den Messages und sende sie mir, ich leite sie an Gilda weiter. Sie soll den Kerl unter die Lupe nehmen."

17

Gilda war es schwindelig geworden beim Anblick der Blutlache. Was war passiert? Wo war Michael? Sie war sicher, dass es sein Blut war. Ihr Magen revoltierte endgültig. Bis zum Bad schaffte sie es nicht mehr. Sie beugte sich vor und spie Magensäure und die Reste des Mittagessens auf den Boden. Als der Anfall vorbei war, ging sie zitternd zum Waschbecken, spülte den Mund aus und ließ kaltes Wasser über die Handgelenke laufen.

Michael hatte viel Blut verloren. Aber er war womöglich noch am Leben. Sie musste ihn finden. Vielleicht war es noch nicht zu spät, und sie konnte ihm helfen. Sie zog die Daunenjacke an, hängte die Tasche über die Schulter und ging zum Fenster. Der spärlich beleuchtete Vorplatz lag verlassen da. Schneeflocken rieselten friedlich vom Himmel. Sie öffnete die Tür. Sofort sprangen ihr die tiefen, parallel verlaufenden Schleifspuren ins Auge. Sie führten quer über den Hof hinter die Kirche. Gilda folgte ihnen, während sie ihr Handy aus der Tasche zog und den Notruf wählte. Eine freundliche Stimme meldete sich.

„Kommen Sie schnell. Hier wurde jemand überfallen." Sie flüsterte, weil sie nicht wusste, ob der Täter in der Nähe war.

„Nennen Sie mir Ihren Namen und die Adresse. Und reden Sie lauter."

„Gilda Lambi. Ich kann nicht lauter reden. Ich bin bei der Kirche. Keine Ahnung, wie die Adresse lautet." Gildas Gehirn weigerte sich, sinnvolle Informationen preiszugeben. Sie registrierte, dass die Spuren durch das schmiedeeiserne Tor auf den Friedhof führten.

„Er ist auf dem Friedhof. Bei der DROBERA."

„Wir schicken eine Streife vorbei. Verlassen Sie sofort den Ort, stellen Sie sich an die Straße, wir kommen."

Gilda unterbrach die Verbindung und blieb unschlüssig stehen. Sollte sie zurückgehen? Warten, bis die Polizei kam? Es schneite stark. Die Flocken legten sich sanft auf die Spuren. Es würde nicht lange dauern, bis der Schnee alles verschluckt haben würde. Sie durfte keine Zeit verschwenden. Entschlossen trat sie durch das Eisentor.

Die Kulisse wirkte unwirklich. Wie in einem Horrorfilm. Der Friedhof war nicht beleuchtet, aber der Schnee reflektierte das Mondlicht und tauchte die Umgebung in ein silberkaltes Licht. Die Grabsteine und Kreuze warfen lange, schwarze Schatten. Gilda folgte den Schleifspuren an einer Kapelle vorbei über ein Gräberfeld, auf dem Gefallene aus dem Zweiten Weltkrieg bestattet worden waren. Unter ihren Füßen knirschte der Schnee, ansonsten war es totenstill. Die Spuren führten in einen Weg, der im spitzen Winkel abbog, und den sie nicht einsehen konnte. Als sie weitergehen wollte, hörte sie einen Motor anspringen. Dann Geräusche wie von einem Bagger. Abrupt blieb sie stehen und lauschte. Um die Zeit arbeitete hier keiner mehr. Es musste der Mann sein, der Michael verschleppt hatte. In Gildas Kopf überschlugen sich die Gedanken. Friedhof. Gräber. Axel Schütte. Der fette Peter. Beide wurden lebendig begraben. Und jetzt hatte der Mörder, den sie Totengräber nannten, Michael entführt. Und war vermutlich gerade dabei, ihn unter die Erde zu bringen. Panisch sah sie sich um. Von der Polizei weit und breit nichts zu sehen. Der Bagger dröhnte durch die Nacht. Kurz entschlossen schlug Gilda sich in die Büsche und kämpfte sich durch die Pflanzen parallel zum Weg. Sie kam nur mühsam voran, aber sie wollte auf keinen Fall riskieren, dass der Totengräber sie entdeckte. Andererseits zählte für Michael jede Minute. Jeder Augenblick, den sie länger brauchte, brachte ihn dem Tode näher. Verzweifelt bog sie die Zweige zur Seite und schob sich vorwärts. Als ein Ast eine tiefe Schramme in ihre Wange riss, hätte sie am liebsten laut aufgeschluchzt. Sie tastete mit den Fingern danach und spürte das warme Blut auf dem eiskalten Gesicht.

Der Motor wurde abgestellt.

Gilda wartete und rührte sich nicht. Sie hörte Schritte. Ein Mann kam den Weg entlang. Sein schwarzer Umriss hob sich deutlich von der verschneiten Umgebung ab. Sein Gesicht konnte sie nicht erkennen. Angestrengt spähte sie durch die Hecke. Als er an ihr vorbeiging, hielt sie den Atem an. Er bemerkte sie nicht. Wenige Augenblicke später war er verschwunden.

Gilda brach durch den Busch auf den Weg und rannte los. Schon von weitem sah sie den kleinen Bagger neben dem kahlen Grab stehen. Es war frisch mit Erde zugeschüttet worden, die Reifenprofile hatten kreuz und quer ihre Spuren hinterlassen. Der Totengräber musste extra mehrmals über das Grab gefahren sein, um die Erde festzudrücken. Gilda keuchte. Da drin lag Michael. Wie konnte sie ihn nur befreien? Und wo blieb die verdammte Polizei? Gilda sah sich nach einer

Schaufel um. Aber es gab nichts, was sie hätte benutzen können. Die Zeit lief ihnen davon. Michael starb gerade da unten unter diesem riesigen Haufen Erde. Sie warf sich auf die Knie und fing an zu graben. Mit den nackten Händen. Wie eine Wahnsinnige. Die Erde war kalt. Und steinig. Die Nägel rissen ein, die Finger bluteten. Gilda spürte nichts, hörte nichts. Der Schweiß lief ihr über die Stirn in die Augen, sie bekam kaum noch Luft vor Anstrengung.

Plötzlich wurde sie gewaltsam nach hinten gerissen.

„Beruhigen Sie sich endlich. Was machen Sie denn da?"

Erschrocken sah sie hoch. Direkt in das Gesicht eines Polizisten. Erleichtert klammerte sie sich an ihn und weinte hemmungslos.

18

Laura und Barbara studierten die Menü-Karte, als plötzlich ein Schatten auf den Tisch fiel.

„Guten Abend, liebe Laura, guten Abend, Frau Hellmann." Steffen Martin stand neben Barbaras Stuhl und lächelte die beiden Frauen an. „Darf ich mich dazugesellen? Mein Vater hat mich überraschend versetzt, und allein zu Abend zu essen ist eine etwas triste Angelegenheit."

Laura und Barbara wechselten einen schnellen Blick, dann nickte Laura lächelnd. „Hallo, Steffen. Komm gerne dazu, wir freuen uns."

Die drei tauschten Höflichkeiten aus, bestellten Essen, dann unterhielten sie sich locker. Immer wieder versenkten sich dabei Lauras und Steffens Blicke ineinander. Barbara fühlte sich fehl am Platze, war aber fest entschlossen, diesmal bis zum Ende zu bleiben. Laura wollte bei ihr schlafen, sie wollte sichergehen, dass sie wohlbehalten bis zum Bett kam. Eine Wiederholung der letzten Nacht konnte keiner gebrauchen.

Als sie vor ihren Espressi saßen, sah Steffen Laura wehmütig an. „Leider ruft die Pflicht, morgen muss ich nach Köln zurück. Ich wäre gern länger geblieben."

„Wir fahren auch morgen zurück." Barbara tat, als würde sie die unterschwellige Botschaft an Laura nicht bemerken.

„Wirklich? Dann hast du deinen Job hier erfolgreich abgeschlossen? Das freut mich." Er lächelte nur Laura an.

Die nickte. „Ja, und wir haben interessante Sachen herausgefunden. Ich wusste übrigens gar nicht, dass die Teilnehmer deines Projektes zur Rehabilitation von Drogensüchtigen hier im Krankenhaus betreut werden."

Steffen Martin hob überrascht den Kopf. „Woher kennst du mein Projekt?"

Laura versuchte, seinen Tonfall zu deuten. War es nur Überraschung, oder schwang ein Hauch von Misstrauen mit? „Im Rahmen meines aktuellen Falles bin ich darauf gestoßen. Den genauen Zusammenhang kann ich dir nicht erklären, weil unser Auftraggeber um Vertraulichkeit gebeten hat."

„Bernd Schlüter. Ich kenne ihn natürlich. Ein alter Geheimniskrämer." Steffen lachte. „Ich kann mir schon denken, wie ihr auf mich gekommen seid. Über Michael, den Leiter der DROBERA, richtig?"

Laura zuckte lächelnd die Schultern, antwortete aber nicht.

„Klar, wie sonst. Er ist ein patenter Kerl, macht einen guten Job. Ich arbeite gern mit ihm zusammen." Steffen sah Laura offen an.

„Woher kennt ihr euch?"

„Michael ist hier zur Schule gegangen und wurde von meinem Vater betreut. Aber das weißt du ja. Die beiden haben

Kontakt gehalten. Mein Vater hat versucht, seine Schützlinge auch nach dem Schulabgang im Auge zu behalten. Das liegt ihm sehr am Herzen."

„Anscheinend." Laura konnte sich nicht vorstellen, dass dem eiskalten Martin Senior etwas 'am Herzen lag'. Sie war überzeugt davon, dass er wichtigere Gründe hatte, die Kontakte aufrechtzuerhalten.

„Bist du auch im Internat gewesen?"

„Ja", Steffen nickte. „Aber natürlich nicht in Waldheim, sondern in Bonn. Deshalb kenne ich Bonn auch so gut." Er lächelte Laura vielsagend an.

Sie nickte, ging aber nicht darauf ein. „Wie hast du Michael Ehrling kennengelernt?"

„Über meinen Vater. Er war, glaube ich, nicht ganz unbeteiligt daran, dass Michael den Job bekommen hatte. Und als ich nach einem Kooperationspartner für meine Projekt-Idee suchte, schlug Vater ihn vor."

Laura Handy klingelte. Als sie sah, dass es Gilda war, ging sie dran. Sie kam noch nicht einmal dazu, sich zu melden, Gilda sprudelte gleich los. Barbara sah, dass Lauras Gesichtsausdruck immer angespannter wurde. Nach einer langen Zeit des Zuhörens vertröstete sie Gilda mit knappen Worten auf den nächsten Tag und beendete das Gespräch.

„Michael Ehrling ist ermordet worden. Heute Abend. Auf dem Friedhof neben der DROBERA."

TAG 4

1

Sie hatten das Frühstück ausfallen lassen und waren in aller Frühe nach Bonn aufgebrochen. Marek hatte Nico in seinem BMW Sportwagen mitgenommen. Das Auto, eine limitierte Sonderanfertigung anlässlich eines BMW-Firmenjubiläuns, war Teil seiner Forderungen an den Pharmakonzern gewesen. Wenn viel Fahrerei im Spiel war, und er hatte in den letzten zwei Monaten nicht nur überall in Deutschland, sondern auch in Polen, Albanien und Ungarn ermitteln müssen, dann wollte er ein anständiges Fahrzeug haben. Es war ihm wichtig, schnell voranzukommen. Ihm gefiel dieses Auto mit den ehrlichen 500 PS, die ihn in Sekundenschnelle auf beachtliche 300 km/h brachten. Nico war staunend um den Wagen herumgeschlichen. Mit großen Augen hatte er die Heckspoiler, die weit ausgestellten Kotflügel, den dröhnenden Auspuff und die scharfen Frontsplitter betrachtet. Das Auto war eine Bestie! Ehrfurchtsvoll war er auf den Beifahrersitz geklettert und hatte die Hosenträgergurte angelegt.

Mit aufbrüllendem Motor war Marek vom Hotelparkplatz gefahren, Barbara und Laura waren in gemäßigterem Tempo gefolgt.

Marek hatte Nico im Maritim Hotel ein Zimmer gemietet. Er war in einem so schlechten körperlichen Zustand, dass er nur schlafen wollte. Und um halb elf war das Team der Detektei Peters in Lauras Büro versammelt. Fast komplett, denn Justin war in der Schule. Gilda sah müde aus, unter den braunen Augen lagen dunkle Schatten, ihre verletzten Hände waren mit Pflastern beklebt. Aber sie strahlte von einem Ohr bis zum anderen, als sie Marek sah, und umarmte ihn, als wollte sie ihn nie mehr loslassen. Nachdem sich ihre Wiedersehensfreude etwas gelegt hatte, erzählte sie, wie der Abend verlaufen war. Die Polizei hatte versucht, Michael so schnell wie möglich auszugraben, um ihn noch lebend zu bergen, aber es war zu spät gewesen. Der Totengräber hatte ihm vorher in der DROBERA eine tiefe Wunde am Hals zugefügt. Der Blutverlust hatte ihn bereits schwer geschwächt, als er in das Grab geworfen worden war. Vielleicht war er sogar bewusstlos gewesen. Wenigstens hatte er nicht mehr viel davon mitbekommen, als die Erdmassen ihn unter sich begruben.

Die Polizei hatte Gilda aufs Revier verfrachtet, ihr die Fingerabdrücke abgenommen - für das Ausschlussverfahren, wie man ihr erklärt hatte – und sie befragt. Zuerst hatte eine Polizistin die Personalien aufgenommen, dann hatte sie ewig warten müssen, bis ein dicker Kommissar gekommen war, um ihr unangenehme Fragen zu stellen. Sie hatte nichts von dem Gespräch mit Michael über das Internat Waldheim und den Totengräber erzählt, weil sie zuerst mit Laura hatte sprechen wollen. Doch er hatte ihr angemerkt, dass sie etwas verbarg.

Die Erklärung, Michael sei ein Bekannter, mit dem sie zum Essen verabredet war, hatte ihm nicht gereicht. Immer wieder hatte er nachgebohrt, sich lustig gemacht, dass sie so einen heruntergekommenen Typen traf - ob der ihr Sugar-Daddy gewesen wäre? - und ihr implizit unterstellt, dass sie als Prostituierte ihr Geld verdiente. Es war bereits nach Mitternacht gewesen, als er endlich von ihr abgelassen hatte, nicht ohne den drohenden Hinweis, sich zur Verfügung zu halten. Zum Glück waren noch Züge gefahren, aber sie war erst um halb drei zu Hause angekommen.

„Was machen wir jetzt?" Barbara sah besorgt in die Runde. „Gilda hat Informationen zurückgehalten, die zur Klärung des Mordes wichtig sind. Das ist strafbar."

Marek winkte ab. „Sie kann sich darauf berufen, dass der Kommissar sie bedroht und eingeschüchtert hat. Hast du schon ein Protokoll oder eine Aussage unterschrieben?"

Gilda schüttelte den Kopf.

„Gut, dann heuern wir am besten schleunigst einen Anwalt an, der soll das geradebiegen."

„Anwalt Herckenrath", warf Laura ein. „Ich rufe ihn gleich an. Er hat uns schließlich den Fall eingebrockt. Wir sind doch alle der Meinung, dass der Mord an Michael etwas mit unserem Fall zu tun hat?" Sie schaute einen nach dem anderen an, jeder nickte. „Dann lasst uns mal zusammenfassen, was wir an Informationen haben."

Die nächsten Stunden verbrachte das Team damit, sich über ihre Erkenntnisse auszutauschen und Flipchart-Papiere mit Namen, Orten und Pfeilen zu füllen. Die Magnet-Leisten an den Wänden in Lauras Büro füllten sich mit beschriebenen Plakaten, Papierstapel wuchsen auf dem Boden, leere Flaschen und Pizzakartons stapelten sich in der Küche.

Marek berichtete in groben Zügen von Martin Seniors Verstrickung mit der albanischen Mafia. Der Cage-Fighter hatte gestern Abend seinen Boss zu ihm gebracht, und Marek hatte Details zu der Kooperation mithören können. Die Beweise für den Medikamentenschmuggel hatte er direkt weitergeleitet, es war nur noch eine Frage der Zeit, bis die Behörden zuschlugen. Dann würde es auch Martin Senior an den Kragen gehen. Er hatte mit dem Chef des Cage Fighters über eine Zusatzvereinbarung gesprochen, die verlängert werden sollte. Marek hatte nicht verstehen können, worum es dabei ging. Allerdings hatte er einen Verdacht, den er überprüfen wollte. Als Laura hörte, dass Polizist Dieter ein Doppelspiel trieb, und in die Machenschaften des alten Professors involviert war, schlug sie auf den Tisch. „Dachte ich es mir doch, dass der nicht nur ein Frauenhasser, sondern auch ein Krimineller ist." Die Art, wie er sie bei der Befragung behandelt hatte, und Ihre Beobachtung auf der Lichtung hatte sie bisher für sich behalten. Als sie jetzt damit herausrückte, herrschte erst mal Stille.

„Dieser Dorfsheriff denkt wohl, er macht die Gesetze, und sie gelten nicht für ihn. Ich hoffe, sie kriegen ihn dran. Wer weiß, wen der dort noch alles terrorisiert!" Barbara war die Erste, die ihrer Empörung Luft machte.

Marek lachte leise. „Es ist gar nicht so selten, dass ein Böser für die gute Seite arbeitet oder ein Guter für die Bösen. Oft hängt das vom Zufall ab, den Umständen oder der Herkunft. Ich glaube zum Beispiel, dass der Mafiakurier kein schlechter Mensch ist und besser in die Reihen der Polizei oder des Militärs gepasst hätte. Aber vermutlich hatte er nie die Chance dazu, und so ist er auf der anderen Seite gelandet. Er hat bestimmt einiges auf dem Kerbholz und erledigt seine Aufträge zuverlässig, aber er ist keiner, der Freude am Misshandeln und Terrorisieren hat. Er hat einen Ehrenkodex."

„Du meinst Jugo, den Cage-Fighter. Er hat dich ganz schön beeindruckt. Und das ist nicht leicht. Schade, dass ich ihn wohl niemals zu Gesicht kriegen werde." Laura grinste.

„Stimmt. Ich bin beeindruckt. Und ich würde ihn zu gerne kämpfen sehen, oder am liebsten selbst gegen ihn antreten. Aber da seine Verhaftung kurz bevorsteht, wird es nicht dazu kommen."

„Gib zu, du hättest keine Chance gegen ihn. Da helfen auch diese enormen Muskeln nicht." Gilda boxte ihn spielerisch auf den Bizeps, der unter dem engen Shirt spannte. Marek lachte gutmütig.

Laura klatschte in die Hände. „Ok, Leute, lasst uns weitermachen. Was haben wir bis jetzt, und wo müssen wir ansetzen?" Sie stand auf und stellte sich an die Wand, wo die Plakate mit den Notizen und Skizzen hingen. „Es gibt einmal den Strang 'Medikamenten-Versuche' sowohl im Internat als auch in Steffens Projekt. Im Prinzip können wir da einen Haken dran machen, denn ich sehe nicht, inwieweit das Thema für uns relevant ist. Marek hat die Ermittlungsergebnisse weitergeleitet, die Behörden wurden eingeschaltet. Es ist nur noch eine Frage von Stunden bis Martin Senior, Polizist Dieter, der Cage-Fighter und sein Mafia-Clan dingfest gemacht werden. Sollten wir Beweise zusteuern müssen, haben wir allerdings nur die alte Liste und Nicos Aussage."

„Und Nicos Krankenblatt. Ich habe es bei meinem letzten Besuch im Krankenhaus mitgenommen." Marek warf die Papiere auf den Tisch, deren Kanten sich vom Rollen an den Seiten nach oben gebogen hatten. „Wäre nicht schlecht, wenn wir einen Experten hätten, der einen Blick darauf werfen könnte."

Gilda fiel der Nachbar mit dem roten Schal ein, den sie beim Schneeschippen getroffen hatte. „Nebenan ist eine Praxis eingezogen. Der Arzt heißt Klaus Brunner. Er ist zwar Sportarzt, aber vielleicht kennt er sich trotzdem aus? Er hilft bestimmt gerne, er war ganz wild darauf, uns endlich kennenzulernen."

„Ok, Gilda, einen Versuch ist es wert. Übernimmst du das?"

Gilda zog eine Schnute, dann nickte sie. „Ok." Sie schnappte sich Mareks Papiere und den Ausdruck der Liste aus dem Internat und steckte sie in eine Mappe.

„Dann haben wir die toten Mädchen aus der Therapie-Gruppe und die aus der DROBERA verschwundenen Unterlagen. Wie das mit den anderen Themen zusammenhängt, ist mir im Moment schleierhaft. Irgendwelche Ideen?" Laura schaute fragend in die Runde.

„Ich habe doch das Gespräch von Michael und Professor Martins Frau mitgehört. Vielleicht steckt sie dahinter." Gilda zog fragend die Augenbrauen hoch.

Barbara lachte. „Ich kenne sie. Ehrlich gesagt scheint sie mir nicht der Typ dafür zu sein. Eifersüchtig? Ja. Arrogant, giftig und intrigant? Ja. Aber ich kann mir nicht vorstellen, dass sie nachts durch dunkle Gassen schleicht und jungen Mädchen eine Überdosis Heroin injiziert. Dazu ist sie viel zu elegant. Wenn ihr sie seht, werdet ihr wissen, was ich meine."

„Aber die fehlenden Unterlagen? Vielleicht gehen die auf ihr Konto?", überlegte Laura.

„Das schon eher." Barbara nickte.

„Sollen wir ihr nachher einen Besuch abstatten?"

„Wer, ich?" Barbara setzte sich überrascht auf.

„Klar, wir beide, dann fühlen wir ihr mal auf den Zahn."

„Ok, kann's kaum erwarten."

„Gut." Laura lächelte zufrieden und ignorierte Barbaras Unwillen. „Dann bleibt noch das ominöse Klassentreffen und die Drohungen von Ambrus, die möglicherweise mit dem Martyrium des kleinen Milan zu tun haben. Unsere Hypothese ist, dass Bernd Schlüter von Ambrus erpresst wird, und er uns beauftragt hat, seine ehemaligen Mitschüler zu finden, um an den Erpresser heranzukommen. Vielleicht steht auch der Mord an Michael Ehrling damit im Zusammenhang. Wir sollten alle Möglichkeiten in Betracht ziehen."

„In dem Fall wäre Ambrus der Totengräber?" Gilda wurde blass, als ihr klarwurde, wie nah sie dem Mörder möglicherweise bereits gekommen war, bevor sie gestern Abend seinen Weg gekreuzt hatte.

Laura nickte. „Dass ein Erpresser und ein Mörder gleichzeitig ihr Unwesen unter den Ehemaligen treiben, wäre doch ziemlicher Zufall. Vielleicht bringt der Totengräber diejenigen um, die nicht zahlen wollen."

„Es gibt noch eine Alternative", ließ sich Marek vernehmen. „Vielleicht geht es Ambrus beziehungsweise dem Totengräber gar nicht um Erpressung, sondern um Rache. Und möglicherweise hat er weitere Schüler von damals kontaktiert und bringt sie einen nach dem anderen um." Unbehagliches Schweigen breitete sich aus.

Laura räusperte sich. „Aber wer ist der große Unbekannte? Bernd Schlüter schon mal nicht. Er hat die Mails erhalten, ist also selbst im Visier des Täters."

Gilda schüttelte nachdenklich den Kopf. „Ich würde ihn noch nicht von der Liste streichen. Wenn er der Totengräber ist, dann ist es eine brillante Tarnung, sich selbst solche Erpresser-Mails zu schicken. Ein Fake-Konto einzurichten, ist wirklich die leichteste Übung."

„Stimmt. Und uns hätte er dann engagiert, um seine nächsten Opfer zu finden. Quasi Beihilfe zum Mord. Das wäre eine Katastrophe für die Agentur. Unser Ruf wäre ein für alle Mal ruiniert." Laura wurde blass.

„Ziehen wir keine voreiligen Schlüsse." Marek blieb cool. „Er ist nicht unser einziger Verdächtiger. Wir haben noch andere Kandidaten."

„Ok. Du hast recht. Wie können wir herausfinden, wer Ambrus ist? Er ist sehr vorsichtig, Gilda hat bei ihren Recherchen nichts finden können."

„Wir könnten ihm eine Falle stellen." Barbara beugte sich eifrig vor. „Wir schicken ihm eine Mail und locken ihn irgendwo hin. Dann haben wir ihn."

Marek lachte. „Keine schlechte Idee. Aber dann müssen wir sicher sein, dass es der richtige Weg ist. Was sollen wir tun, wenn er vor uns steht? Wir haben keine Beweise dafür, dass er ein Erpresser, oder ein Mörder ist. Es sind reine Spekulationen. Und wenn wir ihn vorzeitig warnen, könnte er verschwinden. Oder – noch schlimmer – wir tragen dazu bei, dass sich die Ereignisse überschlagen und noch mehr Menschen sterben."

Laura nickte. „Ich stimme dir zu. Die Falle sollten wir als Option im Hinterkopf behalten, aber es muss gut durchdacht sein. Welche Verdächtigen haben wir noch? Wenn wir annehmen, dass der Hintergrund die Geschichte des kleinen Milan ist, wer hätte dann ein Interesse, sich dafür zu rächen?"

„Zuallererst er selbst", sagte Gilda trocken. „Wenn er nicht schon tot wäre. Er ist im Balkankrieg gefallen, habt ihr gesagt?"

Barbara nickte. „Beim Raketenbeschuss von Zagreb 1995. Er kann es nicht sein."

„Warum nicht? Vielleicht ist er aus dem Grab gestiegen und holt sich jetzt seine früheren Peiniger. Und als Zombie hat er sich einen neuen Namen gegeben und in Ambrus umgetauft." Gilda spreizte die Finger, streckte die Arme aus, verdrehte die Augen und wankte durchs Zimmer.

„Du bist ein Kindskopf, ein bisschen mehr Ernst bitte", tadelte Laura. Gilda lachte unbekümmert und setzte sich in ihren Sessel. „Also, ernsthaft: Wer könnte Milan rächen wollen?"

„Seine Mutter. Anastasia hat sehr an ihm gehangen. Und sie hat im Internat gearbeitet. Sicher hat sie die Misshandlungen an Milan mitbekommen." Barbara gestikulierte mit dem Handy in der Hand.

Laura nickte. Sie ging zum Flipchart, schrieb 'Verdächtige' auf das Papier und darunter Anastasias Namen.

„Warum hat sie so lange mit der Rache gewartet?", warf Gilda ein.

Barbara zuckte die Schultern. „Keine Ahnung. Irgendein Auslöser. Vielleicht sein Geburtstag? Ich würde ihr durchaus zutrauen, Michael Ehrling ermordet zu haben. Sie ist zwar schmal, aber unheimlich drahtig. Ihr Blick war hart wie Stahl." Sie beugte sich vor und angelte nach der Mineralwasserflasche, um sich nachzuschenken. Es machte 'Ping', sofort rief sie die Nachricht auf. Ein Lächeln breitete sich auf ihrem Gesicht aus. Laura schaute sie mit hochgezogener Augenbraue an, sie antwortete mit einem beruhigendem Augenzwinkern.

„Wer noch?", fragte Laura in die Runde. „Einer von den Mitschülern?"

Gilda zuckte die Achseln. „Die zwei, die ich gefunden habe, Thomas Langemann und Helmuth Zcilka, waren es bestimmt nicht. Das sind verkrachte Existenzen, denen war der Kleine total egal. Außerdem ist er Ausländer, also einer mit Migrationshintergrund, und sie hassen Fremde. Es könnte natürlich ein anderer Schüler sein, den ich noch nicht gefunden habe. Doch warum sollte so einer Milan rächen wollen? Michael hatte schreckliche Schuldgefühle, dem hätte ich es noch am ehesten zugetraut. Den anderen war die eigene Haut wichtiger. Ich glaube kaum, dass Bernd Schlüter oder einer seiner Mitschüler heutzutage noch wegen dem Jungen so eine Aktion starten würde."

Laura nickte zustimmend, schrieb aber trotzdem Schlüters Namen und 'Mitschüler' auf das Chart. Plötzlich schlug sie sich mit der Hand gegen die Stirn: „Sein Bruder. Er hat doch einen Bruder."

„Einen Bruder? Das wäre allerdings eine Möglichkeit." Marek nickte nachdenklich. „Wissen wir mehr über ihn?"

Laura schüttelte den Kopf. „Eigentlich gar nichts. Anastasia hat ihn mit keinem Wort erwähnt. Aber Frau Kaiser, die Hotel-Chefin, hat Milan als den ersten Sohn bezeichnet. An dem Morgen war ich nur so durcheinander wegen der Nachwirkungen des Tees und dem Überfall in der Nacht, dass ich nicht darauf geachtet habe. Aber jetzt ist es mir wieder eingefallen." Sie notierte 'Bruder' auf dem Papier und drehte sich um. „Gilda, du Computer-Königin, kannst du herausfinden, wer der Bruder ist? Das dürfte doch ein Leichtes für dich sein." Gilda nickte und machte sich eine Notiz.

„Weitere Verdächtige?" Als nur kollektives Kopfschütteln kam, legte sie den dicken Filzstift zur Seite. „Ok, dann gehen wir wie folgt vor: Gilda geht zum Sportarzt, recherchiert nach dem Bruder und, wenn Zeit ist, nach weiteren Mitschülern. Marek, kannst du Schlüter auf den Zahn fühlen? Denn sollte er als Verdächtiger ausfallen, so hat ihn immer noch der Täter im Fadenkreuz." Marek nickte zustimmend. „Ok, Barbara, dann machen wir uns nach Köln auf und statten Claire Martin einen Besuch ab. Ich bin schon gespannt auf sie."

2

Im Vorraum der Detektei wurde es eng. Gilda zog die dicke Daunenjacke und die Schals hinter ihrem Schreibtisch hervor, Barbara trug Flaschen und Gläser in die Küche. Laura wechselte die Sneakers gegen warme Fellstiefel und Marek griff sich seine Bikerjacke von der Garderobe. Es klingelte, Gilda lehnte sich über den Computer und betätigte den Türsummer. Die Tür öffnete sich und Justin kam herein. Erstaunt betrachtete er das Gewusel, dann entdeckte er Marek und sein Gesicht wurde ein einziges Strahlen. Er lief zu ihm, schlang die Arme um ihn und drückte seinen Kopf an Mareks Brust. Marek lachte und strich unbeholfen über die Haare des Jungen. „Na, alter Freund? Alles ok?"

Justin nickte, ließ Marek los und vergrub die Hände in den Hosentaschen.

Barbara klopfte dem Jungen auf den Rücken. „Hallo, mein Lieber, wie geht's? Warst du beim Friseur? Coole Frisur. Undercut, richtig?" Justin wurde rot und senkte den Kopf. Er hatte sich tatsächlich gestern die Haare schneiden lassen. Seit sein großer Bruder Undercut trug, war es für ihn klar gewesen, dass er das auch haben wollte. Aber dass Barbara gleich so ein Aufheben darum machen musste!

Marek zwinkerte ihm zu und schüttelte leicht den Kopf: „Frauen!" Justin grinste.

„Du kommst wie gerufen. Wir müssen alle weg, du kannst die Stellung halten."

Der Junge straffte den Rücken und nickte ernst. „Klar, kein Problem."

Es klingelte erneut. Das Team sah sich überrascht an. Sekunden später stand Bernd Schlüter mit wehendem Kaschmir-Mantel in der Tür und brachte einen Schwall eisiger Luft mit.

„Frau Peters! Kein Kontakt, keine Informationen, keine Ergebnisse. Ich bin absolut unzufrieden mit Ihrem Service. Was ist das hier für ein Saftladen?"

„Bitte nehmen Sie doch kein Blatt vor den Mund." Laura sah ihn amüsiert an.

Für einen Moment hatte sie ihm den Wind aus den Segeln genommen, dann nahm er wieder Fahrt auf. „Wofür bezahle ich Sie? Damit Sie Lustfahrten ins Ski-Gebiet machen? Drei Adressen haben Sie gefunden. Drei! Ich will sofort Ergebnisse sehen, sonst sind Sie den Auftrag los. Durch die Bummelei habe ich wertvolle Zeit verloren. Ich behalte mir vor, Sie dafür zur Verantwortung zu ziehen."

Laura presste die Lippen zusammen, dann setzte sie ein Lächeln auf. „Kommen Sie mit in mein Büro. Hier ist es im Moment ein bisschen ungemütlich. Marek, kommst du dazu? Barbara, wartest du auf mich, bis wir fertig sind?"

Sie ging mit den beiden Männern in den Nachbarraum und schloss die Tür vor dem Chaos.

„Schön, dass Sie gekommen sind, Herr Schlüter." Laura tat, als hätte es den Auftritt von gerade nicht gegeben. „Wir informieren Sie gerne über den Stand der Ermittlungen. Sie haben sicherlich davon gehört, dass Michael Ehrling ermordet wurde?"

Schlüter, der mit großen Schritten wie ein eingesperrter Tiger durch das Büro wanderte, nickte ungeduldig. „Erzählen Sie mir etwas Neues."

„Wie haben Sie es erfahren?"

„Wie wohl? Als Politiker erfahre ich wichtige Nachrichten immer zuerst."

„Natürlich." Laura und Marek wechselten einen Blick.

„Was glauben Sie, wer Michael Ehrling das angetan haben könnte?"

Er zuckte uninteressiert die Achseln. „Was weiß ich. Irgendein Einbrecher. Oder einer von den Junkies. Michael hat sich in einem gefährlichen Umfeld bewegt. Drogen und Kriminalität. Jetzt hat es ihn eben erwischt."

„Sie scheinen den Tod Ihres Freundes gut verarbeitet zu haben." Lauras Stimme klang neutral.

„Freund? Bekannter wohl eher. Wir hatten fast nichts miteinander zu tun." Schlüter stockte, dann zauberte er den Politiker aus dem Hut. „Natürlich ist es eine Tragödie. Michael hat sein Leben verloren, weil er sich für die Armen und Schwachen unserer Gesellschaft aufgeopfert hat."

Bevor er weitere Plattitüden von sich geben konnte, unterbrach Laura: „Michael hat uns von einem Mitschüler von Ihnen erzählt, Milan Horvat. Erinnern Sie sich an den Jungen?"

Schlüter sah überrascht auf, dann machte er eine wegwerfende Handbewegung. „Dunkel. Er war einer von den Kleineren und nur kurz dabei. Den brauchen Sie nicht zu suchen."

„Michael schien ein schlechtes Gewissen zu haben. Anscheinend war Milan in besonderem Maße Misshandlungen ausgesetzt gewesen."

„Unsinn. Das war alles normale Härte. Nichts, was damals nicht auch in anderen Institutionen passiert ist. Es hat uns nicht geschadet. Milan war ein Weichei. Und Michael auch."

„Haben Sie später noch mal etwas von Milan gehört?"

Schlüter schüttelte den Kopf. „Warum sollte ich? Wir waren nicht befreundet. Er hat über Nacht die Schule verlassen, das war's."

„Gab es jemanden, der mit Milan gut befreundet war?"

Schlüter wanderte unruhig durch das Zimmer. „Keine Ahnung. Nein, ich glaube nicht. Hören Sie, was sollen diese Fragen? Sie sollen Adressen für mich finden, und nicht in alten Geschichten herumgraben, die Sie nichts angehen. Ich habe Ihnen einen klaren Auftrag gegeben, tun Sie endlich das, wofür ich Sie bezahle!"

3

Als Laura mit Marek und Schlüter in ihrem Büro verschwunden war, hatte Gilda sich die Mappe geschnappt und das Gebäude verlassen. Es schneite nicht mehr, stattdessen war die Sonne durch die Wolken gebrochen und schien auf den Matsch aus dunkelgrauem Straßenschmutz und Streusalz. Sie bog in den Vorgarten des Nachbarhauses ein und drückte die Klingel neben der stylischen Glastür. 'Dr. Klaus Brunner – Sportarzt und Orthopäde' stand auf einem großen Plexiglasschild. Die Öffnungszeiten waren auch aufgeführt. Diesen Nachmittag hatte er geschlossen. Gilda seufzte und wollte umdrehen, doch plötzlich öffnete sich die Tür. Klaus Brunner stand vor ihr im Arztkittel, weißer Hose und weißen Clogs. Auf der Nase trug er eine randlose Lesebrille, über die hinweg er sie erfreut ansah.

„Frau Nachbarin. Welch nette Überraschung. Möchten Sie jetzt doch einen Kaffee mit mir trinken?"

Gilda schüttelte den Kopf. „Nein, danke. Aber ich habe eine Frage an Sie als Arzt."

„Sind Sie krank? Im Moment ist die Praxis zu, aber für Sie mache ich gerne eine Ausnahme."

„Danke, mir geht es gut. Es geht um einen Fall, bei dem wir Ihren Sachverstand gebrauchen könnten. Ich habe hier eine

Liste, aber wir verstehen nicht, was die Abkürzungen bedeuten. Für Sie ist das bestimmt ein Kinderspiel."

„Dann kommen Sie mal herein."

Gilda folgte ihm durch einen kurzen Flur an der Anmeldung vorbei in das Behandlungszimmer. An den Wänden hingen abstrakte, ihr unbekannte Drucke, die billig und schlecht gerahmt waren. Hinter dem Schreibtisch hatte er auf einem Regalbrett seine persönliche Hall of Fame gestaltet: Bilder von ihm beim Examen und im Tennisdress standen neben Pokalen und Siegerschleifen.

„Setzen Sie sich. Wirklich nichts zu trinken?" Als sie ablehnte, ließ Klaus Brunner sich hinter dem Schreibtisch nieder und sah sie über die Lesebrille hinweg an. Er war jetzt ganz Arzt, nicht mehr Frauenheld. „Zeigen Sie mir mal, was Sie da haben." Gilda reichte ihm den Ordner, und er blätterte durch die Papiere, ohne ein Wort zu sagen. Zweimal gab er etwas in den Computer ein, runzelte die Stirn und machte sich Notizen. Gilda saß ruhig da und wartete ab. Schließlich sah er auf und räusperte sich.

„Von wann sind diese Aufzeichnungen?" Er hob das Blatt hoch, das sie im Internat gefunden hatten.

„70er Jahre,"

„Das dachte ich mir." Er nickte ernst und vertiefte sich wieder in die Listen. Gilda rutschte auf ihrem Stuhl herum. Nach einer gefühlten Ewigkeit sah er auf und nahm die Lesebrille ab.

„Diese Listen sind Aufzeichnungen über die Verabreichung von Medikamenten."

„Das haben wir uns schon gedacht."

„Ich bin Orthopäde und Sportarzt, kein Experte für Neurologie, und einige Abkürzungen kenne ich auch nicht. Es könnte sich um Substanzen zu handeln, die nicht mehr oder noch nicht auf dem Markt sind. Aber wenn Sie mich nicht darauf festnageln, würde ich vermuten, dass es sich um Formen von Nootropika handelt."

Gilda zog fragend die Augenbrauen hoch.

„Der Begriff ist heutzutage nicht scharf definiert und fasst alle möglichen Arten von Wirkstoffen zusammen, die sich auf das zentrale Nervensystem auswirken sollen. Sie sind als Gehirndoping-Mittel in IT-Kreisen in Mode gekommen, aber sie werden auch gegen Demenz eingesetzt."

Gilda machte sich Notizen.

„Zu der Dosierung und der Häufigkeit der Verabreichung kann ich nichts sagen, aber spontan würde ich darauf tippen – und das ist auch wieder 'off the record' – dass es sich um die Dokumentation von Versuchsreihen handelt."

Gilda sah von ihrem Schreibblock auf.

„Woher haben Sie dieses Blatt?" Er hielt wieder das Papier aus dem Internat hoch.

„Das kann ich Ihnen leider nicht sagen. Vertraulichkeit, wissen Sie?"

Er lächelte leicht. „Dann machen wir es anders. Ich hatte an der Uni Medizinethik bei einer sehr engagierten Dozentin. Sie hat eine Vorlesung über Medikamentenversuche an Heimkindern nach dem Zweiten Weltkrieg gehalten, die mich sehr beeindruckt hat. Ich frage jetzt mal ganz direkt: Stammt diese Liste aus einem Kinderheim?"

Gilda verzog einen Mundwinkel. „So etwas Ähnliches", antwortete sie unbestimmt.

„Kennen Sie sich mit dem Thema aus?", fragte er, und fuhr, als sie den Kopf schüttelte, fort: „Ich könnte jetzt einen stundenlangen Vortrag darüber halten, aber dann säßen wir heute Abend noch hier. Die Geschichte der Heime in Deutschland ist traurig und beschämend, um das mindeste zu sagen. Ich hoffe, dass wir es heute besser machen, aber noch bis vor gar nicht langer Zeit waren Waisen der Gesellschaft quasi schutzlos ausgeliefert. Es ist seit einiger Zeit bekannt, dass vor allem in den 60er- und 70er-Jahren in Heimen Medikamentenversuche durchgeführt worden sind. Die Informationen, die vorliegen, stellen sicher nur die Spitze des Eisberges dar. Aber ein Beispiel, das meine Dozentin brachte, ist mir noch in Erinnerung. In einem Heim wurde die Wirkung von Pyritinol getestet und unter anderem durch Elektroenzephalografie, also Messung der Gehirnaktivität, aber auch durch Lumbalpunktion überprüft. Letzteres ist nicht ohne Risiko und kann schmerzhaft sein."

„Was ist das?"

„Mittels einer Spritze wird Hirnwasser aus dem Bereich der Lendenwirbel entnommen. Wenn dabei ein Nerv getroffen wird, und das kann vorkommen, ist das sehr schmerzhaft. Und wenn zuvor nicht ausreichend abgeklärt wird, ob die Punktion an dem Patienten überhaupt durchgeführt werden kann, besteht sogar ernsthafte Gefahr. Haben Sie im Zusammenhang mit der Liste davon gehört, dass Lumbalpunktionen vorgenommen wurden?"

Gilda wurde blass. Sie versuchte, sich an Lauras Aufzeichnungen zu erinnern. Hatte nicht einer ihrer Gesprächspartner erwähnt, dass die Schüler im Internat solche Angst vor Spritzen gehabt hatten? Sie würde nachher die Unterlagen prüfen. „Könnte sein."

„Um zurück zu meinem Beispiel zu kommen: Die Heimkinder wurden als Versuchskaninchen missbraucht und mussten Schmerzen und körperliche, geistige und seelische Belastungen ertragen. Noch heute profitiert ein Pharmakonzern von den Ergebnissen und macht Umsätze mit dem Mittel, dass einem schwindelig werden kann. Es hat Klagen vor Gericht und Forderungen auf Entschädigung gegeben, aber Beweise gibt es kaum. Und die Firma beruft sich natürlich darauf, dass sie im Rahmen der damals geltenden Gesetze agiert hat. Die Auseinandersetzung wurde noch nicht beigelegt, aber ich vermute, dass das Unternehmen gewinnen wird. Die Kinder hatten keine Rechte, jeder konnte sie ausnützen, wie es ihm passte."

„Wie schrecklich!" Gilda bekam eine Gänsehaut. Von furchtbarsten Misshandlungen und Missbrauch in Kinderheimen hatte sie natürlich gehört, es war immer wieder Thema in der Presse gewesen. Aber diese gefühllose, akribisch dokumentierte, kommerzielle Ausbeutung erschien ihr noch schlimmer. Ihr Herz zog sich zusammen, als sie an den kleinen Milan dachte, der womöglich auch noch diesem Schicksal ausgeliefert gewesen war.

„Es muss sich in ihrem Fall natürlich nicht um Pyritinol gehandelt haben. Es wurden viele Wirkstoffe getestet. Um eines möchte ich Sie bitten: Wenn es sich bei dieser Liste um die Aufzeichnung einer Versuchsreihe an Heimkindern handelt, nutzen Sie sie und machen Sie sie öffentlich. Es gibt nur wenige Beweise über diese barbarischen Vorgänge, entweder sind sie vernichtet worden oder verloren gegangen. Helfen Sie mit, dass die Täter nicht ungeschoren davonkommen!"

4

Nachdem Bernd Schlüter grußlos das Büro verlassen hatte, hatten Laura und Marek sich kurz über ihre Eindrücke ausgetauscht. Beide stimmten darin überein, dass er sich als Verdächtiger für den Mord an Michael nicht entlastet hatte. Seine gefühlskalten Aussagen, auch über das Schicksal des kleinen Milan, untermauerten den Verdacht eher noch. Dazu passte auch, dass er so vehement darauf bestand, dass sie weiter nach den Adressen suchten. Sie beschlossen, dass Marek zu Schlüters Haus in Düsseldorf fahren sollte, um sich dort umzusehen. Marek deutete mit leichtem Augenzwinkern an, dass die Haustür bestimmt offen sein würde. Zufällig natürlich. Vielleicht würde er Hinweise finden, die ihnen weiterhelfen.

Laura machte sich mit Barbara auf den Weg zum Haus von Steffen und Claire Martin. Sie stiegen in Lauras betagten Astra, Laura gab die Zieladresse in das Navi ein, feuchtete den Saugfuß an und klebte das Gerät an die Scheibe. Zweimal fiel es mit lautem Gescheppel wieder hinunter, bevor es Laura leise fluchend gelang, es endgültig zu befestigen. Sie fuhren durch Rüngsdorf und Plittersdorf, passierten die Rheinaue und nahmen die Auffahrt zur Südbrücke. Barbara schaute versonnen auf das Siebengebirge. „Weißt du noch? Die Geschichte am Dornheckensee?"

Laura lachte trocken. „Natürlich. Wie könnte ich das vergessen? Es war unser erster großer Fall. Und es war das erste und zum Glück auch einzige Mal, dass ich um mein Leben gefürchtet habe."

„Zum Glück ist dieser Fall nicht so gefährlich."

Laura machte unabsichtlich einen Schlenker und hatte Mühe, das Fahrzeug in die Spur zu bringen. „Ich glaube, du unterschätzt die Lage. Der Mörder von Michael Ehrling und den beiden anderen Mitschülern läuft noch frei herum, und wer die Mädchen aus dem Reha-Projekt auf dem Gewissen hat, ist auch noch unklar."

„Ich weiß, aber diesmal sind wir vorsichtiger und werden uns von riskanten Situationen fernhalten."

„Natürlich werden wir das. Mach dir keine Gedanken. Wobei: Einen Überfall habe ich ja schon hinter mir. Und den Kerl werde ich noch finden."

In Barbaras schwarzer Kunstfell-Handtasche ertönte ein 'Ping', sie suchte das Handy hervor.

„Dein Phantom-Werwolf?"

Barbara nickte, während sie eine Antwort eintippte.

„Aber keine Todesdrohung mehr?"

Barbara lächelte verlegen. „Ich glaube, das haben wir völlig überbewertet. Es ist eben seine Art, mir etwas Romantisches zu sagen. Ich bin sicher, dass es aus einem Gedicht ist. Also mach dir keine Sorgen. Habt ihr eigentlich etwas über ihn herausgefunden?"

Laura schüttelte den Kopf. „Ich habe Gilda noch nicht gefragt. Mache ich nachher."

„Du hast ihr aber nicht von ihm und mir erzählt, oder?"

„Nein, beruhige dich. Ich habe es als Routine-Überprüfung deklariert."

„Es wäre mir unangenehm, wenn sie das erführe!"

„Ja, habe ich verstanden. Ich sage es ihr nicht. Versprochen."

Laura wechselte von der Flughafen-Autobahn auf die A4, dann fuhren sie über die Rodenkirchener Brücke. Sie nahmen die nächste Abfahrt und waren kurz darauf in Marienburg. Die Gärten waren groß und die Villen, die sich Großindustrielle und Fabrikanten gebaut hatten, prachtvoll und imposant. Manche sahen wie Schlösser aus. Das Navi lotste sie mit weicher Stimme vor ein Grundstück, das ringsum von einer zwei Meter hohen Mauer umgeben war. In der Mitte war ein Tor aus eisernen Stangen in gleicher Höhe eingelassen, durch das ein weitläufiger Garten mit Kiesauffahrt zu sehen war. Laura fuhr rechts ran und stellte den Motor ab. „Da wären wir." Barbara klappte die Sonnenblende mit dem Schminkspiegel, in dem sie ihr Make-up kontrolliert hatte, hoch und stieg aus. Laura trat neben sie und beide schauten durch das Tor auf die beeindruckende Villa.

„Wer kann sich so etwas leisten?"

„Steffen. Aber vielleicht hat er es von seinem Vater geerbt?"

Barbara schüttelte den Kopf. „Glaube ich nicht. Der wohnt doch schon in der xten Generation in Waldheim."

„Dann wirft Steffens Klinik aber ganz schön was ab." Laura war beeindruckt.

„Oder er hat reich geheiratet."

„Wir werden sie ja jetzt kennenlernen." Laura drückte die Klinke herunter, zu ihrer Überraschung schwang das Tor auf. „Man kann hier einfach so hereinspazieren?" Laura zog erstaunt die Augenbrauen hoch.

Sie wanderten die Kiesauffahrt hoch bis zur Haustür. Laura legte den Kopf in den Nacken und musterte das Gebäude. „Wahnsinn. Darin könntest du ein ganzes Krankenhaus unterbringen. Und die wohnen nur zu zweit da drin."

Barbara zuckte die Achseln. „Vielleicht beschäftigen sie Personal, das ständig hier wohnt. Wir werden es ja sehen." Sie drückte auf die Klingel, doch von drinnen war kein Laut zu hören. Niemand öffnete die Tür.

„Keiner da", sagte Laura enttäuscht. „Lass uns wenigstens ums Haus gehen, und uns umsehen. Wenn wir schon mal da sind..."

Sie folgten einem schmalen, vom Schnee geräumten Weg, der vorbei an winterlich in Sackleinen eingepackten Rosenbüschen um das Haus führte. Auf der Rückseite fiel ihnen zuerst ein mit Steinplatten eingefasster, geheizter Pool auf. Durch die Ritzen am Rand der Winterabdeckung entwich der Wasserdampf und stieg in dichten Schwaden zum Himmel.

Bei den Termperaturen einen Außenpool zu betreiben, musste ein Vermögen kosten. Ein gepflasteter Pfad führte zu einem Holzhäuschen. Durch die Scheiben in der Tür konnte Laura erkennen, dass darin eine Sauna untergebracht war. An der vom Haus abgewandten Seite der Sauna befand sich eine Außendusche, der Rest des Gartens war ein Rasen, der die Ausmaße von drei Fußballfeldern hatte.

„Professor Martin ist eine gute Partie. Wie gut habt ihr euch eigentlich verstanden? Wenn ich mich hier so umsehe, denke ich, er wäre genau der Richtige für dich."

Laura gab Barbara einen spielerischen Klaps. „Du spinnst. Wir waren uns nur sympathisch. Das war alles."

Barbara lachte. „Ich habe gesehen, was er dir für Blicke zugeworfen hat. Er steht auf dich."

Laura winkte leicht verlegen ab. „Erst mal müssen wir sicher sein, dass er nicht in die dunklen Machenschaften seines Vaters verstrickt ist, dann sehen wir weiter. Außerdem ist er verheiratet. Wegen seiner Frau sind wir schließlich hier."

Sie zog Barbara zu der großen, überdachten Terrasse, auf der vier Heizpilze und ein langer Tisch mit mindestens zwanzig Stühlen standen. Sie gingen zur Terrassentür und spähten ins Innere.

„Was ist das?" Laura sprang zurück und hielt sich die Hand vor den Mund.

Barbara trat zu ihr, krümmte sich vor unterdrücktem Lachen, dann schlich sie wieder an die Fensterscheibe. „Das muss ich mir noch mal ansehen."

„Lass das. Komm da weg. Gehen wir lieber."

Aber da Barbara keine Anstalten machte, sich zu rühren, warf Laura auch noch einen Blick durch das Fenster.

Vor ihr lag ein großes, modern eingerichtetes Wohnzimmer. An der Wand gegenüber hing ein Bild mit überdimensionalen

Ausmaßen, das nur aus Rottönen bestand. In der Mitte waren eine schwarze Ledercouch und passende Sessel um einen Glastisch angeordnet. Die Couch war so platziert, dass man die Aussicht auf den Garten hatte. Dementsprechend gut war Lauras und Barbaras Blick auf die Person, die auf der Couch saß.

„Wer ist das?", flüsterte Laura.

„Das ist seine Frau. Die hochnäsige Claire", kicherte Barbara.

„Nein!" Laura starrte fasziniert auf die fast nackte, graziöse Frau, die die weißen, schlanken Arme auf der Couch-Lehne ausgebreitet hatte. Sie hatte die Augen geschlossen und den Kopf nach hinten gelehnt, die dunklen, perfekt geschnittenen Haare fielen wie glänzende Seide auf die Schultern. Ihr Mund war weit geöffnet. Lauras Blick wanderte zu den langen, wohlgeformten Beinen in den schwarzen Nylons und dem Strapshalter aus Spitze. Mehr hatte die Dame des Hauses nicht am Leib.

„Sagtest du nicht, sie wäre kompliziert und übernervös? Auf mich wirkt sie ausgesprochen zugänglich und entspannt." Claire Martin hatte die Beine weit gespreizt und die Füße auf dem Couchtisch abgestützt. „Sie meditiert nicht, oder?"

Barbara kicherte. „Wohl kaum. Sie wartet eher auf ihren Mann. Aber sie überrascht ihn nicht mit einem Eintopf, sondern gleich mit dem Nachtisch. Oder es ist ein S-M-Spielchen, und er hat ihr aufgetragen, ihn so zu erwarten. Er wird sicher gleich kommen."

Laura konnte den Blick nicht abwenden. Claire Martin war eine so schöne Frau, dass selbst so eine Pose nicht obszön, sondern ästhetisch wirkte. Sie war gleichzeitig fasziniert und abgestoßen von dem tiefen Einblick, den sie ungewollt in das Liebesleben des Ehepaares Martin erhielt. „Komm, gehen wir, bevor sie uns entdeckt. Ist sowieso ein Wunder, dass sie uns noch nicht gehört hat."

„Nein, wir klopfen. Wir sind extra hergekommen, um mit ihr zu sprechen." Barbara fand offensichtlich Vergnügen an der Situation. Laura wollte widersprechen, doch zu spät: Barbara klopfte laut an die Fensterscheibe.

Claire Martin schreckte hoch und sah verwirrt nach draußen. Sie sprang auf, griff nach einem schwarzen, seidenen Kimono, warf ihn sich über und öffnete die Terrassentür.

„Was erlauben Sie sich?" Der französische Akzent hätte charmant gewirkt, wenn der harte Ton nicht gewesen wäre.

„Detektei Peters", flötete Barbara. „Wir haben ein paar Fragen an Sie."

Claire Martins Augen verengten sich. „Ich kenne Sie. Sie sind keine Detektivin. Sie sind die Pianistin, die bei der Veranstaltung meines Mannes gespielt hat. Sind Sie verrückt geworden, einfach in meine Privatsphäre einzudringen? Ich versichere Ihnen, das wird ein Nachspiel haben. Das werden Sie bereuen." Sie wollte die Tür zuschlagen, doch Barbara stellte ihren in einem eleganten, mit Kunstpelz verbrämten Lederstiefel steckenden Fuß dazwischen.

„Augenblick. Es geht hier um Mord. Und Sie stecken mit drin. Deshalb reden Sie besser mit uns, wenn Sie nicht die nächsten Stunden auf der Polizei-Wache verbringen möchten..." Barbaras Ton wurde zuckersüß: „...denn wie wir gesehen haben, haben Sie noch etwas vor."

Claire Martin presste die Lippen aufeinander und wandte sich wortlos ab. Die beiden Freundinnen nahmen das als Aufforderung, ihr zu folgen. Laura legte die Hand auf Barbaras Arm, um sie zu bremsen. Ab jetzt würde sie übernehmen.

Claire Martin setzte sich wieder auf die Couch, Laura und Barbara nahmen auf den seitlich stehenden Sesseln Platz.

„Danke, dass Sie mit uns reden wollen", versuchte es Laura versöhnlich, „Möchten Sie sich erst etwas überziehen?"

„Nein, ich fühle mich wohl." Claire Martin schlug die bestrumpften Beine übereinander. Dabei klaffte ihr Kimono, den sie nicht zugebunden hatte, auseinander und gab den Blick auf den nackten Körper frei. Sie machte keine Anstalten, das Kleidungsstück zu schließen, sondern sah provokativ in die Augen der ungebetenen Gäste. Barbara schien dies nicht zu irritieren,. Sie schlug ebenfalls lasziv die Beine in den schicken Stiefeln übereinander und öffnete in Zeitlupe den Reißverschluss der goldenen Daunenjacke. Laura ließ den Mantel trotz der Wärme, die im Zimmer herrschte, bis zum Hals zugeknöpft und blickte starr in das Gesicht der Französin. Ihr wurde klar, dass Höflichkeit nicht weiterhelfen würde. „Es geht um das Projekt Ihres Mannes, ehemalige Drogenabhängige wieder in das normale Leben zurückzuführen. Welche Rolle spielen Sie in diesem Zusammenhang? Wir wissen, dass Sie eine Vereinbarung mit Michael Ehrling getroffen haben."

Der Schuss ins Blaue traf ins Schwarze: „Na und? Was geht Sie das an? Keine Ehefrau guckt zu, wenn sich die jungen Mädchen an ihren Mann heranmachen. Steffen ist viel zu gutmütig. Er kann nichts dafür. Er kann nicht Nein sagen."

Barbara lachte, Laura warf ihr einen warnenden Blick zu.

„Also haben Sie dafür gesorgt, dass er diesen Avancen nicht mehr ausgesetzt ist."

„Ja. Natürlich. Diese jungen Dinger sind skrupellos. Sie sehen einen attraktiven, gut situierten Mann, und schon schmeißen sie sich ihm an den Hals." Der französische Akzent hatte sich verstärkt, die Stimme war sanfter geworden. Sie zog einen Schmollmund.

„Eine so schöne Frau wie Sie hat doch von diesen Mädchen

nichts zu befürchten." Laura tat ebenfalls unschuldig.

„Nein, natürlich nicht. Aber Sie kennen die jungen Biester, keine Hemmungen, keine Scham, zügellos und direkt. Wie soll mein armer Mann dagegen ankommen?" Aus Barbaras Richtung war ein Glucksen zu vernehmen, doch Laura wandte den Blick nicht von Claire Martins Gesicht.

„Und dann haben Sie etwas dagegen unternommen."

„Natürlich."

„Haben die Mädchen aus dem Verkehr gezogen."

Die Französin zuckte mit den Schultern. „Was sollte ich machen? Zusehen?"

„Sie haben sich die Adressen bei Michael Ehrling beschafft, indem Sie die Unterlagen geklaut haben."

„Geklaut? Ich bitte Sie!" Claire Martin verzog verächtlich den schönen Mund. „Diese Drogenberatungsstelle wird fast ausschließlich von der Familie meines Mannes finanziert. Da kann man es kaum als Diebstahl bezeichnen, wenn ich ein paar Papiere mitnehme."

„Also gut, Sie haben die Formulare mitgenommen. Und dann haben Sie dafür gesorgt, dass diese Frauen Ihren Mann nicht mehr belästigen können."

„Ja."

„Zora, oder vielmehr Soraya Kandikili, Oana Lecu, Rosaria Langer und wie sie noch geheißen haben."

„Genau. An die Namen kann ich mich nicht mehr erinnern."

Laura spürte ein Kribbeln im Bauch. Jetzt würden sie zu dem Punkt kommen, auf den sie die ganze Zeit zugesteuert hatte, und ihr die Morde auf den Kopf zusagen. Aber was sollte sie machen, wenn Claire es zugab? Verhaften konnte sie sie nicht. Sie würde die Polizei rufen müssen. Sofort. Nervös tastete sie in der Manteltasche nach dem Handy. Dann holte sie zum vernichtenden Schlag aus: „Sie haben die Mädchen umgebracht und es aussehen lassen wie eine Überdosis Heroin."

Für einen Augenblick stand Claire Martin vor Verblüffung der Mund offen. Dann lachte sie laut auf. „Nein! Sind Sie verrückt geworden? Natürlich nicht! Ich habe ihnen Geld gegeben."

5

Marek war zügig nach Düsseldorf durchgekommen. Die für ihre Staus bekannte A1 war relativ frei gewesen, und er hatte den BMW tüchtig auf Touren gebracht. Das Brüllen des Motors war weithin hörbar, die anderen Fahrer hatten sich beeilt, ihm Platz zu machen.

Bernd Schlüters Domizil lag in einem schmucken, ruhigen Vorort. Es war ein eher bescheidenes, zweistöckiges Haus mit Flachdach, das zur Straße hin zwei kleine Fenster hatte, durch die er sich keinesfalls durchzwängen wollte. Er umrundete das Haus, um einen Weg für den Einstieg zu finden. Die Rückseite bestand fast komplett aus einer Fensterfront, davor befand sich eine breite Terrasse, auf der wuchtige Lounge-Möbel unter einer dicken Plastikplane Winterschlaf hielten. Er studierte die Fassade, alle Fenster waren geschlossen. Kein unüberwindliches Hindernis, aber mit Aufwand verbunden. Lieber prüfte er vorher, ob es einen leichteren Weg gab. Marek ging zur Haustür und hob die Kokosmatte hoch: kleine Steinchen, Staub, sonst nichts. Dann rückte er eine schwarz lasierte Keramik-Vase zur Seite, in der mit einer Lichterkette behängte, nackte Zweige steckten, und Bingo. Der Haustürschlüssel lag silbern glänzend vor ihm. Marek grinste.

Bernd Schlüter war auf dem Land aufgewachsen, manche Gewohnheiten legte man nie ab. Er schloss die Tür auf und legte den Schlüssel zurück an seinen Platz. Dann betrat er leise wie eine Katze das Haus und nahm die Atmosphäre in sich auf. Aus dem Zimmer geradeaus brummte ein Kühlschrank, im Raum links tickte eine Uhr, ansonsten war es still. Es roch schwach nach neuen Möbeln, Kaffee und einem Putzmittel mit Zitronenduft.

Der Flur war schmal, an der linken Seite eine Garderobe, ansonsten Türen, die offenstanden. Gleich links befand sich das Wohnzimmer. Schwarze Ledergarnitur, Flachbildschirm, seitlich eine moderne Wohnwand, die aus mehreren, an der Wand befestigten Kästen bestand. Ein 30er-Jahre-Teewagen aus Holz, auf dem Spirituosen, Gläser und ein Eisbehälter aus Edelstahl standen, war die einzige persönliche Note. Marek warf einen kurzen Blick in das Gästebad und die Küche. Der blitzblanke Herd verriet den Junggesellen, nur die Kaffee-Maschine schien regelmäßig benutzt zu werden.

Er stieg die Stufen zum oberen Stockwerk hoch.

Das Schlafzimmer war groß, ein mit schwarzen Satin-Laken bezogenes Doppelbett dominierte den Raum, rechts und links standen zwei Nachtkästchen, der breite Kleiderschrank war komplett verspiegelt. Marek öffnete die Türen und tastete die sorgfältig aufgehängten Anzüge ab. Dann warf er einen Blick in die Wäscheschublade. Die Socken waren akkurat aufgerollt und nach Farbe geordnet, die Unterwäsche sauber gefaltet. Ein Stückchen durchsichtiges Plastik stach ihm ins Auge, er zog eine Tüte mit weißem Pulver hervor. Er überprüfte es nicht, es war klar, dass es kein Puderzucker war. So hat jeder seine Art, mit den Herausforderungen des Lebens klarzukommen, dachte er. Immer mehr Menschen puschten täglich ihre Leistungsfähigkeit mit dieser Droge, um dem

Erwartungsdruck standhalten zu können. So auch Bernd Schlüter. Er steckte das Tütchen zurück und wandte sich den Nachtschränkchen zu. In den Schubladen fand er ein Sammelsurium aus Nasensprays, Lutschtabletten, Kondomen, Vaseline, Taschentüchern und Kugelschreibern. Anscheinend wurde in diesem Schlafzimmer regelmäßig Damenbesuch empfangen. Marek warf noch einen kurzen Blick in das angrenzende Bad, dann ging er über den Flur in das Arbeitszimmer. Ein großer Schreibtisch mit zwei Schubladen stand vor dem Fenster, davor ein wuchtiger Chefsessel. Seitlich befand sich ein Regal, in dem Ordner standen, die mit 'Steuererklärung' und Jahreszahlen beschriftet waren.

Marek schaltete den Computer, ein älteres Modell, ein. Da der Zugang passwortgeschützt war, machte er ihn gleich wieder aus. Ihm fehlten Gildas besondere Talente. Auf dem Schreibtisch lagen ein paar Mappen, ordentlich aufeinandergestapelt. Marek fand beim Durchblättern Belege aller Art und Rechnungen. Dann überprüfte er die Schubladen. Die Erste enthielt Büromaterial, die Zweite war verschlossen.

Er zog sein Butterfly-Messer aus der Jackentasche und ließ es mit routinierter Handbewegung aufschnappen. Ein Kumpel hatte es ihm zu seinem achtzehnten Geburtstag geschenkt. Er hatte es auf den Namen Life-Saver getauft, damals waren amerikanische Namen in Polen absolut in gewesen. Es trug seinen Namen zurecht und hatte ihm schon mehrfach aus brenzligen Situationen geholfen. Er schob die Klinge in den Spalt, steckte eine kleine Feile ins Schloss, und die Lade sprang mit gedämpftem Ploppen nach vorne. Es lag nur eine Register-Mappe darin, ansonsten war sie leer.

Marek blätterte durch die Unterlagen, zuerst langsam, dann mit zunehmender Geschwindigkeit. Er sah auf und fluchte. Schlüter hatte Kontakt zu Professor Martin Senior. Und nicht nur das, sie waren Kooperationspartner. Enge Kooperationspartner. Die Unterlagen waren keine expliziten Beweise, die vor Gericht standhalten würden, aber für Marek war es sonnenklar. Schlüter nutzte seine politischen Kontakte dazu, dass der Medikamentenschmuggel von den Behörden unbehelligt stattfinden konnte. Das letzte Papier war ein Kalenderausdruck, der besagte, dass für morgen Abend ein Treffen mit Martin Senior in Waldheim angesetzt war.

Hektisch zog er das Handy hervor und wählte die Nummer seines Kontaktmannes. Hoffentlich hatten sie noch nicht zugeschlagen und Martin Senior und die Mafiosi verhaftet.

Denn dann würde Schlüter davonkommen.

6

Auf der Rückfahrt nach Bonn hatten Laura und Barbara immer wieder lachen müssen über die bizarre Situation, die sie in der Villa Martin vorgefunden hatten.

„Professor Martins Liebesleben scheint recht abwechslungsreich zu sein: zu Hause Gourmet-Essen und bei der Arbeit ein paar schnelle Snacks."

Laura nickte. „Er scheint kein Kostverächter zu sein."

„Du kannst dich einreihen, er war dir gegenüber deutlich genug. Wäre bestimmt ein Erlebnis."

„Nein danke. Um in deinem Bild zu bleiben: Ich stehe nicht auf einen Nimmersatt. Wenn ich so ein Abenteuer möchte, gehe ich abends in die Disco. Da gibt es wenigstens keine Komplikationen."

„Aber auch keine Abfindungsprämie, damit du dich fernhältst."

Laura lachte auf, doch sie war enttäuscht. Ein bisschen wenigstens. Sie hatte Steffen sympathisch gefunden, sie hatten sich gut verstanden, zusammen gelacht und viel Spaß gehabt. Dass er so ein Frauenheld war und sie wahrscheinlich nur ins Bett hatte kriegen wollen, um die nächste Kerbe machen zu können, frustrierte sie. „Jetzt wissen wir jedenfalls, was Zora meinte mit dem Sechser im Lotto: das Geld von Claire Martin. Aber bei der Frage, wer die Mädchen umgebracht haben könnte, sind wir keinen Schritt weiter."

„Vielleicht Professor Martin?"

„Steffen? Wieso?"

„Möglicherweise haben sie ihn erpresst und gedroht, es seiner Frau zu sagen."

Laura zuckte die Achseln. „Kann sein. Glaube ich aber nicht. Sie wusste ja von seinen Geschichten. Und das tut der Liebe offensichtlich keinen Abbruch, sonst hätte sie nicht so vorfreudig auf ihn gewartet."

Zurück in Bonn ließ sich Barbara an ihrem Jaguar absetzen und fuhr direkt nach Hause in die großzügig geschnittene Jugendstilwohnung im Musikerviertel. Für heute hatte sie genug vom Detektiv Spielen, außerdem musste sie dringend das Stück für ihr nächstes Konzert üben. Sie wollte bei den Proben nicht unvorbereitet auftauchen. Während Sie sich mit Fingerübungen aufwärmte, schweiften ihre Gedanken zu **ihm**. Sie hatten im Laufe des Tages ein paar Nachrichten gewechselt, aber kein Treffen vereinbart. Barbaras Finger liefen immer schneller über die Tasten. Sie hatte es satt, nur zu schreiben. Sie wollte *ihn* endlich sehen. Und spüren. Und zwar sofort. Mit einem dissonanten Klang sprang sie vom Klavier auf und holte ihr Handy.

'Ich möchte dich sehen. Fahre jetzt nach Waldheim, bin in zwei Stunden da. Nenn mir einen Treffpunkt. Ich liebe dich.'
Ohne zu zögern drückte sie auf 'Send'. So. Geschafft. Kein Warten mehr. Sie lief ins Bad, machte sich in aller Eile frisch, stopfte im Schlafzimmer das Nötigste in eine Reisetasche und verließ die Wohnung.

7

Das eiserne Schultor fiel scheppernd hinter Elisabeth Jakob ins Schloss. Heute war ihr freier Abend. Keine Aufsicht der zappeligen Kinder beim Abendessen, keine Einzelgespräche mit hohlköpfigen Unruhestiftern, keine Diskussionen mit dem faulen Personal. Sie freute sich auf die ruhigen Stunden fernab vom lärmigen Schulalltag. Nicht, dass sie etwas Besonderes vorgehabt hätte. Der Gedanke daran, einfach in ihrem geliebten Ohrensessel zu sitzen, Musik zu hören und ihren Erinnerungen nachzuhängen, erfüllte sie mit Vorfreude. Das alte Möbelstück stammte noch von ihrem Vater. Jeden Abend hatte er darin verbracht, die Nachrichten geguckt und seine Pfeife geraucht. Vor fünf Jahren war er gestorben, seitdem lebte sie allein. Und es war kein schlechtes Leben. Sie wusste, dass viele Dorfbewohner sie belächelten und vielleicht sogar bemitleideten, weil sie sie für eine alte Jungfer hielten. Aber die kannten sie schlecht. Sie hatte auch ihre Geheimnisse gehabt. Und ihre große Liebe. Heinrich Krabost. Selbst heute noch schlug ihr Herz höher, wenn sie an ihn dachte. Gleich am ersten Tag, als sie im Internat als Erzieherin angefangen hatte, hatte sie sich in ihn verliebt. In den Herrn Direktor. So stattlich, so bedeutend, ein Fels in der Brandung. Und verheirateter Familienvater. Unerreichbar für sie. Irgendwann war es dann doch geschehen. Die Sehnsucht war einfach übermächtig geworden, der Widerstand dahingeschmolzen wie Schnee in der Frühlingssonne. Ab da hatte sie die meisten Nächte in seinem Bett verbracht. Niemand durfte es wissen. Im Dorf wäre der Teufel los gewesen, seine Ehefrau hätte einen unglaublichen Wirbel veranstaltet. Aber ihr machten die jahrelangen Heimlichkeiten nichts aus. Tagsüber hatte sie mit ihm zusammen in der Schule gearbeitet, nachts hatte sie sein Bett gewärmt. Sie war seine wahre Frau. Seine große Liebe. Es war nicht nur das erhebendste Gefühl ihres Lebens gewesen, es war auch eine Auszeichnung des Schicksals.

Elisabeth Jakob straffte den Rücken, hob den Kopf und ging in stolzer Erinnerung die dunkle Straße entlang. Heinrich hatte sie erwählt. Niemand anderen. Das mit seiner Ehefrau war ein Fehler gewesen. Hatte er ihr immer gesagt. Sie bog ab in die Gasse, die direkt zur Kirche führte. Kurz schaute sie zu dem mächtigen Turm hoch, der hell erleuchtet in den finsteren Himmel ragte. Dann fiel ihr Blick auf das Friedhofstor.

Es stand offen.

Sie seufzte. Dass die Leute immer vergaßen, es hinter sich zu schließen. Hatten die zu Hause Säcke vor den Türen? Es war schon einige Male vorgekommen, dass Hunde nachts die Gräber aufgebuddelt und eine Wüste hinterlassen hatten. Seitdem mahnte der Vikar bei jeder Sonntagsmesse, dass die Friedhofsbesucher das Tor nicht vergessen sollten. Sie griff nach der Klinke, als sie einen Schatten hinter sich wahrnahm. Bevor sie sich umdrehen konnte, spürte sie einen Stich in den Hals. Die Beine gaben unter ihr nach. Ganz peripher nahm sie eine dunkle Gestalt wahr, die sich über sie beugte.

* * *

War sie wach? Oder träumte sie? Ihr Geist fühlte sich wach an, alles andere nicht. Sie spürte bis in jede Faser ihres Körpers eine Kälte, als wäre sie aus Eis. Sie konnte sich nicht bewegen. Etwas hüllte sie ein, von allen Seiten, schmiegte sich eisern an sie, presste ihre Arme an den Körper, machte die Hände unbeweglich. Das konnte nur ein Traum sein. Sie versuchte, die Augen zu öffnen, musste sie vor Schmerz jedoch gleich wieder zupressen. Die Luft wurde knapp. Ihr Mund schmeckte nach Erde. Das war kein Traum. Das war Realität. Sie war gefangen. Begraben in der Erde. Die Erkenntnis schoss durch ihr Gehirn wie ein sengender Blitz. Sie wollte schreien, doch das war unmöglich. Verzweifelt krümmte sie die Finger, um sich Platz zu verschaffen. Vergeblich. Sie brauchte Luft zum Atmen. Luft, Luft, Luft! Mit aller Gewalt versuchte sie einzuatmen. Doch nur Sand und Erde fanden den Weg in ihre Luftröhre. Zum Husten war kein Platz. Die Panik brachte das Blut in ihrem Kopf zum Dröhnen. Der Wahnsinn ergriff von ihr Besitz.

Nur langsam tat der Sauerstoffmangel sein mildtätiges Werk. Eine Distanz, wohltuend wie ein Sonnenstrahl am Morgen, schob sich zwischen ihren benommenen Geist und den panisch kämpfenden Körper. Und während sie dem gleißenden Licht immer weiter entgegenschwebte, wusste sie plötzlich, warum sie in diesem Grab lag, und wer ihr das angetan hatte. Und sie nahm dieses Wissen hin.

Gleichmütig.

Gelassen.
Ohne Bitterkeit.

8

Die Fahrt verging wie im Fluge. Barbara hatte sich ausgemalt, wie das Treffen mit *ihm* ablaufen würde. Als die Nachricht mit dem Vorschlag des Treffpunktes und der Uhrzeit gekommen war, hatte sie noch mehr aufs Gas gedrückt und die Lieder im Radio laut mitgesungen.

Es war stockdunkel, als sie in Waldheim ankam. Das Navi lotste sie über die Hauptstraße am hell erleuchteten Marktplatz vorbei, ließ sie mehrmals abbiegen und verkündete schließlich, dass das Ziel erreicht war. Barbara starrte angestrengt aus dem Fenster. Vor ihr lag ein altes, verlassenes Gebäude, 'Bahnhof Waldheim' stand auf einem Blechschild, das nur noch an einer Seite befestigt war und nach unten hing. Sie überprüfte, ob sie die Adresse richtig eingegeben hatte, aber kein Zweifel, hier sollte sie ihn treffen. Sie stieg aus und näherte sich vorsichtig über den unbeleuchteten Weg. Das Gebäude war einmal sehr stattlich gewesen, mit schön geschwungenen Erkern und zwei kleinen Türmen, doch jetzt blätterte die Farbe von der Fassade, einige Fenster waren mit Brettern vernagelt, die Stufen vor dem Eingang verfallen. Barbara zögerte. Sollte sie hierbleiben und auf ihn warten? Der Ort war ihr unheimlich. Ein leichter Wind kam auf und schien eine Wolke vertrieben zu haben, denn plötzlich schien der Mond auf den alten Bahnhof und offenbarte seine wildromantische Schönheit. Barbara lächelte. Das passte zu ihm. Er war so geheimnisvoll, natürlich hatte er so einen Ort für ihr erstes, richtiges Treffen gewählt.

Wahrscheinlich war drinnen ein Raum mit Kerzen geschmückt, ein Tisch mit Champagner und Leckereien gedeckt und leise Klaviermusik erklang aus einem tragbaren MP3-Player. Das war sein Stil, passte genau zu seinen wunderbaren, schwermütigen Nachrichten. Nicht eine lärmende Kneipe mit bierseligen Dorfbewohnern oder ein kahles, unpersönliches Hotelzimmer für die schnelle Nummer.

Die nächste Wolke hatte sich vor den Mond geschoben und das Gebäude in Dunkelheit getaucht. Sie vernahm ein Geräusch. Jemand näherte sich. Er. Die Schmetterlinge in Barbaras Bauch machten Purzelbäume, ihr Mund wurde trocken. „Hier bin ich." Vor Aufregung blieb ihr fast die Stimme weg. Sie sah, wie sich eine dunkle Gestalt näherte. Sie war relativ klein für einen Mann, nur wenig größer als sie selbst, und sehr schmal. „Hallo", lächelte sie. Doch in ihrem Hinterkopf fing es an zu arbeiten. War er nicht größer? Viel größer? Fast zwei Meter? Ein Impuls befahl ihr, zum Auto zu rennen. Doch zu spät. Die Gestalt holte aus, etwas krachte wuchtig auf ihren Kopf, Blut spritzte in alle Richtungen. Sie merkte nicht mehr, wie sie zu Boden fiel. Auch nicht, dass ihr Angreifer sich über sie beugte und ihr die Haare aus dem Gesicht strich.

TAG 5

1

Es war ein grauer Morgen, die Temperaturen waren gestiegen und hatten den Schnee auf den Wegen schmelzen lassen. Laura zog den Kopf ein gegen die Graupelschauer, die ihr der Wind ins Gesicht fegte, und lief durch den Vorgarten. Die Dornenranke hakte sich wieder an ihrem Mantel fest, sie stach sich tief in den Finger, als sie sie löste. Fluchend rettete sie sich ins Treppenhaus.

Im Vorraum erwartete Gilda sie mit einem Lächeln. „Morgen, Laura. Gut geschlafen?" Laura nahm den Finger aus dem Mund. „Ja, danke, wie ein Stein. Wahrscheinlich steckt mir der Überfall noch in den Knochen." Sie steuerte auf die Küche zu und legte eine große Tüte auf den Tisch. „Ich habe Nougat-Croissants mitgebracht. An so einem trüben Morgen braucht die Seele Nahrung."

„Lecker!" Gilda kletterte hinter ihrem Schreibtisch hervor, kam in die Küche und holte vier Teller aus dem Schrank.

„Wir brauchen nur drei."

„Nur drei Teller? Kommt Barbara nicht?"

Laura schüttelte den Kopf. „Nein, sie hat mir gestern spät abends, als ich schon schlief, eine Nachricht geschickt. Sie ist verreist."

„Verreist? So plötzlich? Warum hat sie uns nichts davon gesagt?"

„Keine Ahnung. Vielleicht muss sie einspringen bei einem Konzert."

„Wann kommt sie wieder?"

„Hat sie nicht gesagt. Sie wolle sich melden, hat sie geschrieben."

„Merkwürdig." Gilda stellte einen Teller zurück. „Hast du heute schon versucht, sie zu erreichen?"

„Klar. Aber das Handy ist ausgeschaltet. Irgendwie scheint ihr Phantomas das Gehirn vernebelt zu haben." Als Laura merkte, was sie gesagt hatte, schlug sie sich die Hand vor den Mund. Gilda betrachtete sie prüfend. „Laura, wenn du mir den Auftrag gibst, Vukodlak zu überprüfen, dann ist es nur eine Frage von Minuten, bis ich herausfinde, dass Barbara dahinter steckt. Ihre Nummer taucht in seinem Einzelverbindungsnachweis auf. Sie ist mir sofort ins Auge gesprungen."

„Ich habe Barbara hoch und heilig versprochen, dir nichts zu erzählen."

Gilda grinste. „Habe ich mir schon gedacht. Keine Sorge, ich schweige wie ein Grab." Sie legte die rechte Hand feierlich auf die Brust.

„Ist schon ok. Mach dir keine Gedanken." Laura öffnete raschelnd die Tüte und verteilte Croissants auf die Teller. „Konntest du herausfinden, wer Vukodlak ist?"

„Nein. Ich habe mich zwar in seine Accounts gehackt, doch die laufen unter Pseudonym. Aber keine Sorge, ich werde ihn finden."

„Ich weiß", sagte Laura. Und sie meinte es auch so.

Die Wohnungstür öffnete sich, Marek trat in den Vorraum. Seine Haare schimmerten vom Schneeregen, die Lederjacke hatte dunkle Flecken von der aufgesogenen Nässe. „Scheißwetter!"

„Dir auch einen schönen Morgen", lachte Laura. Gilda kam hinter ihr mit den drei Tellern aus der Küche. Jeweils einen trug sie in jeder Hand, den dritten balancierte sie auf dem linken Unterarm, ganz die geübte Kellnerin.

„Hi, Marek. Es gibt Croissants. Komm mit in Lauras Büro."

Die drei machten es sich auf den Sesseln gemütlich und ließen es sich schmecken.

„Jetzt noch einen guten Kaffee, und die Welt sieht wieder anders aus." Marek streckte die langen Beine von sich. Gilda sprang auf. „Ich mach dir einen. Einen schönen Caffè? Oder lieber euer Filterzeug?" Als sie die Gesichter der beiden Kollegen sah, kannte sie die Antwort. „Ok, auf deutsche Art. Kriegt ihr." Sie verschwand in der Küche.

„Wie ist es gestern gelaufen?", fragte Laura. „Konnte die Aktion noch gestoppt werden?" Marek hatte sie gestern Abend noch über die Neuigkeiten ins Bild gesetzt. Er nickte. „Konnte sie. Zum Glück. Wobei ich vielmehr glaube, dass sie noch nicht so weit waren. Die Mühlen mahlen langsam. Unter anderen Umständen hätte ich mich darüber geärgert. Diesmal bin ich froh."

„Manchmal hat die Schlamperei auch etwas Gutes. Wie bist du mit ihnen verblieben?"

„Ich habe gesagt, dass wir das Meeting von Schüler und Martin Senior noch abwarten. Dann können wir zuschlagen."

„Sofern sie es diesmal hinkriegen."

Marek nickte mit schiefem Lächeln. „Ich fahre gleich nach Waldheim, werde das Gespräch mithören, dann bin ich raus aus dem Fall."

„Ich komme mit." Laura stellte entschlossen den leeren Teller auf den Tisch. Marek sah überrascht auf. „Doch, ich komme mit. Schlüter ist mein Auftraggeber, es ist auch mein Fall. Außerdem brauchst du vielleicht Hilfe. Es ist besser, wenn wir zu zweit sind."

Gilda kam in den Raum mit zwei dampfenden Kaffeebechern. „Wobei braucht Marek Hilfe?" Er lachte amüsiert und nahm ihr mit dankbarem Lächeln eine Tasse ab. „Laura glaubt, ich könnte es nicht allein schaffen, Schlüter und Martin Senior zu belauschen."

„Immerhin ist Schlüter einer unseren Verdächtigen für den Mord an Ehrling." Laura nahm sich die andere Tasse und probierte vorsichtig.

„Aber so ein Lackaffe kann doch Marek nicht gefährlich werden," protestierte Gilda.

„Danke für dein Vertrauen, Kleines." Marek nickte ihr zunehmend belustigt zu.

„Ich komme mit und basta."

„Ok, Laura. Dann fahr mit. Ich möchte aber demnächst starten, um genug Zeit zu haben, mir den Treffpunkt genau anzusehen. Gute Vorbereitung ist achtzig Prozent des Erfolgs."

„Geht klar", stimmte sie zu. „Aber wir sollten an meiner Wohnung vorbei fahren, damit ich ein paar Sachen einpacken kann."

„Nicht nötig. Das Meeting wird nicht lange dauern, wir sind am späten Abend wieder in Bonn. Wenn nichts Unvorhergesehenes geschieht."

„Was könnte das sein?", fragte Gilda besorgt.

„Keine Ahnung. Irgendwas kann immer passieren. Mach dir keine Gedanken."

„Ja", stimmte Laura zu, „keine Sorge, diesmal werde ich mein Handy dabei haben und es auch nicht ausschalten. Wir können sofort die Polizei rufen, wenn etwas passiert." Dann trat ein Schatten auf ihr Gesicht. „Können wir nicht. Die Polizei steckt mit Martin Senior unter einer Decke. Jedenfalls dieser Dieter. Die werden uns nicht helfen. Marek, was machen wir, wenn etwas passiert?"

„Laura, wenn du Angst hast, bleib hier. Ich schaffe das allein."

Sie presste die Lippen zusammen. „Das haben wir schon geklärt."

Marek seufzte. „Ok. Dann setze ich mich mit meinen Kontakten in Verbindung. Sie sollen dafür sorgen, dass eine Sondereinheit in der Nähe bereitsteht, die nichts mit der Polizei in Waldheim zu tun hat. Zufrieden?"

Laura lächelte erleichtert. „Wann starten wir?"

„Jetzt gleich?"

„Gut." Sie sprang auf. „Gilda, du hast deine Recherche-Jobs. Gib mir Bescheid, wenn du etwas herausfindest. Und ansonsten hältst du hier die Stellung."

2

Die Fahrt in Mareks Auto verging wie im Fluge. Er fuhr die ganze Zeit deutlich schneller als erlaubt. Jedes Mal, wenn die Geschwindigkeitsbeschränkung aufgehoben wurde, drückte er noch mehr aufs Gas, und Laura wurde in die Rückenlehne gepresst. Sie hielt sich auf beiden Seiten am Sitz fest und starrte angestrengt aus dem Fenster. Als sie endlich die Autobahn verließen, stand ihr der Schweiß auf der Stirn. Marek sah zu ihr hinüber und lächelte. „Du bist blass."

„Das täuscht", log sie tapfer.

Sie passierten das Ortsschild von Waldheim. „Wo müssen wir denn hin? Ins Krankenhaus?" Marek schüttelte den Kopf. „Nein, als Treffpunkt stand in dem Kalenderausdruck 'Alter Bahnhof'. Ich habe es im Internet nachgesehen. Es gibt einen Bahnhof, der seit zwanzig Jahren nicht mehr im Betrieb ist. Sie haben einen moderneren Bahnhof auf der anderen Seite von Waldheim gebaut, weil das verkehrstechnisch günstiger war. Die alten Gleise wurden stillgelegt. Es heißt, die Bahn hat bis heute keinen Käufer für das Gebäude gefunden, und seitdem verfällt es."

„Merkwürdiger Treffpunkt für die beiden hochnäsigen Herren. Ich hätte ihnen eher das Restaurant im Hotel oder die Villa vom Herrn Professor zugetraut."

Marek zuckte die Achseln. „Der Polizist hat mich im Krankenhaus gesehen und nach mir gesucht. Es kann sein, dass sie Verdacht geschöpft und deshalb diesen abgelegenen Ort ausgesucht haben."

Sie waren mehrmals abgebogen und folgten jetzt einer schmalen Straße stadtauswärts. Das verlassene Bahnhofsgebäude wurde sichtbar. Marek trat noch einmal aufs Gas, Laura wurde in den Sitz gepresst, dann hielt er abrupt neben einem Schuppen, der früher als Fahrradständer gedient hatte. „Hier kann man das Auto vom Gebäude aus nicht sehen", erklärte er. Laura öffnete mit zitternden Fingern die Tür und stieg aus dem Wagen. In Waldheim war es deutlich kälter als in Bonn, ein eisiger Wind trieb ihr die Tränen in die Augen.

„Alles klar?"

„Alles klar. Du Düsenjäger." Sie stakste mit unsicheren Beinen zu ihm und gab ihm einen Schubs. „Mach das nicht noch mal."

Marek lachte, dann legte er ihr die Hand auf die Schulter. „Wir schauen uns zuerst hier draußen um. Ich will sicherge-

hen, dass noch keiner da ist. Danach gehen wir ins Gebäude."
Sie nickte und folgte ihm.

Der Schnee unter ihren Füßen war hartgefroren. Laura versuchte, nicht auszurutschen und mit ihm Schritt zu halten. Als er stehenblieb, lief sie fast in ihn hinein.

„Ist etwas?" Er schaute sich aufmerksam um, dann schüttelte er den Kopf. „Nein, weiter."

Das Gebäude sah traurig aus. Die einstige Pracht war nur noch zu erahnen. Die Fenster waren blind oder mit Brettern vernagelt, auf dem Dach fehlten Schindeln, die Fassade hatte an vielen Stellen große, dunkelgraue Schimmelflecken. Marek schlug den Weg zu den Bahnsteigen ein. Hier bot sich ein ähnliches Bild, ein ausrangierter Eisenbahnwaggon stand neben dem verfallenen Bahnsteig, die Gleise waren unter den zugeschneiten, vertrockneten Gräsern nicht zu erkennen. Möglicherweise hatte die Bahn sie auch zurückgebaut, Metall war wertvoll. Sie gingen an einer eingeschlagenen Glastür vorbei, die Risse zogen sich wie ein Spinnennetz über die ganze Fläche. Darüber hing eine zerbrochene Plastikleuchte, auf der Kio stand. Das S und K fehlten.

„Es ist gruselig hier", murmelte Laura.

Marek nickte und ging weiter, bis sie die Vorderseite wieder erreicht hatten. Plötzlich hielt er an, ging in die Knie und wischte mit dem Finger über den Boden. Laura näherte sich und sah, dass er vor einem großen, dunkelroten Fleck hockte.

„Blut", flüsterte sie. Er nickte. Dann erhob er sich und bewegte sich langsam vorwärts. „Das könnten Schleifspuren sein." Er deutete auf eine Unregelmäßigkeit in der vereisten Schneedecke.

Laura konnte nichts entdecken. „Glaubst du, hier ist etwas Schlimmes passiert?"

Marek zuckte die Schultern. „Wir gehen rein und sehen uns um."

Laura zögerte, dann nickte sie entschlossen.

Vor dem Haupteingang befanden sich drei breite Stufen, die zweiflügelige Holztür sah verrottet aus, die Farbe war abgeblättert. Marek drehte sich zu ihr um und wies auf das Schloss: Es war neu und glänzte silbern in der Sonne. Dann drehte er ihr den Rücken zu, zog etwas aus seiner Tasche, hantierte einige Sekunden, die Tür sprang auf. Lächelnd richtete er sich auf und bedeutete ihr, ihm zu folgen. Vorsichtig trat sie durch die Tür und sah sich um. Es war dunkel, durch die schmutzigen Fenster fiel kaum Licht. Sie befanden sich in einer großen Halle, an den Seiten waren Ticketschalter, die Hälfte des Raumes nahm ein Wartebereich ein. Zwischen kaputten Bänken und aus der Verankerung gerissenen Papierkörben lagen zerquetschte Dosen, zerbrochene Bierflaschen, alte Zeitungen und anderer Müll. Vielleicht hatten Jugendliche sich hier getroffen und Party gemacht. Bevor das Schloss ausgewechselt worden war.

„Glaubst du wirklich, dass Martin Senior und Schlüter sich hier treffen?" Laura hatte Zweifel.

Marek nickte. Er schloss das Hauptportal hinter sich ab und ging zielstrebig auf eine Tür zu, die für 'Personal' gekennzeichnet war. Er zog eine Taschenlampe aus seiner Jacke und leuchtete auf das Schloss. Nagelneu.

Wenige Handgriffe später hatte er sich Zugang verschafft und Laura folgte ihm erstaunt in einen sauberen Raum mit langem Tisch, um den viele Stühle standen. Plötzlich ging das Deckenlicht an. Laura schrak geblendet zusammen und schrie auf.

Marek lachte. „Nicht so schreckhaft."

Am liebsten hätte sie ihm eine gepfeffert, so hatte sie sich erschrocken. Dann lachte sie auch. „Du meine Güte, ich dachte schon, man hätte uns entdeckt."

„Keine Sorge, wir sind allein."

„Was ist mit den Schleifspuren?"

„Die sind von gestern. Und ich bin auch nicht sicher, ob sie in den Bahnhof hineinführen. Der Boden ist so hartgefroren. Vielleicht wurde jemand zu einem Auto transportiert. Durch den Haupteingang ist jedenfalls heute noch keiner gekommen."

Laura glaubte ihm und entspannte sich. „Also hier wird nachher das Treffen stattfinden. Wo können wir uns verstecken?" Marek sah sich um, ging zu einer Tür am anderen Ende und öffnete sie. Laura folgte ihm in einen Raum, der früher zum Ausruhen für Bahnhofswärter gedient hatte, die nachts Dienst tun mussten. In Zeiten, als noch nicht alles über zentrale Computer gesteuert wurde, sondern die Signale noch per Hand gesetzt worden waren. Dort standen drei alte Sofas und an der Wand ein Sideboard mit einer Kaffeemaschine. Der Raum hatte zwei weitere Türen, die verschlossen waren. Die eine führte vermutlich wieder in die Halle, die andere auf den Bahnsteig. Laura schaute sich die Kaffeemaschine genauer an. „Ich glaube, die ist regelmäßig in Betrieb. Dieses Zimmer wird oft genutzt."

Marek nickte. „Hier finden häufiger Treffen statt. Sonst hätten die sich nicht solche Mühe mit dem Auswechseln der Türschlösser gegeben. Kann sein, dass sie sich nachher auch hier aufhalten. Am besten warten wir auf sie in der Halle, hier würden sie uns sofort entdecken."

Sie gingen zurück durch den Nebenraum mit dem langen Tisch in die Halle. Marek verschloss die Tür, auf der 'Personal' stand, mit seinen Spezialutensilien hinter sich und sah sich um. Er zeigte auf den Wartebereich. „Dort hinten werden wir auf sie warten. Wenn wir uns ruhig verhalten, werden sie uns nicht bemerken. Zielstrebig durchquerte er die Halle, Laura folgte ihm. Er zeigte auf die Ecke hinter einer Bank und einem umgestürzten Abfallbehälter. „Wenn wir uns hinsetzen, können sie uns nicht sehen."

Laura kam näher, sah zweifelnd auf den vermüllten Boden und schob angewidert mit ihrem Lammfellstiefel Müll und Dreck zur Seite. „Setz dich."

„Was, jetzt? Das Meeting findet in zwei Stunden statt."

Marek lächelte nachsichtig. „Natürlich jetzt. Deshalb sind wir so früh gekommen."

„Ich dachte, um uns umzusehen. Wir haben noch Zeit genug, um einen Kaffee trinken zu gehen und uns aufzuwärmen." Der Gedanke an einen Cappuccino und ein Stück Kuchen ließ ihr das Wasser im Mund zusammenlaufen. Sie hatte seit dem Croissant am Morgen nichts mehr gegessen. Aber Marek schüttelte unbarmherzig den Kopf. „Wir müssen hierbleiben. Martin Senior kommt bestimmt nicht allein. Und er wird seinen Handlanger vorschicken, um sicherzustellen, dass die Luft rein ist. So würde ich es jedenfalls machen. Er kann jederzeit hier sein. Also setz dich."

Laura seufzte, versuchte, mit dem Stiefel den Boden so gut wie möglich zu säubern, ließ sich nieder und lehnte den Rücken an die kalte Wand. Marek setzte sich neben sie und nickte ihr aufmunternd zu.

Das Warten begann.

3

Nachdem Laura und Marek gefahren waren, hatte Gilda noch ein Croissant aus der Küche geholt und sich hinter den Schreibtisch geklemmt. Aus einem Impuls heraus griff sie nach dem Telefon und wählte Barbaras Nummer. Eine elektronische Stimme informierte sie, dass der Teilnehmer zurzeit nicht erreichbar war. Sie schaute auf die Liste mit den Aufträgen und entschied sich, zuerst Näheres über den zweiten Sohn von Anastasia herauszufinden. Die Invers-Suche mit Anastasias Festnetznummer in den Telefonverzeichnissen ergab, dass er nicht bei seiner Mutter zu wohnen schien. Jedenfalls wurde er dort nicht offiziell geführt. Seinen Namen kannte sie nicht. Vielleicht hieß er auch Horvat mit Nachnamen, aber das musste nicht sein. Manche Eltern waren nicht verheiratet, und die Kinder erhielten den Namen ihres Vaters. Ehe sie sich weiter den Kopf zermarterte, entschloss sie sich, kurzerhand bei Elisabeth Kaiser, der Chefin des Hotels in Waldheim anzurufen.

„Guten Tag, Frau Kaiser, hier spricht Gilda Lambi von der Detektei Peters. Meine Chefin ist Laura Peters, die bis gestern bei Ihnen übernachtet hat."

„Ja?"

„Ich möchte Sie gerne etwas fragen", fiel Gilda mit der Tür ins Haus, „können Sie mir etwas über Antonia Horvats Sohn erzählen? Nicht Milan. Den anderen." Kurzes Zögern am anderen Ende der Leitung. „Meinen Sie Valentin?"

„Ja. Wenn das der Bruder von Milan ist?"

„Ja. Ist er. Was wollen Sie wissen?"

„Heißt er auch Horvat?"

„Ja. Valentin Horvat. Aber keiner hat ihn so genannt. Jedenfalls die Kinder nicht. Aber an den Spitznamen kann ich mich im Moment nicht mehr erinnern."

„Wie alt ist er?"

„Er war deutlich jünger als Milan. Bestimmt zwanzig Jahre. Er dürfte jetzt so Ende zwanzig oder Anfang dreißig sein."

„Und wer ist sein Vater?"

Frau Kaiser lachte trocken. „Das weiß keiner. Genauso wenig wie bei Milan. Anastasia hat nichts anbrennen lassen."

„Echt?" Gilda war überrascht. Laura und Barbara hatten ihr von einer verhutzelten, ausgelaugten Putzfrau erzählt, nicht von einer Femme Fatale.

„Sonst noch was?" Frau Kaiser wollte das Gespräch beenden.

„Wo wohnt Valentin. Und was macht er?"

„Da fragen Sie mich was. Ich habe keine Ahnung. Er ist nach der Schule weggegangen. Vielleicht ins Ausland. Was er da treibt, weiß ich nicht. Aber zurzeit ist er zu Besuch bei seiner Mutter. Ich habe ihn mehrmals auf der Straße gesehen. Sie muss sehr glücklich sein, dass er da ist. Er ist ihr Ein und Alles."

„Er ist in Waldheim?"

„Ja. Das sagte ich. Mehr kann ich Ihnen nicht erzählen."

Gilda bedankte sich und beendete das Gespräch. Milans Bruder, Valentin Horvat, war also in der Gegend. Vielleicht war er hier, um endlich seinen Bruder zu rächen. Damit hatten sie einen Verdächtigen mehr, der Michael auf dem Gewissen haben und der der ominöse Ambrus sein konnte.

Sie gab den Namen in die Suchmaschinen ein, erhielt aber nur Ergebnisse, die sie gefühlt anderen Personen zuordnete. Frustriert trommelte sie mit dem Kuli auf die Schreibtischplatte.

Die Tür öffnete sich, Justin trat ein. Er war wie immer viel zu dünn angezogen, seine Nase war rot vor Kälte.

„Hi, Gilda. Ist Marek da?"

„Nein, er ist mit Laura auf einem Außentermin."

„Meinst du, ich kann in sein Büro?"

„Warum denn nicht?"

„Na ja, jetzt, wo er wieder da ist, braucht er es doch selbst." Gilda war sich nicht so sicher, ob Marek wieder sein Büro beziehen würde, aber das behielt sie für sich. „Er hat bestimmt nichts dagegen."

„Gut." Er grinste von einem Ohr bis zum anderen und verschwand im Nebenzimmer. Kurz darauf ertönte die übliche Ballerei, an die Gilda schon gewöhnt war. Sie legte den Zettel mit den Notizen zu Valentin Horvat zur Seite und nahm sich die nächste Aufgabe vor. Ambrus. Laura und Marek gingen davon aus, dass der Totengräber und der Erpresser ein und dieselbe Person waren. Aber vielleicht lagen sie falsch? Vielleicht war es Michael gewesen, der unter dem Decknamen Ambrus Mails verschickt und den Totengräber dazu getrieben hatte, ihn umzubringen. Er hatte sich mitschuldig gefühlt am Martyrium des kleinen Milan. Das Thema hatte ihn bis heute verfolgt und ihm schlaflose Nächte bereitet. Und der Totengräber war jemand anderes, zum Beispiel Bernd Schlüter oder Valentin. Sie starrte vor sich hin und überlegte, wo sie die Recherche ansetzen könnte. Ohne sich viel dabei zu denken, gab sie das Wort 'Ambrus' in die Suchmaschine ein und beugte sich überrascht vor: Ambrus war ein ungarischer Vorname, der 'der Unsterbliche' bedeutete. Sie hatte mit der Rumalberei über den Zombie Ambrus also gar nicht so falsch gelegen. Obwohl unsterblich natürlich nicht das Gleiche war wie untot. Unsterbliche lebten immer weiter, Untote waren bereits einmal gestorben. Ihre Gedanken kreisten um Milan. Der war auch gestorben. Im Balkan-Krieg. Sie sah in den Notizen nach. Es war passiert bei dem Raketenbeschuss von Zagreb 1995. Seine Mutter war nicht persönlich informiert worden, sondern hatte es über den Direktor des Internats erfahren. Gilda zog nachdenklich die Stirn kraus. Sie war zu jung, um den Balkankrieg mitbekommen zu haben. In der Schule war darüber kein Wort verloren worden. Sie gab die Daten der Tragödie in den Computer ein, rief einen Artikel auf und überflog ihn. Überrascht stellte sie fest, dass die Bevölkerung vor dem Angriff gewarnt worden war, es hatte nur sieben Tote gegeben. Sieben Tote kamen ihr erstaunlich wenig vor. Und ausgerechnet Milan hatte es getroffen. Der Junge hatte wirklich in seinem Leben unglaubliches Pech gehabt.

Oder da stimmte etwas nicht.

Der Beschuss von Zagreb war ein Anklagepunkt in einem Prozess des UN-Tribunals in Den Haag gewesen. Es dauerte fast eine Stunde, bis sie die unzähligen Unterlagen gesichtet hatte, dann kannte Gilda die Namen der bedauernswerten Opfer. Keiner von ihnen hieß Milan Horvat. Und das hatte sie sich schon gedacht. Die Todesnachricht, die der Direktor Anastasia überbracht hatte, war falsch gewesen. Lebte Milan noch? Und wenn ja, warum wusste Anastasia das nicht? Oder hatte sie gelogen? Gilda vergrub den Kopf in ihren Händen. Wen konnte sie noch fragen? Seinen Bruder Valentin konnte sie nicht finden, Michael war tot, Schlüter wusste auch nichts oder tat wenigstens so. Vielleicht die beiden anderen Mitschüler, deren Adressen sie gefunden hatte? Sie suchte die Notiz heraus und wählte die Nummer von Thomas Langemann.

„Hallo." Die Stimme klang alt und müde.

„Spreche ich mit Thomas Langemann?"

„Wer will das wissen?" Gilda stellte sich vor und fragte ihn nach Milan.

„Was soll mit dem sein?"

„Haben Sie Kontakt zu ihm oder wissen Sie, wie ich ihn finden kann?"

„Milan ist tot."

„Das glaube ich nicht", widersprach sie. „Ich denke, das ist eine Falschinformation."

„Was für eine Falschinformation? Ich habe ihn selbst weggeschafft. Der war mausetot."

„Weggeschafft?" Gilda verstand gar nichts mehr. „Was meinen Sie?" Sie hörte ein Klicken, die Verbindung war unterbrochen. Als sie es erneut versuchte, meldete sich niemand mehr. Frustriert haute sie auf den Schreibtisch, und ein Stiftebehälter fiel krachend zu Boden. Die Tür zu Mareks Büro öffnete sich, Justin sah vorsichtig heraus. „Alles in Ordnung?"

Gilda musste lachen. „Klar. Ich habe mich nur aufgeregt über so einen Kerl, der einfach mitten im Gespräch aufgelegt hat."

„Hast du ihn genervt?"

„Eigentlich nicht. Wir haben uns ganz normal unterhalten." Justin sah sie ratlos an. Er hätte gern geholfen, aber mehr fiel ihm nicht ein. Er zuckte die Achseln, kniete sich hin und sammelte die Stifte auf.

„Vielen Dank!", lächelte Gilda und warf ihm ein Küsschen zu. Er wurde rot und verschwand in Mareks Büro. Gilda kam plötzlich ein anderer Gedanke. Vielleicht hatte sich Thomas Langemann verplappert und nicht gewusst, wie er aus der Situation herauskommen konnte. Was hatte Michael erzählt? Einige Schüler hatten sich nach dem Gassenlauf um Milan kümmern müssen, die anderen waren ins Bett geschickt worden. Vielleicht hatte Michaels Gefühl ihn doch nicht getrogen, und

Milan war bei der Strafaktion umgekommen und nicht noch in derselben Nacht in ein Internat im Ausland abgereist. Stattdessen hatten ihn seine Mitschüler weggeschafft. So hatte es Thomas Langemann ausgedrückt. Gilda bekam eine Gänsehaut. War das das Thema, mit dem Ambrus Schlüter – und vielleicht noch andere Mitschüler – erpresste? Dann musste Schlüter einer von den Schülern gewesen sein, die Milan beseitigt hatten. Eine lange Haarsträhne löste sich aus dem Haargummi und fiel ihr ins Gesicht. Nachdenklich wickelte sie sie um den Zeigefinger. Die Todesnachricht aus Zagreb hatte es vielleicht nie gegeben. Oder sie war gefälscht worden. Wer hatte solche Kontakte, um ausländische Behörden dazu zu bringen, derartige Briefe zu schreiben? Bernd Schlüter? Sie machte sich eine Notiz. Langsam rauchte ihr der Kopf. Sie kletterte hinter dem Schreibtisch hervor, streckte sich und holte sich in der Küche eine Cola. Auf dem Tisch lag ein letztes Croissant, sie nahm es mit zum Computer.

Auf ihrer To-Do-Liste stand noch Vukodlak. Der Werwolf, der es auf Barbara abgesehen hatte. Sie nahm das Telefon und wählte ihre Nummer, vergeblich. Ein leises Unbehagen meldete sich. Lag es an dem grauen Nachmittag, oder war etwas nicht in Ordnung? Barbara war ein erwachsener Mensch, sie musste sich nicht in der Detektei abmelden, wenn sie verreiste. Aber es war untypisch für sie. Vor allem, wenn sie alle zusammen mitten in einem Fall steckten. Gilda juckte es in den Fingern, sich in Barbaras Account zu hacken, um nachzusehen, ob etwas passiert war. Aber sie hielt sich zurück. Man hackte sich nicht in die Accounts von Freunden. Das machte man einfach nicht. Stattdessen rief sie das Telefon-Konto von Vukodlak auf und ließ sich die Verbindungen anzeigen. Gestern hatte er viel mit Barbara gechattet, das hatte sie mitbekommen.

Aber das wurde nicht seinem Einzelverbindungsnachweis ausgewiesen, da er eine Datenverbindung genutzt hatte, die nur als Volumen und nicht mit Adressaten gelistet wurde. Ansonsten hatte er drei Nummern angerufen. Sie öffnete ein weiteres Fenster in ihrem Browser und tippte die Erste ein. Ihre Augen wurden groß, als der Name seines Gesprächspartners auf dem Bildschirm erschien. Aufgeregt gab sie die zweite Nummer ein, und eine kalte Hand schien in ihren Nacken zu greifen. Hastig überprüfte sie, wie regelmäßig diese Telefonate stattgefunden hatten. Es gab keinen Zweifel. Jetzt wusste sie, wer Vukodlak war.

War Barbara bei ihm? Womöglich nicht freiwillig. Was sollte sie tun? Ehrenkodex hin oder her, hier war Gefahr im Verzug. Sie musste Gewissheit haben und sich in Barbaras Whatsapp Account einhacken. Fünf Minuten später las sie die Nachricht, in der Vukodlak Barbara Ort und Uhrzeit des Treffens genannt hatte.

„Justin, ich muss sofort nach Waldheim!"

Justin streckte den Kopf durch Mareks Bürotür: „Bin dabei!"

4

Laura versuchte vorsichtig, ihr Bein auszustrecken. Wenn sie noch länger in dieser Haltung verharrte, würde es einschlafen. Sie warteten jetzt seit einer Stunde. Anfangs hatte sie versucht, sich flüsternd mit Marek zu unterhalten, doch seine Antworten waren so kurzangebunden gewesen, dass sie den Wink verstanden hatte. Sie sollte ruhig sein. Er konzentrierte sich auf die Umgebung, lauschte auf die Geräusche, um frühzeitig gewarnt zu sein, wenn sich jemand näherte. Sie hatte ihr Handy aus der Tasche gezogen, es auf leise gestellt und die Nachrichten überprüft. Barbara hatte sich nicht mehr gemeldet, Gilda auch nicht. Plötzlich war da dieses leise Rascheln gewesen, eine Ratte wanderte unter den Bänken umher. Marek hatte seine Hand auf ihren Arm gelegt, aber das war unnötig. Nagetiere machten ihr nichts aus. Sie würde sich ruhig verhalten. Bei Spinnen sah es anders aus, da hätte sie für nichts garantieren können. Doch zum Glück war es zu kalt für ihre achtbeinigen Freunde. Irgendwann war sie kurz weggedöst, ihr Kopf war an Mareks Schulter gesackt. Doch mit einem Ruck war sie hellwach gewesen, als er sich abrupt aufgerichtet hatte. Ein Geräusch kam aus einem Raum schräg gegenüber von ihnen. Sie erinnerte sich, dass er voller Müll und Gerümpel war. Sie hatten nur einen kurzen Blick hineingeworfen, er war ungeeignet für das Treffen. Jetzt war deutlich ein Scharren und Kratzen zu vernehmen. Die beiden sahen sich an, die Ohren gespitzt. Doch dann war es ruhig geblieben, und sie hatten sich wieder entspannt. Sicher nur eine Ratte.

Die Zeit zog sich, die Minuten erschienen ihr wie Ewigkeiten. Sie bewunderte Marek, der absolut unbeweglich dasitzen und in die Stille lauschen konnte.

Plötzlich hob er den Zeigefinger. Laura versuchte so angestrengt zu lauschen, dass die Stille in ihren Ohren dröhnte. Aber sie hörte nichts. Ein Schlüssel wurde in Schloss gesteckt, der eine Flügel des Hauptportals schwang auf, Licht fiel in die Bahnhofshalle. Laura konnte die Umrisse eines großen, kräftigen Mannes erkennen. Die Tür fiel zu, es wurde finster. Dann durchschnitt der Lichtstrahl einer starken Taschenlampe die Dunkelheit. Er wanderte hin und her, unter Bänke und Abfallkörbe – und eine Schocksekunde lang auch über sie beide. Aber er verharrte nicht auf ihnen, kam nicht zurück, sondern wanderte weiter. Laura merkte, dass sie vor Anspannung die Zähne zusammengebissen hatte. Marek erhob sich und schlich zwischen den Bänken hindurch. Der Lichtstrahl wanderte zu der Tür des Besprechungsraumes, ein Schlüssel wurde im Schloss gedreht, dann ging das Licht in dem Raum an. Laura kniete sich hin und spähte über die Rücklehne einer Bank. Sie sah Marek neben der Tür flach an die Wand gedrückt. Drinnen rumorte es. Es wurde entspannt ein Lied gepfiffen, Stühle wurden gerückt. Dann erschien die Person im Türrahmen und Laura konnte erkennen, dass es Dieter, der Polizist, war. Genau, wie Marek es erwartet hatte. Er machte die Beleuchtung wieder aus, schloss die Tür ab und entfernte sich im wandernden Licht seiner Taschenlampe.

Als die Bahnhofstür hinter ihm zuschlug, atmete Laura erleichtert auf.

5

Barbara schwebte in einem endlosen Ozean aus Dunkelheit, Feuchtigkeit, Moder und Schmerz. Sie spürte keine Abgrenzung zu diesem Universum, sie war eins mit ihm. Es schien sie nicht mehr als Individuum zu geben. Sie war ein körperloser Teil dieser universellen Gesamtheit. Noch waren die Gefühle, Eindrücke und Erfahrungen, die sie ausmachten, beisammen. Doch bald würden sie auseinanderdriften, sich auflösen, verbinden mit der Unendlichkeit. Weit entfernt war da eine Ahnung, ein vages Wissen, dass sie dagegen ankämpfen sollte.

Aber ihr fehlte die Kraft.

6

Gilda war zuerst dagegen, dass Justin sie begleiten wollte, aber er zeigte sich so störrisch, dass sie schließlich zustimmte. Sie hatte keine Zeit für lange Diskussionen. Da sie kein Auto hatte, würde sie sich eins leihen müssen. Leider fiel ihr nur der alte Mercedes ihres Vaters ein. Er besaß den Wagen seit zwanzig Jahren und war stolz auf ihn wie am ersten Tag. Niemals würde er ihn ihr überlassen. Bisher hatte sie immer umsonst gefragt. Sie würde ihn heimlich nehmen müssen.

Sich ins Haus zu schleichen und den Schlüssel zu holen, war leicht gewesen. Schwieriger war es, die große Kiste ohne Blessuren rückwärts aus der schmalen Ausfahrt auf die Straße zu bugsieren. Doch auch das war schließlich gelungen, und die beiden grinsten sich verschwörerisch zu, als sie davonfuhren. Gilda gab Justin ihr Handy, ohne den Blick von der Straße zu wenden. „Stell mal die Fahrtroute nach Waldheim Bahnhof ein. Ich habe keine Ahnung, wohin wir müssen."

Justin tat wie geheißen, und die Stimme des Handys lotste sie auf die Autobahn. Gildas Nase berührte fast die Windschutzscheibe, so konzentriert war sie. Die Fahrprüfung war das letzte Mal gewesen, dass sie am Steuer gesessen hatte. Hinter ihr hupten Autos, fuhren fast bis zur Stoßstange auf und überholten in einem Tempo, das ihr irrwitzig vorkam.

Justin sah sich um. „Vielleicht solltest du ein bisschen schneller fahren. Wir halten den Verkehr auf. Ich glaube, man darf wenigstens hundert fahren, wir haben gerade mal siebzig drauf."

„Ich muss mich erst wieder an das Fahren gewöhnen." Sie krampfte die Hände ums Steuer. Wieder überholte ein Auto, der Fahrer machte im Vorbeifahren Gesten, die nicht misszuverstehen waren.

„Jetzt gib endlich ein bisschen Gas", drängte Justin. „So kommen wir nie an. Unsere Ankunftszeit hat sich laut Handy schon um zehn Minuten verschlechtert, dabei sind wir gerade mal eine Viertelstunde unterwegs."

Gilda drückte das Gaspedal weiter runter und schaltete mühsam einen Gang hoch. Der Motor des Mercedes brummte jetzt zufriedener, sie entspannte sich und fuhr mit dem Strom. Allerdings blieb sie eisern auf der rechten Spur.

„Was machen wir in Waldheim?"

„Wir suchen Barbara. Ich fürchte, es könnte ihr etwas passiert sein."

„Nein!" Aus dem Augenwinkel sah Gilda, dass Justin sie anstarrte.

„Vielleicht auch nicht. Wir werden sehen. Aber sie ist seit gestern Abend verschwunden und hat nur eine nichtssagende Nachricht hinterlassen."

„Das ist doch nichts Schlimmes, wenn sie Bescheid gesagt hat. Deshalb haben wir das Auto von deinem Vater gestohlen und fahren bis nach Waldheim?"

„Wir haben das Auto nicht gestohlen. Ich habe meinen Vater nur nicht gefragt."

„Weil er Nein gesagt hätte."

Gilda seufzte. „Das weiß man nicht."

„Was, meinst du, könnte mit Barbara passiert sein?"

„Sie hat einen Mann kennengelernt, der vielleicht gefährlich für sie ist. Ich habe ein schlechtes Gefühl und möchte nachsehen, dass ihr nichts passiert ist. Falls alles in Ordnung ist, darfst du niemandem von unserem Abenteuer erzählen. Ist das klar?" Justin nickte und hob die Hand zum Schwur.

„Was für ein Mann? Ein Verbrecher?"

„Keine Ahnung, aber möglich. Er nennt sich selbst Werwolf und hat Barbara gestern Abend ein Treffen im Bahnhof in Waldheim vorgeschlagen. Seitdem ist sie verschwunden."

„War gestern Vollmond?"

Gilda lachte. „Scherzkeks." Sie blickte zu ihm hinüber und das Auto machte einen abrupten Schlenker. Hastig umklammerte sie das Steuer und starrte gebannt auf die Straße. „Lenk mich nicht ab!"

Vor ihnen zog sich die Autobahn, es wurde langsam dunkel.

7

Laura verspürte fast Erleichterung, als sie Stimmen von draußen hörte. Das Warten hatte an ihren Nerven gezerrt, das Gefühl, aufspringen und laut schreiend durch die Halle toben zu müssen, war fast übermächtig geworden. Sie war an einem Punkt, wo sie es lieber mit zehn Mördern gleichzeitig aufgenommen hätte, anstatt weiter regungslos und stumm in der dunklen, schmutzigen Ecke zu hocken.

Die Eingangstür öffnete sich, Licht fiel in die Halle, sie konnte die Umrisse mehrerer Männer erkennen.

„Kommen Sie, Schlüter, hier entlang." Das war die herrische Stimme von Martin Senior.

„Ich weiß, bin ja nicht zum ersten Mal hier", kam die brummige Antwort. „Aber noch mal lasse ich mich nicht darauf ein. Nächstes Mal treffen wir uns an einem schöneren Ort, nicht in dieser zugigen, dreckigen Bruchbude."

Die Tür wurde wieder geschlossen. Lichtstrahlen erhellten an verschiedenen Stellen den Boden und bewegten sich Richtung Besprechungszimmer. Laura zählte vier Taschenlampen. Sie drückte ihren Arm gegen Mareks, der erwiderte den Druck und signalisierte ihr damit, dass er es auch bemerkt hatte.

Das elektrische Licht ging im Nachbarraum an, die Männer gingen hinein und schlossen die Tür hinter sich. Marek erhob sich, schlich lautlos wie ein Schatten hinüber und lauschte. Laura folgte ihm mit tauben Beinen. Ihr Fuß stieß gegen eine Dose, die scheppernd ein paar Zentimeter über den Boden rutschte. Das Geräusch erschien ihr so laut wie eine Bombendetonation. Sie ließ sich auf den Boden fallen und brachte eine leere Bierflasche klirrend ins Rollen. Die Tür des Besprechungszimmers öffnete sich.

„Ich sehe nach, was das war", hörte Laura die Stimme von Dieter. Sie sah den Schein seiner Taschenlampe hin und herwandern und sich dabei unaufhörlich nähern. Sollte sie ihren Standort ändern? Aber dann würde sie erneut Lärm machen. Sie presste sich auf den Boden, kniff die Augen zu und wünschte sich wie ein kleines Kind, unsichtbar zu sein.

„Na, wen haben wir denn da?" Laura spürte einen harten Griff am Kragen ihrer Jacke, der sie nach oben riss. Sie öffnete die Augen und hob die Hände gegen das blendende Licht.

„Dich kenne ich doch. Du bist die Schlampe, die hier überall herumschnüffelt." Für einen Augenblick streifte der Lichtstrahl sein Gesicht, und Laura hatte das Gefühl eines Déjà-vu. Sie hatte dieses bösartige, bleiche Gesicht, das nur kurz in der Dunkelheit auftauchte, schon einmal gesehen. Aber damals hatte sie geglaubt, zu träumen.

„Sie haben mich in meinem Hotelzimmer überfallen", stieß sie hervor.

Dieter lachte dreckig. „Du hast mich also doch erkannt. Ich war mir nicht sicher, deshalb habe ich dich laufenlassen. Aber jetzt geht das natürlich nicht mehr."

„Ich werde Sie anzeigen!" Laura wusste, wie absurd ihre Worte klangen.

Dieter lachte schallend. „Aber klar doch, du Wildkatze. Ich hätte dich in der Nacht, als ich dein Zimmer durchsucht habe, um zu sehen, was du herausgefunden hast, zähmen sollen. Schade, dass ich gestört wurde, sonst hätte ich dich so richtig hart rangenommen. Aber das erledige ich nachher noch. Bevor ich die umbringe." Er dreht ihr den Arm auf den Rücken, drückte ihr den Nacken nach vorne und schob sie durch die Halle. Laura stöhnte vor Schmerz auf und stolperte vor ihm her. Es wurde hell, sie merkte, dass sie sich im Besprechungszimmer befand.

„Sieh an, wen haben wir denn da?" Laura versuchte, nach oben zu gucken. Professor Martin Senior stand vor ihr.

„Frau Peters!" Bernd Schlüter schob sich in ihr Gesichtsfeld. Dieter reduzierte den Druck auf ihren Nacken, sie richtete sich mühsam auf. Jetzt konnte sie auch den vierten Mann sehen, der bisher im Hintergrund geblieben war. Er hatte kurz rasierte Haare, war hochgewachsen, schlank, durchtrainiert. Jugo, der Cage-Fighter. Unbewegt schaute er sie an.

„Das ist sehr bedauerlich, dass Sie hier sind", ließ sich Martin Senior vernehmen. „Daraus schließe ich, dass Sie mehr herausgefunden haben als nur ein paar Adressen. Schade, schade."

„Ich habe Sie gewarnt." Bernd Schlüter verschränkte die Arme vor seinem teuren Mantel. „Mehrfach. Sie sollten sich nur um den Auftrag kümmern. Aber Sie konnten es ja nicht lassen."

„Bagatellfälle liegen mir eben nicht", spie sie ihm entgegen.

Schlüter lachte amüsiert. „Der Ausdruck hat Ihnen nicht gefallen, das habe ich gleich gemerkt."

Laura sah hinter den drei Männern durch die geöffnete Tür einen Schatten durchs Nebenzimmer gleiten. Dieter schien nichts bemerkt zu haben. Sie fühlte, wie sich seine Hand fest in ihren Po krallte. Ohne nachzudenken trat sie nach hinten aus. Er fluchte und riss ihr den auf den Rücken gedrehten Arm hoch. Laura schrie gellend auf. Die Männer lachten, der Druck auf ihr Schultergelenk lockerte sich wieder. Sie kämpfte den aufkommenden Schwindel nieder.

„Kümmere dich am besten direkt um sie. Wir haben nicht ewig Zeit", befahl Martin Senior knapp. Laura überlegte verzweifelt, wie sie Zeit gewinnen konnte. Zeit, damit Marek Hilfe holen konnte. Und damit die Hilfe noch rechtzeitig kam. „Ich weiß von Ihrem Medikamentenschmuggel und von den Menschenversuchen", keuchte sie.

„Ach ja?" Martin Senior zog eine Augenbraue hoch.

„Ja. Die Polizei wird gleich hier sein. Es wird Ihnen nichts helfen, mich umzubringen. Es macht Ihre Lage nur noch schlechter." Sie hoffte verzweifelt, dass das stimmte.

Hinter ihr lachte Dieter. „Sie blufft. Ich würde es sofort erfahren, wenn die Polizei benachrichtigt worden wäre. Ich bin die Polizei."

„Ich weiß von Ambrus!"

Kurz spiegelte sich Überraschung in Bernd Schlüters Gesicht, dann grinste er. „Der ist tot. Es war Michael, der kleine, miese Erpresser."

„Sie haben ihn ermordet!"

Bernd Schlüter lachte schallend. „Das wird ja immer besser. Mit dem wäre ich auch so fertig geworden, ohne mir die Hände schmutzig zu machen. Da gab es andere Kaliber, die sich mit mir anlegen wollten. Aber zum Glück hat mir jemand das Problem abgenommen."

„Sie waren es nicht?"

„Nein. Wahrscheinlich hat er noch andere erpresst mit seinem ewig schlechten Gewissen. Und irgendjemand hat die Reißleine gezogen. Sehr praktisch für mich."

Ein Mann trat aus dem Nebenraum, in der Hand blitzte eine Pistole auf.

„Ambrus ist nicht tot. Er ist sehr lebendig. Ich bin Ambrus."

8

Gilda hielt den Mercedes aufatmend am Straßenrand an und schaltete den Motor aus. Sie hatten eine Dreiviertelstunde länger gebraucht, als der Routenplaner ursprünglich prognostiziert hatte. Die beiden stiegen aus und Gilda hätte am liebsten den Boden geküsst, so froh war sie, heil angekommen zu sein. In der Dunkelheit ragte ein altes, verfallenes Gebäude vor ihnen auf.

„Bist du sicher, dass Barbara sich hier mit ihrem Lover getroffen hat? Sieht nicht sehr romantisch aus."

„Ich bin sicher. Und jetzt sei leise. Ich glaube, da hinten kommt jemand." Gilda zog Justin hinter das Auto und spähte über die Motorhaube. Jetzt hörte auch Justin das leise Quietschen, das näherzukommen schien. Eine Person, die eine Schubkarre vor sich herschob, kam den Weg entlang. Sie beobachteten, wie sie vor dem Bahnhof seitlich in einen Weg einbog und verschwand.

„Irgendwas stimmt hier nicht. Wir müssen nachsehen gehen. Aber leise."

Justin nickte aufgeregt, die beiden schlichen gebückt zum Bahnhof und nahmen den Weg von der anderen Seite zu den Bahnsteigen. Vor ihnen ragte ein Eisenbahnwagen auf.

„Das ist ja fast wie auf Train." Justins Augen schienen im Dunkeln zu funkeln.

„Was meinst du?", flüsterte sie.

„Die Map von Counterstrike. Statistisch gesehen etwas günstiger für CT. Gar nicht schlecht für uns."

„Rede kein Chinesisch", zischte sie.

„Ich spiele die Map gern und klettere immer auf die Züge. Von da oben habe ich einen guten Überblick und schon oft richtig gute Kills gekriegt. Stell du dich da vorne in die Ecke, ich gehe auf den Waggon. So haben wir alles im Blick."

Bevor Gilda noch etwas sagen konnte, war er in der Dunkelheit verschwunden. Sie unterdrückte einen Fluch und ging zu dem Posten, den er ihr zugewiesen hatte. Plötzlich bewegte sich etwas auf dem Bahnsteig. Die Gestalt, die sie vorhin beobachtet hatten. Jetzt ohne Schubkarre. Sie entfernte sich von ihr. Gilda schlich hinterher und näherte sich bis auf wenige Schritte. In diesem Augenblick drehte sich die Person um und schnellte auf sie zu. Gilda blieb wie angewurzelt stehen. Wie in Zeitlupe nahm sie erhobene Arme wahr, einen Knüppel, der auf ihren Kopf zielte. Sie fühlte sich wie ein hypnotisiertes Kaninchen, konnte sich nicht rühren, sah dem Verhängnis wehrlos entgegen. Plötzlich fiel etwas Großes auf den Angreifer und riss ihn krachend zu Boden. Der Knüppel rollte über den Bahnsteig auf sie zu, Gilda erwachte aus ihrer Starre und hob ihn auf. Sie erkannte Justin in dem keuchenden Handgemenge und versuchte, ihm zu Hilfe zu eilen. Doch sie wusste nicht wie. Der Angreifer schüttelte den Jungen ab und lief zum Bahnhofsgebäude. Gilda fiel neben Justin auf die Knie.

„Bist du ok?"

„Ja, klar." Leise stöhnend rappelte er sich auf.

„Du hast mir das Leben gerettet."

„Ich weiß." Seine Stimme klang auf einmal wie ein Mann. „Jetzt komm, den schnappen wir uns!"

9

Alle starrten auf den Mann, der sich als Ambrus vorgestellt hatte. Er stand ruhig im Türrahmen, die Beine leicht gespreizt, die Waffe zielte auf niemand Besonderen. Dieter hatte Laura vor Überraschung losgelassen. Sie trat schnell von ihm weg, blieb aber sofort stehen, als die Pistole auf sie zielte.

„Sie sind Ambrus?" Bernd Schlüter hatte zuerst die Sprache wiedergefunden. Der Mann nickte. Laura sah, dass er fast so groß wie der Cage-Fighter war, er hatte dunkle Haare und wirkte zäh und sehnig. Sie schätzte ihn auf ungefähr fünfzig Jahre.

„Ich habe sie noch nie gesehen." Schlüter war überrascht. „Warum haben Sie die Mails geschrieben? Und Michael umgebracht?"

„Ich habe euch zurückgezahlt, was ihr mir angetan habt."

„Ich habe keine Ahnung, wer Sie sind."

Der Mann lachte auf. „Ihr habt mein Leben zerstört, mich getötet und begraben. Und mich vergessen. Aber ich bin zurückgekommen. Ich bin unsterblich. Ich bin Ambrus."

Schlüter wich zurück. „Milan?"

„Genau. Ich bin hier, um abzurechnen. Michael hat schon bezahlt. Ich habe damals gedacht, er wäre mein Freund. Aber er hat mir in der größten Not nicht geholfen, hat mich im Stich gelassen. Hat härter zugeschlagen, als die anderen und mich getötet. Ich habe die Rechnung beglichen. Und jetzt bist du dran. Du hast auch zugeschlagen. Und du hast mich danach beerdigt."

Bernd Schlüter wich einen Schritt zurück, und sofort richtete sich die Mündung der Pistole auf ihn.

„Kannst du dir vorstellen, wie es ist, in völliger Dunkelheit aufzuwachen? Keine Luft zu kriegen, den Mund voller Erde und Kiesel, nicht zu wissen, wo du bist? Überall um dich herum nur kalte, feuchte Erde. Du weißt nicht, wo oben und unten ist. Und dann realisierst du, dass du begraben worden bist. Lebendig. Von den Menschen, denen du vertraut hast. Deren Aufgabe es war, auf dich aufzupassen. Und die dich so schändlich verraten haben. Die Angst lässt dich verzweifeln, treibt dich in den Wahnsinn. Aber es zeigte sich, dass ich unsterblich bin. Ihr wart zu faul und zu dumm, um eine tiefe Grube auszuheben. Ich habe mir meinen Weg in die Welt mit meinen Fingern zurückgegraben. Zentimeter für Zentimeter. Dann stand ich im Garten hinter dem Internat, nass, erdig, neu geboren. Der Mond schien, und ich schwor, dass ihr dafür bezahlen würdet. Jeder Einzelne von euch."

Bernd Schlüter schien in sich zusammenzusinken. „Ich konnte nichts dafür. Es war nicht meine Schuld. Ich habe es nicht allein gemacht. Onkel Heini hat mir gesagt, ich solle es tun. Aber Peter, Axel und Thomas waren auch dabei."

„Ich weiß." Ambrus strahlte eine Emotionslosigkeit aus wie ein Roboter. „Peter und Axel habe ich schon erwischt, Thomas kommt noch dran. Onkel Heini hätte ich auch bezahlen lassen. Aber der hat sich schon vorher aus seinem erbärmlichen, verschissenen Leben geschlichen. Immerhin habe ich seine Hure erwischt. Fräulein Jakob. Dachte sie wirklich, dass wir es nicht merkten, wie sie jede Nacht zu dem Hurenbock ins Bett gekrochen ist? Aber vor uns mimte sie die Unberührte. Sie hat jetzt auch endlich bekommen, was sie verdient. Und jetzt bist du dran Bernd. Und Prof Martin", fügte er mit Blick auf den alten Professor hinzu.

„Was habe ich damit zu tun?" Martin Senior hob die Hände.

„Sie sind eine Bestie. Die Untersuchungen. Die Spritze mit der langen Nadel, die Sie mir in den Rücken gerammt haben. Diese Schmerzen. Und Sie hatten nur ein verächtliches Lachen für mich übrig. Aber jetzt bin ich zurück, um abzurechnen."

Bernd Schlüter nutzte den Augenblick, in dem Ambrus' Aufmerksamkeit auf den Professor gelenkt war, um sich zur Tür zu bewegen.

Ambrus hob den Arm und schoss ihm in den Kopf.

Blut spritzte an die Wand, Schlüter fiel wie ein gefällter Baum. Laura hörte einen Schrei und fühlte etwas Nasses auf ihrem Gesicht. Abwesend strich sie über die Wange, die sich nicht wie ihre anfühlte. Sie stand wie erstarrt. Der Polizist hatte blitzschnell unter dem Tisch Deckung gesucht. Die beiden anderen Männer standen mit erhobenen Händen und sahen zu Ambrus.

„Mein lieber Junge", setzte Martin Senior erneut mit begütigender Ärztestimme an, und die Pistole richtete sich wieder auf ihn. „Beruhigen Sie sich. Sie sind aufgeregt. Das ist verständlich. Ich versichere Ihnen, die Untersuchungen waren nur zu ihrem Besten. Es war vielleicht schmerzhaft, aber es hat Ihnen geholfen, gesund zu werden."

Ambrus' Gesicht verzog sich zu einem grauenhaften Lächeln. „Ich wusste, dass Sie der Härteste von allen sind." Er hob den Arm und streckte den Professor mit einem einzigen, gezielten Schuss nieder.

Jetzt waren nur noch Laura, Dieter und der Cage-Fighter übrig.

„Milan, Bruder!" Zum ersten Mal ließ sich der Cage-Fighter vernehmen. Er machte ansatzweise einen Schritt auf Ambrus zu, blieb aber sofort stehen, als die Pistole auf ihn gerichtet wurde.

Die Tür in Lauras Rücken öffnete sich, jemand stürzte ins Zimmer. Schwarze Kleidung und eine schwarze Mütze, unter der lange, verfilzte Haare hervorkamen.

Anastasia!

10

Justin lief zu dem Fenster, durch das die Gestalt verschwunden war. Ohne zu zögern kletterte er hinein. Gilda hatte Mühe, ihm zu folgen. Sie brauchte zwei Anläufe, bis sie es geschafft hatte, sich durch die Öffnung zu schwingen. Der Raum, in dem sie stand, war stockdunkel.

„Justin?", flüsterte sie.

„Hier", kam die Antwort ein paar Meter rechts von ihr. Sie tastete sich mit den Füßen vorwärts, stolperte und fiel über etwas Weiches. Sie fühlte nach dem Hindernis und erstarrte. „Hier liegt jemand!" Ihre Stimme war nur ein Krächzen. Zitternd zog sie das Handy aus der Tasche und aktivierte die Taschenlampe. Das Licht wanderte über Beine in dunklen Hosen, eine goldene Daunenjacke und verharrte schließlich auf einem blutverkrusteten Gesicht. Gilda blieb das Herz stehen. „Barbara! Oh mein Gott!" Hastig fühlte sie nach dem Puls, konnte ihn aber nicht spüren. „Wir müssen den Krankenwagen rufen." Sie versuchte, den Notruf zu wählen, doch ihre Finger wollten ihr nicht gehorchen.

Ein Schuss peitschte durch das Gebäude. Justin lief aus dem Raum.

„Bleib hier", zischte Gilda. Doch der Junge hörte nicht auf sie. Sie durfte nicht zulassen, dass ihm auch noch etwas zustieß. Barbara war tot, aber Justin konnte sie noch beschützen. Sie folgte ihm in eine große Halle. Er hatte sich an die Wand gepresst und sah sich um. „Was machst du? Bist du verrückt geworden? Wir müssen sofort verschwinden und Hilfe holen." Doch er schüttelte den Kopf und schlich wie ein Schatten weiter. Sie holte ihn ein, wollte erneut etwas sagen, doch er legte den Finger an die Lippen und machte ihr mit dem Kopf ein Zeichen. Eine Person ging durch die Halle und blieb vor einer Tür stehen, unter der Licht zu sehen war. Den Umrissen nach glaubte Gilda, ihren Angreifer von eben zu erkennen.

Ein zweiter Schuss zerriss die Stille.

Gilda klammerte sich geschockt an Justin. Dann sah sie, wie die schwarze Gestalt die Tür aufriss und den Raum betrat.

11

„Keinen Schritt weiter!" Laura sah, wie Ambrus die Waffe auf Anastasia richtete. Die blieb stehen.

„Bruder, das ist unsere Mutter. Erinnerst du dich nicht mehr an sie?" Der Cage-Fighter sprach ruhig, bewegte sich nicht.

„Ich habe keine Mutter. Sie hat mich in die Hölle gegeben. Hat es zugelassen, was mit mir passiert ist. Hat sich einen Dreck um mich geschert."

„Milan, das ist nicht wahr. Ich konnte dich nicht bei mir behalten. Ich war selbst fast noch ein Kind."

Ambrus lachte verächtlich. „Ja, alle haben immer Ausreden. Alle sagen, dass sie nichts tun konnten. Du hast mich der Hölle ausgeliefert, und keiner hat mir geholfen."

„Bruder, das ist nicht wahr. Sie wollte nur dein Bestes!" Der Cage-Fighter stand wie eine Statue.

„Halt du dein Maul. Du bist nicht mein Bruder. Du bist der Schmarotzer, der meinen Platz eingenommen hat. Der das schöne Leben führen durfte, das meins hätte sein sollen. Du hast alles bekommen, was ich hätte kriegen müssen." Langsam richtete er die Pistole auf seinen Bruder. „Weißt du überhaupt, was ich für ein Leben geführt habe? Wie es mir ergangen ist, während jeder sein Gewissen damit beruhigt hat, dass ich in einem schönen Internat in Kroatien bin und danach eine Lehre mache? Dabei hat Krabost euch das erzählt, um meinen Tod zu vertuschen. Aber ihr wolltet es nur zu gerne glauben. Keiner hat nach mir gesucht. Keiner hat mich vermisst. Angeblich ging es mir ja so gut. Aber wisst ihr, wie es wirklich war? Ich habe Dreck gefressen. Wurde missbraucht. Herumgereicht. Ausgebeutet. War im Gefängnis. Zuletzt zwanzig lange Jahre. Jeden Tag habe ich an euch gedacht. Jeden Tag. Ich habe darauf gewartet, dass der Zeitpunkt kommt, an dem ich abrechnen kann. Am selben Tag, an dem ich freikam, bin ich sofort hierher gefahren. Endlich ist es so weit."

Dann passierte alles gleichzeitig. Ambrus drückte ab, der Cage-Fighter ließ sich zu Boden fallen, Anastasia sprang in die Schusslinie, brach getroffen zusammen. Ambrus' Kopf zerplatzte, er fiel rückwärts. Laura sah sich wie in Zeitlupe um. In der Tür stand Marek, den Arm ausgestreckt, die Pistole in der Hand. Hinter ihm tauchten Justin und Gilda auf und spähten in den Raum.

Marek trat einen Schritt vor und wies mit der Pistole auf Dieter, der unter dem Tisch hockte. „Komm raus, stell dich da vorne an die Wand." Er nickte zu Ambrus' Bruder hinüber, der noch auf dem Boden lag: „Du auch!"

Der Polizist kletterte unter dem Tisch hervor und hob die Hände. Der Cage-Fighter erhob sich mit fließenden Bewegungen und stellte sich neben ihn. Er sah Marek ruhig in die Augen. „Ich habe nichts damit zu tun. Ich wusste nicht, dass mein Bruder ein Mörder ist. Lass mich gehen. Es ist besser. Auch für dich."

„Das ist Milans Bruder? Valentin?" Gildas Stimme klang heiser durch die gespannte Atmosphäre.

„Ja." Laura hatte endlich die Sprache wiedergefunden.

„Dann ist das Vukodlak, der Werwolf. Der Mann, der Barbara umgebracht hat."

Lauras Herzschlag schien für einen Moment auszusetzen. Außer Marek starrten jetzt alle auf Gilda.

Selbst der Cage-Fighter zeigte Regung: „Sie ist tot?"

Gilda nickte mit Tränen in den Augen. „Sie liegt hinten in dem anderen Raum. Wir haben sie gerade gefunden. Sie wurde ermordet."

„Nein!" Der Schrei hallte durch den ganzen Bahnhof. Er kam von Valentin. Marek hielt ihn weiter mit der Pistole in Schach.

„Ich muss zu ihr. Sofort. Erschieß mich. Aber mach es, wenn ich sie in den Armen halte. Ein einziges Mal noch möchte ich sie spüren."

Laura sah ihn hasserfüllt an. „Was soll das? Du hast sie umgebracht. Das weiß ich ganz genau."

Valentin, Ambrus' Bruder, schüttelte verzweifelt den Kopf.

„Natürlich warst du das. Ich habe die Nachrichten gesehen, die du ihr geschickt hast: Todesdrohungen. Du wolltest sie umbringen."

Valentin schüttelte weiterhin vehement den Kopf. „Das waren Zeilen aus einem Lied, das mich an unsere Situation erinnert hat. Meine Mutter hätte alles getan, um unsere Beziehung zu verhindern. Sie hat schon Milan verloren. Sie hätte niemals ruhig zugesehen, wenn sie mich auch noch verloren hätte. Deshalb musste ich so vorsichtig sein." Auf einmal dämmerte die Erkenntnis in ihm auf. Er starrte auf seine Mutter, die mit verdrehten Armen und Beinen in einer Blutlache auf dem Boden lag, das wirre Haar um den Kopf ausgebreitet. Verzweifelt presste er die Faust auf den Mund und schloss die Augen.

Es gab einen Knall, der das Gemäuer erzittern ließ. Das Hauptportal des Bahnhofs krachte auf, schnelle, schwere Schritte hallten durch das Gebäude, Kommandos wurden geschrien. Plötzlich fand sich Laura auf dem Boden wieder, jemand kniete auf ihrem Rücken. „Polizei, Hände hoch, keine Bewegung." Ihr Arm wurde nach hinten gerissen und der Schmerz explodierte in Sternchen vor ihren Augen.

Es wurde schwarz um sie.

TAG 6

Laura hockte erschöpft in Unterwäsche auf einer Untersuchungsliege. Als sie letzte Nacht ins Krankenhaus eingeliefert worden war, hatte man sich direkt um sie gekümmert. Ein Arzt hatte sie sich angesehen, einen Witz gemacht und ihr gleichzeitig mit einem Ruck den Arm eingekugelt. Dann war sie in ein Bett verfrachtet worden und mit Hilfe von Beruhigungsmitteln in unruhigen Schlaf gefallen. Wenige Stunden später hatte man sie geweckt, und ein Untersuchungsmarathon hatte begonnen, immer wieder unterbrochen von langen Wartezeiten. So war der Vormittag vergangen, bis man ihr endlich mitgeteilt hatte, dass alles in Ordnung sei, was sie sowieso gewusst hatte. Wäre sie nicht so erschöpft gewesen, wäre sie geflüchtet. So hatte sie willenlos alles über sich ergehen lassen.

Sie erinnerte sich nicht daran, was nach dem Erscheinen des Sondereinsatzkommandos passiert war. Als sie aus der Ohnmacht erwacht war, hatte sie festgeschnallt auf einer Trage gelegen und das dicke Gesicht eines Sanitäters über sich gesehen.

Wie in weiter Ferne hatte sie ein Chaos an Menschen und Stimmen wahrgenommen. Dann war sie in den Krankenwagen geschoben worden.

Es klopfte an der Tür. Marek steckte seinen Kopf durch den Türspalt, hinter ihm drängten sich Gilda und Justin in den Raum.

„Wie geht es dir?"

„Bist du in Ordnung?"

„Frierst du nicht, komm, hier sind deine Sachen. Zieh dir was über."

Laura lächelte traurig und müde. „Hallo, ihr Lieben. Schön, euch zu sehen."

„Wir haben gute Nachrichten: Barbara lebt. Es geht ihr nicht gut, aber die Ärzte sind zuversichtlich. Sie ist stark unterkühlt und hat mindestens eine Gehirnerschütterung. Aber sie ist wieder zu Bewusstsein gekommen." Gilda sprudelte förmlich über vor Freude. Laura hatte das Gefühl, dass eine zentnerschwere Last von ihr abfiel. „Gott sei Dank!"

„Ja, es wird alles gut. Glaub es mir. Wahrscheinlich können wir sie morgen schon besuchen." Gilda strahlte.

„Ist sie auch hier in Waldheim im Krankenhaus?"

Marek nickte. „Wir anderen haben uns bei Frau Kaiser eingemietet. Allerdings sollten Gilda und Justin heute nach Bonn zurückfahren. Unser Kämpfer muss in die Schule." Er legte Justin die Hand auf die Schulter. Der Junge strahlte.

„Was ist denn noch passiert? Ausgerechnet die Auflösung habe ich verpasst." Laura sah fragend von einem zum anderen.

„Dass die Sondereinheit gekommen ist, hast du ja noch mitbekommen", antwortete Marek. Laura nickte. Dann runzelte sie die Stirn und sah ihn scharf an: „Wo hast du dich überhaupt die ganze Zeit herumgedrückt, während ich im Besprechungsraum gefangen gehalten wurde und um mein Leben fürchten musste?"

Marek grinste. „Ich hatte alles im Blick. Aber die Situation war unübersichtlich."

„Unübersichtlich?"

„Ja. So nennt man das, wenn man nicht genau sagen kann, von wem Gefahr ausgeht und wer geschützt werden muss."

„Wenigstens hast du Ambrus ausgeschaltet, bevor er mich umbringen konnte."

Marek schaute sie ernst an: „Du warst zu keinem Zeitpunkt in Gefahr. Das war meine Priorität." Sie las in seinen Augen, dass es stimmte. Er hätte jeden sofort erschossen, der ihr zu nahe gekommen wäre.

„Wurden Dieter und Valentin verhaftet?" Marek sah neutral auf ein Bild, das hinter ihr an der Wand hing. Justin antwortete stattdessen. „Marek hat ihn entkommen lassen. Plötzlich war er weg."

„Was? Das kann doch nicht wahr sein?"

„Doch", bestätigte Gilda. „Ich glaube, Marek mag ihn. Er hat ihn laufenlassen."

„Stimmt das, Marek?"

Er zuckte die Achseln. „Es kann sein, dass ich einen Moment unaufmerksam war."

„Quatsch, du bist nie unaufmerksam. Jedenfalls nicht während eines Jobs. Noch nicht einmal, wenn man stundenlang regungslos warten muss. Erzähl mir nichts." Marek reagierte nicht. „Er hat Barbara fast ermordet", legte sie nach.

Jetzt schüttelte er den Kopf. „Er ist unschuldig."

Gilda nickte: „Seine Mutter war es. Sie konnte nicht ertragen, dass er noch jemand anderes lieben könnte als sie. Er wohnt bei ihr, und sie hat auf seinem Handy Barbaras Nachrichten gefunden. Dann hat sie seinen Account benutzt und ihr eine Falle gestellt. Er hat ihr nie etwas tun wollen, er liebt Barbara."

Laura zog eine Augenbraue hoch. „Du bist eine Romantikerin, Gilda." Ihre Mitarbeiterin überhörte den abfälligen Unterton und strahlte.

„Der Polizist ist aber verhaftet worden. Er hat so getan, als wäre er erleichtert, dass seine Kollegen endlich kommen und ihn befreien, aber die wussten Bescheid und haben ihn abgeführt. Das geschah ihm recht." Justin lachte.

„Ein Glück." Laura nickte zufrieden. „Da wird einiges auf ihn zukommen, wofür er sich verantworten muss. Nicht zuletzt der Überfall auf mich. Wenigstens bin ich froh, dass klar ist, dass mir niemand an dem Abend KO-Tropfen verabreicht hat. Die Mischung aus Drogentee und Alkohol war wohl der Grund, dass ich so tief geschlafen habe. Aber wenn ich mir vorstelle, dass ich um Haaresbreite von ihm...", sie stoppte abrupt mit einem Seitenblick auf Justin.

„Ich bin kein Kind mehr", sagte er würdevoll.

„Stimmt. Und er hat mir das Leben gerettet." Gilda erzählte, was sich auf dem Bahnsteig zugetragen hatte. „Justin ist vom Eisenbahnwagen gesprungen und hat Anastasia umgerissen. Sonst wäre mein Schädel auch gespalten und ich läge jetzt neben Barbara auf der Station." Es hatte sich herausgestellt, dass es Anastasia gewesen war, die sie verfolgt und fast überwältigt hatten. Gilda und Justin hatten ihre Leiche gesehen, bevor die Beamten sie wegziehen konnten, und sie wiedererkannt.

„Ihr seid wirklich mutig. Aber ihr habt euch in Gefahr begeben. Das war falsch. Ihr hättet Bescheid sagen und Hilfe holen müssen. Stattdessen klettert ihr wie Ninjas auf dem Bahnsteig herum und riskiert euer Leben."

„Halb so wild." Justin winkte lässig ab. Laura beließ es dabei, sie war zu erschöpft.

„Also, fassen wir zusammen: Ambrus, vielmehr Milan, hat Axel Schütte, Peter Hase, Michael Ehrling, Fräulein Jakob, Bernd Schlüter, Professor Martin Senior und Anastasia umgebracht, weil er sich rächen wollte. Dann haben wir das Thema Medikamentenschmuggel. Ist da etwas passiert?"

Marek zuckte die Achseln. „Die Behörden wollen zuschlagen und den Mafia-Zirkel hochnehmen. Sofern sie irgendwann in die Gänge kommen. Alle Informationen, die sie brauchen, liegen ihnen vor."

„Dann erwischt es Valentin also doch noch?"

„Wenn sie ihn kriegen. Aber das bezweifle ich. Er ist clever."

„Und was ist mit den Menschenversuchen, die hier im Krankenhaus durchgeführt wurden? Martin Senior ist tot, aber was passiert mit den armen Patienten?"

„Sie sind noch hier, wurden aber in den normalen Betrieb verlegt. Es wird sich jetzt gut um sie gekümmert. Die Unterlagen wurden beschlagnahmt, und die Ärzte und Pfleger, die beteiligt waren und davon gewusst haben, sitzen in Untersuchungshaft."

„Ein Glück." Laura griff endlich nach ihrer Bluse und zog sie über. „Dann bleibt nur noch die Frage, wer Zora und Oana ermordet hat. Ehrlich gesagt gehen mir die Verdächtigen aus."

„Es war Professor Martin."

„Was?" Laura sah überrascht auf. „Der alte Knacker. Das hätte ich nicht gedacht."

„Nein, Steffen Martin. Dein Verehrer." Marek grinste schadenfroh.

„Jetzt erzähl schon." Laura presste die Lippen aufeinander.

„Die Polizei hat mir nichts gesagt, aber über meine Kontakte habe ich erfahren, dass die Mädchen nicht an einer Überdosis, sondern an Herzversagen gestorben sind. Man konnte in ihrem

Blut kein Heroin nachweisen. Herzversagen kann natürlich alles und jedes sein. Die Hypothese ist, dass sie zu geschwächt waren, und ihre Körper bei den Medikamentenversuchen gestreikt haben. Im Endeffekt ist Martin Senior für ihren Tod verantwortlich. Aber wahrscheinlich lässt sich das nicht nachweisen."

„Also doch nicht Steffen?"

„Nun, es gibt Hinweise darauf, dass er es war, der die Leichen von Oana fortgeschafft, anderswo abgelegt und den Tod durch Heroin vorgetäuscht hat. Zora hatte er nachts bei der DROBERA getroffen, vielleicht für ein Schäferstündchen." Marek grinste Laura breit an, aber die schaute nur kühl zurück. „Dann ist sie zusammengebrochen. Er wollte sie auch wegschaffen, weil die DROBERA mit seinem Projekt kooperiert und man eine Verbindung hätte herstellen können. Aber er wurde wohl gestört. Also hat er nur die Spritze in ihren Arm gesteckt und sie da liegen lassen. Sein Vater sollte übrigens mit seinen Kontakten dafür sorgen, dass das fehlende Heroin im Blut nicht in den Berichten erwähnt wird." Marek lachte. „Die Gerichtsmedizin wird empört sein, das wird noch Kreise ziehen. Steffen Martin wird zurzeit befragt und behauptet, er hätte nur Schaden von dem Projekt abwenden wollen. Angeblich hat er nicht gewusst, dass die Teilnehmer als Versuchskaninchen missbraucht worden sind. Ich fürchte, dass er damit durchkommen könnte."

„Dann wäre der Fall wohl gelöst." Laura war zu erschöpft, um sich freuen zu können. Sie schlüpfte in ihre Jeans, zog sich die Schuhe an und griff nach der Jacke.

„Stimmt." Marek reichte ihr Schal und Tasche. „Und Gilda ist auch aus dem Schneider. Dadurch, dass der Mörder von Michael Ehrling jetzt bekannt ist, wird ihre Aussage keine große Rolle mehr spielen. Sie hat mit Herckenrath telefoniert, er kümmert sich darum."

Gilda nickte strahlend. „Ich bin so erleichtert."

„Wunderbar. Dann haben wir uns eine Belohnung verdient. Schnitzel, Torte, Pommes Frites und Eis für alle! Ich lade euch ein. Nichts wie raus hier!" Laura breitete die Arme aus - am liebsten hätte sie alle fest umarmt - und schob das Team aus dem Behandlungsraum.

TAG 7

Bewaffnet mit der größten Schachtel Pralinen, die sie hatte auftreiben können, und einem bunten Blumenstrauß klopfte Laura leise an die Tür und trat in Barbaras Krankenzimmer. Ihr wurde das Herz schwer, als sie ihre Freundin so klein und blass in dem großen Bett liegen sah. Ein dicker Verband war um ihren Kopf gewickelt, unter den Augen waren geschwollene, dunkelrote Blutergüsse, in ihrem Arm steckte ein Schlauch, der zu einer Flasche an einem Ständer neben dem Bett führte.

Sie legte die Pralinen und den Strauß auf einen Tisch und trat an das Bett. Barbara lächelte mühsam.

„Hallo, wie geht es dir?"

„Schon wieder ganz gut. Der Doc ist zufrieden mit mir." Barbara klang matt.

„Schön." Laura setzte sich vorsichtig auf die Bettkante. „Was ist mit deinem Kopf?"

„Zum Glück nichts gebrochen. Weder durch den Schlag noch durch den Aufprall auf der Erde. Bin eben ein Dickschädel."

Laura verzog einen Mundwinkel zum angedeuteten Lächeln, doch lustig war ihr nicht zumute. Barbara sah wirklich schlecht aus.

„Leider mussten sie mir ziemlich viele Haare abrasieren, um an die Wunde heranzukommen. Das wird eine Herausforderung für meine Friseurin. Habt ihr den Fall gelöst?"

Laura nickte und fasste, um Barbara nicht zu sehr aufzuregen, in wenigen Sätzen die Ereignisse zusammen.

„Gratuliere."

„Danke. Aber es ist auch dein Verdienst. Also auch vielen Dank an dich." Barbara versuchte zu nicken, aber der Turban verhinderte es.

„Ich wollte dir noch erzählen, wer dich überfallen hat. Es war die Mutter deines Freundes. Sie war an dem Abend da, um mit der Schubkarre deine..." Laura schaute auf ihre Hände und räusperte sich. „Ähm, deine Leiche wegzuschaffen."

„Ich weiß."

„Wer hat es dir erzählt?"

„Valentin."

„Was? War er hier?" Laura sprang vor Überraschung auf, dann setzte sie sich vorsichtig wieder hin.

„Erzählst du es mir?"

„Er war vor einer Stunde hier." Barbaras räusperte sich. „Er hat mir alles erzählt und wollte wissen, wie es mir geht."

„Er muss aufpassen, die Polizei sucht ihn." Laura versuchte, so taktvoll wie möglich zu sein.

„Ich weiß. Wie gesagt, er hat mir alles erzählt. Es gibt keine Geheimnisse zwischen uns."

Laura musste das Gehörte erst verdauen. Anscheinend hatte Barbara ihrem Verehrer nicht nur verziehen, dass seine Mutter sie fast umgebracht hatte, es schien ihr auch nichts auszumachen, dass sein Bruder ein Mörder war, und er selbst für die

Mafia arbeitete. Das konnte nur am Schlag auf den Kopf liegen. Der hatte ihr Urteilsvermögen beeinträchtigt.

„War er es, der dich in der Nacht des Wohltätigkeitsempfangs auf der Schlossterrasse von hinten … umarmt hat?"

Eine leichte Röte stieg ins Gesicht ihrer kranken Freundin. „Ja. Natürlich."

„Naja, ganz sicher warst du dir nicht."

„Doch. Eigentlich habe ich es immer gewusst."

Laura malte mit dem Finger auf dem Laken ein unsichtbares Muster. „Liebst du ihn?"

Barbara lächelte glücklich, für Laura war das Antwort genug.

„Ach Barbara, das liegt an deiner Verletzung. Wenn es dir bessergeht, wird alles wieder anders aussehen. Du wirst schon sehen." Sie versuchte, mehr Zuversicht in die Stimme zu legen, als sie tatsächlich fühlte. „Wenn er dir alles erzählt hat, kannst du mir vielleicht noch eine Frage beantworten. Er ist doch Kroate?"

„Nein, er ist Deutscher."

Laura winkte ab. „Geschenkt. Aber seine Familie stammt aus Kroatien. Wie ist er da zu den Albanern gekommen? Die bleiben doch eher unter sich. Hat er dir dazu etwas gesagt?"

„Er ist schon lange dabei. Bestimmt schon zehn Jahre." Barbaras machte ihr ein Zeichen, dass sie etwas trinken wollte. Laura nahm das Glas, das auf dem Nachttisch stand, und hielt es ihr an die Lippen. Dann fuhr Barbara fort: „Damals war er in einer Kneipe in Köln, es war schon spät in der Nacht, als eine Gruppe von Männern ein Mädchen belästigt hat. Er hat sie aufgefordert, sie in Ruhe zu lassen und zu verschwinden. Die Männer haben ihn daraufhin angepöbelt und mit nach draußen genommen, um ihn zu verprügeln. Das ist ihnen nicht bekommen. Er kämpft sehr gut."

Laura nickte. „Marek sagte so etwas."

„Wirklich? Jedenfalls war der Krye, der Chef des Clans, für den er arbeitet, mit einigen Jungs zufällig an dem Abend dort. Sie haben ihn kämpfen sehen, und es war wohl Vollmond. Seitdem haben sie ihn nur noch Werwolf genannt. Der Krye hat ihm angeboten, für ihn zu arbeiten."

„Ein Angebot, das er anscheinend nicht ablehnen konnte", murmelte Laura trocken.

„Ja, er hat zugesagt. Und es nicht bereut. Der Krye behandelt ihn wie einen Sohn. Valentin hat seinen Vater nie kennengelernt. Er sagt, der Krye steht ihm fast so nahe, als wäre er sein Vater."

Laura sagte nichts. Wenn es sich bei diesen Personen nicht um gnadenlose, brutale Kriminelle gehandelt hätte, wäre die Geschichte beinahe rührend gewesen. Doch jetzt war nicht der richtige Zeitpunkt, um mit Barbara über das Thema zu sprechen. Sie atmete tief ein und rang sich zu der wichtigsten Frage durch: „Und jetzt?"

Barbara brachte ein trauriges Lächeln zustande: „Er hat sich verabschiedet."

4 WOCHEN SPÄTER

Es war stockdunkle Nacht in Euskirchen. Gilda stiefelte vorsichtig über den aufgebrochenen Asphalt zum Eingang des schäbigen Hotels, das am äußersten Rand des Städtchens lag. Das schwarze Outfit, bestehend aus Stachelhalsband, Korsage, Latexhose und Super-High-Heels in Lack, hatte sie für kleines Geld bei einem Sex-Zubehör-Versand bestellt. Die obligatorische Augenmaske auch. Diskretion war oberstes Gebot in diesen Kreisen.

Nachdem sie den Waldheim-Fall gelöst hatten, war Routine in die Arbeit eingekehrt. Zeit genug für Gilda, sich dem Thema zu widmen, das zu ihrer persönlichen Mission geworden war: den Mann mit der Maske zu finden. Den Mann mit den strahlend blauen Augen, der wenigstens ein Mädchen zu Tode gequält und Maria ausgepeitscht hatte. Gilda hatte sein nächstes Opfer sein sollen. Und er hätte keine Gnade mit ihr gehabt. Seitdem tauchte er in ihren Träumen auf und ließ sie vor Angst schreiend aufwachen. Gilda war klargeworden, dass er ihr Leben für immer beherrschen würde, wenn sie ihn nicht stellte. Was sie mit ihm machen würde, wenn sie ihn gefunden hatte,

hatte sie sich nicht überlegt. Aber tief im Inneren wusste sie, dass sie zum Äußersten bereit war.

Die Internetsuche in Society-Nachrichten, Party- und Golf-Bildern der Schönen und Reichen oder Partnerbörsen im Sado-Maso-Bereich waren erfolglos geblieben. Doch Aufgeben war keine Option. Dann war ihr klargeworden, dass er als Sadist härteren Zerstreuungen nachging und sich nicht auf eine Frau beschränken würde. Er suchte vermutlich einschlägige Clubs in der Umgebung auf. Nicht die normalen Etablissements, in denen mehr Show als echter Schmerz stattfand. Er brauchte das Richtige. Das Echte. Es musste entweder ein luxuriöser, teurer Laden sein, oder eine illegale Spelunke, die unter dem Radar der Polizei lief. Es war schwer gewesen, als Nicht-Insider an Informationen zu kommen. Doch Gilda war hartnäckig gewesen. Nachdem sie die Luxusläden hatte ausschließen können, hier war das Risiko für ihn zu groß, erkannt zu werden, hatte sie die sogenannten Geheimtipps unter die Lupe genommen.

Und sie war fündig geworden.

Jetzt stand sie vor dem Hotel, das an Freitagen als Treffpunkt ausgewählter SM-Liebhaber aus der näheren und weiteren Umgebung diente. Die Partys waren streng privat, zugelassen wurde nur, wer einen Bürgen hatte. Dafür waren die Möglichkeiten grenzenlos.

Es hatte Gilda zwei Abende gekostet, an denen sie sich auf dem Parkplatz versteckt und die Ankömmlinge beobachtet hatte. Dann hatte sie Gewissheit: Der Teufel mit der Maske gehörte zu den Gästen.

Sie hatte sich einem alten Wüstling genähert, der beinahe angefangen hatte zu sabbern, als sie gefragt hatte, ob sie ihn nächstes Mal begleiten durfte. Er hatte ihr bestätigt, dass der

Teufel zu den regelmäßigen Besuchern gehörte. Allerdings wurde er hier der *Schwarze Lord* genannt.

Jetzt war der Augenblick gekommen: Sie war „dressed to kill" und zu allem bereit.

Gilda stöckelte unter dem Vordach und wartete. Eine Limousine mit getönten Scheiben fuhr vor, mit tatterigen Beinen stieg ihre Eintrittskarte aus. Sie trat aus dem Schatten, lächelte und winkte ihm zu. Als er ihrer ansichtig wurde, straffte er den Rücken und mobilisierte die letzten Lebensreserven. Zutraulich nahm sie seinen Arm und ging mit ihm zum Eingang. Ein bulliger Türsteher warf einen kurzen, interessierten Blick auf sie, grüßte den Tattergreis und winkte sie durch. Der Clubraum war spärlich beleuchtet, ihre Augen mussten sich erst daran gewöhnen. Blaues Scheinwerferlicht zuckte über die tanzenden Gäste, Musik und elektronisches Stöhnen hallte von den Wänden. Gilda sah sich mit großen Augen um. Es gab eine Bühne, auf der sich drei Frauen in eng geschnürten Korsagen und Strapsen im Takt der Musik wanden. Seitlich war eine Bar, die Mitte nahm eine Tanzfläche ein, an den Wänden standen Tische und Stühle, die durch spanische Wände voneinander getrennt waren. Gilda hatte auf dem Parkplatz die Autos gesehen, doch mit so vielen Leuten hatte sie nicht gerechnet. Der Raum war brechend voll. Viele Gäste, und nicht nur Frauen, waren speziell gewandet für den Abend: Lack und Leder, Latex und Spitze pressten Körperteile ein oder exponierten sie zur freien Betrachtung. Aber es gab auch Männer, die den Milliardär-Sadisten-Look bevorzugten und im Anzug und mit dicker Armbanduhr gekommen waren.

Sie zog ihren Kavalier, dessen Finger, die sehr viel flinker waren als der Rest von ihm, ständig auf ihr herumwanderten, an die Bar. Besser er nahm ein paar Drinks, damit er nicht zu aufdringlich wurde. Auf dem Weg durch die tanzende Menge hielt sie Ausschau, konnte den Mann mit der Maske aber nicht entdecken. Der Tattergreis bestellte einen Whiskey und für sie ein Glas Champagner. Sie prostete ihm geziert zu, er kippte den Drink in einem Zug hinunter. Gut so. Sie machte dem Barkeeper ein Zeichen, dass er nachfüllen sollte. Neben ihr stand ein Mann, nur mit der obligatorischen Maske und einer Leder-Hose bekleidet, die die Beine komplett bedeckte, aber die Mitte aussparte. Er sah Gilda unbewegt an, schwankte leicht und hielt sich am Tresen fest. Offensichtlich hatte er sich Mut angetrunken. Gilda dachte an ihre Rolle, sah ihn von unten herauf an und lächelte probeweise unterwürfig. Er reagierte nicht. Dann war er wohl von der anderen Fraktion. Sie stellte sich breitbeinig vor ihm auf und starrte ihn unbarmherzig an. „Sag mir deinen Namen." Sie hatte den richtigen Ton getroffen, die Reaktion in der Mitte seines Körpers war nicht zu übersehen.

„Ich heiße so, wie du es möchtest, Herrin."

Sie nickte gnädig und zermarterte sich den Kopf, wie sie ihn nennen sollte. Ihr fiel nichts ein. „Dann bist du der Namenlose."

„Gerne, Herrin." Seine Erregung wuchs, es wurde Zeit, zum Punkt zu kommen.

„Wo ist der *Schwarze Lord*?" Er warf ihr einen überraschten Blick zu. „Du schaust mich nur an, wenn ich es dir erlaube! Antworte!"

Der Namenlose senkte den Blick. „Der *Schwarze Lord* ist im Züchtigungsraum. Er hat eine Frau mitgenommen, die er ausbilden muss."

„In welchem Raum?"

„Im Züchtigungsraum. Den Gang hinunter, zweite Tür rechts."

„Gut. Ich bin zufrieden mit dir." Sie wollte sich abwenden und gehen, doch seine flehende Stimme hielt sie zurück. „Hast du keine Befehle für mich, Herrin?" Sie zögerte kurz.

„Doch. Hör genau zu: Du gehst jetzt sofort nach Hause und schläfst deinen Rausch aus." Seinen erstaunten Blick nahm sie nicht mehr wahr, als sie auf den High Heels durch die tanzende Menge davonstakste.

Der Gang, den der Namenlose ihr beschrieben hatte, wurde nur von Notlichtern erhellt. Vor der zweiten Tür rechts blieb sie stehen und versuchte, nach drinnen zu lauschen. Sie glaubte, Peitschenknallen und Stöhnen zu hören, war sich aber nicht sicher, der tosende Party-Lärm aus dem Clubraum drang bis auf den Gang. Sie nestelte aus der schwarzen Bauchtasche das Messer, das sie mitgebracht hatte, klappte die Klinge aus, straffte die Schultern und drückte langsam die Klinke hinunter.

Showtime.

Der Züchtigungsraum war vor allem dunkel und wurde nur von roten Grablichtern beleuchtet. Unterschiedliches Equipment, wie Käfige, Massage-Liegen und Turngeräte standen im Raum verteilt. Auf der entgegengesetzten Seite sah Gilda zwei Personen. Die eine war an ein Andreas-Kreuz gebunden, die andere stand davor, den Arm mit der Peitsche nach unten hängend. Keiner von beiden rührte sich.

„Der *Schwarze Lord*. So sieht man sich wieder." Gilda hatte sich oft vorgestellt, wie sie diese Worte sagen würde. Sie hatten hart wie Stahl und kalt wie Eis klingen sollen. Jetzt zitterte ihre Stimme. Sie krampfte die Hand um den Griff des Messers. Die Gestalt mit der Peitsche schreckte auf und drehte sich um.

„Gilda?"

Gilda blieb ungläubig stehen. Die Stimme kannte sie, sie gehörte nicht zum Mann mit der Maske.

„Maria"! Sie warf das Messer weg, breitete die Arme aus, die beiden Frauen umarmten sich. Sie hatten sich nur einmal vorher gesehen. Damals, als Maria und sie in den Fängen des blonden Teufels gewesen waren. Doch dieser gemeinsam durchlebte Alptraum würde sie für immer miteinander verbinden. Gilda befreite sich und schaute zum Andreas-Kreuz. Ein Mann hing dort. Groß, gute Figur, der Kopf war nach vorne gesackt. Sein Oberkörper war frei, dunkle, blutige Striemen zogen sich über den Rücken. Um den Hals war ein Halsband geschnallt. So eng, dass keine Luft zum Atmen bleiben konnte. Vorsichtig streckte sie ihre Hand aus und tastete nach dem Puls. Seine Haut war kalt. Ganz leicht spürte sie einen Rest von Herzschlag.

Sie schaute Maria an, die sah unbewegt zurück. Gilda sagte nichts. Das war nicht nötig. Maria verstand sie auch so. Der Teufel hatte es verdient. Er hatte ein Mädchen getötet und Maria gequält. Er suchte Gilda nachts in ihren Alpträumen heim. Aber wenn sie ihn jetzt sterben ließ, würde sie niemals von ihm loskommen. Gilda hoffte inständig, dass die gerechte Strafe auf ihn wartete, dass sein Schicksal ihn ereilen würde. Aber sie wollte nicht der Vollstrecker sein. Konnte es nicht. Sie war in den Abgrund gestiegen, um sich ihrer Angst zu stellen. Sie wollte nicht als Monster zurückkehren.

Maria sah mit hochgezogenen Augenbrauen zu, wie sie ungeschickt das Halsband löste.

Er röchelte, dann erschütterte ein Hustenanfall seinen Körper.

„Wie hast du ihn gefunden?"

Maria zuckte mit den Schultern. „Ich dir gefolgt. Ich nicht konnte ihn finden. Dann gedacht, du besser."

Gilda nickte. Sie hob ihr Messer auf, klappte es zusammen und verstaute es in der Tasche. „Du verstehst, dass wir ihn nicht sterben lassen können?"

Maria schüttelte den Kopf.

„Ich bringe es nicht fertig. Außerdem würde man uns dafür einsperren. Es sieht nicht gerade nach Notwehr aus, was wir mit ihm veranstaltet haben." Das 'wir' war ihr unbewusst über die Lippen gekommen. Sie fühlte sich genauso verantwortlich, wie Maria es war. Schließlich hatte sie sie zu ihm geführt.

Maria lachte und warf mit einer Kopfbewegung die langen, braunen Haare nach hinten. „Keiner hätte erfahren."

„Natürlich wäre das rausgekommen. Noch in dieser Nacht hätten sie uns ins Gefängnis geworfen und erst als alte Frauen wieder freigelassen."

„Du nix viel wissen von diese Orte?"

„Was meinst du?"

„Feine Herren nix wollen Skandal. Haben Regel. Wenn einer tot, sie nach Hause bringen, schön gemacht, und sieht aus, wie in eigene Bett gestorben. Nix Polizei. Nix Gefängnis."

„Mag sein. Es klingt plausibel. Wir werden es trotzdem nicht tun. Lass uns gehen, ich möchte heim."

Die beiden Frauen schlüpften aus dem Zimmer und stolzierten lässig am Türsteher vorbei aus dem Club. Auf dem Parkplatz blieben sie stehen.

„Wohin gehst du jetzt?"

Maria zuckte die Achseln. „Nach Hause?"

„Sehen wir uns wieder?"

Maria lächelte. „Bestimmt. Du sehr starke Frau. Und gute Freundin. Nein, mehr als Freundin: Schwester!" Sie drehte sich um und verschwand wie eine Katze in der Dunkelheit.

Gilda machte sich auch auf den Weg. Nach wenigen Schritten hielt sie an, zog ihre Super-High-Heels aus und warf sie im hohen Bogen ins Gebüsch. Dann lockerte sie die Schnüre im Dekolleté ihres Korsetts und atmete tief durch. Es tat gut, den Asphalt unter den nackten Füßen zu spüren. Ab heute würde sie endlich ruhig schlafen. Da war sie sicher.

Befreit lief sie in die Nacht.

ENDE

NACHBEMERKUNG

Lieber Leser,

natürlich sind alle Personen und Ereignisse frei erfunden, und das Internat und der Ort Waldheim im Sauerland sind auf keiner Karte zu finden.

Anastasias Vater war niemals bei den kroatischen Truppen, die, nachdem sie sich 1945 in Österreich den Engländern ergeben hatten, an die jugoslawische Volksbefreiungsarmee ausgeliefert wurden und dem Massaker von Bleiburg zum Opfer fielen.

Bernd, Michael und die anderen Schulkameraden sind auch nicht auf das Internat Waldheim gegangen und mussten dort Medikamentenversuche über sich ergehen lassen. Aber es ist bekannt, dass derartige Versuche in Kinderheimen durchgeführt worden sind, und dass es Pharmakonzerne gibt, die noch heute von den Ergebnissen profitieren.

Dass Milan nicht zu den sieben Personen gehört, die bei dem Raketenbeschuss auf Zagreb umgekommen sind, hatte Gilda bereits herausgefunden. Verantwortlich für diesen Angriff war der serbische Militärführer Milan Martić. (Dass beide denselben Vornamen tragen, ist Zufall und liegt daran, dass der Name Milan damals nicht nur bei den Kroaten sehr beliebt war). 2007 wurde Milan Martić vom Internationalen Strafgerichtshof für das ehemalige Jugoslawien zu 35 Jahren Haft wegen Verbrechen gegen die Menschlichkeit verurteilt.

Aber einige kleinere Begebenheiten, die in diesem Buch beschrieben werden, sind recht nah an Geschehnissen, die sich tatsächlich zugetragen haben, und Sie wären überrascht, wenn Sie wüssten, um welche es sich handelt. Reality always beats fiction.

Ich bedanke mich ganz herzlich bei Ihnen, meinen Lesern, für Ihr Interesse und hoffe, Sie haben Spaß beim Lesen gehabt und freuen sich auf die Fortsetzung! Ganz herzlichen Dank insbesondere an die Leser die eine Rezension geschrieben haben. Das hilft mir wirklich sehr!

Ein riesengroßes Dankeschön geht an meine lieben Freunde Licia und Paolo, weil sie mir ihr wunderschönes Häuschen in den Bergen überlassen haben. Die Schreibklausur in der Abgeschiedenheit war eine tolle Erfahrung und hat dem Buch gutgetan.

Vielen, vielen Dank an Miez, meine strenge Kritikerin, die mich bremst, wenn die Mordlust allzu sehr mit mir durchgeht, an Gepi, meinen Sparringspartner, der nie müde wird, mir zuzuhören, an Daniela, meine 'Managerin', die mich unermüdlich motiviert und antreibt, und an Calle für die kreativen Brainstorming-Sessions!

Last, not least: Danke, liebe Familie und liebe Freunde, für Eure Nachsicht und Geduld mit mir während meiner schreibwütigen Phasen, in denen ich mich am liebsten komplett abschotte und nichts hören und sehen will – das war nicht immer einfach für Euch. Leider kann ich keine Besserung geloben... ;-)

Patricia Weiss im September 2016

PS: Ich werde häufig gefragt, welcher meiner Protagonisten mir ähnlich ist. Verraten kann ich das natürlich nicht, aber ich denke, Sie wissen es: Es ist die Person, die Ihnen am besten gefällt.

Mehr Informationen über meine Schreibprojekte finden Sie auf meiner Facebook Seite 'Patricia Weiss - Autorin', auf Twitter '@Tri_Weiss' und auf Instagramm 'tri_weiss'.

Kennen Sie Lauras ersten Fall?
'Das Lager - Ein Fall für die Detektei Peters' ist als Taschenbuch erhältlich im Internet und als eBook auf allen eBook-Plattformen.

Eine Leseprobe finden Sie auf den nachfolgenden Seiten.

Leseprobe aus Das Lager – Ein Fall für die Detektei Peters

I. SIEBENGEBIRGE, AUGUST 1944

Die Zeit schien stillzustehen. Eintönigkeit und Angst erschufen ein Vakuum, in dem der Augenblick zur Ewigkeit wurde und die Tage nicht enden wollten. Gelblicher Staub waberte in dichten Schwaden über dem Boden, in der Luft lag der beißende Geruch von Sprengstoff. Die ohrenbetäubende Explosion hatte die Vögel verstummen lassen. Noch warfen die hohen Felswände kühle Schatten, doch die Strahlen der Sonne tasteten sich bereits in das Tal vor. Schon bald würde eine unerträgliche Hitze herrschen.

An die fünfzig Männer arbeiteten im Steinbruch. Sie standen in langen Schlangen und reichten die frei gesprengten Steine von Hand zu Hand. Die Arbeit war hart und gefährlich, Entbehrungen, Strapazen und Unfälle forderten ihren Tribut. Keiner der Arbeiter sprach ein Wort, niemand sah hoch, doch alle waren wachsam. Am Waldrand saßen die Wärter rauchend im Schatten und ließen einen Flachmann kreisen. Ihr Gelächter hallte laut durch die Schlucht, die Gewehre lagen achtlos ne-

ben ihnen im Gras. Sie wirkten entspannt, geradezu harmlos. Doch das täuschte.

In vorderster Reihe arbeitete ein sehr junger Mann, fast noch ein Junge. Mit kraftvollen Bewegungen belud er die Förderwagen, die die schwere Fracht aus dem Tal bis zur Verladestation der Steinfabrik transportierten. Seine Miene war konzentriert, undurchdringlich, doch hinter der schützenden Fassade ließ er seine Gedanken wandern, die einzige Möglichkeit, dem täglichen Grauen zu entfliehen. Früher hatte er sich oft ein Wiedersehen mit seiner Familie ausgemalt. Nächtelang hatte er gebetet, dass seine Mutter kommen und ihn befreien würde. Eine naive Vorstellung, wie er jetzt wusste. Wahrscheinlich hatte sie nie erfahren, was ihm zugestoßen war. Es hatte lange gedauert, bis er verstanden hatte, dass er auf sich allein gestellt war und sich anpassen musste, wenn er überleben wollte. Damals hatte er den Wunsch nach Rettung tief in seinem Inneren begraben, so tief, dass er ihn fast nicht mehr spürte. Angst, Demütigung und Hoffnungslosigkeit waren zu seinem Alltag und Monate zu Jahren geworden.

Doch plötzlich war ein Wunder geschehen.

Während er Felsbrocken auf die Kipploren wuchtete, dachte er an den gestrigen Abend. Es war nicht leicht gewesen, sich unbemerkt aus dem Lager zu stehlen. Und viel zu riskant. Sie setzten dabei ihr Leben aufs Spiel. Überall gab es Spitzel, die für eine Extra-Ration Essen oder ein paar Zigaretten jeden verrieten. Würde man sie zusammen erwischen, gäbe es keine Gnade. Man würde kurzen Prozess mit ihnen machen. Auch mit ihr. Trotzdem ging sie das Risiko ein. Es rührte ihn, wie fest sie daran glaubte, dass die Liebe alle Hindernisse überwinden konnte. Ihm fehlte diese Zuversicht.

Gestern Abend wäre es beinahe schief gegangen. Sie hatten sich im Wald getroffen, auf einem umgestürzten Baumstamm gesessen und geredet. Er hatte sich nicht sattsehen können an ihr, ihrem Gesicht, ihren Händen. Sie hatte gelacht und sich beschwert, dass er ihr nicht zuhören würde. Aber das stimmte nicht. Jedes Wort, jede Silbe hatte er sich gemerkt. Sie hatte Pläne für die Flucht geschmiedet, den Beginn ihres gemeinsamen, freien Lebens, aber er glaubte nicht, dass es klappen konnte. Sie würden es nicht einmal bis zum Bahnhof schaffen, bevor man sie erwischte. Und wenn doch, wohin sollten sie fliehen? In seine Heimat? Dort saßen die Deutschen. Sie würden ihn gleich wieder aufgreifen und deportieren. Nach England? Dort gehörte sie zu den Feinden. Nach Frankreich? Schweden? Italien? Jedes Land, das ihm einfiel, war entweder von den Deutschen besetzt oder führte gegen sie Krieg. Es schien auf der Welt keinen Ort zu geben, an dem sie beide willkommen waren. Sie konnten nirgendwohin. Alles, was ihnen blieb, war das Hier und Jetzt. Eine gemeinsame Zukunft gab es nicht, aber er hatte es nicht übers Herz gebracht, ihr das zu sagen.

Plötzlich hatten sie das Geräusch gehört. Es war ein knackender Ast gewesen. In ihren Ohren so laut wie ein Peitschenknall. Dann absolute Stille. Als lauerte jemand in der Nähe. Sie hatten bewegungslos verharrt und den Atem angehalten. Nach einer gefühlten Ewigkeit hatte er sich aus seiner Erstarrung lösen können und ihr bedeutet, sofort zu verschwinden. Nachdem der Wald sie verschluckt hatte, hatte er sicherheitshalber noch eine Weile gewartet, versteckt hinter einem Busch, und angestrengt in den Wald gelauscht. In einiger Entfernung hatten Blätter geraschelt, ansonsten war es ruhig gewesen. Langsam war die Anspannung von ihm abgefallen und grenzenloser Erleichterung gewichen. Sie hatten noch einmal Glück gehabt. Doch ein solches Risiko durften sie nicht noch einmal eingehen.

Ein Ellenbogen stieß ihm unsanft in die Rippen und riss ihn jäh aus seinen Gedanken.

"Trinkpause."

Erschöpft fuhr er sich mit dem Handrücken über die verschwitzte Stirn und streckte vorsichtig die verspannten Muskeln. Die Sonne stand im Zenit, sie hatten den ersten Teil des Tagespensums geschafft. Er trottete hinter den anderen her, an den Wärtern vorbei zum Bach am Waldrand. An einer schattigen Stelle schöpfte er Wasser mit den hohlen Händen und erfrischte sich. Nachdem er seinen Durst gelöscht hatte, lehnte er sich an einen Baumstamm und zog ein Stück hartes Brot aus der Hosentasche. Kauend ließ er seinen Blick über die Männer wandern, die in der Nähe lagerten und sich leise unterhielten oder müde vor sich hinbrüteten. Er hütete sich, sich zu ihnen zu gesellen und mit ihnen zu reden. Die Gefahr war zu groß, dass er sich verriet und sein großes Geheimnis offenbarte.

In einiger Entfernung bemerkte er einen Fliegenschwarm. Das Summen der lästigen Insekten schien von Sekunde zu Sekunde aufdringlicher zu werden. In der Luft lag der süßlich metallische Geruch von Blut. Ein leises Unbehagen erfasste ihn, als wollte sich eine böse Vorahnung den Weg in sein Bewusstsein bahnen. Zögernd erhob er sich, um nachzusehen.

Schon von weitem sah er ein unförmiges Bündel auf dem Boden liegen. Unbewusst beschleunigte er seine Schritte. Er registrierte verklebtes, langes Haar, ein bläulich aufgedunsenes Gesicht, blicklose Augen. Ein Mensch. Grotesk verdreht, mit gebrochenen Armen und Beinen, inmitten von Felsbrocken, Erde, Dreck. Ein Festmahl für die Aasfresser, die unbarmherzig ihr pietätloses Werk verrichteten.

Tiefe Spuren der Verwüstung hatte der Tod auf dem Körper hinterlassen, doch trotzdem war es ihm nicht gelungen, die Schönheit ganz zu tilgen. Einzelne blonde Strähnen glänzten in der Sonne, sanfte Gesichtszüge waren unter den Prellungen zu erahnen, die zerbrochenen Gliedmaßen strahlten Zartheit und Anmut aus.

Wie von selbst entstand ein Schrei in seinem Inneren. Er gewann an Volumen, wurde mächtiger, schallte hinauf in den Himmel und wurde von den Felswänden vielfach zurückgeworfen.

II. SIEBENGEBIRGE, SONNTAG, 3. AUGUST 2014

Für Henriette Erlenbach war das Siebengebirge ein magischer Ort, der perfekte Schauplatz für Mythen und Legenden. Wenn sie die Wälder durchstreifte, suchte sie nach der Stelle, wo Siegfried den Lindwurm getötet und in seinem Blut gebadet haben könnte, und in den mittelalterlichen Ruinen stellte sie sich die Burgfrauen vor, die in zugigen Kemenaten sehnsüchtig auf die Rückkehr der Ritter gewartet hatten. Das Gedicht von Lord Byron über den Drachenfels gefiel ihr zwar nicht besonders, aber es hatte im neunzehnten Jahrhundert die ersten Touristen angelockt: Reiche und vornehme Leute, elegant gekleidet, die noch die wilde Romantik des Siebengebirges zu schätzen gewusst hatten. Heutzutage heizten nur noch rücksichtslose Mountainbiker in aufreizend engen Trikot-Hosen über die Waldwege, und Heerscharen von Tagesausflüglern verstreuten überall ihren Müll und belagerten die idyllischen Lokale. Henriette Erlenbach verabscheute diese Banausen und startete ihre Touren immer so früh wie möglich, um dem Ansturm zuvorzukommen.

Es war ein strahlender Morgen, die Vögel zwitscherten, und ihre Hündin Leica sprang glücklich um sie herum. Ein leichter Kopfschmerz machte sich bemerkbar, tief atmete sie die frische Luft ein, um ihn zu lindern. Am Abend vorher war es spät geworden. Sie hatte sich mit ihren drei Freundinnen getroffen, Wein getrunken und herumgeplänkelt. Zurückgeblieben war ein schales Gefühl. Warum hatten ihre Freundinnen so viel Glück im Leben und sie nicht? Sie hätte auch gerne eine Familie, aber sie hatte nie den Richtigen kennengelernt. Und jetzt, mit Anfang fünfzig, war es zu spät dafür. Frustriert trat sie einen Tannenzapfen ins Gebüsch. Leica sprang begeistert hinterher und legte ihn ihr vor die Füße. Henriette tätschelte sie abwesend und wanderte zügig weiter. War sie zu anspruchsvoll? Die Männer ihrer Freundinnen hätte sie jedenfalls nicht geschenkt haben wollen. Aber wenn sie ehrlich war, hatte es auch seit vielen Jahren keinen ernsthaften Interessenten mehr gegeben. Vielleicht musste sie wieder mehr ausgehen und dem Glück eine Chance geben.

Sie pfiff nach der Hündin und bog in den Weg zu den verlassenen Steinbrüchen ein. Früher war hier Basalt abgebaut und in die Umgebung verkauft worden. Die ambitionierten Bauvorhaben des Erzbistums Köln hatten über Jahrhunderte hinweg eine rege Nachfrage gesichert. Ohne Rücksicht auf die Natur waren breite Schneisen in die Felsen gefräst worden, nur die Profitgier hatte gezählt. Die Berge wären wohl irgendwann wie hohle Zähne in sich zusammengebrochen, wenn die Steinbruchkrater nicht plötzlich mit Quellwasser zugelaufen wären. So aber war eine malerische Seen-Landschaft mitten im Wald entstanden.

Henriette erreichte das Ufer des Blauen Sees, der von steilen Felswänden eingefasst war. Sie schob ihre Sonnenbrille auf den Kopf und genoss die Sonnenstrahlen auf ihrem Gesicht. Bewusst verdrängte sie den Ärger auf ihre Freundinnen und spürte, wie Ruhe und Entspannung sich in ihrem Körper ausbreiteten. Dann setzte sie ihren Weg fort und begab sich auf einen Kletterpfad, der den Weg zu ihrem nächsten Ziel, dem Dornheckensee, abkürzte. Anfangs kam sie gut voran, doch sie hatte die Steigung unterschätzt. Immer öfter rutschten ihre Füße weg, sie musste Halt an Baumästen oder Wurzeln suchen. Leica war ihr gefolgt, vorsichtig eine Pfote vor die andere setzend. Henriette konnte ihr Unbehagen deutlich spüren. Plötzlich blieb die Hündin stehen und schaute unverwandt auf den gegenüberliegenden Berghang. Ein dumpfes Grollen kam aus ihrer Kehle.

"Was hast du denn?" Sie folgte dem starren Blick des Retrievers und entdeckte wenige Meter seitlich ein mannshohes Loch in der Felswand. Vor dem Eingang verlief ein Vorsprung, in den drei breite Stufen geschlagen worden waren. Etwas Weißes lag dort, es sah aus wie eine Jacke. Henriette klammerte sich an eine Wurzel und versuchte, in die Höhle zu spähen. Die Sonne stand ungünstig, die Schwärze im Inneren war undurchdringlich. Plötzlich beschlich sie das Gefühl, dass sie aus der Dunkelheit heraus beobachtet wurde. Ein kalter Schauer lief ihr den Rücken hinunter. Ihr linker Fuß rutschte weg, in letzter Sekunde konnte sie sich abfangen.

"Verdammt." Sie musste aufpassen, sonst würde sie noch den Abhang hinunterstürzen. "Das ist doch alles bloß Einbildung."

Aber Leica blickte immer noch unverwandt auf die Höhlenöffnung, leise knurrend, das Fell gesträubt.

"Komm, Leica, drehen wir um. Der Weg ist zu steil. In meinem Alter sollte man solche Experimente lassen. Gehen wir zurück." Vorsichtig bewegte sie sich abwärts und war erleichtert, als sie wieder wohlbehalten am Seeufer stand. Was hatte sie sich für einen Unsinn eingebildet? Es gab in der Höhle nichts, was sie beunruhigen musste. Niemand hatte sie von dort aus beobachtet, die Höhenangst hatte ihr nur einen Streich gespielt. Henriette ging den Weg ein Stück zurück und umrundete die Anhöhe auf einem sanft geschwungenen, schattigen Weg. Bald ging es spürbar bergab, und nach kurzer Zeit hatte sie den Dornheckensee erreicht.

Noch vor einigen Jahren war der See dicht bevölkert gewesen. Vor allem FKK-Freunde und Schwule hatten sich hier getummelt und ihre Vorlieben frei ausgelebt. Doch bald waren die Behörden eingeschritten, hatten das Baden verboten und dem Treiben ein Ende gesetzt. Angeblich drohte Lebensgefahr durch abbröckelnde Gesteinsbrocken, Wasser-Strudel und eiskalte Strömungen, und tatsächlich hatte es im Laufe der Jahre immer wieder tödliche Unfälle gegeben. Jetzt war es hier tagsüber still geworden, doch nachts fand der Ort immer noch keinen Frieden. Gerüchten zufolge hatte die Vertreibung der illustren Freunde der Freikörperkultur und der gleichgeschlechtlichen Liebe Platz geschaffen für weitaus finsterere Gestalten. Es hieß, kriminelle Banden nutzten den See, um ihre Widersacher für immer verschwinden zu lassen. Henriette glaubte diese Geschichten nicht, trotzdem hätten sie in der Dunkelheit keine zehn Pferde hierher gebracht.

Friedlich lag der Dornheckensee vor ihr, seine Wasseroberfläche glitzerte, als wäre das Rheingold in ihm versenkt worden. Henriette hörte Leica geschäftig am Seeufer durch die

Büsche rascheln, ansonsten war alles ruhig. Merkwürdig ruhig. Kein Vogelgezwitscher. Kein Summen von Insekten. Als hätte der Ort den Atem angehalten. Sie sah sich um. Nichts regte sich.

Dann schlug Leica an.

Henriette zuckte zusammen und seufzte. Bestimmt hatte die Hündin einen toten Vogel entdeckt, den sie ihr jetzt zeigen wollte. Sie würde nicht aufhören zu bellen, bis sie ihren Fund präsentiert hatte.

Vorsichtig kletterte sie über alte, rostige Schienen, die vom Grund des Sees herauf ans Ufer führten und dort gekappt worden waren. Früher, vor dem Wassereinbruch, hatten unzählige Menschen im Steinbruch gearbeitet und die kleine Eisenbahn als Transporthilfe genutzt. Jetzt wirkten die verlassenen Geleise wie eine Geisterbahn.

Sie fluchte leise, als sie mit dem Fuß im Schlamm wegrutschte, und das Wasser in den Schaft ihres Wanderschuhs hineinlief. Leica bellte immer noch wie rasend. Sie kämpfte sich durch die dichten Uferpflanzen und seufzte erleichtert, als sie das Tier endlich erreicht hatte.

"Ruhig, was hast Du denn?" Sie sah sich um, konnte aber nichts Ungewöhnliches entdecken. Kopfschüttelnd streichelte sie die aufgeregte Hündin und versuchte, sie mit sich zu ziehen. Aber Leica stand wie festgewachsen, bellte, und starrte auf das Wasser. Henriette schaute sich noch einmal gründlich um. An dieser Stelle wuchsen lange, dicke Schilfhalme aus dem Wasser, dazwischen hatte sich eine Seerose mit weißen Blüten ausgebreitet. Wasserläufer glitten elegant über den See und ein kleiner Mückenschwarm tanzte selbstvergessen in der Sonne.

Da entdeckte Henriette, was den Hund so beunruhigt hatte: Eine zarte, weiße Hand ragte aus den Wasserpflanzen, der schmale Zeigefinger war abgespreizt und schien auf sie zu zeigen. Erschrocken sog sie die Luft ein, ihr Herz begann wild zu hämmern. Sie warf den Rucksack auf den Boden und watete in voller Montur in den See. Unter der Wasseroberfläche, teilweise von großen Blättern verdeckt, sah sie den Körper einer jungen Frau. Lange Haarsträhnen schwebten um das aufgequollene Gesicht, ein blassblaues Kleid umspielte ihre Figur im seichten Takt der Wellen. An einem Knöchel befand sich ein grobes Seil, dessen ausgefranstes Ende sich sanft mit der Strömung bewegte. Henriette war von dem Anblick wie gefangen. Das Mädchen wirkte so friedlich, als würde es nur schlafen.

Das aufgeregte Gebell der Hündin riss sie brutal in die Wirklichkeit zurück. Sie hatte eine Leiche gefunden. Das Mädchen war gefesselt, sie war ermordet worden. Hastig watete sie zum Ufer, zog mit zitternden Fingern das Handy aus dem Rucksack und wählte den Notruf.

Das Lager – Ein Fall für die Detektei Peters ist als Taschenbuch im Internet erhältlich und als eBook auf allen eBook-Plattformen.

Printed in Germany
by Amazon Distribution
GmbH, Leipzig